붉은 밤의 도시들

CITIES OF THE RED NIGHT
by William S. Burroughs

Copyright © 1981 William S. Burroughs and The Estate of William S. Burroughs
Korean translation copyright © MUNHAKDONGNE Publishing Corp., 2014
All rights reserved.

This Korean translation published by arrangement with William S. Burroughs c/o
The Wylie Agency through Milkwood Agency.

이 책의 한국어판 저작권은 밀크우드 에이전시를 통해
The Wylie Agency Ltd.와 독점 계약한 (주)문학동네에 있습니다.
저작권법에 의해 한국 내에서 보호를 받는 저작물이므로 무단 전재와 무단 복제를 금합니다.

이 도서의 국립중앙도서관 출판시도서목록(CIP)은 서지정보유통지원시스템 홈페이지(http://seoji.nl.go.kr)와
국가자료공동목록시스템(http://www.nl.go.kr/kolisnet)에서 이용하실 수 있습니다.
(CIP제어번호: CIP2014032023)

세계문학전집
1 2 5

William Burroughs : Cities of the Red Night

붉은 밤의 도시들

윌리엄 버로스 장편소설

박인찬 옮김

문학동네

일러두기

1. 각주는 거의 모두 옮긴이주이다. 원주일 경우에는 각주 뒤에 원주임을 밝혔다.
2. 본문 중 고딕체는 원서에서 이탤릭체와 대문자로 강조한 부분이다.
3. 본문 중 이탤릭체는 원서에서 스페인어, 프랑스어, 독일어로 쓰인 부분이다.

차례 ▮

앞으로!

프랑스혁명과 미국 독립전쟁, 뒤이은 1848년의 자유혁명*을 통해 구체화된 자유주의 원칙은 그보다 100년 전에 해적 공동체에 의해 성문화되어 실행에 옮겨졌다. 돈 C. 사이츠가 쓴 『검은 깃발 아래』를 인용해보자.

미션 선장은 프랑스혁명의 선구자 가운데 한 명이었다. 100년을 앞서갔던 그는 인류의 삶을 향상시키겠다는 초기 이상에 근거해 살았고, 이는 부침 많은 그의 운명에 비추어 볼 때 자연스러운 귀결이었다. 미션 선장은 영국 해군과의 전투에서 승리한 뒤 선원들을

---

* 1848년 2월에 일어난 프랑스혁명을 비롯하여 영국, 독일 등에서 보수 체제에 맞서 일어난 전 유럽에 걸친 저항운동과 자유주의를 모두 일컫는 표현.

소집한 자리에서 다음과 같이 말했다. 나를 따르고자 하는 자들은 형제로서 기꺼이 환영할 것이요, 그렇지 않은 자들은 육지에 무사히 내려줄 것이다. 그러자 선원들은 너 나 할 것 없이 새로운 자유호에 승선했다. 그중 몇몇이 당장 검은 해적 깃발을 올리려 하자 미션 선장은 이를 제지하며, 자신들은 해적이 아니라 폭정을 일삼는 모든 국가에 맞서 평등권을 얻기 위해 싸우는 자유의 수호자라고 말하면서, 좀더 적합한 상징인 흰 깃발을 준비하라고 일렀다. 배에 있는 돈은 금고에 넣어 공동재산으로 사용하도록 했다. 필요한 사람들에게 옷을 나눠주었고, 이리하여 해양 공화국은 본격 가동되었다.

미션 선장은 서로 조화롭게 잘 지내달라고 당부했다. 그러지 못해 혼란스러운 사회가 되면 해적이라는 딱지를 떼지 못할 터였다. 그러므로 그들은 잔혹성이 아닌 자기보존에 근거하여, 항구를 열지 않는 모든 국가들에 선전포고를 하지 않을 수 없었다. "나는 전쟁을 선포하는 동시에 붙잡힌 포로들에게는 인간적으로 너그럽게 대할 것을 권한다. 이는 우리가 운이 나쁘거나 용기가 모자라 그들의 자비를 구하게 되었을 때 똑같은 대접을 받지 못하더라도 이를 흔쾌히 받아들이는 것만큼이나 고결한 영혼을 가졌다는 증거일 것이다……" 암스테르담의 니외슈타트호가 나포되어 2천 파운드와 사금, 열일곱 명의 노예를 내놓았다. 노예들은 선원으로 전환되어 네덜란드인의 옷을 입었다. 미션 선장은 노예제도를 비난하는 연설을 하면서, 어느 누구도 다른 사람 위에 군림할 권한이 없기에, 사람을 짐승처럼 파는 자들은 자신들의 종교가 한낱 흉악스러운 가식에 불과함을 입증하는 것이라고 주장했다……

미션 선장은 마다가스카르 해안을 탐사하다가 디에고수아레스에서 북쪽으로 30마일 떨어진 곳에 있는 만을 발견했다. 그는 이곳에 자치 도시와 부두, 그들만의 근거지를 갖춘 공화국의 해안 본부를 세우기로 결정했다. 이 식민지를 '리베르타티아'로 명명해 미션 선장이 정한 법령을 따르게 했다. 법령에 따르면 식민지와 관련된 모든 정책은 식민 통치자들에 의해 선거로 결정되고, 채무를 포함한 어떤 이유로도 노예제는 금지되며, 사형도 금지되었다. 또 허가나 간섭 없이 자신의 종교적 신념을 고수하고 의식을 행할 수 있는 자유가 보장되었다.

300개에 이르는 미션 선장의 식민지는 원주민들의 기습 공격을 받아 모두 파괴되었으며, 미션 선장은 얼마 후 해전에서 전사했다. 서인도제도와 중남미에도 식민지가 있었으나, 공격에 저항할 만큼의 인구가 없어서 버텨내지 못했다. 만약 그 식민지들이 저항할 수 있었더라면 세계 역사는 바뀌었을 것이다. 그러한 수많은 요새진지들이 남미와 서인도제도 전역에 걸쳐, 그리고 아프리카에서 마다가스카르, 말레이반도, 동인도제도에 이르기까지 포진해 있어서, 노예제와 압제로부터 도망친 피난민들에게 "우리에게로 와서 (미션 선장의) 법령에 따라 살라"며 은신처를 제공한다고 상상해보라.

우리는 미국 남부의 면화 농장부터 서인도제도의 사탕수수 농장에 이르기까지 세계 전역에서 노예가 되어 억압당한 사람들, 스페인 사람들의 노예가 되어 인간 이하의 가난과 무지의 나락에 떨어져 살다가 미국인들의 악행과 질병에 시달리다 절멸되다시피 한 아메리카 대륙의 모든 인디언들, 아프리카와 아시아의 원주민들과 동맹 관계에 있다. 이들은 모두 우리의 잠재적 동맹 세력이다. 게릴라 기습부대와 지원을 주고받는 요새진지와 병사, 무기, 의약품, 정보 등을 공급해주는 지역민들…… 이들의 조합은 누구도 당해낼 수 없다. 포격과 공습으로 요새진지를 무용지물로 만들어놓고 군대를 총동원한 미국도 베트콩을 쳐부술 수 없었으니, 낯선 지역에서 작전중인데다 열대지방의 온갖 질병에 속수무책인 유럽 군대는 당연히 게릴라 전술을 병행한 요새진지를 쳐부술 수 없었을 것이다. 공격군들이 감당할 온갖 위험을 상상해보라. 게릴라의 끊임없는 공격과 언제든 사용할 수 있도록 항상 독을 갖고 다니는 적개심에 불타는 원주민들, 교란작전, 장군의 침대로 파고드는 뱀과 거미, 막사 밑을 기어다니면서 치명적인 토식증土食症을 옮기고 병영에 이질과 말라리아가 창궐하면 마스코트로 사용되기도 하는 아르마딜로. 포위 전술은 군사적 재앙만을 야기할 것이다. 미션 선장의 법령에 명시된 바를 누구도 방해할 수 없다. 오히려 백인은 짐을 덜게 될 것이다. 백인은 노동자, 정착민, 교사, 기술자로서는 환영받지만, 식민 통치자나 지배자가 될 수는 없다. 어느 누구도 법령을 어겨서는 안 된다.

그러한 움직임이 전 세계적으로 퍼져나가는 것을 상상해보라. 자유가 실현되는 것을 목도한 프랑스혁명과 미국 독립전쟁의 주역들은 원래의 신념을 끝까지 지켜나갈 수밖에 없을 것이다. 무절제한 산업혁명의 치명적인 결과 역시 도시의 공장 노동자들과 빈민들이 법령이 발효되는 지역으로 피난하면서 완화될 테고, 누구나 자신이 원하는 지역에 정착할 권리를 갖게 된다. 토지는 그 땅을 실제로 사용하던 사람의 소유가 된다. 백인 우두머리나 영국의 식민 당국, 가톨릭 성직자, 식민주의자가 땅을 소유할 수는 없다. 도시 지역의 인구 집중과 가속화되던 대량생산도 중단될 것이다. 믿을 수 없을 정도로 풍요로운 들판, 바다, 호수, 강가에서 삶을 꾸려갈 수 있는데 누가 공장에서 일하며 자신이 만든 물건을 사고 싶어하겠는가. 게다가 그런 땅에서 살게 되면 자원을 보전하고픈 마음이 절로 들 것이다.

당시의 기술과 인적 자원으로 실현할 수도 있었던 일이기에 이 지나간 유토피아를 예로 드는 바이다. 미션 선장이 오래 살아서 사람들이 본받을 만한 선례를 남겼더라면, 인류는 현재 처해 있는 해결 불가능한 치명적 난국으로부터 벗어나 자유로울 수 있었을 것이다.

기회가 있었다. 기회를 놓쳤다. 프랑스혁명과 미국 독립전쟁의 신조는 정치인들의 입에서 공허한 거짓말이 되고 말았다. 1848년의 자유혁명은 중남미 공화국이라 불리는 국가들을 탄생시켰으나, 독재, 탄압, 부패, 관료정치의 암울한 역사를 거치면서 이 인구 적고 광활한 대륙은 미션 선장이 개척한 해양 공동체로 발전할 가능성을 잃고 말았다. 결국 남미는 고속도로와 모텔로 넘쳐날 것이다. 영국, 서유럽, 미국은 산업혁명으로 인한 인구과잉 탓에 자치 공동체가 들어설 여지가 거의 없다. 설사 있다고 해도 국법과 연방법의 지배를 받는 동시에 지역민에게 수시로 시달릴 것이다. 도시 거주자들은 식량, 전력, 식수, 교통, 치안, 복지를 모두 정부에 의존하고 있기 때문에 '정부의 폭정으로부터의 자유'를 얻을 가능성이 없다. 당신이 동의한 법에 따라 당신이 선택한 동지들과 원하는 곳에서 살아갈 권리는 18세기에 미션 선장의 죽음과 함께 사라졌다. 기적 혹은 재앙만이 그것을 되살릴 수 있을 뿐이다.

주문

고대의 신들에게 이 책을 바칩니다. 얼굴은 내장 덩어리인데다 입에선 똥과 죽음의 냄새가 나는, 모든 배설물과 신 것의 암흑 천사이자 부패의 신이며, 속삭이는 남풍을 타고 다니는 미래의 신이기도 한, 혐오스러운 것들의 신 음와와에게, 열병과 전염병의 신이자 썩어가는 생식기의 고통 때문에 날카로운 이빨 사이로 병든 도시를 향해 울부짖음을 토해내는 사방풍四方風의 암흑 천사인 파주주에게, 다시 불러서는 안 되는 잠자는 뱀 쿠툴루에게, 사람이 되고 싶어 사람들의 피를 빨아먹는 악카루에게, 사람이 있는 장소에 출몰하는 랄루수에게, 사람들의 잠자리에 침입하여 비밀스러운 곳에서 아이를 낳는 겔랄과 릴릿에게, 밤하늘을 환하게 빛낼 수 있는 폭풍의 신 앗두에게, 용기와 담력의 신 말라에게, 범상치 않은 방식으로 살해하는 스물세번째 마법사 자구림에게, 전사 중의 전사 자림에게, 이른 안개와 소나기의 신 잇잠나에게, 아침-이슬-낚는-거미줄 이시 첼에게, 처녀불 주휘 칵에게, 추위의 신 아 드지즈에게, 불속에서 일하는 칵 우 파캇에게, 스스로 목매다는 자들의 후원자인 밧줄과 올가미의 여신 이시 타브에게, 이시 타브의 말없는 쌍둥이 남동생 슈문에게, 형체가 없는 부활의 신 솔로틀에게, 사정射精의 신 아구치에게, 남근의 형태를 한 오시리스와 아멘에게, 위험한 신 헥스 춘 찬에게, 파괴자 아 푹에게, 그레이트 올드 원과 스타 비스트에게, 고통의 신 판에게, 흩뜨림과 비워버림의 이름 없는 신들에게, 자객의 신 하산 에 사바흐에게, 이 책을 바칩니다.

이 신들의 정령을 내보이는 모든 마법의 필기사, 마법사, 실행자에게……

어떤 것도 진실이 아님. 모든 것이 허용됨.

제1부

검역관

1923년 9월 13일.

구區 검역관 판즈워스는 승리도 패배로 여길 만큼 매사에 불만이 많은 사람이었다. 하지만 자기 지역에서는 나름대로 끈덕지게 일에 몰두하고 유능한 면이 없지 않았다. 최근 홍수로 인해 비상사태가 발생하고 콜레라가 돌았지만 평소와 마찬가지로 그는 우왕좌왕하거나 동요하지 않았다.

매일 아침해가 뜰 즈음, 그는 아침식사를 하면서 손가락에 묻은 버터를 핥아가며 검토하던 미끌미끌한 지도를 대충 말고서 찌그러진 랜드로버 지프에 올라탔다. 담당 구역을 살펴보러 가는 길에 제방 쌓을 모래주머니를 주문하려고(늘 그렇듯이 국장이 함께 오지 않으면 자신의 주문을 무시할 거라는 사실을 알면서도) 이곳저곳에 들렀다. 그는 친척으로 보이는 세 명의 구경꾼에게 콜레라 환자를 와그다스에 있는 구 병원으로 옮기라고 지시하고는 아편 세 알과 미음 만드는 법을 전했다. 그들은 고개를 끄덕였고, 판즈워스는 할 수 있는 일은 다 했으므로 다시 차를 몰았다.

와그다스에 있는 응급병원은 전쟁의 잔재인 텅 빈 군용 막사를 개조한 것이었다. 적은 직원에 비해 병원은 사람으로 붐볐는데, 근처에 살거나 걸을 수 있을 만큼 건강한 편인 환자들이 대부분이었다. 콜레라 치료는 간단했다. 환자는 병원에 도착하자마자 밀짚 침상 하나와 미음 1갤런, 아편 0.5그램을 배당받았다. 열두 시간 뒤에도 살아 있으면 아편 복용을 반복했다. 생존율은 약 20퍼센트였다. 사람이 죽어나간 침상은 석탄산수로 씻은 다음 햇볕에 내다 말렸다. 간병인은 대부분 아편을 피우는 일과 피우고 난 아편 재를 환자에게 먹이는 일이 허용된 중국인들이었다. 미음 끓는 냄새와 아편, 배설물, 석탄산 냄새가 병원과 주변 수백 야드 공간에 가득 퍼져 있었다.

10시에 검역관 판즈워스는 병원으로 들어섰다. 석탄산과 아편을 좀더 달라고 요청한 데 이어, 거절당하기를 기대하고 바라면서 의사에게 한 차례 더 요청했다. 그는 병원을 번잡스럽게 돌아다니는 의사는 문제를 오히려 악화시킬 뿐이라고 생각했다. 그라면 과한 아편 투약은 반대했거나, 아편을 피우는 간병인들을 나무랐을 것이다. 검역관은 의사들에게 거의 쓸모가 없었다. 자신들의 존재를 과시하려고 사태를 복잡하게 만들 뿐이었다.

그는 병원에서 30분을 보내고 자신을 점심식사에 초대한 국장을 만나기 위해 가디스로 차를 몰았다. 그는 마지못해 식사 초대에는 응했으나 식전에 진을 마시거나 반주로 맥주 한잔 하자는 제안은 사양했다. 생선을 곁들인 밥과 작은 접시에 담긴 과일 스튜를 먹었다. 식사하면서 그는 제방 쌓는 일에 죄수들을 지원해달라고 요청했다.

"미안하네, 죄수를 감시할 군인이 충분하지 않아."

"하지만 상황이 심각합니다."

"그렇겠지."

판즈워스는 더 밀어붙이지 않았다. 할 수 있는 만큼만 하고는 알아서 되어가도록 내버려두었다. 그의 구역에 처음 오는 사람들은 왜 그러는지 의아해했다. 국장처럼 오래전부터 있던 사람들은 이유를 알고 있었다. 검역관 판즈워스에게는 오래된 나쁜 버릇이 있었던 것이다. 매일 아침해가 뜨는 시각에 차 한 주전자를 진하게 끓여서 아편 1그램을 삼켰다. 저녁 근무를 마치고 돌아와서도 같은 양을 삼키고는 과일 스튜와 밀빵으로 저녁식사를 준비하기 전에 약효가 나타나기를 기다렸다. 그의 아편을 훔칠지도 모른다는 불안감 때문에 상근하는 하인도 두지 않았다. 대신 일주일에 두 번 소년을 불러 방갈로를 청소하게 했고, 보고서를 보관하는 오래된 녹슨 금고 안에 아편을 넣고 문을 잠갔다. 그는 5년 동안 아편을 복용했는데, 첫해 이후로는 양을 일정하게 해 복용량을 늘리지 않았고 모르핀 주사를 맞지도 않았다. 의지가 강해서라기보다는 가능한 한 자신에게 부담을 적게 주고 싶었기 때문이었다.

병원으로 돌아왔을 때 그를 기다리는 것은 모래주머니가 아니라 콜레라 환자 시체와 그가 주고 간 아편에 취해 눈이 축 처진 세 명의 친척뿐이었다. 하지만 분개하지는 않았다. 다만 집에 도착할 때쯤 점점 약기운이 떨어지는 걸 느껴 가속페달을 좀더 세게 밟았다. 방갈로에 도착해서 아편 알을 삼키고 생수를 마신 다음 차를 끓이기 위해 등유 난로를 켰다. 찻주전자를 가지고 현관으로 나와 두 잔째 마시자 아편이 목 뒤를 통해 마른 허벅지 쪽으로 내려가는 것을 느낄 수 있었다. 판즈워스는 쉰 살 정도로 보였지만, 실제 나이는 스물여덟이었다. 그는 흙탕물 같은 강과 덤불로 뒤덮인 낮은 언덕을 바라보며 30분 정도 앉아 있었다. 어딘가에서 천둥소리가 들려왔고, 저녁식사를 준비할 무렵에는 녹슨 함석지붕 위로 빗방울이 떨어지기 시작했다.

그는 물이 철썩이는 낯선 소리에 잠이 깼다. 급히 바지를 입고 현관으로 걸어나갔다. 비는 계속 내리고 있었고, 밤사이 강물은 방갈로 밑 12인치까지, 지프 바퀴 중간 높이까지 불어나 있었다. 그는 아편 알을 삼키고 차를 끓이기 위해 난로에 물을 더 데웠다. 그런 다음 악어가죽으로 만든 글래드스턴 가방의 먼지를 털어내고 금고 서랍을 열어 짐을 꾸리기 시작했다. 옷, 보고서, 나침반, 칼집에 든 작은 칼, 45구경 웨블리 권총, 탄환 한 박스, 성냥, 휴대용 반합 등을 챙겼다. 수통에는 병에 들어 있던 생수를 채웠고, 빵 한 덩어리를 종이에 쌌다. 발밑까지 불어난 강물을 보며 차를 따르는 동안, 말로 설명할 수 없고 부적절하며 강렬한 사춘기적 욕망으로 사타구니가 죄어왔다. 의료용 약품과 아편은 다른 가방에 넣었고, 담뱃갑 크기의 예비용 아편도 두꺼운 알루미늄 은박지에 싸서 코트 옆주머니에 쑤셔넣었다. 짐을 다 꾸릴 무렵, 바지의 지퍼 부분이 부풀어올랐다. 아편이 곧 진정시켜줄 것이다.

그는 현관에서 랜드로버로 걸어갔다. 시동을 걸고 홍수 지대보다 높은 곳을 향해 차를 몰았다. 차가 거의 다니지 않는 길을 택한지라,

여러 차례 도끼로 나무를 베어 길을 내야만 했다. 해가 질 무렵, 뒤프레 신부의 의료선교 구역에 닿았다. 여긴 그의 구역이 아니었고, 신부는 전에 한 번 만났을 뿐이었다.

후광 같은 백발에 마르고 얼굴에는 홍조를 띤 뒤프레 신부가 정중하고도 차분하게 그를 맞이했다. 판즈워스가 의료용 물품을 꺼내자 신부는 잠시 환한 표정을 짓더니 사방에 방충망을 친 커다란 오두막에 불과한 양호실 겸 병원으로 그를 데려갔다. 검역관은 모든 환자에게 아편 알을 나눠주었다.

"환자들 상태가 어떻든 곧 기분이 좋아질 겁니다."

집으로 돌아가는 길을 안내하면서 신부는 말없이 고개를 끄덕였다. 판즈워스는 수통의 물과 함께 아편 알을 삼켰다. 현관에 앉을 즈음이면 약효가 나타나기 시작할 터였다. 신부는 어떻게든 적의를 감추려 하면서 그를 쳐다보았다. 판즈워스는 정확하게 무엇이 잘못되었는지 의아했다. 신부는 주저하다가 목청을 가다듬더니 긴장한 목소리로 불쑥 물었다. "한잔할 텐가?"

"고맙습니다만 사양하겠습니다. 술은 전혀 입에 대지 않거든요."

이 말에 마음이 놓인 신부의 얼굴이 인자한 표정으로 환하게 빛났다. "그럼 다른 거라도?"

"차 한잔 주시면 감사하겠습니다."

"아무렴, 아이더러 내오라 하지."

신부는 위스키와 술잔, 소다수 병을 가지고 돌아왔다. 판즈워스가 추측하기에 위스키는 아이들의 손이 닿지 않는 곳에 자물쇠를 잠가 보관하는 듯했다. 신부는 위스키를 가득 따르더니 소다수를 조금 넣었다. 그러고는 길게 한 잔 들이켜고 나서 손님을 보며 환한 미소를 지었다. 판즈워스는 신부가 아직 취하지 않은데다 양이 줄고 있는 위스키를 나눠 마시지 않아도 돼 안도하는 지금이 양해를 구하는 데 가장 좋은 순간이라고 판단했다.

"가디스에 가고 싶은데, 방법이 없을까요? 기름은 충분하지만 도로로는 갈 수 없을 것 같아서요."

신부는 지도를 꺼내 테이블 위에 펼쳤다. "절대 못 가지. 이 지역은 모두 물에 잠겼어. 유일한 방법은 여기까지 배를 타고 가는 거야…… 거기서부터 가디스까지는 강 하류를 따라 40마일 거리야. 외부 모터가 달린 배 한 척에 남자아이를 붙여 빌려줄 순 있네. 하지만 기름은 없어……"

"쭉 하류로 내려간다는 걸 감안하면, 기름은 충분할 것 같습니다."

"강에서 떠내려간 통나무들이 몰려 있는 지점을 만날 걸세. 헤쳐나오는 데 몇 시간은 걸릴 거야…… 여기서 가디스까지 가는 데 걸리는 최장 시간을 계산하고, 두 배를 하면…… 같이 따라갈 아이는 여기 이곳까지 가는 길만 아네. 이 부근은 아주 위험해…… 강이 갑자기 좁아지는데, 소리로 알아챌 수도 없고, 아무런 경고도 없어…… 통나무배를 가지고 육지로 나와 여기 이곳까지 끌고 가게…… 하루가 더 걸릴 수도 있네만 올해 이맘때라면 시도해볼 가치가 있을 걸세. 물론 자네라면 용케 해낼지도 모르네. 하지만 뭐라도 잘못된다면…… 물살이 말이야…… 아무리 수영을 잘하는 사람이라도 말이지……"

다음날 새벽, 판즈워스는 여행에 필요한 짐을 통나무배에 실었다. 소년 알리는 이목구비가 뚜렷하고 피부색이 약간 밝은 흑인이었는데,

아랍인과 검둥이의 혼혈임이 분명했다. 나이는 열여덟이었으며, 치아는 가지런했고, 수줍은 듯 슬쩍 미소를 지어 보였다. 배가 강 한가운데로 나아가자 신부는 둑에서 손을 흔들었다. 판즈워스는 느긋하게 몸을 뒤로 젖히고 앉아서 강물과 정글이 뒤로 물러나는 광경을 바라보았다. 주변에 생명의 흔적은 거의 보이지 않았다. 새 몇 마리와 원숭이 정도였다. 진흙 바닥에서 뒹굴던 악어 세 마리가 이빨을 드러내고 사악한 웃음을 지으며 강으로 미끄러져 들어갔다. 몰려 있는 통나무 더미를 여러 차례 만났는데, 그때마다 도끼로 쳐서 길을 내야 했다.

해가 지자 자갈 둑에 캠프를 쳤다. 판즈워스가 차 끓일 물을 준비하는 동안 알리는 강둑 끝으로 가서 낚싯바늘에 벌레 미끼를 매단 다음 깊고 맑은 물에 던졌다. 찻물이 끓을 즈음 알리는 몸길이가 18인치 정도 되는 물고기 한 마리를 들고 나타났다. 알리가 생선을 씻어서 토막내는 동안 판즈워스는 아편 알을 삼켰다. 알리에게도 하나를 건넸으나, 알리는 들여다보고 냄새를 맡더니 웃으며 고개를 저었다.

"중국 애들은요……" 하며 그는 몸을 구부리고 아편 파이프를 램프에 대는 흉내를 내더니, 연기를 들이마시고 눈이 축 처진 표정을 지었다. "잘 안 되네요." 그러고는 배를 움켜쥐고 앞뒤로 몸을 흔들며 웃었다.

이튿날 오후가 되자 강폭은 엄청나게 넓어졌다. 해가 질 무렵 판즈워스는 아편을 먹고 꾸벅꾸벅 졸았다. 그러다가 갑자기 화들짝 깨어 지도를 찾아보았다. 여기가 바로 뒤프레 신부가 주의를 준 곳이었다. 알리에게 몸을 돌렸지만, 알리도 이미 알고 있었다. 강기슭을 향해 배를 저어가던 중이었다.

소리 없는 급물살이 뱃전을 낚아채자 방향키에 딸린 철사가 활시위처럼 튕겨나갔다. 배는 방향을 잃고 통나무가 몰려 있는 곳으로 휩쓸려갔다. 순간 쪼개지는 듯한 굉음이 들렸고, 판즈워스는 물에 빠진 채 급류에 맞서 필사적으로 허우적거렸다. 나뭇가지가 외투를 뚫고 옆구리를 찌르자 칼에 찔린 것 같은 고통이 밀려왔다.

그는 강둑 위로 기어나왔다. 알리는 폐 깊은 곳에서부터 물을 게워내고 있었다. 그는 똑바로 앉아 가쁘게 숨을 쉬며 기침을 했다. 외투는 피가 흥건한 넝마가 되어 있었다. 주머니 속을 더듬어보고 아무것도 없는 빈손을 쳐다보았다. 아편은 어디에도 없었다. 왼쪽 허리와 엉덩이에 외상을 입었다. 그들이 건진 거라곤 알리가 칼집에 넣어 허리띠에 착용한 작은 칼과 판즈워스의 사냥용 칼이 전부였다.

판즈워스는 위치를 파악하기 위해 모래 위에 지도를 펼쳤다. 대략 계산해보니 근처의 커다란 강어귀까지의 거리는 40마일 정도였다. 일단 그곳까지 가면 뗏목을 만들어 하류를 따라 내려가 가디스에 이를 수 있을 것 같았다. 그때 뒤프레 신부의 말이 떠올랐다. "여기서 가디스까지 가는 데 걸리는 최장 시간을 계산하고, 두 배를 하면……"

어둠이 내리고 있었기 때문에 소중한 이동 시간을 포기하고라도 거기서 밤을 보내야 했다. 바깥에서 72시간을 보내면 금단증세로 몸을 움직일 수 없을 것이다. 동이 트자 그들은 북쪽으로 향했다. 이동 속도는 더뎠다. 걸을 때마다 덤불을 쳐내야 했다. 중간중간에 늪과 개울이 길을 가로막았고, 이따금 깊은 골짜기를 만나 멀리 돌아가야 했다. 평소에 쓰지 않던 힘을 쓴 탓에 아편 기운이 몸에서 빠져나가 해 질 무렵엔 열이 나기 시작했고 몸이 부들부들 떨렸다.

아침이 되자 걸을 수 없을 지경이었으나 수마일을 간신히 비틀거리며 걸었다. 다음날엔 갑작스러운 복통 때문에 1마일도 채 가지 못했다. 그다음날은 아예 움직일 수가 없었다. 알리는 쥐가 난 다리를 마사지해주고 물과 과일을 가져다주었다. 그곳에서 나흘 밤낮을 꼼짝도 못하고 누워 있었다.

그는 이따금 졸다가 악몽에 놀라 비명을 지르며 깨어났다. 꿈에서 종종 크기와 생김새가 이상한 지네들과 전갈들이 무서운 속도로 갑자기 달려들었다. 반복되는 또다른 꿈에선 어느 근동近東 도시의 시장이 등장했다. 처음엔 모르는 곳이었으나, 마치 무시무시한 기억의 조각이 천천히 아귀를 맞추기라도 하는 것처럼 걸음을 내디딜수록 점점 더 낯이 익었다. 음식과 상품이 하나도 없는 텅 빈 진열대, 굶주림과 죽음의 냄새, 녹색 섬광과 낯설고 희뿌연 태양, 지나가는 그를 쳐다보려고 돌아서는 얼굴마다 담긴 이글거리는 유황빛 증오. 모든 사람들이 그를 가리키며 알아들을 수 없는 말로 소리를 질렀다.

그는 여덟째 날이 돼서야 걸을 수 있었다. 복통과 설사로 여전히 힘들긴 했으나, 다리의 경련은 거의 사라졌다. 열흘째에는 눈에 띄게 상태가 좋아지고 기운도 나서 생선을 먹을 수 있을 정도였다. 열나흘째 되는 날 그들은 넓고 맑은 강가의 모래 둔덕에 이르렀다. 틀림없이 그들이 찾던 지류가 흘러드는 곳이었다. 알리는 양철통에 석탄산 비누를 보관하고 있었다. 그들은 넝마가 된 옷을 벗고 차가운 물속으로 들어갔다. 판즈워스는 앓는 동안 찌든 때와 땀과 냄새를 씻어냈다. 알리가 그의 등에 비누칠을 하자 판즈워스는 사타구니가 갑자기 죄어오는 것을 느꼈다. 그는 발기를 감추려고 알리를 등진 채 강가로 걸어나갔고,

알리는 비누를 씻어내기 위해 물을 뿌리면서 웃으며 뒤따라 나왔다.

판즈워스는 셔츠와 바지를 입고 아무 말 없이 멍하니 엎드린 채, 등에 내리쬐는 햇볕과 차츰 나아가는 긁힌 상처 부위의 가벼운 통증을 느꼈다. 그는 알리가 벌거벗은 채 몸 위에 올라앉아 두 손으로 등을 마사지하다 엉덩이로 내려가는 것을 느꼈다. 무언가가 아련한 기억의 심연을 떠돌다가 몸속에서 떠오르고 있었다. 마치 사춘기 시절에 겪었던 기이한 사건이 스크린에 투사되는 것을 보는 듯했다. 그는 열네 살이었고, 영국박물관의 유리 진열관 앞에 서 있었다. 주위에는 아무도 없었다. 진열관 안에는 키가 2피트가량 되는, 등을 대고 누운 남자의 형상이 전시되어 있었다. 그는 아무것도 걸치지 않았으며 오른쪽 무릎은 구부러져 있었고, 남근을 드러낸 채 지상으로부터 몇 인치 떠 있었다. 두 손은 손바닥을 아래로 하여 앞으로 뻗은 상태였고, 얼굴은 악어와 재규어의 중간쯤 되는 파충류나 포유류 같았다.

소년은 숨을 가쁘게 내쉬며 남자의 허벅지와 엉덩이, 성기를 바라보았다. 아랫도리가 딱딱해지고 젖으면서, 바지의 지퍼 부분이 솟아올랐다. 그 형상을 향해 자위를 하자 가랑이 사이로 황홀한 팽만감이 솟구쳤고, 계속해서 용두질을 하는 동안 이제까지 맡아본 적은 없지만 익숙하면서도 야릇한 냄새가 났다. 벌거벗은 남자가 넓고 맑은 강가에 몸을 웅크린 채 누워 있었다. 은빛 반점들이 눈앞에서 끓어올랐고, 그는 사정을 했다.

알리는 두 손으로 그의 엉덩이를 벌리고 항문에 침을 뱉었다—그의 몸이 열리자 그것이 조용히 안으로 돌진해 들어왔고, 그는 오른쪽 무릎을 구부린 채 턱을 앞으로 내밀었고, 머리가 멍해지더니 냄새가 안에서부터 뿜어져 나왔다…… 그의 몸이 끓어오르면서 뜨거운 물질을 분출하는 동안 거친 숨소리가 입에서 터져나오며 눈앞에서 빛이 번쩍였다.

　무대 배경 정글. 녹음기에서 개구리가 울고 새가 지저귄다. 사춘기 소년 판즈워스는 모래 위에 엎드려 있다. 알리와 섹스를 하는 동안 판즈워스는 쾌락에 젖어 천천히 몸을 꿈틀거리고, 이를 드러내 보이며 불량한 웃음을 짓는다. 조명이 잠시 어두워진다. 조명이 다시 밝아지자 판즈워스는 엉덩이 부분만 맨살이 드러난 앨리게이터 슈트를 입고 있고, 알리는 계속해서 섹스를 한다. 판즈워스가 알리와 함께 무대 뒤로 나가면서 관객을 향해 물갈퀴 손가락 하나를 치켜든다. 그때 해병 군악대가 〈셈퍼 파이*〉를 연주한다. 무대 뒤에서 물이 철썩거리는 소리.

---

* '항상 충성하라'는 뜻의 라틴어. 미국 해병대의 좌우명으로 쓰인다.

민중의 쌍안경으로 티베트를 바라보다

정찰대는 시냇가 마을에서 수백 야드 떨어진 곳에 멈추었다. 옌 리는 대원들이 앉아서 담배를 피우는 동안 쌍안경으로 마을을 살펴보았다. 마을은 산 쪽으로 나 있었다. 시냇물이 마을을 가로질러 흘렀고, 수도원 가는 길목의 경작지 위에 웅덩이를 이루고 있었다. 꼬불꼬불 가파른 거리나 물웅덩이 주변에 생명의 흔적이 없었다. 계곡에는 비상시 몸을 숨길 만한 크고 둥근 바위들이 여기저기 흩어져 있었으나, 매복은 없을 듯했다. 옌 리는 쌍안경을 내리고 부하들에게 따라오라는 신호를 보냈다.

그들은 뒤에서 엄호하게 하고 한 번에 두 명씩 돌다리를 건넜다. 만약 숨어서 방어하는 적군이 발포한다면, 지금이 절호의 기회일 터였다. 다리 건너엔 산허리까지 꼬불꼬불 길이 나 있었다. 길 양옆에는 돌로 지은 오두막이 있었지만, 대부분 폐허가 되었거나 아무도 살지 않는 모양이었다. 양 길가를 따라 폐허가 된 오두막 뒤에 몸을 숨기면서 이동하는 동안 옌 리는 점점 심해지는 정체 모를 역겨운 냄새를 감지했다. 그는 정찰대를 멈춰 세우고 냄새를 맡았다.

서구 국가의 정찰 장교들과 달리 옌 리는 고도의 직관력 때문에 선발되었으며, 어떤 상황에서든 예상 밖의 잠재 요소를 적절히 간파하여 찾아내도록 훈련받았다. 동시에 평범하고 일상적인 상황에도 똑같이 주의를 기울였다. 그는 면밀하면서도 객관적이고, 무심하면서도 기민한 태도를 익혔다. 군사학교 23에서 실제와 같은 상황에서 훈련을 받았기 때문에 훈련이 언제 시작되었는지도 몰랐다. 모든 지시는 실제 상황을 통해 전달되었으므로 교관을 본 적도 없었다.

옌 리는 홍콩에서 태어나 열두 살까지 살았기에 영어는 제2의 모국어나 다름없었다. 그후 가족은 모두 상하이로 이주했다. 십대 초반에 옌 리는 미국 비트 세대 작가들의 작품을 읽었다. 공식 검열로부터 자유로워 보이는 홍콩의 어느 책방에서 구입한 책들이었다. 주인이 통화 교환도 취급하는 가게였다.

열여섯 살이 되자 그는 군사학교에 보내졌고, 무기 다루는 훈련을 집중적으로 받았다. 6개월 후 대령이 그를 부르더니 상하이로 돌아가라고 명령했다. 훈련에 전념한 이래로 탁월한 솜씨를 보였던 터라 그는 대령에게 혹시 자신의 성적이 만족스럽지 않아서 보내는 것이냐고 물었다. 대령은 주변을 둘러보았다. 마치 허공에 무언가를 그리듯. 윗사람의 눈에 들려는 욕심이 클수록 어떤 상황에서는 다른 것들도 세심하게 주의를 기울여야 한다고 넌지시 일러주었다.

냄새는 보이지 않는 벽처럼 다가왔다. 그는 걸음을 멈추고 집에 기대섰다. 부식된 금속이나 금속 찌꺼기 냄새라고 판단했다. 정찰대는 아직 폐허가 된 마을 외곽에 있었다. 병사 한 명이 땀범벅이 된 얼굴로 심하게 구토를 하고 있었다. 그는 몸을 곧추세우더니 곧바로 시냇물을 향해 뛰었다. 옌 리가 그를 멈춰 세우며 말했다. "물을 마시거나 얼굴에 튀기면 안 돼. 시냇물은 마을을 가로질러 흐르고 있다고."

옌 리는 앉아서 다시 한번 쌍안경으로 마을을 살펴보았다. 마을 사람은 한 명도 보이지 않았다. 쌍안경을 내려놓고서 그는 서구인들이 '영적 여행'이라고 부르는 유체이탈법으로 마을을 탐사했다. 그는 사격 자세를 취한 채로 거리를 걷고 있었다. 총은 당장이라도 불을 뿜을 준비가 되어 있었고, 흥분이 손끝으로 전해져왔다. 그는 문을 박찼다.

물어봤자 소용없으리란 것을 한눈에 알 수 있었다. 말로는 아무런 정보도 얻지 못할 것이다. 남자 한 명과 여자 한 명이 병에 걸려 죽어가고 있었고, 얼굴에는 인광燐光을 내는 상처가 뼈까지 파고들었다. 좀 더 나이든 여인은 이미 죽어 있었다. 바로 옆 오두막에선 다섯 구의 시신이 발견되었는데, 모두 노인이었다.

다른 오두막에선 한 청년이 담요로 하반신을 덮은 채 침상 위에 누워 있었다. 젖꼭지처럼 생긴 약 1인치 크기의 선홍빛 종기들이 뭉텅이로 가슴과 배를 뒤덮고 있었고, 얼굴과 목 부분에서도 피어나기 시작했다. 종기가 퍼지는 모습이 이국적인 식물처럼 보였다. 종기에서 흘러나오는 진줏빛 액체가 살갗을 파고들어가 빛을 내는 상처를 남겼다. 옌 리의 존재를 느낀 청년은 천천히 바보 같은 미소를 지으며 몸을 돌려 한 손으로 피부에 난 종기를 어루만졌고, 다른 한 손은 담요

밑의 가랑이 쪽으로 가져갔다. 엔 리는 다른 오두막에서 무언가를 언뜻 봤으나 기억에서 얼른 지워버렸다.

엔 리는 수도원을 향해 걸어갔다. 그러다가 걸음을 멈췄다. 힘이 빠지자 총이 무겁고 단단하게 느껴졌다. 조용히 끊이지 않고 내리는 빗줄기처럼 저 위의 수도원으로부터 전해오는 죽음의 예감 앞에서는 어떤 훈련도 도움이 되지 않았다. 수도원에는 아마도 방사능이나 영靈분열 같은 치명적인 기운이 있는 것이 분명했다. 그는 마을 사람들을 괴롭히는 질병이 방사성 바이러스 때문일 거라는 추측에 이르렀다. 서구의 일급비밀에 속하는 연구가 이 방향으로 움직이고 있다는 사실을 알고 있었다. 이미 2차대전 무렵에 영국은 둠즈데이 버그로 알려진 방사성 바이러스를 개발해놓은 상태였다.

육체로 다시 돌아온 엔 리는 지금까지의 관찰과 추측을 곰곰이 돌이켜보았다. 무엇을 보았기에 급하게 기억에서 지운 걸까? 종기를 젖꼭지처럼 빨고 있는 반투명 새우 같은 작은 생명체…… 그리고 또다른 것 말고…… 생체 방어 반응이 통제할 수 없는 정보로부터 자신을 보호하리라는 것을 알았기에 더이상 생각하지 않았다. 아마도 수도원 내에 연구소가 있어서 마을을 실험 장소로 사용하는 듯싶었다. 그렇다면 기술자들은 방사선으로부터 어떻게 자신을 보호하는 걸까? 연구소를 원격으로 조종하는 걸까? 아니면 점진적인 피폭으로 기술자들에게 면역이 생긴 것일까? 연구소에 정교한 DOR* 장치가 있는 걸까?

---

* Deadly Orgone Radiation. 치명적인 오르곤 방사선이라는 뜻이다.

그는 워키토키를 들었다. "데드라인, 여기는 프리토크······"

"무슨 일인가?" 대령의 목소리는 냉랭했고 어딘가 조급함이 느껴졌다. 사관생도들은 정찰중 일어나는 일은 알아서 처리하고 비상시에만 연락하도록 훈련을 받은 터였다. 엔 리는 마을에서 목격한 것을 상세히 보고하며 수도원에서 감지되는 죽음의 기운에 대해 설명했다. "마치 벽과 같습니다. 뚫고 들어갈 수가 없습니다. 제 부하들도 마찬가지입니다······"

"마을에서 철수해 캠프를 치게. 위생반과 검역관이 그곳으로 가는 중이네."

의사는 괴로워

닥터 피어슨은 한 번에 반 그레인씩, 하루 세 번 아편주사를 맞으면서도 여태 이를 숨겨온 용의주도한 중독자였다. 여덟 시간의 근무가 끝날 무렵이면 마음이 흐트러져, 응급실에서 전화가 오면 오래 붙들려 있거나 야근하는 일이 없기를 바랐다. 물론 혀 밑에 반 그레인을 밀어넣을 수도 있었으나 그건 비효율적인 방법으로 여겨졌다. 그보다는 아편주사를 침대에서 맞고 싶었다. 침대에 누워 천장을 보며 담배를 태우면서, 목덜미를 타고서 넓적다리 아래로 퍼져내려가는 약기운을 느끼고 싶었다. 그는 가방을 향해 손을 뻗다가 손등이 까진 것을 발견했다. 언제 어디서 그랬는지 기억이 나지 않았다. 그럴 수 있다, 고통을 느끼지 못하면.

"홍역 같은데요, 선생님."

피어슨은 내키지 않는 마음으로 소년의 얼굴을 바라보았다. 그는 아이들, 청소년, 동물을 싫어했다. '귀엽다'는 말은 그의 감정 사전에 등록돼 있지 않았다. 소년의 얼굴에 빨간 반점들이 있었는데 홍역치고는 꽤 커 보였다……

"간호사, 잠깐 이리로 와봐요. 이게 뭐든…… 다른 환자들로부터 격리시켜요. 환자들에게 옮길까 신경쓰여서가 아니라 병원 방침이니까."

소년은 휠체어에 실려 칸막이 침실로 옮겨졌다. 의사는 마지못해 차가운 손으로 담요를 소년의 허리 부분까지 접어내렸다. 소년은 속옷을 입고 있지 않았다.

"왜 벗고 있지?" 그는 옆의 간호사들에게 딱딱거렸다.

"여기 올 때부터 그랬어요."

"음, 뭐라도 입혔으면 좋았을 텐데……" 그러고는 간호사들에게 돌아서며 말했다. "왜들 그러고 서 있는 거야? 나가! 그리고 거기, 간호사, 뭘 그렇게 넋을 잃고 보고 있어? 격리병동에 침대 하나 신청해, 어서."

이렇게 날뛸 때면 늘 기분이 나빴다. 하지만 희한하게도 약을 한 번 복용하고 나면 기막히게 좋아졌다. 의사는 침대에 누워 있는 소년을 향해 돌아섰다. 의사로서 마땅히 해야 할 일이 있었다. 이 히포크라테스는 단호한 표정으로 담요를 가리켰다. "자, 그 작고 발가벗은 놈을 한번 봐야겠는걸." 그는 담요를 소년의 무릎까지 접어내렸다. 소년은 발기되어 있었다. 생식기와 인접 부위는 빨간 비키니처럼 온통 선홍색이었다.

의사는 뱀의 공격으로부터 도망치듯 몸을 뒤로 뺐지만, 피하기에는 이미 늦었다. 정액 덩어리가 살갗이 까진 오른손 손등을 맞혔다. 그는 혐오감에 외마디소리를 내지르며 정액을 닦아냈다. 그때는 알아차리지 못했지만 나중에 생각해보니 약간 얼얼한 감각을 느꼈었다. 인간의 육체를 싫어하는데 왜 의사라는 직업을 택했는지 스스로도 의아했다. 게다가 이 더러운 아이 때문에 약 먹을 시간이 지연되고 있었다. "이 더러운 꼬마 녀석!" 그는 짧게 쏘아붙였다. 소년은 킬킬거리며 웃었다. 의사는 담요를 소년의 턱까지 끌어올렸다.

손을 씻고 있는 동안 간호사가 소년을 격리병동으로 옮기기 위해 잡역부와 함께 들것을 갖고 들어왔다. 의사는 코를 킁킁댔다. "세상에, 이게 무슨 냄새지?…… 간호사, 무슨 냄새인지는 모르겠지만 토할 것 같군. 이 아이가 성적인 섬망 상태에 있었나봐. 애한테서 지독한 냄새도 나고. 광범위 항염제를 신청해요…… 코르티손으로. 빨강머리 짐승들이 특히 걸리기 쉽다는 알레르기일지도 모르니까. 그리고 일반 항생제도 함께…… 성적 섬망이 지속되면 모르핀을 바로 투약하고." 의사는 숨을 가쁘게 쉬며 손수건을 입과 코에 갖다댔다. "그 질병 덩어리를 당장 여기서 가지고 나가." (그는 항상 환자를 '질병'이라고 표현했다.) "격리해놓은 장티푸스 환자가 있나?" 그가 물었다.

"아뇨, 현재는 없습니다."

"그래, 그게 여기 있어서는 안 되지."

약을 복용하고 간신히 침대에 눕자마자 전화벨이 울렸다. 병원장이었다. "피어슨, 우리 구역에서 전염병이 발생한 것 같네. 직원들을 모두 즉시 병원으로 복귀시키게."

그 더러운 꼬마 녀석 때문일까? 그는 옷을 입고 가방을 챙겨 병원으로 걸어가면서 생각했다. 병원 입구 주변에 경찰이 쳐놓은 출입 통제선이 눈에 들어왔다.

"아, 선생님 오셨군요. 저쪽에 마스크 있습니다."

"제가 도와드릴게요." 제복을 입은 젊고 활달한 아가씨가 노골적으로 가슴을 그에게 비비대며 말했다. 그 아가씨가 씌워주는 마스크를 착용하기도 전에 그는 냄새를 맡았고 직감했다. 이 모든 사달이 그 더러운 꼬마 녀석 때문이라는 걸.

병원 안은 단테의 『신곡』에 나오는 지옥을 방불케 했다. 복도에는 들것들이 양옆으로 늘어서 있었고, 정액이 담요, 벽, 마루 할 것 없이 온 사방에 뿌려져 있었다.

"조심하세요, 선생님." 수다스러운 늙은 간호사가 그의 팔을 잡으며 말했다. "한 발 한 발 조심해서 내디디세요, 그렇죠…… 끔찍해요, 선생님, 나이가 많은 환자들이 파리처럼 죽어가고 있어요."

"뻔한 얘기는 듣고 싶지 않아요, 간호사…… 내 담당 병동으로 안내나 해줘요."

"북동쪽 통로로 가시면 돼요. 이쪽이요."

떠올릴 수 있는 온갖 종류의 역겨운 교미 행위가 눈앞에서 벌어지고 있었다. 몇몇은 베갯잇과 수건을 상대방의 목에 감고 볼썽사나운 몸싸움을 하고 있었다. 이 미친 환자들이 위험하게도 서로를 목 졸라 죽이려는 모습에 놀란(이 지점에서 그는 정액에 미끄러질 뻔했다) 그는 간호사들에게 그들을 막으라고 지시했으나 아무 소용이 없었다.

"간호사, 우선 모르핀과 쿠라레부터 쓰도록 하지."

"죄송해요, 선생님, 나이든 환자들한테 모르핀을 다 써버렸어요. 결국 끔찍한 발작 증세를 보이고들 있지만요."

이 무시무시한 말에 의사의 얼굴은 죽은듯 창백해졌다. 그는 어지럼증을 느끼고 마루에 쓰러졌다. 얼굴은 이미 붉은 반점으로 뒤덮여 있었다. 옷을 벗길 무렵 감염이 몸 전체로 확산되었고, 자연 오르가슴이 관측되었다.

그후 닥터 피어슨은 그동안 중독된 약물 덕분에 회복되어 민감한 생물학 프로젝트를 진행하기 위해 피클 공장*으로 향했다.

---

* CIA를 가리키는 속어.

죽음에 이르는 정치

　조용한 외딴 회의실. 닥터 피어슨은 강연 원고를 앞에 두고 테이블의 상석에 앉아 있다. 그가 딱딱하고 단조로운 학자 같은 목소리로 말한다.

　"위원회의 신사 숙녀 여러분, 저는 바이러스 B-23의 예비 실험에 관하여 보고드리고자 합니다…… '붉은 밤의 도시들'에서 창궐한 이 바이러스의 근원을 살펴보건대, 북쪽 하늘을 뒤덮었던 붉은빛은 적열병으로 알려진 전염병을 일으키는 방사선의 일종이었으며, 바이러스 B-23이 원인체임이 밝혀졌습니다.

　바이러스 B-23은 특히 생물학적 변이를 일으키는 바이러스로 알려져왔습니다. 한번 감염되면 많은 경우에 치명적인 생물학적 변형을 일으키며, 살아남더라도 영구히 유전되어 생존자들을 통해 전파됩니다. 이 도시들의 원래 거주자들은 흑인이었으나, 곧 다양한 알비노의 변형들이 나타났습니다. 이 증상은 고도로 발전한 인공수정 기술에 의해 그들의 후손에게 옮겨졌습니다. 사실 이러한 돌연변이 임신 가운데 일부는 어떻게 이루어졌는지 현대과학으로도 알 수 없습니다. 동정 임신설 혹은 바이러스에 의한 임신설이 퍼지고 있으며, 중세 민담에 나오는 마녀, 악령 숭배자의 전설까지 등장할지 모르는 상황입니다."

닥터 피어슨의 강연은 계속 이어진다. "신경중추에서 직접 활성화되는 이 바이러스는, 마치 광견병에 걸린 개가 다른 개를 물어서 광견병 바이러스를 퍼뜨리듯이, 바이러스의 전파를 용이하게 하는 성적 광란을 일으킵니다. 그 결과 다양한 형태의 성적 살상, 가령 성행위중에 목을 매달거나 목을 졸라 죽이든가, 성적 희열 상태에서 죽음을 부르는 약물을 투여하는 등의 살상이 진행됩니다. 성관계 도중에 자주 사망하는 것으로 보아 이는 바이러스에 의한 변형을 전파시키기에 특히 좋은 상황으로 사료됩니다.

지금 드리는 말씀은 고도의 미수정未受精 유전물질과도 관련이 있습니다. 새로 잉태된 백인종은 생물학적 번식을 위해 지금도 싸우고 있는 중입니다. 바이러스는 이를 위해 가장 유용하게 사용되어왔습니다. 하지만 저는 바이러스 B-23을 지금의 미국과 유럽에 도입하자는 의견에 의문을 제기합니다. 그것이 에…… 몹시 곤란한 상황을 겪고 있는 에…… 말없는 다수를 진정시킬 수 있다 하더라도, 이미 회복할 수 없을 만큼 손상된 유전물질을 그러한 병원체에 노출함으로써 상상을 초월하는 치명적인 변종이 생겨나 영구히 퍼져나갈 수 있는 생물학적 위험을 반드시 고려해야 합니다……

다른 제안도 있었습니다. 운루 폰 슈타인플라츠 박사의 방사성 바이러스 연구에 대해 말씀드리겠습니다. 광견병, 간염, 천연두와 같이 이미 공식 인정된 바이러스 질병을 연구하면서 슈타인플라츠 박사는 수일 내에 인구 전체를 말살시킬 수 있는 도저히 믿지 못할 유독성을 지닌, 공기로 전염되는 변종을 만들어내려고 여러 세대의 바이러스를 핵방사선에 노출시켜보았습니다. 그런데 이 계획에는 한 가지 결함이 있습니다. 비료로 쓰기에도 부적합한 수십억의 방사성을 띤 시체를 처리하는 문제입니다.

신사 숙녀 여러분, 지긋지긋한 인구과잉 문제를 해결하기 위해서라도 시간 제약에 얽매이지 말고 우리의 실험무대를 과거로 옮길 것을 제안합니다. 바이러스를 에…… 과거로 가면 억제할 수 있는 것인지 의문이 들 수도 있습니다. 그에 대한 답은, 확신을 갖고 말할 수 있는 충분한 데이터가 없다는 것입니다. 그래서 말씀드리자면, 바이러스는 성격상……"

닥터 피어슨이 강연하는 동안 연갈색 머리에 연푸른색 눈을 가진 삼십대 초반의 마른 남자가 메모를 하고 있었다. 그 남자는 고개를 들더니 독일 악센트가 희미하게 배어 있는 맑고 높은 목소리로 말했다. "몇 가지 질문이 있습니다."

"그러시지요." 불쾌한 듯 차가운 말투로 피어슨이 말했다. 지금 질문하는 자가 누구인지 잘 알기에 그가 오늘 이 회의에 초대받지 않길 바라던 터였다. 그는 덴마크 태생의 욘 알리스타이르 페테르손으로, 현재 영국에서 비밀 정부 프로젝트를 수행하고 있었다. 그는 질적 자료를 처리하는 컴퓨터를 개발한 바이러스학자 겸 수학자였다.

페테르손은 의자에 등을 기댄 채 한쪽 발목을 다른 쪽 무릎 위에 올려놓았다. 그는 런던의 카너비 스트리트에서 산 요란한 셔츠 주머니에서 마리화나 담배를 꺼냈다. 피어슨의 눈에는 저속해 보였다. 페테르손은 위원회 위원들의 못마땅한 표정은 안중에 없는 듯 담배에 불을 붙이고 천장을 향해 연기를 내뿜었다. 그러고는 메모지를 내려다보았다. "첫번째 질문은 에…… 학술 용어에 관한 것입니다." 피어슨은 페테르손이 자신의 학술적인 말투를 흉내내자 그만 짜증이 났다.

"선생께서도 당연히 알고 계시겠지만, 슈타인플라츠 교수의 실험은 동물들에게 다양한 바이러스를 접종한 다음 그 동물들을 방사선에 노출시키는 것입니다. 이러한 노출은 변종 바이러스를 만들어냈고, 그 변종들은 점점 더 유독성이 강해져서……" 그는 길게 담배 한 모금을 빨더니 메모지 위로 연기를 내뿜었다. "에……전염성이 증가하는 경향을 보였지요. 쉽게 말하자면, 변종 바이러스는 전염성이 훨씬 더 강했습니다."

"제가 이제 막 한 얘기를 정확하게 풀어주셨네요."

"꼭 그런 것은 아닙니다. 변종 바이러스는 방사선에 의해 생겼고, 실험에 쓰인 동물들은 방사선에 노출되고 나서 어느 정도는 방사능을 띠었지만 위험할 정도는 아니었습니다…… 바이러스가 방사선에 의해 생긴 것은 사실이지만, 그렇다고 해서 바이러스 자체가 반드시 방사능을 띠었던 것은 아닙니다. 선생께서 사용하신 방사성 바이러스라는 용어와 에…… 무수한 방사성 시체를 환기시키신 점이 혹시 오해의 소지가 있다고 보진 않으시는지요?"

닥터 피어슨은 불쾌한 마음을 감추기 어려웠다. "제가 지적하려는 것은, 무엇보다 우리의 공적 이미지를 크게 훼손할 수 있는 대규모 실험에 내재한 심각한 위험 때문에 우리의 데이터는 불완전……"

"아, 예. 물론이지요. 제 말씀을 좀더 들어주시기 바랍니다. 몇 가지 질문을 더 드렸으면 하는데요…… 바이러스 B-23이 방사선에서 비롯되었다고 말씀하셨죠?" 페테르손이 물었다.

"그렇게 말했습니다."

"그렇다면 슈타인플라츠 박사가 개발한 바이러스와는 어떻게 다른지요?"

"그 점은 이미 분명히 밝혔다고 생각하는데요. 붉은빛에서 나온 방사선의 형태는 현재로서는 알려지지 않았습니다."

"그렇다면 이 경이로운 방사선의 성격이나, 그것이 실험실에서 어떻게 만들어질 수 있는지를 모른다는 말씀이시네요?"

"예, 그렇습니다."

"그것이 라이히의 DOR, 즉 방사능 물질을 철을 두른 유기물 용기에 넣어서 생긴 치명적인 오르곤 방사선과 유사할 수 있다는 생각은 안 해보셨는지요?"

"말도 안 되는 소리! 라이히는 사기꾼이었소! 미치광이였다고!"

"그럴지도 모르죠…… 하지만 그렇게 간단하고 **돈**이 안 드는 실험이라면…… 먼저 단순포진부터 시작해보면 될 텐데요."

"무슨 쓸모가 있을지 모르겠군요……" 피어슨은 테이블 주위를 둘러보았다. 사람들이 돌처럼 냉담한 표정으로 그를 쳐다보았다. 그는 무언가를 감추고 있었고, 사람들도 그것을 알아차렸다.

피어슨 박사는 손목시계를 들여다보았다. "유감스럽지만 이만 끝내야겠습니다. 비행기 시간 때문에요."

페테르손이 손을 들었다. "선생님, 제 질문이 아직 안 끝났는데요⋯⋯ 선생님처럼 높은 분이라면 비행기 이륙 시간이 조금 지체되더라도 문제없이 처리될 거라 믿습니다⋯⋯ 자, 슈타인플라츠 박사가 개발한 바이러스 균은 모체母體 세균보다 전염성과 유독성이 좀더 강하지만 쉽게 알아볼 수 있지요. 예를 들어 일반적인 의사라면 대기 중의 광견병 바이러스를 임상에 의해 광견병으로 인지해낼 수 있듯이 말입니다. 바이러스 균이 칵테일에 섞이더라도 개별 성분은 비교적 쉽게 알아낼 수 있지요. 그렇지 않은가요, 피어슨 박사님?"

"이론적으로는 그렇지요. 하지만 대규모로 노출되지 않은 상황에서, 바이러스가 감식하기 어려운 더 많은 변형을 거칠지 어떨지 알 수 없습니다."

"맞습니다. 제가 말씀드리려는 점은 슈타인플라츠 박사는 이미 알려진 바이러스를 가지고 실험했다는 단순한 사실입니다⋯⋯ 피어슨 박사님, 방금 전 바이러스 B-23은 알려지지 않은 방사선에서 비롯되었다고 말씀하셨죠. 그 말은 이 바이러스가 허공에서 느닷없이 생겨났다는 뜻인가요? 그럼 이렇게 말씀드려보죠. 어떤 바이러스 혹은 바이러스들이 이 방사선으로 인한 미확인 변종으로 알려졌다는 얘긴지요?"

"거듭 말씀드리자면, 방사선과 바이러스 혹은 바이러스들 모두 현재로서는 정체를 알 수 없습니다." 피어슨이 능글맞게 말했다.

"바이러스의 징후는 바이러스 공격에 맞서려는 신체의 반응으로 나타나는 것입니다. 설사 전혀 알려지지 않은 바이러스라 하더라도 징후를 통해서 상당한 양의 데이터를 흘려보내게 되는 법입니다. 반면에 어떤 바이러스가 아무런 징후도 드러내지 않는다면, 그것의 존재를 알 수 있는 방법이 전혀 없는 셈이지요. 그것이 바이러스라는 사실조차 알 도리가 없습니다."

"그래서요?"

"그렇다면 문제의 바이러스는 잠복중이거나 숙주宿主와 양성적 공생 관계에 있을 수 있다는 뜻입니다."

"물론 그럴 수 있지요." 피어슨이 수긍하듯 말했다.

"자, 그럼 바이러스 B-23의 징후를 살펴볼까요. 열, 발진, 특유의 악취, 성적 광란, 섹스와 죽음에 대한 강박…… 이러한 징후들이 그렇게 낯설고 생경한 것인가요?"

"무슨 말인지 모르겠소."

"좀더 분명하게 말씀드리죠. 격렬한 사랑을 하면 몸에 징후가 나타날 수 있음을 우리는 알고 있습니다…… 발열이라든가…… 식욕 감퇴…… 심지어 알레르기 반응 같은 징후 말입니다…… 사랑보다 강박적이고 자기파괴적인 것은 없습니다. 바이러스 B-23의 징후는 우리가 '사랑'이라고 부르기 좋아하는 것의 징후에 불과하지는 않은가요? 흔히 이브는 아담의 갈비뼈로 만들었다고 하지요…… 그래서 간염 바이러스는 한때 건강한 간세포로 알려졌습니다. 숙녀분들, 제 말에 절대 모욕할 의도가 없음을 이해해주신다면…… 우리는 모두 태생적으로 바이러스에 감염되어 있습니다. 남성과 여성에게서 나타나는 모든 인간 의식의 특질은 근본적으로 바이러스 메커니즘입니다.

제 생각에 '다른 반쪽'으로 알려진 이 바이러스는 붉은 밤의 도시들에서 노출된 방사선으로 인해 악성으로 변형된 것입니다."

"무슨 말인지 모르겠군요."

"제 말이 어려웠나요?…… 좀더 말씀드리면 바이러스 B-23을 봉쇄하려는 어떤 시도도 효과가 없을 거란 얘기입니다. 왜냐하면 바로 우리가 바이러스 B-23을 몸에 지니고 다니기 때문입니다." 페테르손이 말했다.

"지금 소설 쓰십니까? 다른 바이러스들은 잘 제어되었습니다. 그런데 왜 이 바이러스만은 예외라는 거죠?"

"인간 바이러스이기 때문입니다. 수천 년 동안 양성으로 잘 공존해오다가 이제는 다시 악성 변종…… 슈타인플라츠 박사가 말한 '처녀지 전염병'의 시기가 도래한 것입니다. 이것은 핵실험중에 이미 유출된 방사선에서 비롯되었을 수 있습니다……"

"도대체 무슨 말이오, 페테르손 박사?" 피어슨이 말을 끊으며 물었다.

"제 요점은 간단합니다. 인류의 입지는 더이상 견고하지 않다는 것입니다. 끝으로 한 가지만 더 말씀드리면, 아시다시피 현재 시베리아에 난 거대한 구멍은 유성이 떨어져 생긴 것으로 여겨지고 있습니다. 그 유성으로부터 문제의 방사선이 나왔다는 가설이 있는데요. 어떤 사람들은 그것이 유성이 아니라 블랙홀, 즉 이 고대 도시의 주민들이 최후의 종말을 맞아 그 속으로 시간 여행을 떠났다는, 실재reality 조직에 난 구멍이라고 추측하기도 합니다."

구출

세피아색 에칭이 스크린에 보인다. 밑에는 금색 글자로 다음과 같
이 적혀 있다. '신사 해적 스트로브 부함장의 교수형. 파나마시티,
1702년 5월 13일.' 법원 앞 광장 한가운데에서 스트로브 부함장이 목
에 밧줄이 매인 채로 교수대에 서 있다. 그는 18세기 의상을 입은 스
물다섯 살의 날씬하고 잘생긴 청년으로, 금발을 뒤로 넘겨 하나로 묶
은 모습이다. 그는 경멸 어린 눈초리로 군중을 내려다보고 있다. 병사
들이 교수대 앞에 일렬로 서 있다.

에칭 판화는 축축한 열기와 잡초, 개펄, 하수구 냄새를 뿜으며 천천
히 실물로 살아난다. 독수리들은 누런 벽토가 여기저기 벗겨진 낡은
법원 위에 앉아 있다. 몸이 가냘프고 여자처럼 생겼으며, 번들번들한
물결 모양 머리카락에 눈이 반짝반짝 빛나는 집시 교수형 집행인은

능글맞은 미소를 지으며 교수대 옆에 서 있다. 군중은 조용하다. 입을 벌린 채, 기다리고 있다.

장교의 신호가 떨어지자 병사 한 명이 도끼를 들고 앞으로 걸어나와 단상 밑의 지지대를 내리친다. 스트로브 부함장은 아래로 떨어져서 공중에 매달린다. 두 발은 여기저기 깨진 틈 사이로 잡초와 덩굴이 자라나고 있는 석회석 포장도로에서 몇 인치 떨어진 허공에 떠 있다. 5분 동안 정적이 흐른다. 독수리들이 머리 위를 맴돈다. 스트로브의 얼굴에 야릇한 웃음이 번진다. 황록색 후광이 그의 몸을 감싼다.

정적은 폭발에 의해 산산조각난다. 석조물 조각들이 비처럼 광장 위로 쏟아져내린다. 폭발과 함께 스트로브의 몸은 긴 아치를 그리며 날아가고, 두 발은 잡초 덤불을 스친다. 교수대를 지킬 여섯 명만을 남긴 채 병사들은 모두 무대 밖으로 뛰쳐나간다. 칼과 단도, 총을 꺼내 든 군중이 앞으로 밀어닥친다. 병사들은 무기를 빼앗긴다. 말레이 사람처럼 생긴 작은 소년은 칼을 던지며 하얀 치아와 진홍빛 잇몸을 드러낸다. 소년이 던진 칼은 교수형 집행인의 쇄골 바로 위의 목에 명중한다. 교수형 집행인은 돌에 맞은 새처럼 비명을 지르고 피를 토하며 쓰러진다. 스트로브 부함장은 밧줄에서 풀려나 기다리고 있던 마차로 실려간다.

마차는 골목 안으로 질주한다. 마차 안에서 소년은 올가미를 풀고 스트로브에게 인공호흡을 한다. 스트로브는 눈을 뜬다. 숨이 돌아오자 찔리고 맞은 상처로 인한 고통 때문에 몸부림치며 괴로워한다. 소년은 검은 액체가 담긴 병을 부함장에게 건넨다.

"부함장님, 이거 마시세요."

몇 분 뒤 아편제의 효과로 스트로브가 걸을 수 있게 되자, 그들은 마차를 버리고 길을 나선다. 소년은 도시 외곽의 부두에 정박시켜놓은 낚싯배를 향해 정글에 난 길을 헤치고 나아갔다. 배에는 그 소년보다 어린 두 소년이 대기하고 있다. 그들은 뱃머리를 돌리고 돛을 올린다. 스트로브 부함장은 선실의 침상 위에 쓰러진다. 소년은 그가 옷 벗는 것을 도와주고 면화 담요를 덮어준다.

스트로브 부함장은 눈을 감고 누웠다. 사흘 전에 붙잡힌 이후로 한숨도 못 잤다. 아편과 배의 움직임에 기분좋은 나른함이 온몸에 퍼졌다. 눈앞에 그림 같은 것이 떠다녔다……

네모난 대리석 기둥들이 해저의 녹색빛에 잠겨 있는 폐허가 된 거대한 석조 건물…… 지면에서는 짙고 어둡지만 위로 갈수록 연녹색과 노란색을 띠는, 환한 녹색 아지랑이…… 깊고 푸른 운하와 빨간 벽돌 건물들…… 물위의 햇빛…… 거무스름한 장밋빛 생식기를 드러낸 채 벌거벗고 서 있는 해변의 소년…… 황량한 도시를 굽어보는 붉은 저녁 하늘…… 오존의 사향 냄새를 내뿜으며 사암 계단에 쏟아져내리는 보랏빛 덩어리들…… 목구멍에서 맴도는 이상한 말들, 피와 금속의 맛…… 별이 흩뿌려진 반짝반짝 빛나는 텅 빈 하늘을 가로질러가는 하얀 배…… 폐허가 된 정원에서 노래하는 물고기…… 손에는 푸른 불꽃을 내뿜는 이상한 총…… 그가 볼 수 없는 무언가를 다 같이 바라보고 있는, 병에 걸린 이들의 아름다운 붉은빛 얼굴들……

그는 점점 더 단단해지는 아랫도리와 목의 통증 때문에 잠에서 깼다. 희한하게도 머릿속이 멍하면서 또렷했다. 그는 자신의 죽음을 받아들이려 했듯이 이 구출 또한 받아들였다. 이곳이 어딘지 정확하게 알고 있었다. 파나마시티에서 남쪽으로 40마일 정도 떨어진 곳. 물이 들어오는 어귀, 상어 지느러미같이 생긴 개펄, 괴어 있는 바닷물이 레이스처럼 얽인 맹그로브 늪지대의 낮은 해안선이 눈에 들어왔다.

하버 포인트

이른 아침 안개…… 새 울음소리…… 나무들 사이로 부는 바람같이 우짖는 원숭이들. 쉰 명의 무장한 일당들이 파나마 정글에 난 길을 따라 북쪽으로 이동하고 있다. 피곤에 찌들고 바짝 긴장한 이들의 면도를 하지 않은 얼굴들과, 잠 한숨 못 자고 오랫동안 강행군을 한 무리들의 뛰다시피 하는 민첩한 발걸음. 떠오르는 태양이 그들의 얼굴에 비친다.

노아 블레이크: 스무 살, 큰 키에 빨강 머리 청년, 갈색 눈에 주근깨가 많다. 베르트 한센: 연푸른 눈의 스웨덴인. 클린치 토드: 빛이 투사된 것 같은 갈색 눈을 보면 왠지 졸리고 착 가라앉은 듯한 느낌이 드는, 팔이 길고 힘이 센 청년. 파코: 인디언과 검둥이 피가 섞인 포르투갈인. 숀 브래디: 검은 곱슬머리에 곧잘 크고 환하게 웃는 아일랜드

출신 흑인.

　어린 노아 블레이크는 수발총嫁發銃에 화약 접시를 고정시키고 용수
철을 시험한 다음, 총열과 개머리판에 기름을 친다. 총을 들어 보이
자, 아버지는 꼼꼼히 살펴보더니 이윽고 고개를 끄덕인다……
　"그래, 아들. 이 정도면 블레이크 상표를 달고 나가도 되겠어……"
　"노턴 할머니가 가게로 얼굴을 내미시더니 주일에 일하면 안 된다
고 하셨어요."
　"주일이든 뭐든 간에 내 가게에 훌쩍거리는 긴 코를 내밀다니. 나
한테서 못 하나 사간 적이 없는 주제에." 그의 아버지는 넓은 허리띠
안으로 손가락을 찔러넣고서 가게를 둘러본다. 마른 체구에 머리카락
이 빨간 그는 정비공의 얼굴을 하고 있다. 나는 내 일에나 신경쓸 테
니 다른 사람들도 그러기를 바란다는, 냉정하고 사실만 따져볼 것 같
은 표정이다. "아들아, 도시로 이사를 가야겠다. 거기에선 우리가 교
회를 가든 말든 아무도 신경쓰지 않을 거야……"
　"시카고요, 아버지?"
　"아니, 보스턴으로 갈 생각이다. 그곳에는 바다도 있고, 친척도 있
단다."
　아버지와 아들은 코트와 장갑을 착용한다. 가게문을 잠그고 미시간
호수 부근의 눈에 갇힌 작은 마을의 조용한 거리로 발을 내디딘다. 눈
사이를 헤치며 걸어가는 동안 마을 사람들이 지나간다. 그중 몇몇은
얼굴을 가린 채 급하고 차갑게 인사를 건넨다.
　"친구들한테 저녁 먹으러 오라고 해도 돼요, 아버지? 생선하고 빵

을 가져올 거예요……"

"나는 괜찮다. 그런데 사람들이 안 좋게 보던데…… 사람들이 수군
거리더라. 너희들에 대해서 안 좋은 말이 돌고 있어. 베르트 한센의
아버지가 이곳에서 으뜸가는 부자이자 선주가 아니었다면, 말로 끝나
지 않았을 게다…… 빨리 떠날수록 좋겠다."

"다른 사람들도 같이 가도 돼요?"

"글쎄, 가게를 하려면 일손이 더 필요할 게다. 보스턴 같은 항구도
시에서 총은 수도 없이 팔릴 테니…… 어쩌면 한센 씨가 자기 아들을
여기서 데리고 나가달라고 돈을 줄지도 모르지……"

봄날 아침, 숲에서 비둘기가 운다. 노아 블레이크와 그의 아버지,
베르트 한센, 클린치 토드, 파코, 그리고 숀 브래디는 짐을 갑판에 싣
고서 배에 오른다. 마을 사람들이 부두에서 바라본다.

노턴 부인이 코를 훌쩍이며 날카로운 목소리로 말한다. "귀찮은 것
들이 가버리니 속이 다 시원하네." 그러고는 옆에 있는 남편을 쳐다
본다.

"나도 같은 생각이야." 그가 서둘러 대답한다.

2년 뒤, 보스턴. 블레이크 씨의 사업이 번창한다. 그는 이제 선주들
로부터 주문을 받아 장사를 한다. 그가 파는 총은 표준 규격으로 통한
다. 재혼도 했다. 아내는 뉴욕 출신의 조용하고 세련된 여자다. 그녀
의 집안사람들은 정치인하고 친분이 있는 부유한 수입상들과 상인들
이다. 블레이크 씨는 뉴욕 지점을 열 계획이며, 육군, 해군과 계약을
추진중이다. 노아 블레이크는 항해술을 배우고 있다. 선장이 되고 싶

어하며, 다섯 소년 모두 배를 타고 항해에 나서기를 원한다.

"적당한 배를 찾을 때까지 기다려라." 블레이크 씨가 그들에게 말한다.

어느 겨울날, 노아는 베르트, 클린치, 숀, 파코와 함께 부두를 걷는다. 그러다가 '그레이트 화이트'라고 불리는 배를 유심히 본다. 작지만 깨끗하고 관리가 잘되어 있다. 한 남자가 난간 밖으로 몸을 내민다. 살찐 붉은 얼굴에 미소를 띠고 있으며, 눈은 차가운 파란색이다.

"자네들, 배를 알아보러 다니나?"

"아마도요." 노아가 조심스럽게 말한다.

"그럼 올라와봐."

사내는 배와 부두를 연결하는 다리에서 그들을 맞는다. "나는 토머스라고 하네. 일등항해사지." 그는 굳은살이 박인 손을 뻗더니 소년들과 차례로 악수한다. 그러고는 선장이 있는 선실로 안내한다. "존스 선장님이시네. 그레이트 화이트의 주인이지. 이 친구들이 배를 알아보는 중이랍니다…… 아마도요……"

소년들은 공손하게 머리를 끄덕인다. 존스 선장은 말없이 그들을 쳐다본다. 핏기가 없고 창백해서 나이를 가늠할 수 없다. 그는 마침내 입술을 거의 움직이지 않고 착 가라앉은 목소리로 말을 늘어놓는다.

"음, 갑판 선원 다섯 명 정도는 쓸 수 있지…… 경험은 있나?"

"예. 오대호에서요." 노아는 베르트 한센을 가리킨다. "저 친구 아버지가 낚싯배를 여러 척 갖고 있거든요."

"그래." 존스 선장이 말한다. "민물 경험이구먼. 바다는 전혀 다른 데."

"항해를 공부했습니다." 노아가 끼어든다.

"지금 배우고 있는 중인가? 자네 이름은 뭐지?"

"노아 블레이크입니다."

선장과 일등항해사 사이에 거의 알아챌 수 없는 모종의 뜻을 담은 눈짓이 오간다.

"직업은 뭔가?"

"총기 제작자입니다."

"음, 자네가 블레이크의 아들이라고, 그래?"

"예, 그렇습니다."

다시 한번 두 사람이 눈짓을 재빠르게 주고받는다. 그런 다음 존스 선장은 의자에 등을 기대더니 흐리멍덩하고 탁한 눈으로 소년들을 바라본다.

"사흘 후에 출항하네…… 뉴욕, 찰스턴, 자메이카, 베라크루스. 대략 가는 데 두 달, 돌아오는 데 두 달 걸리지…… 갑판 일이고, 한 달에 10파운드 주겠네."

노아 블레이크는 애써 무덤덤한 표정을 지으려 한다. 이 정도면 다른 선장들이 주는 월급의 두 배 수준이다.

"알겠습니다. 먼저 아버지와 의논해볼게요."

"그럼, 그래야지. 자네들이 괜찮다면 내일 계약서에 서명해도 되네…… 다섯 명 모두."

노아는 지체 없이 아버지에게 말한다. "그 정도면 좋은 거죠, 그렇죠?"

"그래. 기대 이상인 것 같구나. 존스 선장의 명성은 그의 배만큼 깨끗하지 않단다. 그 바닥에선 흔히 아편 존스로 통하지. 아편, 총기, 화약, 탄약, 연장 등을 실어나르는데, 거래 상대가 누구든 개의치 않는 사람이야……"

"그게 뭐 잘못된 건가요, 아버지?"

"아니. 다른 사람들보다 더 낫지도 나쁘지도 않은 인물이지. 딱 하나 이해가 안 가는 게…… 갑판 선원에게 왜 월급을 두 배나 줄까."

"부둣가의 주정뱅이 열보다는 쓸만한 일꾼 다섯이 더 나아서 그런 거 아닐까요."

"그럴지도…… 그래, 원하면 가거라. 단, 두 눈 크게 뜨고 다녀야 한다."

냉혈한 사설탐정

이름은 클렘 윌리엄슨 스나이드. 나는 냉혈한 사설탐정이다.

사설탐정으로서 법이 허용하는 것보다 더 많은 죽음을 접한다. 평범한 사람들보다는 말이다. 나는 불륜 상대의 요염한 목소리가 최고조에 이를 때까지 호텔방 밖에서 기다린다. 백이면 백, 막 사정할 때 들이닥치면 엉킨 몸을 풀고 나한테 덤벼들 겨를이 없다. 호텔 경비원과 내가 열쇠로 문을 열면, 배설물과 쓴 아몬드 냄새 때문에 홀까지 뒷걸음칠 정도다. 청산가리가 든 캡슐을 먹고 그것이 다 녹을 때까지 섹스를 한 모양이다. 진짜 지저분한 정사情死.

또다른 시간에 나는 스물세 명의 사망자를 내며 화재로 무너진 공장의 전형적인 태업 사건을 맡는다. 이런 일은 흔히 일어난다. 나는 산전수전 다 겪은 남자다. 천지사방 돌아다니며 안 겪어본 일이 없다.

죽음도 냄새가 있다. 특별한 냄새가. 청산가리, 썩은 고기, 피, 무연화약, 또는 살 타는 냄새 이상의 냄새. 그것은 아편과 비슷하다. 한번 냄새를 맡으면 결코 잊지 못한다. 나는 길을 걷다가, 누군가 주변에서 아편을 피운다면, 즉시 그 냄새를 알아차릴 수 있다.

그린 씨가 내 사무실로 걸어들어오는 순간 나는 죽음의 냄새를 맡았다. 누구의 죽음인지 항상 알 수는 없다. 그린 씨의 죽음일지, 그의 아내의 죽음일지, 아니면 내가 찾아주었으면 하는 실종된 아들의 죽음일지. 두 달 전 스페체 섬에서 온 편지가 마지막이었다. 그로부터 한 달 동안 아무 소식이 없자 그의 가족은 장거리전화로 아들을 찾아 나섰다.

"대사관은 전혀 도움이 안 됐어요." 그린 씨가 말했다.

나는 고개를 끄덕였다. 대사관 사람들이 병신들이라는 거야 잘 아는 터였다.

"대사관에선 우리를 그리스 경찰에 연결해주더군요. 운좋게 거기서 영어를 할 줄 아는 사람을 찾았지요."

"디미트리 대령 말씀이군요."

"맞습니다. 그분을 아시나요?"

계속 말하기를 기다리며 나는 고개를 끄덕였다.

"그분이 조사해주셨는데 제리가 그리스를 떠났다는 기록은 찾을 수 없었습니다. 스페체 섬을 떠난 이후 호텔에 투숙한 기록은 어디에도 없었어요."

"누구를 만나고 있을지도 모르지요."

"그렇다면 편지를 썼을 겁니다."

"아드님이 단지 무심해서 그런 거라고는 보시지 않는군요. 아니면 편지 분실?…… 그리스의 섬에서 종종 있는 일이죠……"

"아내와 저는 분명 뭔가 잘못됐다고 생각하고 있습니다."

"자 그럼, 그린 씨. 제가 보수를 얼마나 받을지 정하면 되겠군요. 하루에 100달러이고 경비 및 착수금 천 달러가 추가됩니다. 이틀 동안 사건을 맡아서 200달러를 지출했다면, 600달러는 고객에게 돌려드립니다. 다른 나라로 이동해야 한다면, 경비 및 착수금은 2천 달러가 됩니다. 이 조건이면 괜찮으십니까?"

"그러지요."

"좋습니다. 이곳 뉴욕에서부터 시작하겠습니다. 단 몇 시간 만에 고객들께 실종자 주소를 안겨드리는 경우도 있지요. 어쩌면 아드님이 친구에게 편지를 보냈을지도 모릅니다."

"그거라면 문제없습니다. 아들이 주소록을 남기고 갔거든요. 아테네에 있는 아메리칸 익스프레스 편으로 보내달라고 요청했었습니다." 그는 나에게 주소록을 건넸다.

"아주 좋습니다."

실종 사건에서는 아무리 대수롭지 않고 무관해 보이는 것이라도 실종자에 대한 모든 정보를 얻는 것이 중요하다. 가령 음식, 옷, 색, 독서, 오락, 약물과 술, 담배 품목, 의료 기록 등에서 실종자의 선호도를 알 필요가 있다. 그럴 목적으로 다섯 쪽 분량의 질문서를 인쇄해두었다. 나는 캐비닛에서 한 부를 꺼내 그린 씨에게 건넸다.

"이 질문서를 작성해서 모레까지 가져다주셨으면 합니다. 그동안 저는 주소들을 조사해보겠습니다."

"대부분의 주소로 전화를 걸어봤습니다." 그가 딱 잘라 말했다. 내가 아테네로 가는 다음 비행기를 타고 떠나길 바라는 말투였다.

"그러셨군요. 하지만 실종자의 친구들이 가족에게 늘 솔직하게 털어놓진 않습니다. 게다가 감히 말씀드리면, 그중 몇몇은 이사를 했거나 전화가 끊겼을 겁니다. 그렇죠?" 그가 고개를 끄덕였다. 나는 질문서에 손을 올려놓았다. "이 질문들은 별 관계가 없어 보일지도 모릅니다만 다 모아보면 다릅니다. 귀를 꿈틀거리는 버릇이 있다는 것을 알고서 실종자를 단박에 찾은 적도 있습니다. 보니까 선생님은 왼손잡이시던데, 아드님도 왼손잡이인가요?"

"예, 그렇습니다."

"그럼 그 질문은 건너뛰셔도 되겠군요. 혹시 아드님 사진을 갖고 계십니까?"

그는 나에게 사진 한 장을 건넸다. 제리는 아름다운 청년이었다. 날씬한 체구, 빨강 머리, 미간이 넓은 푸른 두 눈, 큰 입. 섹시하고 약간 변태처럼 보였다.

"그린 씨, 아드님 사진은 있는 대로 전부 봤으면 합니다. 쓸모 있는 것들은 복사한 뒤에 돌려드리겠습니다. 아드님이 작업한 그림이라든가, 스케치 혹은 글이 있으면 보여주십시오. 노래라든가 악기 연주를 녹음해두었다면 그것도 필요합니다. 사실 아드님의 목소리가 녹음된 거라면 뭐든 좋습니다. 가능하다면 입고 나서 세탁하지 않은 옷도 몇 벌 가져다주십시오."

"그럼 심령 수법을 사용하신다던데 사실입니까?"

"실종자를 찾는 데 도움이 된다면 어떤 방법이든 가리지 않습니다.

마음속으로 실종자의 위치를 찾아낼 수 있다면 실제 위치를 찾기는 더 수월해지죠."

"제 아내는 심령술에 관심이 많습니다. 그래서 선생님을 찾아오게 되었고요. 아들에게 무슨 일이 일어났다고 직감한 아내는 심령술사만 이 아들을 찾을 수 있다고 말했습니다."

나는 이 부분에서 우리가 서로 통한다고 생각했다. 그는 내 앞으로 천 달러짜리 수표를 끊어주었다. 우리는 악수를 나눴다.

나는 곧바로 일에 착수했다. 전자공학을 전공한 조수 짐은 산업스파이 건으로 출장중이어서 나 혼자였다. 실종 사건의 경우 보통은 무기를 소지하지 않지만 이번 사건은 위험한 냄새가 났다. 나는 어깨띠에 38구경 권총을 장착했다. 그런 다음 서랍을 열어 최상급 콜롬비아산 마리화나 세 개비를 꺼내 주머니에 넣었다. 긴장을 풀고 머리를 회전시키는 데에는 마리화나만한 것이 없었다. 헤로인도 한 봉지 챙겼다. 때로는 돈보다 더 쓸모 있는 물건이었다.

대부분의 주소는 소호 지역이었다. 그렇다면 높은 층이란 뜻이고, 앞문은 잠겨 있을 확률이 높았다. 그래서 6번가의 주소부터 훑기 시작했다.

여자가 즉시 문을 열어주었다. 하지만 걸쇠는 계속 걸어둔 채였다. 그녀는 동공이 커진 눈으로 아래위를 훑으며 코를 킁킁댔다. 누군가를 기다리는 눈치였다. 그녀는 나를 탐탁지 않게 바라보았다.

나는 웃으며 말했다. "누가 오기로 했나보죠?"

"경찰이에요?"

"아뇨. 제리 그린을 찾기 위해 그분 가족에게 고용된 사설탐정입니다. 제리 그린 씨를 아시죠?"

"이봐요, 난 할말 없어요."

"그래요, 할말 없겠죠. 하지만 하고 싶은 말은 있을걸요." 헤로인 봉지를 보여주자 그녀는 걸쇠를 풀었다.

방은 지저분했다. 싱크대에 수북이 쌓여 있는 접시 위를 바퀴벌레들이 기어다녔다. 욕조가 부엌에 있었는데 오랫동안 사용하지 않은 듯했다. 나는 용수철이 다 보이는 의자에 조심스럽게 앉았다. 헤로인을 여자가 볼 수 있게 쥐었다. "제리의 사진을 갖고 있나요?"

그녀는 나를 보고 헤로인을 바라보았다. 서랍을 뒤지더니 사진 두 장을 삐걱거리는 커피 테이블 위에 던졌다. "그 정도 사진이면 쓸 만할 거예요."

그녀의 말대로였다. 한 장에는 여장을 한 제리가 찍혀 있었다. 아름다운 아가씨의 모습이었다. 다른 사진에서는 발기된 상태로 발가벗고 서 있는 제리가 보였다. "게이였나요?"

"그럼요. 푸에르토리코 사람들과 섹스하고서 사진 찍기를 좋아했죠."

"당신한테 돈을 지불했나요?"

"그럼요, 20달러를 줬어요. 사진들을 대부분 보관했어요."

"제리는 어디서 돈을 구했을까요?"

"난 몰라요."

그녀는 거짓말을 하고 있었다. 나는 늘 해오던 대로 작업에 들어갔다. "자 봐요, 난 경찰이 아니에요. 제리의 가족이 고용한 사설탐정이에요. 제리를 찾으라고 돈을 받았죠. 그게 전부예요. 제리는 두 달 동안 소식이 끊겼고요." 내가 헤로인을 주머니에 다시 넣기 시작하자 여자가 털어놓았다.

"제리는 마약 밀매꾼이었어요."

나는 헤로인 봉지를 테이블 위로 던졌다. 그녀는 문을 걸어 잠갔다.

그날 저녁 늦게 마리화나를 한 개비 피우고 나서 나는 제리를 열렬히 좋아한다는 친절한 젊은 게이 커플과 면담했다.

"그렇게 착할 수가 없었어요⋯⋯"

"이해심도 정말 많았고요⋯⋯"

"이해심이 많았다고요?"

"게이 커플에 대해서요. 우리하고 가두시위도 같이 했는걸요⋯⋯"

"아테네에서 보낸 저 그림엽서 좀 보세요." 쿠로스 누드 청년상이 담긴 박물관 그림엽서였다. "귀엽지 않아요?"

아주 귀엽군, 나는 생각했다.

제리의 오래된 여자친구와도 면담을 했다. 그녀의 말에 따르면 제리는 엉망진창이었다.

"그는 엄마 품에서 벗어나 자기 자신을 찾아야 했어요. 우리는 늘 그 이야기를 했죠."

주소록에서 찾을 수 있는 모든 사람과 면담했다. 소호 지역 일대의 웨이터들, 바텐더들과 얘기를 나누었다. 그들에 따르면 제리는 착하고…… 공손하고…… 침착한…… 약간 내성적인 청년이었다. 제리가 마약 밀매꾼이자 여장을 하는 게이 성도착자로서 이중생활을 해왔다는 사실을 눈치챈 사람은 아무도 없었다. 이 사건을 해결하려면 헤로인이 좀더 필요할 것 같았다. 그건 별문제가 아니었다. 나한테 신세를 진 마약단속반이 있었다. 그 쓰레기 풋내기들로부터 이름을 얻어내려면 약간의 물건과 샌프란시스코행 비행기 표만 있으면 충분했다.

구하라, 그러면 찾을 것이니. 나는 뱃속에서 얼음송곳도 찾을 정도다. 두드려라, 그러면 열릴 것이니. 종종 열리지 않을 때도 있었다. 하지만 도움이 될 사람을 마침내 찾았다. 키키라는 이름의 스무 살 난 푸에르토리코 청년으로 아주 잘생겼고 나름의 방식으로 제리를 무척 좋아하던 친구였다. 키키 역시 심령술사였으며 마캄보 마법에 빠져 있었다. 그의 말에 따르면 제리에게는 죽음의 표시가 있었다.

"제리는 어디서 마약을 공급받은 거지?"

키키는 무표정한 얼굴로 말했다. "저도 몰라요."

"자네가 모른다고 해도 뭐라 할 수 없지. 그럼 연방 마약단속반한테서 공급받은 거라고 생각해도 되겠나?"

그의 얼굴은 더욱 무표정해졌다. "저는 아무 말도 안 했어요."

"그가 지시를 받았나? 그에게 명령하는 누군가로부터?"

"아마 그랬을 거예요. 제리는 어떤 사람에게 늘 통제받고 있었어요."

나는 그에게 내 명함을 주었다. "뭐든 필요한 게 있으면 알려주게."

그린 씨는 다음날 아침 사진 뭉치를 갖고 나타났다. 부탁했던 질문서도 타자기로 깔끔하게 작성해 왔다. 그리고 스케치북과 녹색 실로 짠 스카프를 가져왔다. 스카프에서는 죽음의 냄새가 났다.

질문서를 흘끗 보았다. 1951년 4월 18일생, 리틀아메리카, 와이오 밍 주. '딥 프리즈 스페셜에 승선하신 여러분을 버드 제독이 환영합니 다.' 사진을 훑어보았다. 아기 제리…… 말에 타고 있는 제리…… 줄 에 매달린 송어를 높이 들고서 햇빛을 받으며 함박웃음을 짓고 있는 제리…… 졸업 사진…… 고등학교 때 연극 〈여인숙에서의 하룻밤〉에 서 토프로 분장한 제리. 사진 속의 제리는 모두 그다운 모습이었다. 그에게 기대될 법한 역할을 모두 해내고 있는 것처럼 보였다. 최근 사 진도 쉰 장가량 있었는데, 모두 제리다웠다.

누구의 것이든 쉰 장의 사진을 본다고 치자. 얼굴이 너무 달라서 누 구인지 거의 알아볼 수 없는 사진이 몇 장은 있기 마련이다. 대개 사 람들은 여러 가지 얼굴을 갖고 있다는 말이다. 제리는 단 하나의 얼굴 을 갖고 있었다. 돈 후안이 말했다. 항상 똑같은 사람처럼 보이는 자 는 인간이 아니라고. 인간을 흉내내는 자일 뿐이라고.

제리가 그린 스케치를 살펴보았다. 잘 그린 편이었으나, 재능은 없 었다. 햇빛처럼 공허하고 진부했다. 시도 몇 편 있었으나, 너무 형편 없어서 읽을 수가 없을 지경이었다. 당연한 얘기지만 내가 알아낸 그 린 씨 아들의 성적 취향과 약물 습관을 전혀 언급하지 않았다. 대신 내가 만나서 얘기를 나눠본 어느 누구도 제리 소식을 듣지 못했으며, 그린 씨가 나를 계속 고용하고 싶다면 즉시 아테네로 떠날 준비가 되 어 있다고 말했다. 돈은 돌고 도는 법이다.

아테네의 힐턴 호텔에서 나는 디미트리에게 전화를 걸어 그린 씨의 아들을 찾는 중이라고 말했다.

"아 예…… 이런 사건이 워낙 많아서…… 시간과 인력에는 한계가 있어요."

"이해합니다. 그런데 이번 사건은 불길한 느낌이 드네요. 성도착 습관을 갖고 있는 친구라서요."

"가학피학증 말인가요?"

"일종의 그런…… 그리고 암흑가하고도 연결되어 있습니다……"
전화로는 마약을 언급하고 싶지 않았다.

"뭐든 나오는 대로 알려드리죠."

"고맙습니다. 좀 둘러볼 겸 내일 스페체로 떠날 예정입니다. 목요일에 돌아올 생각입니다……"

스페체에 있는 스쿠라스에게 전화를 걸었다. 그는 현지 여행사 직원으로 성수기에 빌라를 사거나 임대하고 아파트를 세놓는다. 여행을 기획하고, 디스코텍도 운영한다. 스페체로 가는 여행객이라면 제일 먼저 보게 될 사람이다. 운송 대행 업무도 맡고 있어서 제일 마지막에 보게 될 사람이기도 하다.

"그래, 알고 있어. 디미트리한테서 전화 받았어. 최대한 도와줄게. 묵을 방이 필요하진 않고?"

"가능하다면 그가 묵었던 방이면 좋겠는데."

"어떤 방이든 원하는 대로 택할 수 있어…… 성수기도 지났으니."

한 번이기는 하지만 운좋게도 호버크라프트*가 운행되었다. 배로 여섯 시간 거리를 호버크라프트*로는 한 시간이면 갈 수 있다.

예상대로 스쿠라스는 제리를 기억했다. 제리는 배에서 만난 젊은 친구들―배낭을 멘 두 명의 독일인 친구와 영국인 남자친구하고 함께 온 스웨덴 아가씨―과 함께 도착했다. 그들은 해안가에 있는 스쿠라스의 빌라―방파제를 따라 곡선으로 쭉 이어진 길의 끝에 있는 빌라―에 묵었다. 내가 아는 곳이었다. 1970년 초에 와서 3년 정도 지냈던 곳이다.

"다른 친구들은 특이한 점 없었고?"

"전혀. 여름마다 섬으로 몰려드는 여느 젊은이들과 같았어. 일주일 동안 묵었지. 친구들은 레스보스 섬으로 떠나고, 제리만 혼자서 아테네로 돌아갔지."

식사는 어디서 했지? 커피는 어디서 마셨고? 스쿠라스는 알고 있었다. 그는 스페체에서 일어나는 일은 뭐든 다 알았다.

"디스코텍에도 갔어?"

"매일 밤. 제리라는 청년은 춤을 아주 잘 췄어."

"지금 빌라에 누가 있는데?"

"관리인 부부만 있어."

그는 나에게 열쇠를 주었다. 표지가 해진 존 파울즈의 『마법사』가 눈에 들어왔다. 스쿠라스는 자기 사무실에 들어서는 사람이 누구든 그 책을 빌려줄지 말지를 단박에 알았다. 그는 나름의 체계를 가지고 있었다. 나는 지난번에 왔을 때 스쿠라스가 책을 빌려줘서 읽을 수 있

---

* 공기부양선.

었다. 심지어 말을 타고 마술사의 집을 보러 갔다가 돌아오는 길에 말에서 떨어지기까지 했다. 나는 그 책을 가리키며 말했다. "혹시……"

그가 웃었다. "맞아. 그 친구한테도 빌려주었지. 떠날 때 돌려주더군. 아주 재미있었다고 말하면서."

"한번 더 빌려도 될까?"

"그럼 물론이지."

빌라는 해안가에서 100피트 떨어진 곳에 있었다. 아파트는 2층에 있었다. 홀 한편에 침실이 셋 있었고, 다른 편에는 부엌과 욕실이 있었으며, 건물 한쪽을 따라 발코니가 나 있었다. 실내는 축축하고 서늘했으며, 퀴퀴한 곰팡이내가 났고, 블라인드는 내려져 있었다. 나는 모든 침실의 블라인드를 걷어올리고, 지난번에 묵었던 가운뎃방을 골랐다. 방에는 침대 두 개와 의자 두 개, 그리고 못으로 벽에 박아놓은 옷걸이가 있었다.

전기난로를 켜고 가방에서 녹음기를 꺼냈다. 조수인 짐이 직접 제작하고 조립한 특별한 녹음기였다. 안 잡히는 것이 없었다. 또한 중간에 끊거나 덧붙이기 쉽게 제작되어 작동을 중단하지 않고도 녹음 기능에서 재생 기능으로 바로 전환할 수 있었다.

침실 세 곳에서 몇 분가량 녹음을 해보았다. 화장실 변기통 물 빠지는 소리와 샤워기 물 흐르는 소리를 녹음했다. 부엌 싱크대의 물소리와 접시가 달그락거리는 소리, 냉장고 여닫는 소리와 윙 하고 작동하는 소리를 녹음했다. 발코니에서도 녹음했다. 그리고 침대에 누워 『마법사』 몇 구절을 녹음기에 대고 읽었다.

녹음은 어떻게 하는가, 정확히 설명하자면 이렇다. 내가 원하는 것은 스페체에서의 한 시간이다. 실종자가 머물렀던 장소에 들러 그가 한 시간 동안 들었던 소리를 원하는 것이다. 하지만 차례차례 순서대로 녹음을 하지는 않는다. 테이프의 첫 부분에서 시작하여 마지막 부분까지 녹음하지 않는다. 테이프를 앞뒤로 돌려가며 임의로 중간을 자른다. 그래서 『마법사』의 단어 중간에 변기통 물 내리는 소리가 끼어들 수 있고, 혹은 『마법사』가 바닷소리 사이에 끼어들 수 있다. 이것은 일종의 주역周易, 혹은 테이블을 톡톡 쳐서 죽은 자의 영혼과 소통하는 의식과 같다. 실제로 그것은 얼마나 임의로운가? 돈 후안이 말하기를, 지식을 갖춘 자에게는 무엇도 임의롭지 않다. 그가 보거나 듣는 모든 것은 거기에서 바로 그 순간에 누군가에게 보이고 들리기를 기다리고 있었으니.

나는 카메라를 꺼내 세 개의 침실과 욕실, 부엌을 찍는다. 발코니도 찍는다. 카메라를 가방에 집어넣고 밖으로 나가 빌라 주변의 소리를 녹음하면서 동시에 사진을 찍는다. 빌라, 관리인이 기르는 검은 고양이, 한 무리의 건장한 스웨덴 사람들뿐인 텅 빈 해안가를 사진에 담는다.

제리와 일행이 식사를 했던 해안의 작은 레스토랑에서 점심을 먹는다. 광천수와 샐러드. 가게 주인이 나를 기억하고 우리는 악수를 한다. 제리와 일행이 커피를 마셨던 부두의 카페에서 커피를 마신다. 녹음을 한다. 사진을 찍는다. 우체국과 수입 담배와 신문을 파는 두 개의 가판대를 담는다. 내가 녹음하지 않은 곳은 오직 스쿠라스의 사무실뿐이다. 그는 내가 녹음하는 것을 좋아하지 않는다. 그가 크고 분명하게 말한다. "난 집주인이지 탐정이 아닐세. 내 사무실에선 자네가 찾는 실종자 얘긴 안 했으면 해. 불길한 소식 같거든."

다른 코스를 택해 빌라로 돌아가는 길에 자전거 대여소에서 녹음을 하고 사진을 찍는다. 지금은 오후 3시다. 제리가 분명 숙소에서 책을 읽었을 시간이다. 중간에 블라인드를 올렸다 내렸다 하면서 변기통 물 내리는 소리, 물 흐르는 소리, 현관에서 울리는 내 발소리와 함께 『마법사』의 몇 구절을 더 녹음한다. 중간에 끼워 편집한 부분에 특별히 주의를 기울이며 테이프에 녹음한 소리를 듣는다. 방파제를 따라 걸으면서 바다와 바람을 배경으로 녹음한 소리를 다시 틀어본다.

제리와 일행이 도착한 날 저녁을 먹었던 레스토랑에서 저녁식사를 한다. 스쿠라스가 추천한 레스토랑이다. 식사에 앞서 아니스 열매로 담근 우조 서너 잔을 천천히 마시고, 붉돔과 그리스 샐러드로 저녁식사를 한 다음에 레치나*로 입가심을 한다. 식사 후 제리가 리듬에 맞춰 춤을 췄던 음악을 녹음하기 위해 디스코텍에 간다. 무도장은 그야말로 죽어 있다. 독일 백작부인이 현지 청년들과 춤을 추고 있다.

다음날은 바람이 심해서 호버크라프트를 운행할 수 없었다. 나는 정오에 출발하는 배를 타고서 여섯 시간 후에 힐턴 호텔의 방으로 돌아왔다.

면세점에서 구입한 조니 워커 블랙 라벨 위스키를 꺼내고 룸서비스로 소다수와 얼음을 주문했다. 은테를 두른 제리의 졸업 사진을 책상에 올려놓고 질문서를 간추린 후, 스페체에서의 한 시간을 담은 녹

---

* 송진향을 첨가한 그리스 포도주.

음기를 옆에 놓았다. 웨이터가 주문한 소다수와 얼음을 가지고 들어
왔다.

"아드님인가보죠?"

그냥 속편하게 그렇다고 대답했다. 술을 조금 따르고 시니어 서비
스 담배에 불을 붙였다. 생각나는 대로 내뱉는 혼잣말을 테이프에 녹
음했다……

"어떤 일에 엮인 것으로 보임. 마티 블룸, 거물급과 선이 닿아 있는
삼류 중개인. 제리가 사라졌을 무렵 아테네에 있었음."

"헬렌과 밴, 그 무렵 아테네에 있었음. 밴은 어느 섬에서 중독 클리
닉을 운영하기 위해 허가서를 따내려는 중이었음. 따지는 못했음. 아
테네를 떠나 탕헤르로 감. 탕헤르를 떠나 뉴욕으로 감. 출입국 수속에
문제를 겪음. 토론토에 있는 것으로 짐작됨." 이 두 친구에 대해 얼마
나 알고 있더라? 많은 걸 알고 있지. "닥터 밴. 나이 57세. 국적 캐나
다. 약물 밀매와 낙태를 부업으로 하고 본업은 이식 수술. 헬렌, 닥터
밴의 조수. 나이 60세, 국적 호주. 마사지사, 낙태 시술자, 귀금속 절
도와 살인 혐의를 받고 있음."

민스키 스탈리노프 데굴파 백작부인. 친구와 알랑거리는 측근들에
겐 미니로 통함. 거대한 퇴적암 밑의 차가운 물고기 같은 육중한 여
인. "벨라루스-이탈리아 혈통. 최상위 백만장자. 부富의 원천은 물가
조작. 모로코 같은 가난한 나라에 가서 설탕, 등유, 식용유 같은 기초
생필품을 구매하여 창고에 쌓아두었다가 비싼 값을 매겨 시장에 내놓
는 식으로 돈을 벌어들임. 극빈층으로부터 막대한 부를 쥐어짜냄. 돈
말고 다른 것들에도 관심을 쏟음. 아주 손이 큰 투자가. 칠레와 페루

70

에 엄청난 부동산과 비밀 실험실을 소유하고 있음. 생화학자, 바이러스 학자를 고용하여 유전자 실험, 생화학 무기 개발을 진행중임."

드빌 백작부인은 또 어떤 사람인가? "드빌: 갑부지만 데굴파 백작부인급은 아님. 타락했고, 정열적이며, 변덕이 심한 여인. 키르케*처럼 사악함. 암흑가에 손을 뻗치고 있고 경찰과도 선이 닿음. 이탈리아, 뉴욕, 모로코, 남미의 마피아 두목들과 경찰 간부들과 친분이 두터움. 데굴파 백작부인의 남미 휴양지에 자주 방문함. 제리 또래의 청년들이 연루된 수많은 미제 실종 사건들은 결국 남미의 실험실과 연관됨."

나는 질문서를 훑어보았다. "의료 기록: 네 살 때 성홍열을 앓음." 성홍열은 항생제가 도입된 이후 드문 병이 되었는데. "혹시 오진이었을 수도?"

이 모든 것을 하나하나 녹음기에 담았다. 지난번에 그린 씨가 내 사무실로 들어왔을 때 막 읽은 기사가 있었다. 1973년 12월 9일자 〈타임스〉 일요판에 실린 원숭이 머리 이식 기사였다. 파일에서 기사 파일을 꺼내 그중 일부를 녹음기에 대고 읽었다. "원숭이의 몸에 원숭이의 머리를 이식하면 약 일주일간 살 수 있다. 위의 그림은 논란이 된 수술 장면을 보여준다. '기술적으로는 인간의 머리 이식도 가능합니다만,' 화이트 박사의 말이다, '과학적으로는 아무 의미가 없습니다.'"

그린 씨를 처음 만났을 때 죽음의 냄새와 함께 뭔가 구린내가 느껴졌었다. 제리의 친구들과 얘기해본 결과 이는 가족의 특징임을 알게

---

* 그리스신화에 나오는 마녀.

되었다. 그들 모두 제리를 이해하기 어렵거나, 뭐라고 딱 정의하기 곤란한 친구라고 설명했다. 마침내 텔레비전을 켰다. 화면에 주의를 기울이며 그리스어 자막이 나오는 이탈리아 서부극을 보면서 녹음기를 켜고 볼륨을 낮추었다. 화면에 집중하면서도 무의식적으로는 테이프를 듣고 있었다. 말에 탄 채 가축 도둑을 교수형에 처하는 장면을 보고 있는데, 전화벨이 울렸다.

디미트리였다. "스나이드 씨, 당신이 찾는 실종자를 찾은 것 같습니다…… 유감스럽긴 하지만."

"죽었단 말인가요?"

"그래요. 방부제 처리가 되어 있었습니다." 그가 잠시 머뭇거렸다. "그리고 머리가 없었고요."

"뭐라고요?"

"어깨 부분에서 머리가 절단되어 있었어요."

"지문 확인은요?"

"했습니다."

나는 다음 말을 기다렸다.

"사망 원인은 아직 불분명해요. 폐충혈이 있더군요. 교살 같습니다. 시체는 트렁크에서 발견되었어요."

"누가 발견했나요?"

"내가 발견했어요. 그 청년이 화물선을 타고 갔을 수도 있다는 생각이 들어 재확인하러 항구에 들렀는데, 파나마 선적의 배에 트렁크를 싣는 광경이 눈에 들어오더라고요. 그런데 트렁크를 나르는 모습이 좀 이상해서…… 무게 때문에 기운 모습이, 왜 아시잖습니까. 그

래서 트렁크를 세관에 가져가게 해서 열어보았지요. 오, 방부제 처리
한 방법 하며…… 아주 특이하더군요. 시체는 완벽하게 방부 처리되
었는데 방부용 액체를 사용한 흔적이 전혀 없었습니다. 완전히 벌거
벗은 채였고요."

"한번 봐도 되나요?"

"되고말고요……"

그리스인 의사는 하버드 대학에서 공부했고 완벽한 영어를 구사했
다. 다양한 인체 기관이 흰 선반 위에 놓여 있었다. 인간의 육체 혹은
육체 중 남은 부분이 태아의 자세로 놓여 있었다.

"적어도 한 달 전에 죽었음을 고려할 때 체내 기관은 정말 놀라울
정도로 잘 보존되어 있습니다." 의사가 말했다.

시신을 바라보았다. 음부, 항문, 다리에 난 털은 선홍색이었다. 하
지만 원래 색보다 더 붉었다. 젖꼭지, 사타구니, 허벅지, 엉덩이에 난
붉은 반점을 가리키며 말했다. "이건 뭐죠? 발진처럼 보이는데요."

"그게 뭔지 저도 궁금하던 참입니다…… 물론 알레르기일지도 모
릅니다. 머리카락이 붉은 사람은 알레르기에 특히 약한 편입니다. 그
런데," 의사가 잠시 멈추었다가 말했다. "성홍열인 것 같습니다."

"성홍열 환자가 접수된 적이 있었는지 모든 종합병원과 개인병원
에 확인중입니다." 디미트리가 중간에 끼어들며 말했다. "……그런
발진 증세를 일으키는 다른 상황이 있었는지도요."

나는 의사에게 돌아서서 말했다. "신체 절단은 전문가만이 할 수
있는 일인가요?"

"그럼요."

"의심이 가는 의사와 클리닉을 확인해보지요." 디미트리가 말했다.

방부제 효과가 점차 사라져가는지, 시체에서 달달한 사향 냄새가 풍겨 욕지기가 났다. 디미트리와 의사도 나처럼 욕지기를 느끼는 것 같았다.

"트렁크를 좀 봐도 될까요?"

트렁크는 아이스박스처럼 만들어져 있었다. 코르크 재질로 되어 있었고, 안쪽은 얇은 철판을 둘렀다.

"철은 자성을 띠고 있어요." 디미트리가 나에게 말했다. "보세요." 그러더니 자동차 열쇠를 꺼내 트렁크 옆면에 붙여 보였다.

"그러면 방부제 효과라도 있나요?"

"의사 선생 말이 아니라는군요."

디미트리는 나를 힐턴 호텔까지 태워다주었다. "자, 이렇게 해서 당신이 맡은 사건은 끝난 거죠, 스나이드 씨."

"그런 것 같군요…… 신문에 나지 않게 할 수 있을까요?"

"그러죠. 여긴 미국이 아니니까. 게다가 그런 뉴스가 알려지기라도 하면…… 무슨 말인지 알죠?"

"여행 사업에 안 좋을 테지요."

"맞아요."

실종자 가족에게 전화를 걸었다. "그린 씨, 안 좋은 소식을 전해야 할 것 같습니다."

"말씀하십시오."

"아드님을 찾았습니다."

"죽었군요, 그렇죠?"

"유감입니다, 그린 씨……"

"살해당했나요?"

"왜 그렇게 말씀하시죠?"

"제 처가 그렇게 생각합니다. 아내에게는 심령술사 같은 영기가 있어요. 무슨 꿈을 꾸었답니다."

"그렇군요. 말씀대로 살해된 것 같습니다. 신문에 나지 않도록 조처하는 중입니다. 알려지면 수사에 방해될 것 같아서요."

"스나이드 씨, 사건을 다시 맡아주셨으면 합니다. 제 아들의 살인범을 찾아주십시오."

"필요한 절차가 진행되고 있습니다, 그린 씨. 그리스 경찰은 아주 유능합니다."

"선생한테 더 믿음이 갑니다."

"며칠 후에 뉴욕으로 돌아갈 계획입니다. 도착하는 대로 연락드리겠습니다."

사건이 발생한 지 적어도 한 달이 지났다. 살인범 혹은 살인범들은 이미 그리스를 떠났을 것이다. 계속 남아 있을 이유가 전혀 없었다. 그러나 돌아가는 길에 확인해야 할 것이 있었다.

열의 흔적

뉴욕으로 가는 길에 영국에 잠시 들른다. 별문제 없이 찾을 수만 있다면 만나고 싶은 사람이 있다. 중간에 탕헤르에 들르는 수고를 덜어줄 것이다.

아미고라는 게이바에서 그를 발견했다. 옷은 말쑥하게 차려입었고, 잘 정돈된 수염에 어딘지 교활한 눈매를 갖고 있다. 아랍인들은 그의 눈이 도둑놈 같다고 말한다. 하지만 그는 돈 많은 아내와 살고 있어서 아무것도 훔칠 필요가 없다.

"어이," 그가 말한다. "사설탐정 양반…… 일 때문인가, 아니면 즐기러 오셨나?"

나는 주위를 둘러본다. "일 때문이 아니라면 내가 여길 왜 오겠어."

그에게 제리 사진을 보여주었다. "지난여름에 탕헤르에 있었던 친구야, 분명해."

그는 사진을 본다. "그래, 기억나. 애간장 태우던 녀석이지."

"실종 사건이야. 누구랑 같이 있었는지 기억해?"

"히피 같은 애들이었어."

그의 설명을 들으니 제리가 스페체에서 함께 있었던 일행으로 보인다. "다른 곳에도 가던가?"

"마라케시에 갔을걸, 아마."

나는 마시던 술을 비우고 막 일어나려 한다.

"아 참, 영국식 술집을 운영하던 피터 윙클러라고 기억하지? 그 친구 죽었다는데 혹시 아나?"

들은 적 없었지만, 별 관심도 없다. "그래? 어쩌다 죽었는데?"

"성홍열."

나는 술을 거의 쏟을 뻔했다. "이봐, 성홍열로는 죽지 않는다고. 사실 걸리는 일도 거의 없고."

"그 친구, 산속에서 살고 있었거든…… 해밀턴 여름 별장이라던가. 아주 외딴곳이지. 혼자 지냈는데, 전화가 고장난 모양이야. 길 아래에 있는 이웃집에 가다가 쓰러졌다지. 그래서 사람들이 영국인이 운영하는 병원에 데려갔대."

"그렇게 해서 죽은 게로군. 병원엔 닥터 피터슨이 있었고? 진단 후에 사망증명서를 발급했고 말이지?"

"아니면 누구겠어? 의사라곤 그 사람뿐인데. 그나저나 자네, 왜 그렇게 흥분해? 윙클러와 그렇게 가까운 사이도 아니었잖아."

흥분을 가라앉힌다. "가까운 사이는 아니었지. 나도 막 의사 생활을 시작했던지라. 일을 그르친 게 싫어서 그래."

"그가 뭘 망치진 않았어. 윙클러한테 페니실린과 스트렙토마이신을 잔뜩 주사했는데, 증세가 너무 심해서 별 소용이 없었던 것 같아."

"그래, 성홍열엔 페니실린과 스트렙토마이신을 처방해야지. 그럼 도착하자마자 사망했겠군."

"아니, 병원에 24시간가량 있다가 죽었대."

나는 입을 다문다. 이미 말을 너무 많이 했다. 아무래도 탕헤르에 들러야 할 것 같다.

나는 렘브란트 호텔에 방을 잡고서 택시를 타고 마샨으로 향했다. 의사가 있는 집의 초인종을 눌렀을 때는 오후 3시였다. 문을 열어주러 나오는 데 꽤 시간이 걸렸고, 나를 반기지도 않았다.

"낮잠 시간을 방해해서 죄송합니다. 잠깐이면 됩니다. 아주 중요한 일이라서요……"

그는 완전히 기분이 풀리지는 않았으나 나를 자기 사무실로 안내했다.

"피터슨 박사님, 피터 윙클러의 상속인이 그의 죽음의 진상을 조사해달라며 저를 고용했습니다. 그가 길거리에서 의식을 잃은 채 발견되었기 때문에 상속인들은 사고사 가능성이 있는지 궁금해합니다. 만일 그렇다면 보험금 보상액이 두 배로 늘어날 수도 있거든요."

"그럴 여지는 전혀 없습니다. 발진 외에는 어떤 흔적도 보이지 않았습니다. 그의 주머니까지 다 뒤집어보았습니다만, 이런 데서 달리 뭘 기대하겠어요?"

"그가 성홍열로 죽었다고 확신하십니까?"

"그럼요. 확신하고말고요. 전형적인 사례입니다. 고열로 뇌가 손상되었을 수 있어요. 그래서 항생제가 듣지 않았던 거고요. 뇌출혈이 이차 사인일 수 있습니다……"

"출혈이 있었나요?"

"예…… 코와 입에서요."

"그럼 뇌진탕일 가능성은 없습니까?"

"뇌진탕의 흔적은 전혀 없었습니다."

"정신착란 증세도 좀 있었나요?"

"예, 몇 시간 동안요."

"뭐라고 말하지는 않았나요? 혹시 누구한테서 공격을 받았다거나……"

"어떤 외국어로 횡설수설했어요. 그래서 진정시키려고 모르핀을 주사했지요."

"잘해주셨네요. 그럼 저는 의뢰인에게 사고사 개연성은 없다고 보고하겠습니다. 그게 선생님의 소견이죠?"

"그렇습니다. 그는 성홍열 혹은 그에 따르는 복합적인 증세로 사망했습니다."

그에게 고맙다는 말을 하고 나왔다. 질문이 몇 가지 더 있었지만, 의사가 답을 해줄 수 없거나 해주지 않을 것이라 생각했다. 나는 호텔로 돌아와서 녹음기를 가지고 작업을 했다.

7시에 영국식 술집으로 걸어갔다. 피터의 남자친구로 보이는 젊은 아랍인이 카운터 뒤에 앉아 있었다. 피터의 사업을 물려받았음이 분명했다. 그에게 제리의 사진을 보여주었다.

"아, 그래요. 미스터 제리. 피터가 무척 좋아했죠. 공짜 술도 많이 줬고요. 그런데 절대로 응해주지 않았죠. 그냥 가지고 놀기만 했어요."

피터의 죽음에 대해 물어보았다.

"아주 슬픈 일이에요. 집에서 혼자 지내다가 그만. 그가 며칠이라도 편히 쉬었기를 바랄 뿐이에요."

"그가 아파 보이던가요?"

"아파 보이진 않았어요. 그냥 피곤해 보였어요. 미스터 제리가 마라케시로 떠난 후엔 피터가 좀 슬퍼 보였고요."

마라케시에 있는 병원을 조사해서 접수된 성홍열 환자가 있는지 확인할 수도 있었지만 그러지 않았다. 필요한 사항은 이미 다 알아낸 상태였다. 피터에게 왜 항생제가 듣지 않았는지 알았다. 그는 성홍열에 걸리지 않았다. 바이러스에 감염된 것이었다.

이방인

다음날 다섯 소년은 그레이트 화이트 호와 계약을 하고 앞 갑판으로 갔다. 세 명의 청년이 벌써 와 있었다. 그들은 자신들을 빌, 가이, 애덤이라고 소개했다. 노아는 그들 모두 존스 선장처럼 창백한 얼굴에 게슴츠레한 눈을 하고 있다는 사실을 알아차렸다. 앞 갑판은 깨끗했고 새로 페인트칠을 한 상태였으며, 석탄산의 희미한 병원 냄새가 났다.

열다섯 살가량의 장난꾸러기 빨강 머리 소년이 차가 담긴 머그잔을 쟁반에 받쳐들고 온다. "내 이름은 제리, 선실 담당이야. 필요한 게 있으면 뭐든 말해. 기꺼이 도와줄 테니."

빌, 가이, 애덤은 검은 알을 차와 함께 삼킨다.

"그게 뭐야?" 브래디가 묻는다.

"아, 그냥 추위를 막아주는 거야."

소년들은 짐과 각종 물자들을 싣느라 바쁘다. 토머스 씨는 조용한 목소리로 지시한다. 느긋하고 마음씨가 좋아 보이지만 노아는 그의 눈 때문에 불편하다. 빙하의 얼음처럼 차가운 눈이다.

노아 블레이크의 일기에서

1702년 2월 5일 화요일: 오늘 우리는 항해했다. 민물에서 배를 탄 일을 존스 선장이 깎아내리기는 했지만, 호수에서의 경험 덕을 톡톡히 보았다. 가이, 빌, 애덤은 비록 여위고, 창백하고, 아파 보이긴 하지만 좋은 선원 같다. 추위나 배고픔에도 까딱없다.

항해 한 시간 전, 마차 한 대가 부두에 멈춰 서더니 두 사람이 내려서 배에 올랐다. 모피 옷에 두건을 쓰고 있어서 분명하게 볼 수는 없었지만, 둘은 젊고 아주 비슷하게 생겼음을 알 수 있었다. 배가 항구에서 벗어나 항로에 접어들자, 선실 보이가 차를 가져왔다.

"승객 두 명이 탔어." 그가 우리에게 말했다.

"누군지 봤어?"

"그럼, 짐을 선실까지 옮겨줬는걸."

"어떻게 생긴 사람들이야?"

"인간이라기보다는 조그만 요정 같았어. 토끼풀처럼 온통 초록색이었어."

"초록색이라고?"

"그래, 부드러운 초록색 얼굴이었어. 쌍둥이였고. 한 명은 남자, 한 명은 여잔데, 아주 부자였어. 그 둘한테서 돈냄새가 났거든……"

1702년 2월 6일: 쌍둥이 승객과 선장은 갑판에 나타나지 않았다. 베르트 한센과 나는 교대로 키를 잡았다. 음식은 훌륭하고 풍족했으며, 요리사와 담소도 나누었다. 그의 이름은 찰리 리. 나이는 스무 살 쯤이고, 흑인과 중국인의 피가 반씩 섞인 친구다. 그와 선실 보이 사이에 무언가가 있는 것 같다. 우리는 내일 뉴욕 부두에 도착할 예정이다.

1702년 2월 7일: 부두에 배를 대기에는 시간이 너무 늦었다. 우리는 닻을 내리고 정박해 있다. 할 일이 없어서 저녁식사 후 가이, 애덤, 빌과 이야기를 나누었다. 그 친구들이 아침저녁으로 차와 함께 먹는 게 무엇인지 알아냈다. 아편이었다. 항해를 다 마칠 때까지 먹고도 남을 만큼 넉넉한 양이었다.

"더 필요하면 선장한테 달라고 하면 돼." 가이가 말했다.

"그럼. 그 사람이 곧 아편이니까." 손 브래디가 중간에 끼어들며 말했다. "그의 별명이 아편 존스인 걸 보면 뻔하잖아."

그들은 전에도 존스 선장과 배를 탔던 모양이다. "자기가 원하는 유형의 사람들만 배에 태우기 때문에 임금을 두 배로 주지."

"어떤 타입을 원하는데?"

"할 일 하고, 자기 일에만 신경쓰고, 외부인한테는 입다무는 사람들이지."

1702년 2월 8일: 오늘 뉴욕 부두에 배를 댔다. 존스 선장은 갑판에 나타나 항구에 배를 대는 일을 감독했다. 그는, 마음만 먹으면 자신의 일을 할 줄 아는 사람이었다. 마차가 부두에서 기다리고 있었다. 두 승객은 마차에 올라 어디론가 가버렸다.

토머스 씨의 감독 아래 짐을 싣고 내리느라 우리는 하루종일 분주했다. 존스 선장은 일 때문에 육지에 내렸다. 우리도 늦은 오후에는 육지에 나가도 좋다는 허락을 받았다. 이곳은 보스턴보다 더 북적거렸고 배도 더 많았다. 육지에 내리자마자 자기네 창녀가 더 예쁘고 좋다며 떠벌리는 뚜쟁이들이 집적거렸다. 너네나 하라며 당장 꺼지라고 하자 그들은 멀리 안전한 거리에서 욕을 퍼부었다.

나는 새어머니의 부모인 펨버턴 씨 집에 편지를 전달해야 했다. 아버지는 꼭 안부 인사를 드리라며 어떻게 행동해야 하는지 일러주었다. 펨버턴가는 이곳에서 꽤 알려진 집안인지 어렵지 않게 찾을 수 있었다. 집은 빨간 벽돌로 지은 4층 건물로 매우 웅장했다.

벨을 누르자 하인이 나오더니 고압적인 말투로 용건이 뭐냐고 물었다. 나는 그에게 편지를 전달했다. 그는 나더러 기다리라며 안으로 들어갔다. 몇 분 뒤 다시 나타났을 때에는 아주 공손했다. 그는 펨버턴 씨가 내일 저녁 8시 식사에 나를 초대하고 싶어한다고 전했다.

1702년 2월 9일: 오늘 저녁 펨버턴 씨 가족과 식사를 했다. 나는 몇 분 일찍 도착해서 시계가 여덟 번 울릴 때까지 집 앞을 서성거렸다. 아버지는 항상 나에게 약속 시간을 엄수하라며, 어떤 경우든 약속보다 일찍 가서는 안 된다고 일러주었다. 하인은 나를 초상화와 대리석 벽난로를 갖춘 잘 꾸며진 방으로 안내했다.

펨버턴 씨는 나를 매우 정중하게 맞이했다. 그는 체구가 작고 호리호리했으며 백발에 파란 눈은 반짝반짝 빛났다. 그는 나를 자기 아내에게 소개했다. 그녀는 어디가 아픈지 힘없이 미소 지으며, 일어나지 않고 앉은 채로 손을 내밀었다. 나는 대번에 그녀가 마음에 들지 않았다. 그녀도 그런 듯했다.

곧 알게 되었지만, 그 자리에는 다름 아닌 그레이트 화이트 호에 승선했던 두 명의 승객, 내가 지금까지 보아온 사람들 중에 가장 기이하고 아름다운 두 사람이 와 있었다. 스무 살가량의 쌍둥이였는데 한 명은 남자, 다른 한 명은 여자였다. 얼굴에는 초록빛이 돌았고, 머리카락은 검고 곧았으며, 눈은 짙은 검은색이었다. 두 사람 모두 편안하고 우아한 자태를 뽐내 나는 매우 감탄했다. 이름은 후안과 마리아였고, 성은 코쿠에라 데 푸엔테스였다. 남자 쪽과 악수를 하는 순간 전율이 느껴져서, 펨버턴 씨가 셰리주를 한 잔 건넸을 때 주의를 다른 데로 돌릴 수 있어 기쁠 지경이었다. 셰리주를 마시는 동안 버머 씨라는 사람이 도착했다. 그는 펨버턴 씨와 반대로 비대하고 부와 권력을 소유한 사람의 인상을 강하게 풍겼다.

잠시 뒤 저녁식사가 나왔다. 펨버턴 씨는 상석에 앉았고, 버머 씨는 그의 오른쪽에, 마리아 데 푸엔테스는 왼쪽에 자리를 잡았다. 나는 후안 데 푸엔테스의 맞은편에 앉았고, 펨버턴 부인은 내 오른쪽에 앉았다. 그 여자와는 최대한 멀리 떨어져 앉았더라면 좋았겠지만. 데 푸엔테스 쌍둥이는 멕시코 출신으로 베라크루스로 가는 길이었다. 사람들은 대부분 사업, 무역, 광산업, 멕시코의 농산물에 관한 대화를 나누었다.

마리아는 차분하고 맑은 목소리로 말했다…… "중동과 극동에서 자란 곡물만 가져올 수 있어요. 토양과 기후가 맞으니까요."

나는 펨버턴 씨 부부와 버머 씨가 쌍둥이 남매에게 경의를 표하고 그들의 의견을 경청하고 있음을 알 수 있었다. 펨버턴 씨는 나에게 여러 차례 질문을 했고, 나는 아버지가 일러준 대로 간결하고 공손하게 대답했다. 내 꿈은 선장이 되는 것이라고 말하자, 그는 잠시 멍한 표정을 짓더니 바다가 젊은이에게는 적합하다며…… 선장 자격증을 따서 나쁠 것은 없다고 말했다. 하지만 가업을 잇는 기회를 간과해서는 안 된다는 말도 덧붙였다.

버머 씨는 멕시코의 정치 불안을 우려했다. 그러자 마리아 데 푸엔테스는 적당한 곡물을 수입하면 틀림없이 정세를 안정시키고 가라앉히는 효과가 있을 것이라고 대꾸했다. 그녀는 특별한 의미를 실어서 말을 강조하는 습관이 있었다. 버머 씨는 고개를 끄덕이며, "맞아요, 경제가 건전해야 정치도 건전하지요" 하고 말했다.

내가 그 자리에 없었더라면 대화가 좀더 자유롭겠다는 느낌이 들었다. 그렇다면 왜 나를 초대한 거지? 나 자신에게 물었다. 그때 아버지의 말이 떠올랐다. "어떤 모임에서든 나에게 뭘 요구하는지 찾으려고 노력해라." 잘은 모르겠지만, 틀림없이 나에게 무언가를 기대한다는 사실은 알 수 있었다. 좀더 추측해보자면, 펨버턴 부인은 내가 앞으로 얼마나 쓸모가 있을지에 대해 남편보다 덜 확신하는 듯했고, 내가 저녁식사 자리에 합석한 것을 시간 낭비에다 거치적거리는 일로 여긴다는 생각이 들었다.

후안 데 푸엔테스가 갑자기 내 눈을 똑바로 쳐다보았다. 그러자 다시 한번 전율에 사로잡혔고, 잠시 우리 둘만이 식탁에 앉아 있는 것 같은 기이한 착각에 휩싸였다.

나는 내일 정오가 되기 전에 출항할 예정이었으므로 저녁식사 후 양해를 구하고 배로 돌아갔다.

1702년 2월 10일: 배가 떠나기 직전에 쌍둥이가 도착했다. 존스 선장은 항구를 벗어나자마자 키를 잡았다. 배는 순풍을 타고 남쪽으로 향했다. 날씨는 몹시 습하고 차가웠다.

1702년 2월 11일: 오늘 아침엔 목에 통증을 느끼며 잠에서 깨어났다. 머리는 지끈거리고 열이 났으며, 가슴이 꽉 막힌 듯 답답했다. 침대에서 일어날 수 없을 정도로 아팠다. 애덤은 나를 보고 웃으며 곧 약을 처방해주겠다고 말했다. 그는 조심스럽게 아편 여섯 방울을 떨어뜨렸고, 나는 그걸 차와 함께 마셨다. 몇 분 뒤 따뜻하고 편안한 느낌이 목 뒤를 타고 몸 전체로 퍼졌다. 목의 통증과 두통은 마술처럼 사라졌다. 아무 어려움 없이 망을 설 수가 있었다. 잠자리에 들기 전에 한번 더 복용했다. 머릿속이 이상할 정도로 맑다. 잠을 잘 수가 없다. 그래서 지금 촛불 옆에서 일기를 쓴다.

나는 내가 어디에서 왔는지, 어떻게 이곳에 왔는지, 내가 누구인지 스스로에게 묻는다. 아주 어릴 적부터 내가 태어난 하버 포인트 마을에서 이방인처럼 느껴졌다. 나는 누구였던가? 여름 새벽에 비둘기가 숲에서 구슬프게 울던 것을 기억한다. 집에 갇혀 지내던 길고 추운 겨울에도. 나는 누구였던가? 그 이방인은 오래전 눈 위에 찍힌 발자국이었다.

그리고 다른 친구들은 누구인가? 브래디, 한센, 파코, 토드는? 나와 같은 이방인들. 나는 우리가 다른 세상에서 출발하여, 황량하고 적의에 찬 해안에 떠밀려온 해병처럼 이곳에 좌초됐다고 생각한다. 결코 우리가 함께 한 일이 잘못되었다고는 생각지 않는다. 하지만 마을 사람들에게 그것을 지혜롭게 숨길 필요성이 있음을 충분히 이해했다. 이제 그렇게 숨길 필요가 전혀 없는 마당에, 이 배는 내가 떠나왔으되 다시는 찾지 못할 집처럼 느껴진다. 항해는 물론 끝날 것이다. 그렇다면 그다음엔?

아버지는 곧 부자가 될 테고, 나 역시 시간이 흐르면 부자가 되겠지만 그러한 미래에는 별 흥미가 없다. 나의 진정한 바람과 욕망에 방해가 된다면, 그걸 얻기 위해 무의미한 관습에 순응해야 한다면 부富 따위가 무슨 소용이 있는가? 나는 홍해나 남미에서 나의 길을 찾고 싶다. 어쩌면 데 푸엔테스가를 통해서 일자리를 얻을 수 있을지도 모른다.

후안의 얼굴이 눈앞에서 어른거린다. 아편의 효과 덕택에 욕망의 자극과 고통에서 벗어나 냉정하게 내다볼 수 있다. 나는 그에게 매력뿐 아니라 유대를 느낀다. 그 또한 이방인이 아니던가. 하지만 그는 속세의 인간들 사이에서 유유히 당당하게 움직인다.

상륙 허가

1702년 2월 12일: 어떤 이유인지 우리는 예정대로 찰스턴에 입항하지 못한다. 날씨는 날이 갈수록 따뜻해진다.

데 푸엔테스 쌍둥이는 배의 작동 구조와 부품들을 하나하나 익혀가며 갑판 위를 걷는다. 그들이 하는 모든 행동이나 말에는 의도가 숨어 있는 것 같다. 후안은 나의 주업인 총기 제작을 두고 여러 가지 질문을 한다. 총으로 화살을 쏠 수 있나요? 가능할 거라고 대답하면서 인디언들이 화살촉에 불타는 송진을 붙여서 백인 정착지를 공격하는 그림을 갑자기 떠올린다. 그 그림을 어디서 보았더라, 보스턴 같은데 기억이 잘 나지 않는다. 그림이 마음속에서 스쳐지나가는 동안 후안은 고개를 끄덕이고 웃으며 가버린다. 그의 쌍둥이 여자 형제는 여자들에게서 흔히 볼 수 있는 내숭이나 교태 따위는 전혀 없이 남자처럼 직설적으로 말하고 행동한다. 하기야 여기서 여자다운 애교는 절대 통하지 않는다. 하지만 지금까지 봐온 여자들보다 그 쌍둥이 여자에게 더 끌리는 것은 사실이다.

1702년 2월 13일: 순풍과 좋은 날씨가 계속 이어진다. 더이상 방한 외투는 필요 없다.

1702년 2월 14일: 우리는 플로리다 연안 바깥에 있다. 섬이 많아서 좀처럼 육지가 보이지 않는다. 돌고래가 뱃머리 근처에서 뛰어오르고, 날치가 우리 앞에서 은빛 무리를 지었다가 흩어진다. 이제 셔츠를 입지 않고 일할 수 있을 정도다. 하지만 토머스 씨는 햇볕에 화상을 입지 않도록 잠깐씩만 벗고 일하라고 주의를 줬다. 존스 선장은 갑판에 나타나 망원경으로 섬들을 살펴본다. 신선한 물과 식량을 얻기 위해 어느 섬에 정박할 계획인 것 같다.

1702년 2월 15일: 토머스 씨가 경고했는데도, 피부가 하얀 베르트와 나는 상반신에 햇볕으로 인한 화상을 입고 고통스러워한다. 반면에 클린치, 숀, 파코는 아무렇지도 않다. 빌, 가이, 애덤은 절대로 상의를 벗지 않는다. 요리사 찰리 리는 정식 교육을 받지 않았지만 의사처럼 치료할 줄 안다. 그가 준 연고를 몸에 발랐더니 통증이 상당히 누그러졌다. 베르트와 나는 액체로 된 아편을 마셨다. 애덤은 나에게 작은 병을 주면서 정확한 복용량을 재는 법을 알려주었다. 그러면서 자기만큼 마시면 심하게 아플 수 있고 목숨이 위태로울지 모른다고 주의를 준다.

1702년 2월 16일: 햇볕으로 인한 화상에서 회복되자, 황갈색 피부막이 생기기 시작했다. 오늘 아침 우리는 몇백 야드 앞에서 고등어떼가 자기보다 큰 물고기들을 피해 뛰어오르면서 벌이는 커다란 소동을 보기 위해 난간에 모여들었다. 토머스 씨는 돛을 낮추라고 지시하고는 스푼 루어와 갈고리 세 개짜리 낚싯바늘이 달린 낚싯대를 던졌다.

잠시 뒤 수많은 대어들이 갑판 위에서 팔딱거렸다. 방어라고 불리는 물고기인데 식용으로 인기가 높다. 우리는 오대호에서 익힌 능숙한 솜씨로 물고기를 손질하느라 바빴다. 일부는 당장 먹기 위해 남겨두었고, 나머지는 소금을 뿌려 저장했다. 갑판에서 물고기 피를 씻어낸 후 우리는 돛을 올리고 항해를 계속했다. 신선한 생선으로 인해 소금에 절인 대구와 옥수숫가루 일색인 식단에 반가운 변화가 일어났다. 하지만 맛은 민물고기만큼 좋지는 않았다.

1702년 2월 18일: 이날 아침에 연장, 풀무, 총기 부품들이 벤치 위에 흩어져 있는 작업실에 서 있는 꿈을 꾸었다. 나는 수많은 총열이 용접되어 있는 총을 살펴보고 있었다. 그 총열들을 따라 연속해서 발사하는 방법을 찾는 중이었다. 후안은 내 뒤쪽 한편에 서 있었다. 손잡이가 달린 철제 타륜을 가리키며 뭐라고 얘기했는데 마침 그때 클린치 토드가 망보기를 마치고 나를 깨우는 바람에 듣지 못했다. 클린치는 우리가 자기 담요에 온통 정액을 묻혀놨다며 투덜거렸다.

바람은 수그러들었고 우리는 느린 속도로 항해하고 있었다.

1702년 2월 19일, 20일, 21일: 우리는 거의 정지한 채로 갑판에서 느긋하게 낚시를 즐긴다. 상어가 걸렸는데 낚싯대와 함께 놓쳐버렸다.

우리는 마치 유리 바다 위에 떠 있는 듯하다. 그림 속의 배처럼. 모두들 신경이 예민해져 있다. 브래디와 토머스 씨는 말다툼을 했다. 이러다 곧 터질 것 같다.

1702년 2월 22일: 오늘 우리는 물과 식량을 구하기 위해 무인도에 다가갔다. 존스 선장은 망원경으로 개울을 찾아냈다. 우리는 코코넛 나무가 늘어선 해안에서 폭 200야드가량 되는 육지의 두 지점 사이에 있는 만에 정박했다. 물이 아주 맑아 꽤 깊은 곳에서 헤엄치는 물고기들이 훤히 보인다. 코코넛은 실컷 구할 수 있을 거라 확신한다.

토머스 씨, 베르트 한센, 클린치 토드, 파코, 선실 보이 제리, 그리고 나는 물통을 실은 보트를 타고 무인도에 상륙했다. 통에 신선한 물을 채워 보트에 실었다. 토드와 파코는 노를 저어 배로 돌아갔다가 빈 물통을 갖고 다시 왔다. 물을 충분히 확보한 후 우리는 여러 차례에 걸쳐 코코넛으로 보트를 채웠다. 정오가 지난 시간이었다. 토머스 씨는 해 지기 전까지는 해변으로 돌아와야 한다면서, 섬을 돌아볼 자유 시간을 줬다. 그는 배로 돌아가기 전에, 그럴 리는 거의 없겠지만 혹시라도 위험한 동물이나 숨어 있는 원주민을 만날지도 모른다며 우리에게 단검을 하나씩 지급했다.

우리는 개울을 따라 약 600피트 높이의 섬 정상으로 올라갔다. 섬 전체가 훤히 내려다보였다. 저멀리에 있는 그레이트 화이트 호는 장난감처럼 보였다. 섬 저편에 수많은 작은 만과 좁은 물줄기가 있었다. 우리는 튀어나온 바위들로 양쪽이 둘러싸인 작은 해변으로 내려갔다. 그곳에서 옷을 벗고 반시간가량 수영을 했다. 상어가 무서워 너무 멀리 나가지 않으려고 조심했다. 물은 굉장히 따뜻했고 부력이 커서 호수에서 수영할 때와는 사뭇 달랐다.

수영 후 허기가 느껴져 우리는 가져온 낚싯줄을 던졌고, 2~3파운드 나가는 붉돔 여러 마리를 금세 잡았다. 다섯 마리는 팬에 튀겼고, 나머지는 아가미에 줄을 끼워 물에 담가두었다. 이 기가 막히게 맛있는 생선을 코코넛 과즙과 함께 손으로 먹었다.

먹고 나니 졸음이 몰려와 모두 벌거벗은 채 바위 그늘에 누웠다. 제리는 내 배를 베고, 나는 베르트 한센의 배를 베고 쉬었다. 클린치와 파코는 서로의 어깨에 팔을 두른 채 나란히 뒤로 누웠다. 따뜻한 날씨와 잔뜩 부른 배, 부드럽게 치는 파도 소리 덕분에 우리는 한 시간 정도 단잠에 빠졌다.

나는 아랫도리가 딱딱한 채로 잠에서 깼다. 다른 친구들도 나와 똑같은 상태였다. 우리는 일어서서 기지개를 켜고 서로 비교해보았다.

선선한 바람이 불어오고 해가 지려 하고 있었다. 우리는 낚싯줄을 챙기고 물고기들을 단단하게 줄로 묶은 다음 서둘러 해변으로 돌아갔다. 제리는 해적처럼 소리를 지르고 으르렁거리며 칼로 나무와 가지를 베어 우리를 웃겼다. 애덤과 빌은 우리를 보트로 배까지 데려다주었다. 우리는 돛을 올려 항해를 시작했다.

우리가 없는 동안 수많은 물고기들이 잡혀서 저녁에는 강판에 간 코코넛과 함께 매콤한 생선 스튜를 먹었다.

저녁식사를 하다 제리가 소리를 질러 우리는 모두 난간으로 달려갔다. 일몰 직후에 나타나는 녹색 섬광으로 알려진 장관이 펼쳐지고 있었다. 서쪽 하늘이 온통 환한 녹색으로 빛나고 있었다.

나포 허가증

1702년 2월 28일: 오늘 해적에게 나포되었다. 오후 5시에 중무장한 배 한 척이 네덜란드 깃발을 휘날리며 우리 옆에 나란히 붙더니, 네덜란드 기를 내리고 검은 해적 깃발을 올렸다. 우리는 대포를 싣지 않아 저항할 수도 없었다. 존스 선장은 휴전기를 걸라고 즉시 지시를 내렸다. 우리는 모두 갑판 위에 모였다. 데 푸엔테스 쌍둥이도 예외는 아니었는데, 언제나 그렇듯이 무표정한 얼굴로 배의 값어치를 평가라도 하듯 해적선을 꼼꼼히 살펴보고 있었다.

잠시 뒤 보트 한 대가 우리를 향해 다가왔다. 선미에는 늘씬한 금발 청년이 서 있었고, 그가 입은 금몰 장식의 코트가 햇빛에 반짝반짝 빛났다. 그 옆에는 회색 반바지에 셔츠를 입고 빨간 스카프를 목에 두른 청년이 있었다. 그 배는 여자로 보이는 선원들이 노를 젓고 있었다.

그들은 노래를 부르며 노를 저었고, 화장한 얼굴로 추파와 윙크를 보내며 다가왔다.

갑판 승강구 계단을 내리자 '여성' 선원들은 날렵한 원숭이처럼 재빨리 배에 올라 머스킷 소총과 단검을 들고서 갑판 위에 포진했다. 자세히 보니 여장을 한 잘생긴 청년들이었다. 그들의 복장은 여러 가지 색깔의 비단과 양단으로 만든 동양 의상이었다. 이어서 두 청년이 배에 올랐다. 금몰 장식의 코트를 입은 청년의 허리 부분이 열려 날씬한 구릿빛 가슴과 배, 은빛 세공을 한 권총 멜빵, 그리고 벨트에 찬 단검이 보였다. 아주 눈에 띄는 청년이었다. 금발을 뒤로 묶었고, 귀족다운 모습을 갖추었으며, 위풍당당하면서 우아한 태도를 과시하고 있었다.

존스 선장이 앞으로 걸어나왔다. "존스 함장이라고 하오. 그레이트 화이트 호의 주인이오."

"저는 스트로브 부함장입니다. 세이렌호의 부지휘관입니다." 청년이 말했다.

그들은 아주 정겹게 악수했다. 내 판단이 옳다면 둘은 모르는 사이가 아니었다. '나포'는 그들끼리 미리 짠 것이라는 확신이 들었다. 스트로브는 무기고 열쇠를 받았다. 그러고는 우리에게 돌아서서 목숨을 걱정할 필요가 전혀 없다며 안심시켰다. 그는 배의 지휘권을 넘겨받아 항로를 지휘했고, 부하들은 갑판수인 켈리 씨의 지시에 따라 행동했다. 그가 아무 표정 없이 동상처럼 꼼짝 않고 난간에 기대어 있던 회색 반바지를 입은 청년을 가리키자, 그 청년은 연한 회색 눈으로 돛대를 올려다보았다. 우리는 계속해서 토머스 씨의 지시에 따라 행동했다.

여러 명의 소년들이 보트로 내려가 선원들의 개인 용품이 들어 있는 것으로 보이는 세일러백을 날랐다. 짐을 다 나르자, 스트로브는 존스 선장과 데 푸엔테스 쌍둥이를 계단으로 안내했고, 두 소년이 노를 저어 그들을 세이렌호로 데려갔다. 그들이 떠나자 스트로브 부함장은 럼주가 든 작은 술통을 열었고, 함께 온 소년들은 가방에서 큰 술잔을 꺼냈다. 그들은 뭔가 의미심장한 표정으로 엉덩이를 씰룩거리며 우리에게 다가와 진흙으로 만든 작은 파이프를 돌렸다.

"대마초야. 아주 좋아."

내 차례가 되어 파이프를 빨자 기침이 심하게 났다. 하지만 이내 기운이 솟고 생생한 장면이 마음속에서 떠올랐다. 동시에 사타구니와 엉덩이가 따끔거렸다. 북과 플루트가 등장하고 소년들은 춤을 추기 시작했다. 춤추면서 그들은 옷을 벗었다. 환한 색깔의 실크 스카프만 남기고 홀딱 벗은 채 춤을 추었고, 옷가지가 갑판 여기저기에 흩어졌다. 스트로브 부함장은 선미루 갑판에 서서 은빛 플루트로 저 먼 별에서 떨어진 것 같은 가락을 연주했다. 스트로브 옆에서 전혀 개의치 않는 것처럼 보이던 토머스 씨, 순간 그의 육중한 몸이 내 눈앞에서 투명해졌다. 마약으로 인한 환각인가보다.

토머스 씨는 세이렌호를 망원경으로 지켜보고 있었다. 마침내 그들이 출항을 시작했다는 신호를 받고는 그레이트 화이트 호의 돛을 올리라고 명령했다. 놀랍게도 우리는 그 명령을 어렵지 않게 수행할 수 있었다. 대마초 덕에 이 일에서 저 일로 쉽게 바꿀 수 있었던 것이다. 켈리 씨도 춤추던 소년들에게 알아들을 수 없는 말로 똑같은 지시를 내렸다. 그러자 소년들은 선원처럼 행동했다. 몇몇은 옷을 벗고서, 몇몇은 스카프를 엉덩이에 두른 채 낯선 노래를 부르며 맡은 바 임무를 수행했다. 이렇게 돛을 신속하게 올리고서 어딘지 모르는 곳을 향해 가기 시작했다.

이들 몇몇은 해먹이나 갑판 위에서 잠을 잔다. 하지만 보통은 선원실에서 두 명당 침대 하나를 배정받는다. 지금은 선원이 두 배로 늘어서 시간은 많은데 할 일이 거의 없다. 그래서 나는 여자옷 입기를 좋아하는 그 친구들의 기이한 내력을 들으며 시간을 보냈다.

그들은 몇몇은 모로코에서, 몇몇은 트리폴리, 마다가스카르, 그리고 중앙아프리카에서 온 댄서다. 그중 두셋은 인도와 동인도 출신으로 홍해의 해적선에서 일한 적이 있다. 이들이 움직이는 해적선은 상선이나 다른 해적선을 노렸는데, 먼저 몇 명이 목표로 하는 배의 선원으로 합류하여 호의를 베풀며 매수하거나 주요 위치에 있는 자들의 환심을 사는 식으로 작전을 펼친다. 그러는 동안 선원들은 뱃사람들에게 몸을 내줄 것처럼 요염하게 노래하고 춤을 추는 아름다운 여인들을 태우고 가는 비무장 배를 보게 된다. 일단 배에 오르면 그 '여인'들은 숨기고 있던 권총과 단검을 꺼내고, 이미 잠입해서 일을 꾸몄던 자들도 똑같이 무기를 꺼내든다. 그러면 세이렌호는 덮고 있던 대포를 드러낸다. 이런 식으로 인명 피해 없이 배를 손에 넣게 되는 것이다. 작전을 위해 소년들은 종종 요리사로 계약하고—그들은 모두 요리에 뛰어나다—그런 다음 선원 전체에게 마약을 뿌린다. 그러나 이 작전에 대한 소문이 빠르게 퍼져서, 그들은 프랑스인들의 말마따나 홍해 일대를 '다 태워버리고 난' 후 지금은 해적선과 해양순찰대를 피해 도망다니는 중이다.

켈리는 자기 이야기를 들려주었다. 그는 처음에는 상선 선원이었는데, 말다툼 끝에 갑판수를 죽인 일로 재판에서 교수형을 선고받았다. 당시 그가 일하던 배는 탕헤르 항구에 있었다. 교수형은 시장터에서 집행되었다. 그러나 시장터에 있던 해적들이 목에 걸린 밧줄을 끊고 그를 해적선으로 데려와서 살려주었다. 해적들 사이에는 교수형에 처해졌다가 살아난 자는 앞으로의 모험에 행운을 안겨줄 뿐 아니라, 그가 맞닥뜨렸던 운명으로부터도 보호받을 수 있다는 믿음이 퍼져 있었다. 그의 목에 아직 감각이 돌아오지 않았을 때 해적들은 밧줄 자국에 빨간 잉크를 발라주었다. 그래서 켈리의 목에는 항상 빨간 밧줄이 걸려 있는 것처럼 보였다.

해적선은 노르덴홀즈 함장이 지휘하고 있었다. 그는 네덜란드 해군 탈영병으로 자신의 배에 네덜란드 깃발을 휘날리면서 정직한 상선 행세를 하고 다녔다. 스트로브는 부지휘관이었다. 반란이 일어났을 때 그들은 탕헤르에서 벗어나자마자 희망봉을 거쳐 홍해 쪽으로 향하고 있었다. 선원들은 목적지에 불만을 품고 서인도로 가기로 결심한 상태였다. 또한 그들은 스트로브를 계집애 같은 멋쟁이라며 경멸했다. 하지만 스트로브가 반란 주동자 다섯 명을 죽이자 그런 생각은 바뀔 수밖에 없었다. 반란에 가담한 선원들은 뭍으로 내쳐졌고 대신 곡예사들과 소년 댄서 단원들이 고용되었다. 노르덴홀즈는 그들을 어떻게 활용할지 이미 계획을 세워놓은 터였다.

켈리는 교수대에서 죽음의 비밀을 배웠다고 주장한다. 교수대 경험이 검객으로서 천하무적의 능력과, 그가 인간 이상으로 여기는 스트로브 부함장을 제외하고는 어떠한 남녀도 자신을 받아들일 수밖에 없는 성적 기량을 주었다고 그는 믿는다. "이 나포 허가증을 보게." 목의 밧줄 자국을 손가락으로 만지며 그가 말한다. (나포 허가증은 정부가 민간 소유의 나포선에 발급하는 서류로, 이걸 갖고 있으면 공식 파견군 형태로 적의 배를 포획할 수 있으며 일반 해적과도 구분된다. 언제나 그런 것은 아니지만 이 서류를 가진 자는 교수형을 받지 않을 수 있다.) 켈리의 말에 따르면 그의 밧줄 자국을 보기만 해도 상대방은 저승사자를 만났을 때에 버금가는 무력감과 공포를 느끼게 된다.

나는 켈리에게 목매달린 기분이 어땠는지 물었다.

"처음엔 내 몸무게 때문에 극심한 고통을 느꼈지. 이상한 혼란 속에서 영혼이 위로 거세게 밀려나가는 느낌이었어. 그들이 내 머리에 손을 뻗치자 번쩍하고 눈에서 튀어나오는 것 같은 환한 섬광을 봤지. 그러고 나서는 전혀 고통을 느낄 수 없었어. 하지만 목의 밧줄이 끊기고 나서 피가 돌고 정신이 돌아왔을 때에는 찔리고 맞은 부위들이 참을 수 없을 만큼 아프더군. 밧줄 끊은 자들을 교수대에 매달고 싶을 정도였지."*

독자들은 북적거리는 선실에서 언제 이렇게 항해에 관한 글을 쓸 수 있었을까 궁금해할지도 모른다. 사실은 나중에 늘려서 쓸 요량으로 매일 아주 짧게 메모를 해두었다. 나는 이제 매일 두 시간씩 이 메

---

* Daniel P. Mannix, *The History of Torture* (New York: Dell, 1964). (원주)

모들을 가지고 이야기를 재구성할 시간 여유가 생겼다. 스트로브는 어떤 연유인지 내 글을 출판하는 데 관심을 보이며 책상과 필기도구를 마련해주었다.

매일 저녁 소년들은 모두 옷을 벗고 양동이에 담긴 바닷물로 몸을 씻는다. 그러고 나면 다양한 성적인 게임과 시합이 펼쳐진다. 게임을 한 번 벌일 때마다 한 명씩 갑판 위에 금조각을 내놓는다. 그리고 제일 먼저 사정을 하는 사람이 금을 따간다. 누가 멀리 사정하는지 겨루는 시합도 있다.

배에는 화약과 탄약이 많아서 권총과 소총을 가지고 하는 시합도 있다. 나는 몇 차례 금을 땄다. 하지만 이길 수 있다고 확신하면서도 켈리만은 이기지 않으려고 조심한다. 그는 가장 위험한 상대로 여겨진다. 이곳에는 이해가 되지 않는 일들이 많다.

소금에 절였어요?

뉴욕으로 돌아온 나는 내 사무실에서 그린 씨 집으로 전화를 건다. 이 공간의 보안 시설에 5천 달러가 들었다. 창문에는 방탄유리를 두른 철제 막대를 덧대었다. 문은 은행 금고에 쓰는 2인치 두께의 단단한 강철로 되어 있다. 이곳에 있으면 마치 스위스에 있는 것같이 안전함을 느낀다.

그린 씨는 나와 당장 만날 수 있다고 한다. 스프링 스트리트의 집주소를 알려준다. 중산층 아파트…… 커다란 현대식 부엌…… 샴고양이…… 화초. 그린 씨의 부인은 빨강 머리, 푸른 눈, 꿈꾸는 듯한 표정의 미인이다. 『유체이탈』『철의 장막 너머의 심령 현상에 대한 발견들』 같은 카스타네다가 쓴 책들이 눈에 띈다. 그린 씨는 나에게 시바스 리갈을 한 잔 준다.

나는 내 권한에 대해 분명히 밝힌다…… "사설탐정…… 체포할 권한이 없으며…… 증거를 지역 경찰서에 넘길 수 있을 뿐입니다…… 솔직히 말씀드려서, 이 경우 유죄판결은 고사하고, 체포 영장을 받아낼 가능성도 거의 없습니다."

"그렇더라도 선생을 고용하고 싶습니다."

"대체 왜죠?"

"진실을 알고 싶어요." 그린 부인이 말한다. "살인자를 재판에 넘길 수 있든 없든 상관없어요."

나는 제리의 의료 기록과 질문서를 꺼낸다. "서류를 보니 제리는 네 살 때 성홍열을 앓았군요."

"예. 그때 우리는 세인트루이스에 살고 있었어요." 그린 부인이 말한다.

"의사가 누구였죠?"

"나이 많은 그린바움 박사였어요. 옆집에 사셨죠."

"지금도 살아 계신가요?"

"아뇨, 10년 전에 돌아가셨어요."

"그분이 진단하셨나요?"

"예."

"유능한 의사였나요?"

"꼭 그렇진 않았어요." 그린 씨가 말했다. "그게 중요한가요?"

"제리는 죽기 직전에 성홍열과 비슷한 증세를 겪었던 것으로 보입니다." 나는 그린 부인 쪽으로 돌아서서 말했다. "자세히 기억하시는지요? 병은 어떻게 시작되었죠?"

"예, 그럼요. 목요일이었어요. 우리가 고용하고 있던 영국인 여자 가정교사와 함께 차를 탔어요. 집에 돌아왔는데 몸을 부들부들 떨었고 고열이 나면서 발진이 생겼어요. 홍역이라 생각하고 그린바움 박사에게 전화를 걸었죠. 그러자 홍역에 의한 발진이 아니라 가벼운 성홍열 같다면서 오레오마이신을 처방해주더군요. 그걸 먹었더니 며칠 뒤에 열이 내렸어요."

"제리가 앓는 동안 헛소리를 하기도 했나요?"

"예, 사실 그랬어요. 깜짝 놀라며 '벽 속의 동물들'에 대해서 뭐라고 얘기했어요."

"어떤 동물이었는지 기억하십니까?"

"기린과 캥거루였어요."

"다른 일은 기억나지 않나요?"

"……예." 그녀가 잠시 후 말했다. "방에서 이상한 냄새가 났어요…… 사향 냄새 같은…… **동물원에서 나는.**"

"그린바움 박사가 그 냄새에 대해 무슨 말을 하던가요?"

"아뇨, 그때 박사는 감기를 앓고 있었던 것으로 기억해요."

"그린 씨도 냄새를 맡으셨나요?"

"글쎄요, 세탁소에 보낼 때 침대 시트와 담요에서 그런 냄새가 났어요…… 스나이드 씨, 제리는 정확히 어떻게 살해되었습니까?"

"헤로인 과다 복용이었습니다."

"그런 애가 아니었……"

"예, 중독자는 아니었어요. 그리스 경찰은 헤로인을 본인이 투여하지 않았다고 확신하고 있어요."

"우리 아이가 왜 살해되었다고 보시는지요?"

"저도 잘 모르겠습니다, 그린 씨. 사람을 잘못 봐서 벌어진 일일 수도 있습니다."

다음날 아침 사무실에 도착했을 때 조수인 짐 브래디가 공항에서 곧장 왔다며 이미 나와 있었다. 그는 신장 6피트, 몸무게 135파운드의 매우 호리호리한 아일랜드 흑인이다. 스물여덟 살이지만 열여덟 살처럼 보여서 술집에 가면 종종 신분증을 보여주어야 한다. 그는 아테네에서 온 소포를 건넸다. 사진 한 장과 디미트리가 전보 양식으로 노란 종이에 적은 메모가 들어 있었다.

제리 그린이 살해된 빌라 발견 마침표 그리스 본토 아테네로부터 40마일 마침표 머리 아직 못 찾음 마침표 빌라는 런던의 여행사를 통해 구했음 마침표 가명 마침표

디미트리

사진 속 장면은 대들보가 다 드러난, 가구는 없고 천장이 높은 방이었다. 대들보 중 하나에는 쇠로 된 굵은 전등걸이가 있었다. 디미트리는 이 갈고리를 하얀 잉크로 동그랗게 표시하고 그 밑에 '밧줄 섬유 자국'이라고 적었다.

"에버슨이라는 사람이 전화했습니다." 짐이 말했다. "아들이 실종되었다고 하네요. 약속을 잡았습니다."

"어디서 실종되었는데?"

"멕시코에서요. 마야문명 고고학자이고, 실종된 지 6주 되었다고 합니다. 에버슨 씨에게 질문서를 보내면서 아들 사진을 요청했습니다."

"잘했어." 이 사건에 특별한 감정은 전혀 없었지만, 내가 원하던 방향대로 가고 있었다.

사무실로 돌아와서 우리는 몇 가지 성적인 마법을 시도해보기로 한다. 심령술 정설에 따르면, 성 자체는 부차적이며 의식의 취지에 부합해야 한다. 하지만 나는 규칙을 믿지 않는다. 벌어질 일은 벌어지기 마련이다.

10분 후 있을 일몰에 맞춘 이집트 의식을 위해 제단을 준비한다. 제단은 약 3피트 크기의 정사각형 모양인 하얀 대리석판이다. 우리는 중요 방향을 표시한다. 대지를 뜻하는 히아신스 화분은 북쪽. 불을 뜻하는 붉은 초는 남쪽. 물을 뜻하는 설화석고 물사발은 동쪽. 대기를 뜻하는 하얀 양피지에 적은 금빛 상형문자는 서쪽. 그런 다음 일몰 의식을 진행하는 중이고 우리가 서쪽을 향해 있으므로, 금빛 상형문자를 적은 하얀 양피지를 서쪽 벽에 건다. 또한 제단 위에 물사발, 우유 사발, 향로, 장미유, 박하 잔가지를 올려놓는다.

모든 준비를 끝내고 우리는 알몸이 될 때까지 다 벗는다. 옷을 벗기도 전에 둘 다 딱딱해진다. 나는 상아 지팡이를 들고 우리 몸 주위로 둥글게 원을 그리면서 벽에 걸린 상형문자 주문을 함께 읊조린다.

"빛나는 신들이 나를 사로잡지 않게 하소서." 짐이 가톨릭 기도문을 낭독하듯이 읽어서 우리는 둘 다 웃는다.

"깨끗이 씻나이다." 우리는 물그릇에 손을 담갔다가 이마를 만진다.

"연고를 바르나이다."

설화석고 항아리에 있는 특수 연고에 손을 담갔다가 이마, 손목 안쪽, (의식 중간에 섹스가 절정에 이를 것이기에) 맨 아래 등뼈를 만진다.

"향수와 향을 바치나이다."

향, 장미유 몇 방울, 안식향 한 자밤을 향로에 넣는다.

어떤 면에서 어둠의 의식이므로, 켄타멘티우 신 대신에 세트 신을 불러내기 위하여 동서남북 네 방향에 경의를 표한다. 이제 정확히 일몰 시각이다. 우리는 템 신에게 경의를 표한다. 원래는 태양신 라이지만 이 의식에서는 그렇게 부른다. 네 방향을 향해 물과 우유로 정화한다. 빛나는 신들을 불러내는 동안 박하 잔가지를 사발에 담근다. 이제 의식의 절정이다. 신들이 우리 몸에 들어오면 마법의 힘이 오르가슴 순간에 투사되고, 금빛 액체를 분출하여 모습을 드러낸다.

"내 남근은 아므수 신의 것이오."

나는 허리를 굽히고, 짐은 내 항문에 연고를 바른 다음 성기를 밀어 넣는다. 거센 신음 소리가 귓전에 들릴 때 사진과 테이프가 내 머릿속에서 소용돌이친다. 어둑어둑한 형체들이 촛불 너머에서 피어오른다. 스스로 목매단 자들의 수호신 이시 타브 여신…… 히에로니무스 보스*의 불타는 도시와 교수대의 정경…… 세트 신…… 오시리스 신…… 바다의 냄새…… 벌거벗은 채 대들보에 매달려 있는 제리. 달

---

* 플랑드르미술을 대표하는 네덜란드 화가로 자유분방한 상상력과 결부된 경이로운 환상의 세계를 그렸다.

콤하고 썩은내가 나는 붉은 사향 같은 금속 냄새가 아지랑이처럼 손에 잡힐 듯 우리 몸을 휘감는다. 내가 사정을 하기 시작하자 방은 점점 더 환해진다. 처음에는 촛불이 불타올랐나 생각한다. 잠시 뒤 빛을 내뿜으며 벌거벗은 채 서 있는 제리가 보인다. 그의 얼굴에 해골의 웃음이 드리워져 있다. 그 웃음은 고대 그리스의 청년 조각상의 수수께끼 같은 미소로 희미해지고, 이어서 약간 놀란 듯하면서 재미있어하는 디미트리의 표정으로 바뀐다.

그렇게 우리는 빛나는 신들을 돌려보내고 자러 간다.

"왜 머리가 잘렸다고 생각하세요?" 짐이 묻는다.

"명백한 이유는 시체가 발견될 경우 사인을 감추기 위해서야. 그러면서도 시체가 발견되리라는 생각은 하지 않았어. 특별한 목적이 있어서 머리와 몸통을 모두 사용하려고 한 것 같아." 원숭이 머리 이식 그림이 눈앞에서 스쳐지나간다.

"머리는 지금 어디에 있다고 보세요?"

"뉴욕."

'호스 해턱' 이라 이라*

다음날 사무실에는 디미트리에게서 전보가 와 있었다.

제리 그린의 죽음을 목격한 용의자 구금중 마침표 용의자와 면담
원하면 전보 바람

우리는 다음 비행기를 타고 아테네에 도착해서 힐턴 호텔에 투숙했
다. 디미트리가 차를 보내주었다.

냉방이 되는 디미트리의 사무실에서 서로 악수를 나누는 동안 짐은
약간 굳어 있었다…… 바닥을 완전히 덮는 푸른 카펫, 책상, 가죽 의

---

* 마녀 놀이에서 부르는 노래의 후렴. 스코틀랜드 민속 신화에서 요정들이 밤에 엉뚱한
장난을 치러 말을 타고 갈 때 "Horse and Hattock"이라고 주문을 외쳤던 데에서 유래.

자, 벽에 걸린 파르테논 사진, 모든 것이 힐턴 호텔의 방처럼 깔끔하고 차가운 느낌이었다.

디미트리는 한쪽 눈썹을 추켜올렸다. "이곳의 정치를 탐탁지 않게 생각할지도 모르겠군요. 나도 정치라면 질색이니까. 이 조사를 통해 내가 얻을 게 없다는 사실을 이해해줘요. 내 상관들은 이 일을 모두 덮었으면 합니다…… 몇몇 질 나쁜 외국인들 때문에…… 여행 산업에 타격을 줄까봐 말이죠."

짐은 부루퉁하니 얼굴을 붉히고는 신발을 내려다보며 한 발을 옆으로 뺐다.

"확보했다는 증인은 어쩌고요?" 내가 물었다.

디미트리가 책상 뒤의 의자에 깊숙이 기대앉으며 손가락 끝을 포갰다. "아 그래요, 애덤 노스. 완벽한 증인이지. 현재 구금중이니 더할 나위 없고요. 9월 18일, 제리가 살해된 날 아침에 노스는 4분의 1온스 분량의 헤로인을 소지한 죄로 체포되었어요. 검사 결과를 보고 그 친구를 따로 구금하도록 지시했지. 그가 거리 약장사들한테서 산 헤로인은 농도가 10퍼센트 정도였는데, 이번 것은 거의 100퍼센트였거든. 그 정도면 그는 단 몇 초 만에 죽었을 겁니다."

"입다물게 하려고 그 친구를 죽일 생각이었다면, 왜 애당초 그런 사실을 알려준 거죠?" 짐이 물었다.

"날카로운 질문이군. 그는 필름을 빼서 현상하고 난 카메라 같은 존재야. 하지만 처음엔 앙상한 뼈다귀더니 나중엔 살코기가 생기더군. 애덤 노스한테 공급책 중 누군가—디미트리는 나를 힐끗 쳐다보았다—당신이 말한 마티 블룸이라는 자가 접근해서, 모의 처형이 벌어지는 마법 의식을 관람하면 4분의 1온스 분량의 헤로인과 천 달러를 두 번에 나누어 지불하겠다고 제안했더군요. 그러자 노스는 의심을 했고요."

디미트리는 녹음기를 켰다. "왜 나냐고요?" 어딘가 모자라고 퉁명스러운 젊은이의 목소리였다. "이 만화 캐릭터같이 생긴 사람이 내가 완벽한 적임자랬으니까요. '무엇에 완벽하다는 거야?' 내가 물어봤거든요. '완벽한 증인.' 그가 나에게 말하더라고요. 손에 100달러 지폐를 다섯 장 쥐고 있었어요. '음, 알았어요.' 내가 말했죠. '하지만 조건이 있어.' 그가 말하더군요. '의식을 치르기 전 3일 동안은 헤로인이나 다른 약을 일절 삼가기로 약속해. 깨끗한 상태여야 해.' '스카우트의 명예를 걸고 약속할게요.' 그렇게 말했더니 그는 돈을 나에게 줬어요. '조건이 하나 더 있어.' 그가 말하고는 나와 비슷하게 생긴 빨강 머리의 청년 사진을 건네줬어요. '이건 숙제야. 3일 동안 이 사진에 집중해.' 나는 '그럴게요'라고 말하고 자리를 떴어요. 세상에, 주머니에 500달러가 있는데도 즐길 수가 없다니. 그래서 운전사가 다임러로 데리러 왔을 땐 몸이 다 아프더라고요."

디미트리는 녹음기를 껐다. "아테네 외곽의 빌라로 가서 제리의 교수형에서 절정을 이루는 이상한 의식을 목격했다더군요. 아테네로 돌아와서는 헤로인 4분의 1온스를 받았죠. 체포될 때에는 여자친구가 사는 아파트로 가는 길이었고."

"그래도 여전히 말이 안 되는데요." 짐이 말했다. "목격자로 끌어들일 땐 언제고, 도대체 왜 입을 막으려 하는 거죠?"

"그들은 노스의 입을 막으려고 하지 않았어. 오히려 그의 입을 열어서 영상을 뽑아내려 했던 거야. 노스는 완벽한 증인이었어. 제리와 생년월일도 같고 쌍둥이 형제처럼 꼭 닮았거든. 헤로인 금단증세를 잘 알 걸세…… 고통스러울 정도로 강렬한 느낌, 미열, 자연적인 오르가슴…… 일종의 감광 필름. 헤로인 과다 복용은 가장 쉽게 죽을 수 있는 방법이기도 하고. 그러니까 헤로인 과다 복용 상태일 때는 영상이 감광 필름에 왜곡 없이 고스란히 새겨지는 거야."

"그렇군요." 짐이 말했다.

"이 테이프에 다 담겨 있어요. 그래도 이 친구를 한번 보고 싶을 텐데. 미리 말해두지만, 정신지체자입니다."

엘리베이터를 타고 내려가면서 디미트리는 계속 말했다. "약물중독 때문에 나타나지 않았지만, 정신병 증세가 의심돼요."

"약물치료를 받고 있나요?" 내가 물었다.

"메타돈을 복용하고 있어요. 정신상의 문제가 거론되지 않았으면 좋을 텐데."

"사회적으로 성가신 존재가 될까봐요?" 내가 물었다.

"그보다 더 심각한 쪽으로 위생상의 위험 요소가 될 수 있소."

우리는 취조실의 형광등 불빛 아래에서 노스를 보았다. 테이블, 녹음기, 의자 네 개가 있는 방이었다. 그는 푸른 눈에 금발의 잘생긴 청년이었다. 생김새는 놀랄 정도로 제리와 비슷했다. 하지만 제리가 매우 똑똑하고 영민해 보인다면, 노스는 굼뜨고 멍청하고 모자라 보였으며, 겨울잠에서 깨어나 화가 난 도마뱀처럼 졸리고 퉁명스러운 표정이었다. 디미트리는 우리가 제리 가족에게 고용된 탐정이라고 설명했다. 우리는 몇 가지 질문을 했다. 노스는 앞에 있는 테이블을 내려다보며 아무 말도 하지 않았다.

"당신한테 헤로인 4분의 1온스를 준 사람을 전에도 본 적이 있나요?" 내가 물었다.

"예. 처음 여기에 왔을 때 그가 나를 마약 거래에 끌어들였어요. 단 1퍼센트라도 짜내려는 것 같았어요."

"어떻게 생겼죠?"

"회색빛 얼굴, 곰보 자국, 중간 정도의 다부진 체구, 멋진 자줏빛 조끼에 시곗줄. 1890년대 사람 같았어요. 온기가 느껴지지 않았죠."

"그것 말고 또 없나요?"

"이상한 냄새, 냉장고의 썩은내 같은 게 났어요."

"목격했다는 의식에 대해서 말해봐요." 내가 말했다.

"잠깐만요." 디미트리가 말을 끊었다. 노스를 보며 '가니메데스'라고 말하고는, 손가락을 부딪쳐 딱 소리를 냈다. 노스는 몸을 부르르 떨며 눈을 감고, 깊게 숨을 쉬었다. 다시 말을 하는 순간, 그의 목소리는 알아볼 수 없을 정도로 달라져 있었다. 마치 오리, 칠면조, 비둘기, 고양이가 가르랑 우는 소리, 훌쩍이고 떨리는 소리를 옮기는 인상을 주었다.

"가니메데스 호텔…… 셔터는 내려져 있고…… 침대 위에 벗은 채로…… 제리의 사진…… 사진이 살아나고 있어…… 그걸 보면 몸이 달아올라…… 꼭 이 방처럼 생긴 방에 그가 있는 걸 알아…… 기다리면서…… 방에서 냄새가 나, 그의 냄새…… 무슨 일이 일어날지 냄새로 알 수 있어…… 동물 가면을 쓰고 벌거벗은 채로…… 악마의 가면…… 나도 벗고 있지만 가면은 안 썼어. 우리는 무대 위에 서 있어…… 반투명한 올가미…… 뱀처럼 꿈틀거리고 있어…… 제리는 벌거벗은 채 쌍둥이 자매를 따라가…… 너무 비슷해서 그들을 구별할 수 없어. 붉은 안개가 모든 것을 덮고 있어. 그리고 그 냄새—"노스는 훌쩍이며 몸을 꿈틀거리다 사타구니를 문질렀다. "그 여자는 빨간 스카프로 제리의 두 손을 뒤로 묶고 있어…… 그의 목에 올가미를 씌웠어…… 차차 그에게로 퍼져가고 있어…… 그의 성기가 부풀어오르고 그는 발톱까지 온통 빨갛게 변해—우리는 그것을 홍조red-on라고 불러……" 노스는 키득거리며 웃었다. "그의 발밑에 있는 받침이 쓰러져. 그는 발버둥치며 매달려 있어. 밧줄에 매달린 채 세 번을 해. 쌍둥이 여자는 정액을 병에 담아. 거기서 자랄 거야……" 노스는 눈을 뜨더니 디미트리를 멍하니 바라보았다. 디미트리는 온화하게 나무라듯 고개를 흔들었다.

"아직도 이 모든 게 실제로 일어났다고 믿나, 애덤?"

"그럼요, 선생님. 나는 다 기억해요."

"자네는 꿈도 기억해. 자네 이야기를 확인해보았는데 사실 근거가 없는 걸로 밝혀졌어. 아테네에 도착한 이후로는 계속 감시받고 있었기 때문에 그럴 필요도 없었고. 자네가 복용한 헤로인도 분석해봤어. 그랬더니 자네가 말하는 이상한 환각 효과와 함께 일시적으로 정신병 증세를 일으키는 불순물이 나왔어. 우리는 이 독이 든 헤로인을 유포해온 장사치들을 찾고 있었지. 그들을 검거한 상태야. 사건은 종결되었어. 이 일을 모두 잊기 바라네. 내일이면 석방될 걸세. 영사가 화물선 편으로 귀국하도록 조처해놓았네."

노스는 흰 제복을 입은 직원을 따라 나갔다.

"가면을 착용했다는 다른 증인들은 어떤가요?" 내가 디미트리에게 물었다.

"아마도 즉각 처리되었을 겁니다. 아테네를 떠나 런던으로 가는 전세기가 교수형 제의가 있었던 바로 다음날에 유고슬라비아에서 추락했어요. 생존자는 한 명도 없었고. 영국 경찰을 통해 탑승자 명단을 확인해보았는데, 승객 중 일곱 명이 무덤을 털고 동물을 제물로 바치는 흑마술을 부린다는 드루이드교도였더군요. 듣기론 희생된 동물 중 하나는 말이었다지요. 아마도 영국인의 감성에는 인간 제물보다 훨씬 더 충격적이겠지요."

"말을 제물로 바쳤다고요?"

"스키타이족의 오랜 관습이죠. 청년이 벌거벗고서 말에 올라 목을 자르고 끝까지 버티는. 위험하다고 들었습니다. 당신네 미국인들의 로데오처럼."

"그를 매달아 죽인 쌍둥이 자매는 누군가요?" 짐이 물었다.

디미트리가 파일을 펼쳤다. "그 '여자'는 안 웨스트라는 복장 도착자인데, 영국 타인 강 근처의 뉴캐슬 태생으로 본명은 아널드 앳킨스라고 하지. 섹스 기술과 독毒을 전문으로 다루는 일류 최고가 암살범이라오. 의뢰를 위한 수수료만 수십만 달러고, 환불은 불가하다나. 포퍼, 블루 옥토퍼스, 사이렌 클록이라고도 불리지.

이제, 저하고 저녁식사를 하실까요, 여러분? 스나이드 씨, 꽉 막힌 경찰을 위해 편집된 것 말고 완전한 이야기를 들었으면 하는데요."

디미트리의 집은 미국 대사관 근처에 있었다. 박봉의 경찰관이 소유할 법한 집이 아니었다. 집은 거의 반 블록 정도를 차지하고 있었다. 대지는 높은 담벼락으로 둘러싸였고, 벽 위엔 6피트 높이의 철조망이 쳐져 있었다. 대문은 은행 금고처럼 육중했다.

디미트리는 빨간 타일이 깔린 홀을 따라 책으로 둘러싸인 방으로 안내했다. 좌우로 열리는 프랑스식 문을 열자 길이 70피트, 너비 40피트 크기의 파티오*가 보였다. 아래로 수영장, 나무, 꽃이 내려다보였다. 짐과 나는 자리에 앉았고, 디미트리는 술을 준비했다. 책들을 둘러보았다. 마법, 악마학, 수많은 의학 서적, 한 줄 가득 채워진 이집트학과 마야, 아스테카 문명에 관한 서적들이 보였다.

나는 디미트리에게 내가 아는 사실과 짐작하는 바를 30여 분에 걸쳐 얘기해주었다. 그는 잠시 말없이 앉아서 술잔을 내려다보았다.

"스나이드 씨," 마침내 그가 입을 열었다. "이제 당신 사건은 다 끝난 것 같은데요. 살인범들도 죽었고."

"하지만 그들은 단지……"

"바로 그거요. 하수인. 잘 속는 멍청이. 살인청부업자, 그들은 특별한 방식의 죽음으로 값을 치렀어요. 당신도 알다시피 그들이 치른 의식은 세트 신에게 바치는 이집트 일몰 의식입니다. 섹스와 죽음이 수반되는 희생 제의의 경우 마법이 목적을 수행하는 데 가장 유효한 수단이지요. 의식에 참여한 자들은 비행기 추락으로 인한 자기들의 사망이 그 마법의 목적이라는 사실은 몰랐겠지만요."

---

* 건물 내에 있는 안뜰. 스페인과 남아메리카의 건축물에서 주로 보인다.

"테러의 증거는 없었나요?"

"아니. 비행기의 잔해가 거의 없었어요. 추락 지점은 자그레브 외곽이었고요. 조종사가 궤도를 벗어나 낮게 비행하고 있었다나. 조종사 실수 같아요. 물론 그런 실수를 초래하는 요인들이 있죠⋯⋯ 이 사건을 계속해서 맡을 생각입니까? 고위층이라도 잡으려고? 아니면 정확히 왜 그러는 거죠?"

"이봐요, 경감님. 이 사건의 발단은 제리 그린 사건이 아니에요. 저 자들은 오래전부터 악당들이었다고요."

"그 악당들을 없애려고 서두르지 마요. 그들을 없애서 어떻게 하려고? 생각해봐요. 당신은 살인범을 찾기 위해서 고용됐어요. 청부암살범을 찾아냈어요. 그런데 그것에 만족하지 않아요. 그를 고용한 사람을 찾고 싶어져요. 또다른 하수인을 찾아요. 만족하지 않아요. 그리고 또다른 하수인을, 그들을 고용한 남자 혹은 여자 거물을 찾으려 하죠. 그렇게 해서 찾은 사람 역시 또다른 하수인으로 밝혀져요⋯⋯ 당신이 도저히 닿을 수 없는 힘과 권력을 지닌 누군가의 하수인으로 말입니다. 어디에서 멈출 겁니까? 어디쯤에서 선을 그을 거냐고요?"

그의 말은 일리가 있었다.

그는 계속해서 말했다. "지금까지 일어난 일을 생각해봅시다. 의식과 마법을 거행한답시고 청년 한 명이 목매달렸어요. 그게 그렇게 놀랄 일입니까?⋯⋯ 『늪지 사람들』이란 책 읽어봤어요?"

나는 고개를 끄덕였다.

"해마다 봄 축제 기간에 한 명씩 발가벗겨서 매다는 소박한 의식⋯⋯ 그런 축제들은 합당한 범위 내에서 안전밸브 역할을 하지요…… 더 심한 일이 매일 일어나요. 히로시마, 베트남, 대량 오염, 가뭄, 기근에 비하면 정말 별거 아닙니다…… 세상을 좀더 넓게 봐요."

"별거 아닌 일이 아닙니다. 전염병처럼 유행할지도 몰라요."

"맞아요…… 아즈텍인들은 선에서 많이 벗어났었지. 지금 바이러스 이론인가를 말하려는 겁니까? '바이러스 B-23'이라고 해둘까? '교수형 열병'? 당신은 지금 서로 연관이 없을 수도 있는 두 사건에서 뭔가를 추론하고 있어요. 피터 윙클러는 전혀 다른 이유로 죽었을 수 있어요. 그럴 가능성을 바라진 않겠지만, 그런 전염병이 발병했다고 쳐볼까요?" 그는 말을 멈추었다. "윙클러가 몇 살이죠?"

"오십대 초반입니다."

"좋아요. 제리는 전염병 보균자였어요. 그것이 직접사인은 아니고요. 그보다 서른 살가량 많은 윙클러는 며칠 후에 죽었어요. 음…… 선별된 전염병이 인구과잉과 그에 따른 오염, 인플레이션, 천연자원 고갈이라는 난국에 대한 가장 인간적인 해결책이라고 생각하는 사람들이 있어요. 합당한 비율 내에서 나이든 사람은 죽이고 젊은이는 살리는…… 그런 전염병이라면, 막을 방법이 있다 하더라도 퍼지게 하고 싶을지 몰라요."

"남미의 실험실에서 진행될 법한 일들을 짐작하면 애덤 노스한테서 들은 이야기는 할머니와 아이들을 위한 얌전한 고딕 로맨스* 같다는 느낌이 드는군요."

---

* 공포소설과 로맨스의 요소가 결합된 문학 장르. 중세 후기의 폐허가 된 성곽과 초자연적 소재를 선호하며 18세기 말 유럽에서 크게 인기를 끌었다.

"내 말이 바로 그거요, 스나이드 씨. 굳이 무릅쓸 가치가 없는 위험들이 있어요. 눈에 띄지 않게, 아무도 모르게, 그냥 내버려두는 편이 나은 일들이 있다고요."

"하지만 누군가는 결국 보고 알아야 해요. 그러지 않으면 막을 도리가 없단 말입니다."

"보고 알아야 하는 사람이 꼭 당신일 필요는 없지요. 당신의 인생을, 당신 조수의 인생을 생각해봐요. 이 문제에 나서야 할 사람이 꼭 당신일 필요는 없어요."

"당신 말이 맞아요."

"맞고말고요." 짐이 말했다.

"스나이드 씨, 히로시마 사태가 범죄라고 생각합니까?"

"예."

"거물의 뒤를 캐보고 싶었던 적이 있나요?"

"아뇨. 제가 상관할 바가 아니죠."

"그럼 이 일에서도 그렇게 해요. 하지만 당신이 할 수 있는 일이 한 가지 있지요. 머리를 찾아서 악령을 몰아내줘요. 몸의 악령은 내가 이미 쫓아냈습니다. 그린 씨가 미국인 묘지에 시신을 묻는 데 동의해주었어요."

그는 방을 가로질러가서 캐비닛에서 부적이 들어 있는 철 금합을 가져왔다. 양피지처럼 보이는 부적 위에 룬문자가 적혀 있었다. "양피지가 아니라 사람의 살갗입니다……" 그가 말했다. "의식은 아주 간단해요. 먼저 네 방위를 표시한 주술의 원 안에 머리를 놓고, 주문을 세 번 외웁니다. '물로 돌아가라. 불로 돌아가라. 대기로 돌아가라. 대지로 돌아가라.' 그런 다음 부적으로 정수리, 앞이마, 오른쪽 귀의 뒷면—이건 그가 왼손잡이라서 그래요—을 만져주면 됩니다."

문을 두드리는 소리가 났다. 콧수염이 난 중년의 그리스 여인이 붉은 숭어 요리와 그리스 샐러드를 가지고 들어왔다. 저녁식사와 브랜디를 들고 우리는 그만 가려고 일어섰다.

"당신이 나설 필요 없다고 얘기해놨어요. 하지만 그래야 될지도 모르겠군요. 두고 보면 알겠죠. 그리고 도움이 필요할 겁니다. 멕시코시티에서 도움을 줄 만한 곳을 가르쳐드리지요. 카예혼 데 라 에스페란사 18번지."

"알겠습니다." 짐이 말했다.

"내 운전사가 힐턴 호텔까지 모셔다드릴 겁니다."

"자기 전에 한잔?"

"아뇨," 짐이 말했다. "머리가 지끈거려요. 제 방으로 가볼게요."

"난 술집에 들렀다 올게. 이따 보자고." 평소에 알고 지내던 미국 대사관에서 일하는 사람을 봤다. CIA 요원인가. 그 친구도 나와 이야기하고 싶어하는 눈치였다.

술집에 들어서자 그는 나를 올려다보며 고개를 끄덕이더니 함께 앉자고 했다. 젊고 날씬하며, 연갈색 머리에 안경을 쓴 모습은…… 세련되고 꽤 학구적으로 보였다. 그는 웨이터에게 손짓을 했고, 나는 맥주를 주문했다.

웨이터가 맥주를 놓고 가자, 그 친구는 앞으로 몸을 숙이더니 낮고 딱딱한 목소리로 말했다.

"그린인가 하는 아이한테 끔찍한 일이 있었다며." 걱정하는 듯 인정 어린 표정을 지으려 했으나, 그의 눈은 차갑고 뭔가 캐내려는 속내가 비쳤다. 이 친구가 모르는 것을 말하지 않도록 조심해야겠다고 속으로 생각했다.

"그래, 그랬지."

"어…… 치정 살인이었다고 하던데." 그는 어색해하면서도 약간은 엉큼한 표정을 지으려 했다. 상어처럼 어색하고 엉큼해 보였다. 데굴파 백작부인처럼 차갑고 수상쩍었다. 나는 그가 부자라는 사실을 기억했다.

"아마 그럴걸."

"가족한테는 참혹한 일이었겠어. 가족에게 사실대로 말하지 않았지?"

조심해, 클렘…… "나도 사실을 잘 몰라. 내가 그의 가족에게 무슨 얘기를 했는지는 당연히 비밀이고……"

"물론이지. 직업윤리인데 그래야지." 그는 노골적인 빈정거림 없이 나와 내 직업에 대해 차가운 경멸감을 드러냈다. 나는 그저 고개만 까딱거렸다. 그는 계속 말했다. "디미트리는 이상한 친구야."

"아주 유능해 보이던데."

"아주 유능하지. 지나치게 유능하면 독이 될 때도 있지만."

"가끔 실수를 하는 편이 좋다는 중국 속담도 있잖아."

"디미트리가 사직한 것 알고 있었어?"

"그런 말은 안 하던데……"

"그는 동종 업자들 사이에서 시기의 대상이었어. 전문 직업인들은 일하지 않고 지내도 될 만큼 재산이 많은 사람을 미워하지. 나도 그 래봤으면 싶네만." 그는 소년 같은 표정을 지으려 하며 애처롭게 웃 었다.

"자네라면 지나치게 유능해서 생기는 실수를 피할 수 있겠지."

그는 이 말을 무시하고 넘겼다. "그 히피 친구들은 온갖 종류의 이 상하고 파격적인 섹스 숭배에 열광하나봐……"

"보니까 그들의 성생활은 지겨울 정도로 일상적이던데……"

"자네, 『미래의 충격』이란 책 읽어봤지?"

"대충 훑어봤어."

"자세히 읽어볼 만한 책이야."

"『생물학 시한폭탄』이 더 재미있던데."

그는 이 말을 무시했다. "디미트리의 마법 취미는 그에게 전혀 도 움이 안 됐어…… 직업상으로 말이야."

"마법이라고? 그 사람답지 않은데."

보아하니 내가 방금 저녁식사를 위해 디미트리의 집에 다녀온 사실 을 알고 있는 눈치였다. 그의 집에 관해서 내가 무슨 얘기라도 해주길 바라고 있었다. 책이라든가 장식이라든가…… 그렇다면 한 번도 거 기에 가본 적이 없다는 뜻이다. 그의 얼굴에 경미한 분노의 경련이 지 진에 의한 진동처럼 일었다. 그의 얼굴은 대리석 가면처럼 굳어졌다 가 부드러워졌다. "자네 조수는 자네 일을 돕기에는 너무 어리지 않 나?"

"자네도 자네가 하는 일에 비해서 좀 젊지 않아?"

그는 애써 웃으려고 했다. "글쎄, 책임을 맡기엔 젊지. 맥주 한 잔

더 할래?"

"고맙지만 사양하지. 내일 아침 일찍 비행기를 타야 해서." 나는 자리에서 일어났다. "잘 있게, 친구."

그는 웃음을 지으려다 멈추고 말없이 고개를 끄덕였다. 나는 바에서 걸어나왔고 그가 일부러 내 뒤를 쳐다보지 않는다는 사실을 눈치챘다.

틀림없었다. 나는 불확실한 상황에서는 자리를 뜨고 벗어나야 한다고 배웠다. 나는 그게 싫었다. 특히 이미 자리를 뜨기로 마음먹었을 경우에는. 그리고 짐이 건방진 CIA 풋내기한테 무시당하는 것도 싫었다. 마피아라도 그보다 막돼먹지는 않았을 것이다.

"자네 조수가 너무 어리다고? 『미래의 충격』이란 책을 읽어봤느냐고?"

호텔방에 올라가보니 문이 열려 있었다. 안으로 들어서자 열병 냄새가 훅 풍겼다. 벌거벗은 제리의 머리 없는 몸에서 나던 동물의 악취였다. 짐은 침대 시트를 허리까지 덮은 채 침대에 누워 있었다. 그를 보는 순간 목덜미가 따끔거렸다. 눈앞에 제리의 얼굴이 보였다. 두 눈으로 초록빛 불을 뿜으며 늑대 같은 웃음을 짓는 얼굴이었다.

로저 항

교묘한 속임수의 본질은 주의력 분산과 방향을 잘못 가리키는 것이다. 누군가 자기만의 통찰력으로 당신의 숨은 의도를 간파했다고 확신한다면, 더 멀리 내다보려 하지 않을 것이다.

그는 얼마나 알고 있는가, 또는 짐작하고 있는가? 그는 나포가 사전에 계획되었음을 알고 있다. 서반구 무역, 멕시코의 아편 재배, 그리고 근동, 극동 아시아에서 수입된 곡물과 농산물의 경작과 관련하여 맺어진 해적과 펨버턴가의 동맹을 눈치채고 있다. 이 동맹이 정치·군사혁명과 영국과 스페인으로부터의 독립으로 이어질 수 있음을 짐작하고 있거나 머지않아 알아챌 것이다.

그는 자신이 해야 할 일이 무엇이라고 생각할까? 총기 제작자와 발

124

명가의 역할? 부분적으로는 그렇다. 그를 과소평가해서는 안 된다. 이미 토머스 씨를 말 그대로 꿰뚫어보지 않았던가. 다른 사람들을 꿰뚫어보는 데 얼마나 걸릴까? **켈리를 조심해야 해.** 가장 필요한 하인들이 항상 가장 위험한 법이니까. 그는 교활하고 정직하지 못한 작은 짐승이다.

노아는 내가 '어떤 이유에선지' 자신의 일기를 출판하는 데 관심이 있다고 일기에 쓴다. 그 이유를 눈치챘을까? 그는 자신의 주요 역할을 알게 될까봐 총기를 제작하는 일에 몰입할 것이다.

그가 존스 선장과 노르덴홀즈 함장의 역할이 서로 바뀔 수 있음을 알아채는 데 얼마나 걸릴까? 그와 관련하여 자기 이름의 완전한 의미를 파악하는 데는? 내가 데 푸엔테스 쌍둥이라는 사실을 아는 데는? 끝으로 내가 또한 ___라는 것을 알게 되는 데는?

그의 목에 두른 스카프를   그들 사이에 두고   옆으로 돌아서서 병사들에게 추파를 던지며 윙크를 한다. 내 이름은 스트로브 부함장, 날씬한 요부. 코트는 햇빛을 받아 반짝거리고   저멀리 별의 꽁무니에서 들려오는 플루트 소리. 나는 이제 켈리라고 불리는 담배 연기   예라는 말과 함께 머릿속이 희뿌옇다. 연갈색 머리카락, 행진하며 돌아다니던 발기한 몸은 사라졌다. 춤추는 소년들은 음악에 맞춰   창백한 사타구니를 꿈틀거리며   구부러진 발가락으로 장기를 펼쳤다. 홍해 지역에 이르자 선원이 두 배가 되었다. 대화는 논쟁으로 시작되었다.   교수형. 아름다운 화물을 싣고 가는 상선에 내려진 교수형은 다시 살려주는 쪽으로 바뀌었다.   여자들은 요염하게 춤추며 언젠가 한 번 구출된 그들의 몸으로부터 보호해주겠다고 약속한다. 그는 교수대 미소를 배웠다고 주장했다. 헐떡이며 숨을 들이마시면서 갑자기 딱딱하게 부풀어올라   그는 갑판 위에 매듭을 묶은 올가미 모양으로 사정을 했다. 목덜미의 정령들. 6피트 분출.

우리는 오늘 파나마 해안의 로저 항에 도착했다. 전에는 페즌트 요새였으며 60년 전에는 영국 해적의 근거지였다. 이곳 해안은 낮은 수심과 바위 때문에 대형 선박이 항해하기에는 매우 위험하다. 로저 항은 이 일대에서 수심이 깊은 몇 안 되는 항구 중 하나다. 그러나 배를 대기가 너무 어려워서 항로를 정확하게 아는 항해사만이 희망을 갖고 접안을 해볼 수 있다.

배 우현으로 멀리 보이는 초록빛 얼룩이 해안선이다. 스트로브와 토머스는 망원경으로 하늘과 맞닿은 수평선을 살핀다.

"해안경비대……" 아이들이 불안하게 중얼거린다.

스페인 군인에게 붙잡히면 고문을 당하거나 운이 좋아봐야 노예가 된다. 스페인 해안경비대가 덮치면 우리는 배를 버리고 구명보트를 탈 것이다. 그레이트 화이트 호를 스페인에 넘기고, 배에 오르는 무리들은 깜짝 선물을 받을 것이다. 화물칸 문이 열리는 순간 화물 전체가 폭파되도록 내가 고안해두었기 때문이다.

배는 둥그렇게 돌아서 뭍으로 향한다. 상의를 벗은 스트로브는 민첩하고 호리호리한 몸으로 배의 조종키를 잡았다. 두 소년은 배 양쪽의 수심을 재고 있고, 호위선은 100야드 뒤에 있다. 우리는 암초 사이의 좁은 수로를 따라 항해해 나간다. 배가 푸른 바닷물을 뱀처럼 미끄러져 나아가는 동안 토머스 씨와 켈리는 큰 소리로 지시를 내린다. 해안선이 점점 더 뚜렷하게 보인다. 나무와 낮은 언덕들이 어른거리는 열기 사이로 천천히 눈에 들어온다. 초승달 모양의 모래사장, 파도가 밀려와 부서지는 해안으로부터 수백 야드 떨어진 짙푸른 항구로 배가 미끄러져 들어갈 때 활시위를 당겼다 놓을 때처럼 윙하는 소리가 희미하게 들린다.

우리는 해변으로부터 100야드가 채 안 되는 지점에서 닻을 내린다. 세이렌호는 비슷한 간격을 두고 우리 뒤에 있다. 도시는 빽빽한 대나무 숲에 둘러싸인 채 나무와 덩굴 사이에 위치해 있어서 항구에서 식별하기가 어렵다. 마치 금테를 두른 액자 안에 담긴 그림을 보는 듯한 야릇한 느낌을 받았다. 고요한 푸른 항구에 정박해 있는 두 척의 배, 선선한 아침 바람, 그리고 그림 아래 적힌 문구, '로저 항—1702년 4월 1일'.

나무숲이 갈라지더니 아래만 가린 인디언들이 배를 끌고 바다로 향한다. 배는 거룻배로 쓰이는 카누 두 척에 뗏목을 단단하게 고정해둔 형태다. 이 배들은 바다에서 높이 출렁거리며, 베네치아의 곤돌라 사공들처럼 전방을 보고 노를 젓는 두 뱃사공에 의해 앞으로 나아간다. 이날은 내 기억 속에서 몇 편의 그림들로 떠오른다……

뱃사공

배가 은빛 파도를 향해 미끄러져갈 때 노에 기대어 있는 구릿빛 피부의 마른 몸들과, 해변과 야자수를 배경으로 솟아오르는 날치.

짐 부리기

선홍색 잇몸, 날카로운 하얀 이, 웃으면서 노래 부르며 짐을 옆으로 전달할 때 드러나는 엉덩이. 짐이 뗏목을 거쳐 해변으로 전달될 때면 소년들은 짐을 소재로 노래를 만들어 부른다. 켈리가 내 옆에 귀신처럼 달라붙어 번역해주었는데 들어보니 바보 같기 짝이 없는 노래들이다.

소년들은 화약통을 부린다. 우리가 돕겠다고 하지만 인디언 소년들은 노래한다. "백인의 손은 썩은 바나나처럼 미끌미끌해." 그들은 화약통을 전달하며…… "이거 놓치면 쾅 쾅 망할 놈의 질문question."

나는 이 '질문'이란 게 뭔지 켈리에게 묻는다.

"종교재판Inquisition의 약자야."

소년은 아편을 담은 통을 들어올린다…… "스페인 사람들 이거 먹으면 안 돼. 팬티에 똥싸, 아주 더러워 *내 똥꼬*."

"키키는 *아편* 통에 몸을 숙일 때 내가 자기 엉덩이를 보는 걸 알고서 가운데가 딱딱해지고 있어."

"마리아를 생각하고 있었어."

"그럼 옷 벗고 우리한테 마리아를 보여줘."

키키는 얼굴이 빨개지지만 이 게임의 규칙을 따라야 한다. 그는 아랫도리를 벗고 수줍게 웃으며 털이 무성한 꽃분홍색 성기를 드러낸다. 불알은 단단하고, 성기는 바짝 서 있다. 거기에서 나는 꽃냄새가 화물칸에 퍼진다.

"마리아고 뭐고. 내가 그 남잔지 여잔지를 6피트 사정으로 해치울 거야……" 그는 주위를 둘러보며, 아편 통 위에 앉아 있는 소년들에게 으름장을 놓는다.

몇몇 소년들은 스페인 사람의 고환을 본떠 교묘하게 만든 허리띠에 찬 작은 주머니에서 금덩어리를 꺼낸다.

"그 사람이 이걸 너무 좋아해서 그의 불알 안에 보관하고 있어. 곧 그 사람처럼 부자가 될 거야."

"너 같은 자식한텐 쉬운 일이겠다."

"똥이나 처먹어라, 개새끼야. 내 눈으로 꼭 보고야 말겠어."

주위를 치우고, 조심스럽게 선을 그은 다음 금을 건다. 키키는 몸을 수그리고 손을 무릎에 얹는다. 키키의 쌍둥이 형제 같은 다른 소년은 작은 남근처럼 생긴 분홍빛 산호 용기의 코르크 마개를 딴다. 그러자 강렬한 악취가 아편, 대마초, 젊은 육신 위에서 마르고 있는 소금물 냄새로 이미 꽉 찬 화물칸을 가득 채운다. 분홍빛 산호 용기에서 향수를 바른 시체나 번개가 친 후에 나는 냄새와 같은 달콤하고 썩은 사향 내가 진하게 퍼져나온다.

연고가 화물칸의 희미한 빛 속에서 반짝거린다. 화물칸에서는 붉은 팔다리가 검은 물속의 물고기처럼 나른하게 움직인다. 소년은 반짝이는 연고를 키키의 항문에 문지르고, 키키는 소년이 그것을 밀어넣는 동안 온몸을 비틀며 하얀 이를 드러낸다. 두 소년은 모두 환하게 빛이 나고 달아오른다. 잠시 동안 화물칸은 주위의 모든 얼굴과 몸이 선명하게 보일 만큼 낮처럼 환해진다.

빛나는 소년들*

"빛나는 막대기 쟁취하기." 켈리가 퉁명스럽게 중얼거린다.

"빛나는 막대기라고요?" 내가 묻는다.

"그래. 아주 오래전부터 지금까지 영원토록 이어져온 속임수야. 빛나는 소년들이 특별한 유형의 유령이란 사실은 알 거야. 그중 한 명을 보면 너는 곧 죽게 돼. 물론 시간이 지나면 그 무엇에든 적응하게 되는 것처럼 나는 빛나는 소년들에 익숙해졌어. 뛰어나고 힘이 좋은 빛나는 소년은 천장이 20피트나 되는 방을 혼자서 환하게 밝힐 수 있다니까. 빛나는 소년들 가운데 최고는 아일랜드 성곽에 살았어. 정신 나간 엄마에게 목 졸려 죽은 열 살짜리 소년이었지. 그 유령은 장관 세 명과 목사를 죽였어.

그러다가 비열한 계략을 쓰는 아이들이 이것이 좋다는 사실을 알고 적의 핵심 인력을 없애기 위해 '빛나는 막대기' 프로젝트를 시작했어. 그들은 뭘 자극해야 하는지도 몰랐고, '빛나는 막대기' 프로젝트는 기술 장병한테 떠넘겨졌지. 우리는 거의 목매달리거나, 물에 빠지거나, 목 졸려 죽을 뻔했어. 위생병이 손으로 툭툭 치며 우리에게 물었지…… '기분이 어땠어요? 몸에서 빛이 났어요?'

그 아이들 있는 데다 똥을 처발라줘. 빛나는 소년들은 특별한 죽음의 공습이야. 유령은 피에 목말라 있어. 강렬한 악취가 '빛나는 막대기' 프로젝트를 채웠어. 그 냄새가 목매달려 죽다 살아난 우리를 툭툭 치지. 달콤하고 썩은 사향 냄새 같은 게. 그러고 나서 뒤늦게 나타난 건방진 녀석이 네 밑에서 빛나는 것을 꺼내어 재미를 봐. 군대에서의 성교육이지. 나 같은 기술 장병을 망가뜨리는 오랜 속임수의 병마개

---

* 엄마한테 살해당한 소년들의 유령. 영국과 유럽의 민담에 등장하며 불처럼 환한 빛을 발산한다고 함.

를 딴 거야."

그의 말과 말하는 방식은 처음에는 너무 낯설었지만, 왠지 과거의 기억을 되살려놓았다. 마치 배우가 먼 타지에서 오래전에 맡았던 배역의 잊힌 대사에 의해 흔들리듯이.

노르덴홀즈 함장, 로저 항에 내리다

그는 자신이 만든 제복을 입고 영국이 남기고 간 황폐한 부두 위에 서 있다. 그의 옆에는 아편 존스, 데 푸엔테스 쌍둥이 남매, 스트로브 부함장이 있다. 그들은 차츰 인기가 시들해지지만 그래도 자기 배역에 혼신을 다하기 위해 굳은 각오로 모인 유랑극단 같다. 소년들은 여행가방, 짐 상자, 궤짝 등을 들고서 그들을 뒤따른다. 그들은 해변을 가로질러 벽처럼 둘러싼 나무들 사이로 하나씩 사라진다.

진귀한 보석과 금 궤짝을 잔뜩 갖고 있는 이들의 행렬이 어째서 남루한 인상을 주었을까? 이유는 모르겠지만, 내 눈에는 그들이 잠시 엄청난 배역을 맡았으나 방세를 낼 돈이 없는 초라한 배우들로 보였다. 보석과 금은 가짜이고, 누덕누덕 기운 휘장은 갈기갈기 찢겨 있으며, 극장은 오래전에 문을 닫은 상태다. 슬프고 처량한 느낌에 마음이 아팠다. 그때 불멸의 시인이 남긴 말이 떠올랐다.

이 배우들은,
아까도 얘기했네만, 모두 요정들일세
이젠 대기 속으로 사라져버렸지……*

우리는 상륙했다. 스트로브 부함장은 그림 퍼즐에서 튀어나온 듯한 해변에서 우리를 맞이한다. 그가 입고 있는 초록과 갈색으로 얼룩진 셔츠와 바지가 오후의 미풍에 가볍게 나부낀다. 우리는 그의 뒤를 따라서 끝없이 이어질 것만 같은 덤불을 향해 걸어간다. 그가 가지들을 옆으로 헤치자 대나무와 가시덩굴 사이로 꼬불꼬불한 길이 나타난다.

꼬불꼬불한 비탈길을 4분의 1마일가량 올라가니 대나무들이 병풍처럼 늘어선 막다른 끝에 이른다. 그 대나무들이 오래전 어디에선가 읽었던 책에 나오는 마술의 문처럼 홱 열리는 녹색 문 위에 그린 그림이라는 것은 가까이 가도 알아채기 힘들 정도다. 그 문을 거쳐 우리는 로저 항의 도시 안으로 걸어들어간다.

우리는 벽으로 둘러싸인 구역에 서 있다. 나무와 꽃, 길과 연못들이 있는 거대한 정원처럼 생긴 곳이다. 광장 주변을 따라 세워진 건물들은 주위 환경과 한데 어우러지게 색이 칠해져 있어서 미풍에 흔들리는 나무와 덩굴, 꽃들이 건물에 고스란히 투사된 듯하고, 건물은 바람에 흔들리는 것처럼 보인다. 전체 경관이 마치 신기루처럼 비현실적으로 느껴진다.

로저 항에 대해 이런 첫인상을 갖게 된 것은 배에서 먹은 대마 사탕이 효과를 나타내기 시작할 때였다. 의식이 중간에 끊기고 머릿속 문장이 토막나더니 뭔가가 내 몸속에 들어온 것처럼 극심한 충격이 이어졌다. 어디선가 향수 냄새가 났고 저멀리서 플루트 소리가 들렸다.

---

* 셰익스피어의 『템페스트』 4막 1장.

카운터가 있는 길고 시원한 방. 카운터 뒤에는 중국인 삼대가 있다. 향신료와 말린 생선 냄새. 생식기를 감싸고 있는 조그만 가죽 주머니만을 걸친 인디언 청년이 매끄러운 빨간 엉덩이를 뒤로 내민 채 수발총을 살펴보며 카운터에 몸을 기대고 있다. 그는 돌아서서 하얀 이와 선홍색 잇몸을 드러내며 우리를 보고 웃는다. 그는 머리에 치자나무 가지를 꽂고 있고, 몸에선 달콤한 꽃향기가 난다. 해먹, 담요, 큰 칼, 단검, 수발총 들이 카운터 위에 놓여 있다.

바깥의 광장에서 스트로브가 나를 강인하고 각이 진 얼굴에 담청색 눈, 철회색 곱슬머리를 가진 남자에게 소개한다. "이쪽은 워링이라고 하네. 도시를 칠하는 일을 맡았지."

워링은 나에게 미소 지으며 악수를 청한다. 그는 스트로브 부함장을 싫어하는 기색을 조금도 감추지 않는다. 쌍방에 미운 감정은 전혀 없으므로 싫어한다는 말은 지나친 표현인지 모른다. 두 사람은 서로의 이익을 챙기는 데 조금도 의견 일치를 보지 못하는 두 나라의 밀사로서 만나는 중이다. 그들이 어느 나라를 대변하는지 나는 아직 모른다.

지금 이 순간까지 나는 스트로브의 냉정함에 완전히 매료되어 도대체 그 태연함은 어디서 오는 것인지, 어디서 그것을 익혔으며 어떤 값을 치렀는지, 자문해본 적이 한 번도 없었다. 현재 내가 보고 있는 스트로브는 관리다. 워링도 마찬가지다. 하지만 둘은 같은 편이 아니다. 어쩌면 무대 위에서 함께 공연한 적이 없고, 무대 밖에서 짧은 묵례만 주고받는 배우일지 모른다.

"묵을 곳으로 안내하지." 스트로브가 말한다.

우리는 금속 장식이 박힌 커다란 문을 거쳐 나무와 꽃 피는 관목,

연못이 있는 시원하고 그늘진 파티오 안으로 걸어간다. 그곳은 도시 광장의 축소판 같다. 입구에서 약 30피트 떨어진 곳에 서서 한 손은 엉덩이에 다른 한 손은 머리 위에 올린 채 스텝을 밟고 있는 청년에게 관심이 쏠린다. 그는 우리를 등지고 있다가 우리가 안마당에 들어서 자 스텝을 멈추더니 손으로 우리를 가리킨다. 그 순간 파티오에 있는 사람들이 모두 우리를 쳐다본다.

청년은 빙 돌더니 앞으로 나와 우리를 맞는다. 그는 자줏빛 실크 조 끼를 입고 있다. 앞 단추는 채워져 있지 않고, 어깨부터 팔 전체가 드 러나 있다. 팔과 상반신은 짙은 갈색에 마르고 단단해 보인다. 그는 댄서처럼 우아하게 움직인다. 얼굴은 가무잡잡하고, 머리카락은 검고 곱슬곱슬하다. 한쪽 눈은 청회색이고, 다른 한쪽은 갈색이다. 긴 상처 가 왼쪽 광대뼈에서 턱까지 나 있다. 그가 스트로브 부함장 앞에서 깍 듯이 예의를 갖추는 체하며 절을 하자, 부함장은 특유의 차분하고 알 수 없는 웃음을 지으며 인사를 받는다. 그런 다음 청년은 베르트 한센 에게 돌아선다. "아, 부잣집 아드님……" 그는 코를 킁킁거리며 말한 다. "돈 냄새는 언제나 환영이에요."

나는 그 청년이 한 눈으로는 따뜻하고 친근하게 굴면서도 다른 한 눈으로는 차갑게 비웃는다는 사실을 알아챈다. 보는 사람을 아주 불안 하게 한다. 베르트 한센이 어떻게 반응해야 할지 몰라 어색하게 웃자, 그는 잠시 서로 자리를 바꾼 것처럼 한센의 웃음을 똑같이 흉내낸다.

그는 선실 보이의 머리카락을 헝클어뜨리며 말한다. "아일랜드의 작은 요정 같으니." 파코에게는 포르투갈어로 뭐라 말한다. 그는 군대 나 선상의 익살꾼, 혹은 쇼 진행자처럼 보인다. 파코는 나에게 그의 이름이 후아니토라고 말한다. 후아니토는 필요하다면 틀림없이 칼이나 단검으로 자신의 날카로운 혀에 힘을 보탤 것이다.

이제 내 차례다. 나는 손을 내밀었지만, 그는 악수 대신 손을 뒤집어 손금을 보는 척한다. "잘생긴 손님을 만날 운세네." 그는 어깨 너머로 손짓을 하며 큰 소리로 누군가를 부른다. "한스." 물고기에게 빵조각을 던지며 연못가에 서 있던 소년이 돌아서서 나를 향해 걸어온다. 그는 셔츠와 신발을 벗은 채 푸른색 바지만 입고 있고, 노란 머리칼에 파란 눈이다. 햇볕에 그을린 상체가 털 없이 매끄럽다.

"총기 제작자 노아, 총기 제작자 한스를 소개합니다."

한스는 뒤꿈치를 모으고 허리를 숙여 악수한다. 그는 나를 자기 방으로 안내한다.

파티오는 2층짜리 목조건물로 완전히 둘러싸여 있다. 2층 방들은 2층 전체를 따라 쭉 둘려 있고 1층 위로 돌출해 있는 발코니로 향해 있다. 방에 방문은 없고, 입구 상단에는 해 질 무렵 올린 것을 내리면 되는 모기장이 설치되어 있다. 방은 희게 칠한 칸막이 형태로, 가구가 거의 없는 대신 벽에 해먹을 걸 수 있는 고리와 옷걸이용 나무못들이 박혀 있다.

나는 2층 방으로 내 짐을 가져가고, 한스는 나와 방을 같이 쓰게 된 미들타운에서 온 미국 소년을 소개한다. 그의 이름은 딩크 리버스다. 놀랄 정도로 맑고 곧은 그의 회색빛 두 눈은 우리가 마치 다른 곳에서부터 알고 지내던 사이인 양 어떤 놀라움을 담고 있다. 아주 잠시 동안 나는 마른 강바닥에 있다는 착각을 한다. 그가 말한다. "여전히 나를 원한다면 바로 끌어올려주는 편이 좋을걸." 다음 순간 나는 다시 로저 항의 방으로 돌아와 그와 악수를 나눈다. 그가 말한다.

"만나서 반가워."

주로 하는 일이 뭐냐고 묻자, 그는 체육이라고 말한다. 한스는 그가 신체 조절 학생이면서 강사라고 설명한다.

"맥박을 멈추고, 20피트 높이에서 점프를 하고, 물밑에서 5분 동안 잠수할 수 있고," 한스가 씩 웃는다. "손 없이 쌀 수 있어."

한번 보여달라고 하자, 그는 웃음기 없이 진지하게 나를 쳐다보더니 때가 되면 보여주겠다고 말한다.

화장실은 네 개가 있다. 1층에 두 개, 2층에 두 개가 있는데, 지붕에서 내려오는 빗물을 물탱크에 받아서 사용하는 수세식 변기가 설치되어 있다. 파티오에는 무화과, 오렌지, 망고, 아보카도 나무들이 우거져 있으며, 고양이, 이구아나, 원숭이, 그리고 주둥이가 길고 순하게 생긴 난생처음 보는 동물 등을 모아놓은 동물원이 있다. 1층에는 공동 식당, 부엌, 온수를 양동이로 퍼낼 수 있는 대형 목욕탕이 있다. '하맘'이라고 알려진 아랍식 목욕탕이다.

춤추는 소년들은 포르티코 아래에 돗자리를 깔고 대마 파이프에 불을 붙인 다음 늘 마시는 달콤한 민트차를 끓인다. 중국 청년들은 아편을 피운다. 세이렌호의 모든 선원이 이곳에 묵는다. 그래서 영국, 아일랜드, 미국, 네덜란드, 독일, 스페인, 아랍, 말레이, 중국, 일본 등등 다양한 나라에서 온 사람들이 섞여 있다. 우리는 주위를 걸어다니며 여러 나라 언어로 말하고 소개한다.

전부터 알고 지내던 사람들이 다시 모이고, 말과 출생지가 같은 사람들끼리 모인다. 강에서 해적질을 하던 뉴욕 출신의 소년들도 있다.

이 친구들도 가이, 빌, 애덤을 안다고 한다. 노르덴홀즈 덕에 노예선에서 풀려난 다섯 명의 덩치 큰 누비아 흑인들은 자기들끼리만 통하는 말로 대화를 한다. 켈리와 익살꾼 후아니토는 노르덴홀즈가 자기 집에서 우리 모두에게 저녁 연회를 베풀 예정이라는 말을 전한다.

한스는 의미심장한 미소로 나를 쳐다본다. "처녀들." 그는 주먹 쥔 손에 손가락을 세게 넣었다 뺐다 한다. 여러 나라 말로 그 단어가 파티오 전체에 울려퍼진다. 한스는 임신이 목적인 많은 여성들이 파티에 올 거라고 설명한다.

엄마가 최고

해 질 무렵 우리는 도시 외곽, 만이 내려다보이는 고지대 위에 있는 노르덴홀즈 함장의 집을 향해 걸어간다. 그는 격자 모양의 모기장이 쳐진 넓은 안마당에서 우리를 맞이한다. 그는 여위고 귀족적인 얼굴에 푸른 눈의 사나이다. 계속 비꼬는 듯한 웃음을 지으면서 코 아래를 내려다보며 말하는 이상한 습관을 갖고 있다.

"로저 항에 오신 여러분을 진심으로 환영합니다. 숙소가 편안했으면 합니다……" 그의 영어는 약간의 억양 빼고는 거의 완벽하다. "자 그럼" 음식이 잔뜩 차려진 20피트 길이의 식탁을 가리키면서 그는 코 아래를 내려다보며 웃는다. 생선, 굴, 새우, 칠면조, 사슴고기, 멧돼지, 그릇에 수북이 담은 쌀밥, 참마, 옥수수, 망고, 오렌지, 그리고 포도주와 맥주 통이 한가득 차려져 있다. "마음껏 드시오."

노르덴홀즈 함장이 자리 배치를 안내하는 동안 모두 열심히 먹는다. 나는 스트로브 부함장, 이구아나 쌍둥이로 불리는 데 푸엔테스, 아편 존스, 베르트 한센, 클린치 토드, 한스, 켈리, 그리고 닥터 벤웨이라는 사람과 함께 노르덴홀즈 선장이 있는 식탁에 앉게 된다.

저녁 식탁에서 주고받은 대화를 기억력이 허락하는 한 정확하게 옮겨보겠다. 모두 무기와 전술에 관한 대화였다. 하지만 외로운 사춘기 시절에 썼던 글에나 존재하는 줄 알았던 얘기들이었다. 그 시절 나는 무언가를 계속 기록하는 작가였다. 긴 겨울 추위에 갇혀서 다른 행성에서 온 해적들이 등장하는 야한 이야기와 외계인과의 성교, 종교재판이 열린 요새에 침입한 '빛나는 소년들'의 공격에 관한 이야기로 공책을 가득 채우고 또 채웠다. 베르트 한센이 삽화를 그린 이 공책들을 지금도 갖고 있다. 자물쇠가 채워진 내 작은 서랍장에. 식탁에서의 대화로 인해 이 공책들이 살아 움직이는 느낌이 들었다.

"그레이트 화이트 호를 타고 온 여러분을 위하여." 노르덴홀즈 함장은 비꼬는 듯한 눈빛으로 식탁을 내려다보며 말했다. "이 지역에서 우리의 적은 스페인임을, 그리고 우리의 가장 강력한 무기는 스페인 밑에서 노예와 싸구려 노동자로 전락한 민중들에게 가져다줄 자유의 희망임을 말해두고 싶소. 하지만 이 무기만으로는 충분치 않소. 우선 우리는 좀더 효율적인 화기와 대포를 개발해야 하오. 이 과업을 위해서는 능력 있는 총기 제작자들이 필요하오. 무기가 무척 다양하다는 점도 명심할 필요가 있소. 아편 존스, 이 점에 대한 귀하의 의견을 듣고 싶군요."

아편 존스는 자리에서 일어나 둥글게 만 6피트 크기의 정사각형 모양 지도를 꺼내고, 아편에 젖은 듯한 특유의 착 가라앉은 목소리로 말했다.

"아시다시피 우리는 많은 양의 양귀비 씨앗을 수입했소. 이 지역에 농지도 이미 확보해두었고. 다른 지역들도 경작하기에 적당하오. 아편 전문가들을 외부로 보내고 있소. 우리가 전도 사업이라 부르는 일을 위해서 말이오."

"이 형제 사업의 장기 효과에 대해서는 어떻게 보시오?" 노르덴홀즈가 물었다.

"상업적인 면에서 보자면, 동양의 아편을 싼값에 팔아서 아메리카 대륙, 캐나다, 서인도제도 아편 무역을 접수할 수 있소. 물론 경작지에 중독자가 일부 생길 수 있긴 한데……"

"군사적인 면에서 보았을 때 중독자들로 인해 어떤 유리한 점과 불리한 점이 생기죠?"

"아편 작물을 압수함으로써 확실히 충성하게 만들 수 있소. 아편중독자들은 추위, 피로, 통증을 겪는 비非중독자들보다 내성이 강하오. 그들은 감기, 기침, 폐결핵, 그리고 다른 호흡기 질환에 대한 면역력이 강해요. 반면 아편 공급이 끊기면 전혀 힘을 못 쓰지만."

"대마도 유통시키나요?"

"물론이오. 우리 무역소에서 어느 정도의 씨앗을 쉽게 구입할 수 있소. 대마는 아편과 달리 아무데서나 잘 자라잖소." 존스는 팔로 커다란 선을 그리는 듯한 자세를 취했다. "전 지역에 가득히 말이오."

닥터 벤웨이가 자리에서 일어섰다.

"역사상 일어난 모든 전쟁에서 죽은 병사보다도 질병으로 죽은 병사가 더 많습니다. 따라서 질병을 이용할 수 있습니다. 적이 병에 걸리고 우리는 건강하다면, 승리는 우리의 것입니다. 건강한 독수리는 병든 사자를 죽일 수 있습니다. 예를 들어, 우리의 박식하신 아편 존스 선장님께서 호흡기 질병에 대한 아편중독자들의 면역력을 지적하셨는데요. 덧붙이자면, 중독될 이유가 없는 정기 복용자들도 동등한 면역력을 가집니다. 치명적인 스페인 독감의 급속한 확산이 가져다준 이점을 생각해보시기 바랍니다."

"그런 전염병을 유발할 방법이 있소?"

"아무 문제 없습니다. 모든 호흡기 질환은 침, 재채기, 기침에 의해 감염됩니다. 그런 배출물들을 모아서 적진에 옮기기만 하면 됩니다. 도움이 될 만한 다른 것들도 생각해보셨으면 합니다……" 그는 지도에서 몇몇 지역을 가리켰다. "말라리아와 황열병…… 모두 구세계에서 유래해 신세계에서 창궐했지요. 저의 연구에 따르면 이 병들은 모기에 의해 전염됐습니다. 모기장, 소나무 향, 드러난 피부에 바르는 시트로넬라유…… 이런 단순한 예방 조치들로 발병률을 50건에서 1건으로 크게 줄일 수 있습니다. 물론 언제나 확실한 것은 아니지만. 이질, 황달, 장티푸스…… 다른 것들보다 훨씬 더 믿을 만한 이 연합군은 감염된 배설물을 통해 옮겨지는데, 수집해서 적군의 상수도에 풀면 됩니다. 물은 끓여 먹고, 조리하지 않은 음식이나 껍질을 벗기지 않는 과일을 삼가면 백 퍼센트 면역을 유지할 수 있습니다. 우리가 아직 해결책이나 피할 방법을 갖고 있지 않은 질병이라면 당연히 퍼지지 않도록 조심해야 하고요."

"마법 무기는?"

이구아나 아가씨가 차분하고 다소 쌀쌀맞은 목소리로 말했다. "모든 종교는 다른 체제들과 경쟁을 벌이는 마법 체제들이지요. 교회는 신도들이 모두 동일한 공포로 하나가 되어 있을 때 집회에 마법을 불어넣어왔습니다. 우리는 아메리카 대륙을, 미션 선장의 법령에 의거해 살면서 기독교, 가톨릭, 프로테스탄트에 맞서 힘을 합치는 자들의 거대한 집회로 통일시킬 수 있어요. 마법의 실행을 장려하고 대안 종교의 믿음을 전파함으로써 기독교의 독점을 깨는 것이 우리의 정책입니다. 비기독교 휴일을 넣은 대안 달력을 만들 계획이에요. 그렇게 되면 기독교는 박해로부터 법령의 보호를 받는 많은 종교들 중 하나로 남겠지요."

"경제적 무기는?"

스트로브는 메모를 훑어보았다. "물론 동양의 아편을 싸게 파는 방법이 있습니다…… 차, 비단, 향신료 같은 다양한 물품들은 말할 것도 없고요. 그러나 가장 강력한 독점 품목은 설탕과 럼주입니다. 설탕으로 유럽에서 많은 이득을 보게 될 것입니다."

나는 대마초 때문에 식욕이 좋아져서 훌륭한 음식을 더 맛있게 즐길 수 있었다. 뜨거운 석탄에 요리한 조개와 굴을 깔끔한 백포도주와 함께 먹었고, 야생 칠면조, 비둘기, 사슴고기에 보르도 포도주를 곁들였다. 그리고 참마, 옥수수, 호박, 콩, 아보카도, 망고, 오렌지, 코코넛 등도 실컷 먹었다.

모두 배를 다 채웠을 즈음에 노르덴홀즈 함장은 잠시 조용해달라는 뜻으로 유리잔을 두드렸다. 그는 지도 앞에 서서, 길고 아름다운 도박꾼다운 손가락으로 수시로 지도를 가리키느라 중간에 말을 멈추거나 문장을 끊어가며 차분하게 말했다.

"새로운 분들을 위하여…… 원래 알고 있던 분들에게도 도움이 되겠습니다만…… 몇 가지 지침과 안내를 드렸으면 하오. 우리는 이미 요새화된 정착지를 세웠소…… 보시다시피 실제로 한계가 없지. 우리는 이미 개척한 정착지를 효율적으로 운영하고 베링해협에서 희망봉에 이르기까지 새로운 지역을 확립하기 위하여 장인, 병사, 선원, 농민이 필요하오. 번식은 장려받을 일이지…… 실제로 그것은 의무요. 내 말을 불쾌하게 받아들이지 않기를 바라오. 여러분 중 몇몇은 가족을 부양하게 되겠지요. 어떤 경우든 엄마와 아이들은…… 잘 돌볼 테고. 우리는 적지에서 정보원으로 활동할 가족이 필요하오. 여러분 중에 요리사, 호텔 경영자, 의사, 약사로서 능력 있는 분들을 찾고 있소…… 전략적으로 중요한 직업도 포함해서. 우리의 목표 중 하나는 스페인 사람들을 아편에 중독시켜서, 결정적인 순간에 우리가 끊어버릴 수 있는 공급물자에 의존하게 만드는 거요…… 자 그럼, 여러분을 만나려고 대기중인…… 에…… 젊은 아가씨들을 만날 차례요."

그가 어떤 가루를 화로에 뿌리자 천둥소리와 함께 짙은 연기가 피어났다. 노르덴홀즈 함장, 스트로브 부함장, 아편 존스, 닥터 벤웨이, 그리고 이구아나 쌍둥이는 어디론가 사라졌다.

바람이 로저 항에 있는 노르덴홀즈 함장 집의 안마당을 휩쓸더니 촛불이 꺼진다. 촛불이 다시 켜지자, 50명의 소녀와 성인 여자가 안마당의 남쪽 벽을 따라 서 있다. 성인 남자와 소년들은 북쪽 벽을 따라 정렬해 서서 여자들을 마주본다.

익살꾼 겸 진행자인 후아니토는 마당 한가운데로 뛰어나가 조용히 해달라는 표시로 두 손을 들어올린다.

"자 이제 로스 마리도스 즉 남편과, 로스 옴브레스 코네호스 즉 토끼 남자로 나누겠습니다. 여자와 섹스하고" 그는 허리를 앞뒤로, 좌우로 빠르게 돌리는 동작을 한다. "달리는 토끼 남자요." 그는 손과 다리를 빠르게 움직여 달리는 몸짓을 한다. "모든 토끼 남자들은 동쪽 벽으로 움직여주세요."

한스가 씩 웃으며 두 손을 머리 양쪽에 붙여 토끼 귀를 만들고 동쪽 벽으로 총총 뛰어가고 네 명의 독일 친구가 그를 따라간다. 노란 머리에 푸른 눈, 뾰족한 귀를 가진 베르베르 소년은 동쪽 벽으로 걸어가며 플루트를 분다. 제리와 춤추는 소년들은 당근을 씹으며 깡충깡충 뒤쫓아간다. 베르트 한센은 모자에서 토끼를 꺼내 절을 하고 동쪽 벽을 향해 뛰어간다. 그러자 여자들은 한센에게 우 하고 야유하고, 동쪽 벽의 남자들은 갈채를 보낸다. 나는 귀를 꼼지락거리고 코를 씰룩거리고 이빨을 드러내 보이며 동쪽 벽을 향해 잽싸게 달려간다. 그 뒤를 브래디, 파코, 클린치 토드, 가이, 애덤이 따라온다…… 동쪽 벽의 숫자가 압도적이다…… 후아니토는 놀란 듯 주위를 둘러본다……

"에스페란 에스페란…… 잠깐, 잠깐……" 그는 스크린 뒤에서 춤을 추다가 토끼 가면만 남기고 모두 벗은 채 앞으로 뛰어나온다. 그러고는 여자들을 본다. 그의 귀는 동쪽을 향해 흔들린다……

"이 요 엘 마스 코네호 데 로스 코네호스…… 토끼 중의 토끼들이네요." 그는 꽥 소리를 지르고는 동쪽 벽을 향해 껑충 뛴다.

그는 토끼 가면을 벗고 마당 한가운데로 돌아와 모래시계를 작은 테이블 위에 올려놓는다. 그리고 북쪽 벽에 서 있는 미래의 남편들을 향해 돌아선다……

"생각할 시간을 2분 더 드리겠습니다."

그는 다시 동쪽 벽으로 와서 선다. 모래시계의 모래가 아래로 떨어지는 동안 나는 얼굴들을 살펴본다. 우리가 물고기라면, 그들은 우리가 헤엄칠 물이다. 그들은 우리를 숨겨줄 테고, 우리에게 무기, 안내, 정보를 제공할 것이다. 적진 뒤에서 공격 임무를 실행할 것이다. 그들 중 몇몇은 관리, 신부, 장군 들을 위한 여관을 운영할 것이다. 다른 이들은 의사와 약사가 될 것이다. 그들은 복잡한 약과 독에 조예가 있다. 벤웨이의 세균전쟁 프로그램에 참여할 것이다. 모래가 다 떨어질 즈음 두세 명의 토끼가 마지막으로 나타난다. 이윽고 아내들과 남편들은 짝을 짓고 개인 방으로 사라진다.

남은 서른 명의 여자를 마주하기 위해 우리가 북쪽 벽으로 가는 동안 후아니토는 껑충 뛰며 플라멩코를 춘다. 여자들의 외모는 매우 다양하다. 금발, 빨강 머리, 인디언, 중국인, 흑인, 포르투갈인, 스페인인, 말레이인, 일본인, 혼혈 등. 만남을 위한 준비가 진행되고 있다. 춤추는 소년들은 접시를 재빨리 나르고 돗자리를 깐다. 향로가 켜지고, 악기가 등장한다. 부즐루드* 가죽, 해골 의상, 날개, 동물과 신의 형상을 한 가면 등 소품과 의상도 펼쳐놓는다. 두 개의 교수형용 올가미는 기둥에 매달려 있고, 밧줄은 집형 중지가 용이하도록 두 개의 도르래 사이에 걸쳐 있다. 밧줄은 탄력이 있고, 올가미는 부드러운 가죽으로 덧씌워져 있다.

---

* 모로코의 전설 속 존재. 반은 염소, 반은 인간의 모습을 하고 있다고 한다.

후아니토가 발표한다. "토끼 남자와 토끼 여자 여러분, 이제 짝을 만날 준비를 하십시오." 그는 동쪽 벽과 연결된 탈의실로 앞장서 걸어간다. 소년들은 옷을 벗고 키득거리며 발기된 성기의 크기를 비교한다. 그들은 서로 엇갈리게 줄을 선 채 춤을 추면서 마당 안으로 들어온다. 여자들도 벌거벗고 서 있다. 그다음에는 자유로운 축제라기보다 일종의 무대 공연이 이어진다.

"신사 숙녀 여러분, 지금부터 판 신과 아이샤 여신의 짝짓기가 시작되겠습니다."

모로코 언덕을 배경으로 램프 조명이 띄운 보름달이 우리의 벗은 몸 위로 금색 불빛을 드리울 때 판 신의 음악이 마당을 가득 메운다. 채찍을 든 여섯 명의 춤추는 소년은 염소 가죽으로 된 레깅스와 모자를 쓰고서 소용돌이치는 얇은 푸른색 비단 가운을 입은 여섯 명의 소녀와 서로 마주보며 춤을 춘다. 소년들의 얼굴은 넋이 나간 듯 표정이 없지만, 몸은 야생의 정령에 사로잡힌 듯 부들부들 떤다. 소년들은 달아나려는 아이샤의 옷을 찢는다. 그들은 채찍으로 아이샤의 엉덩이를 때리고 소녀들은 네 발로 엎드린다. 그러면 소년들은 북과 백파이프 소리가 절정에 이르는 동안 소녀들과 섹스를 한다. 낯선 향기가 대기를 가득 채운다.

"다음으로, 여러분의 여흥을 위해 준비했습니다. 목매달려 죽을 뻔한 켈리와 목매달려 죽을 뻔한 케이트의 교수대에서의 정사입니다."

곁눈질하며 쳐다보는 군중들이 뒤편으로 보인다. 빨강 머리를 허리까지 늘어뜨린 케이트의 눈은 불타는 듯한 초록색이며 목에는 붉은 밧줄 자국이 선명하다. 이야기인즉, 케이트가 자연을 거스르는 마법

행위와 범죄로 교수형에 처해지던 도중 공습경보가 울리자 집행인과 구경꾼들은 사방으로 달아나고, 작은 요정들이 교수대의 밧줄을 끊어서 케이트를 구해준다는 내용이다.

케이트와 켈리는 허리를 굽혀 절한다. 작은 보트에서 보았던 연갈색 머리카락의 소년은 그들의 춤이 점점 더 격렬해지는 동안 백파이프를 연주한다. 케이트의 머리카락은 지옥의 불처럼 그녀를 휘감는다. 그들은 멍청한 웃음을 지으며 서로의 목에 매달리려고 하는 올가미 밑에서 춤을 춘다. 그는 꿈틀꿈틀 그것을 그녀 안에 밀어넣으며 공중에서 부르르 떤다. 히죽대며 웃는 교수형 집행인들이 둘을 위로 끌어당긴다. 교수대에 매달린 그들의 눈에서 빛이 번득이고, 두 사람의 몸은 달걀 모양의 눈부신 연푸른빛으로 둘러싸인다. 그들의 몸은 바닥에 눕혀지고, 온몸에 초록색 칠을 한 작은 소년들이 그들을 살려준다. 그들은 일어서서 허리를 숙여 절한다.

배경은 바다, 모래사장, 야자수. 바보 같은 하와이 음악 속에서 한스가 나긋나긋한 말레이 소녀와 훌라 섹스를 하는 동안 그의 네 친구는 등을 대고 누워 다리를 공중에 치켜들고 두 발로 갈채를 보낸다. 소년들이 들어 있는 야자수가 훌라춤을 춘다. 그 장면이 너무나 우스꽝스러워서 사람들이 웃는다. 마침내 야자수를 포함한 모든 연기자들이 절을 한다.

열세 명의 춤추는 소년이 그나와 북과 딱따기에 맞춰 섹스를 한다. 그나와 음악은 여자의 자궁에 들어가려는 악령들을 내쫓는다. 정령의 제왕이자 암살자들의 대장인 하산 에 사바흐가, 힘차게 달리는 불의 말처럼 북을 타고 달리는 넋 나간 얼굴들과 비틀거리는 몸들을 안내하는 동안 미래의 아이가 차오르는 금빛 액체 속에서 모습을 드러낸다. 모든 소년들이 유성처럼 빛나는 판 신의 늑대 같은 얼굴을 하고서 일제히 사정을 한다.

"다음은 '발키리*의 강간'입니다." 후아니토가 소개한다.

긴 금발의 스웨덴 소녀가 북극성을 배경으로 서 있다. 그녀가 타고 가던 말이 갑자기 쓰러지자 바이킹 헬멧을 쓴 두 명의 금발 청년이 꿈틀거리면서 나오더니 그녀의 손을 금색 밧줄로 묶는다. 한 청년이 그녀의 젖꼭지를 애무하는 동안 다른 청년은 그녀를 범한다. 두 소년은 이빨을 다 드러내 보이며 마주보고 씩 웃는다.

나는 어떤 공연을 하면 아이 만들기라는 주제를 집약해서 잘 드러낼 수 있을지 고민중이다. 곤경에 빠진 나를 클린치 토드가 도와준다. 그의 아버지는 수의사였는데, 최상급 돼지, 말, 소, 개 혹은 고양이한테서 얻은 정액을 암컷의 질에 넣으면 임신이 되고, 그 대가로 신부측은 상당한 지참금을 지불해야 한다는 사실을 알고 있었다. 게다가 한번 정액을 짤 때 여러 소소한 것들에 필요한 양을 충분히 얻어낸 다음 단지들에 담아 얼음 저장고에 보관했다. 나는 재미 삼아 견학한 적이 있다. 그의 아버지는 돼지의 자위를 유도해 정액을 채취한 뒤 암돼지 안에 밀어넣었다. 마치 나무 울타리의 잔가지를 치듯 냉정하게. 솜씨가 좋았다. 거시기를 손으로 만지기만 해도 동물들은 흥분했다. 그의 아버지는 아편을 복용하여 실수를 하게 됐고 결국 종마한테 머리를 차여 죽었다.

---

* 북유럽신화에서 오딘을 섬기는 전쟁의 처녀들.

이렇게 이야기를 꾸미기로 한다. 클린치가 인종이 서로 다른 다섯 명의 소녀, 즉 흑인, 중국인, 말레이인, 인디언, 베르베르족 소녀를 일렬로 세워놓고 간접 임신을 시켜서, 내가 내키지 않는 신체 접촉을 하지 않게 하는 것이다. 나는 옥수수 머리 장식을 쓰고서 젊은 옥수수 신 역할을 맡을 것이다. 검은 피부에 머리카락은 곧고, 전형적인 마야인의 특징을 지닌 유카탄반도에서 온 소년은 마야의 전쟁신 중 하나인 블랙 캡틴* 분장을 하고 선 채로 나와 섹스를 할 것이다. 그러면 술시중을 드는 가니메데스 역할을 맡은 제리가 설화석고 술잔으로 정액을 받는다.

소녀들은 분만을 위해 먼 내륙의 공동체로 떠날 것이다. 그들은 모두 결혼을 원하면 많은 지참금을 받고, 그들이 낳은 아이들은 어려서부터 무기 사용법을 훈련받아 해방의 과업에 동참할 것이다.

이롱델 드 메르의 일기에서

나는 여자 마법사이자 전사다. 아이 낳는 동물처럼 취급당하고 싶지 않다. 노르덴홀즈 함장도 이런 생각을 할까? 그는 어떤 무력도 행사한 적이 없다고 한다. 하지만 나는 나의 환경 때문에 돈 한푼 없이 이곳에 던져졌고, 나의 인디언 혈통 때문에 스페인에 맞서는 모든 적들과 한편이 되어야만 한다. 내가 낳은 아이는 남자든 여자든 마법사로 자라날 것이다.

자, 대륙을 손에 넣어 자신들의 취향에 맞게 개조하려고 계략을 세

---

* 마야 신화의 전쟁신 중 하나인 에크 아우.

우는 이 터무니없는 모험가들을 간단히 살펴보자. 저들은 모두 추잡한 변태들이지. 저 후아니토를 봐라. *변태 중의 변태, 추잡한 놈들 중에서도 가장 추잡한 놈이다.* 노르덴홀즈는 20년 전에 함부르크에서 엉덩이를 팔고 다녔다. 케케묵은 이야기. 선장이 그를 마음에 들어해서 4등 항해사로 고용된다.

이튼 악센트가 능숙한 스트로브. 서커스 집안 출신. 어머니와 아버지는 공중곡예사였으며, 천사의 날개를 달고 높은 줄 위에서 위험한 매달리기를 했다. 올가미를 벗고, 날개를 펼쳐서, 사랑하는 천사 아내와 함께 아찔한 공중곡예를 선보인다. 이는 많은 관심을 끌었고 스트로브 부부는 상류층 사람들의 눈에 띄었지만 그리 오래가지는 못했다. 머지않아 부부는 마치 하인에게 친절을 베풀듯 말하는 그들의 거만한 태도를 참을 수 없게 되었다. 미국 출신이라는 사실이 밝혀지자 그들은 식민지로 보내졌고, 그곳에서 천사 연기는 미국인들의 취향에는 너무 이국적이라 판단하여 노래하는 공중곡예사로 변신했다. 그들은 곧 다른 악기들을 추가하여 팽팽한 두 줄 위에서 서로 하나씩 던지는, 위험한 음악 공연 곡예를 펼쳤다. 젊은 존은 높은 줄 위에서 균형 잡는 방법과 칼 쓰는 법을 배웠다. 그러나 공연은 적성에 맞지 않아 노르덴홀즈와 함께 배를 타고 바다로 나가버렸다.

이구아나 쌍둥이는 귀족 출신이라고 주장한다. 그들은 많은 토지를 소유했으나 재산을 잃고 궁핍해진 오래된 가문에서 태어났다. 그들은 언제나 부자처럼 행동하도록 배웠다. "모두 가진 것처럼, 모두 가질 것처럼 행동하라." 그들의 어머니가 늘 하는 말이었다. 멕시코에서는 아무리 과장해도 지나치지 않다. 터무니없는 위조 직위와 외상으로 구매한 총기를 갖고서 그들은 멕시코 북부에서 토지를 손에 넣었고 은광으로 크게 한몫을 챙겼다.

노르덴홀즈는 유능한 조직책이다. 그는 하나의 정착지만 건설할 경우 언젠가 반드시 발각되어 소멸되리라는 것을 알았다. 그의 계획에는 여러 개의 정착지가 필요했다. 그래야 한 정착지를 잃더라도, 서른 명 안팎의 무리들이 보급선을 끊고, 적의 식수를 오염시키고, 기습 작전을 펼쳐서 적으로 하여금 두 개의 전선에서 싸우도록 하는 동안, 다른 요새로 옮길 수 있을 터였다. 괜찮은 전략이었다. 매번 승리할 때마다 더 많은 사람들이 이들의 품으로 몰려들었다.

스페인 사람들이 쫓겨나거나 법령의 지배를 받게 되는 것을 상상해보라. 또한 북미와 캐나다에서 유사한 봉기가 영국과 프랑스의 통치 체제를 무너뜨리게 된다면? 그런 다음엔? 이 거대한 영토가 정부, 대사관, 육군과 해군 상비군 같은 통상의 기구 없이도 유지될 수 있을까? 오로지 마법에 의해서만 지역을 유지할 수 있으리라. 이것은 마법사의 혁명이다. 나는 무슨 일이 있어도 마법사로서의 내 역할을 찾아낼 것이다.

누구?

우리는 오를리 공항에서 세 시간 동안 머문 뒤 뉴욕으로 날아갔다. 나는 이미 무엇을 할지 결정했다. 여행 경비를 제외한 수수료를 그린 씨에게 돌려주고 살인범들은 비행기 사고로 죽었다고 말할 것이다. 그리스 경찰은 사건 종료를 선언했고, 더이상 내가 할 수 있는 일이 없다고.

뉴욕 집으로 돌아와 그린 씨에게 전화했다. "저는 클렘 스나이드라고 합니다. 그린 씨와 통화하고 싶습니다."

여인이 조심스러운 목소리로 말했다. "무슨 일 때문에 그러시죠?"

"그린 씨가 고용한 사설탐정입니다."

"저, 통화하시기 곤란할 것 같습니다. 그린 씨 부부는 모두 돌아가셨거든요."

"돌아가셨다고요?"

"예. 어젯밤 자동차 사고로 돌아가셨어요. 저는 그런 부인의 동생이고요." 그녀의 목소리는 아주 침착했다.

"매우 유감입니다……" 디미트리가 한 말이 생각났다. 제리를 목매단 '전문가'들은 자신들이 치른 의식의 목적을 모른다고. 그들은 누구를 향해 말했는지 몰랐다…… 비행기 사고…… 자동차 사고……

그런 씨네 사건을 더이상 생각하고 싶지 않았다. 하지만 그것은 열병의 냄새처럼 나에게 계속 달라붙었다. 디미트리가 뭐라고 불렀더라? B-23, 교수형 열병.

죽음은 육체로부터의 강제 분리다. 오르가슴은 곧 육체가 살아 있다는 증거다. 그러므로 오르가슴 순간에 죽으면 죽음이 말 그대로 육체로 체현體現된다. 또한 그것으로부터 지상에 묶인 영혼, 즉 그 특별한 형식의 죽음을 재생산하는 데 헌신하는 악령이 나올 것이다.

나는 수면제를 먹고서야 겨우 잠이 들었다.

오래전에 누군가가 이 방에서 살해되었어. 얼마나 오래전인지…… 텅 빈 금고…… 피 묻은 파이프 나사절삭기? 그의 파트너 짓이 틀림없어. 그를 잡지 못했어. 그 시절엔 사라지기 쉬웠어. 1달러 은화가 아주 대단하던 시절이었지. 방에서 먼지와 오래된 공포의 냄새가 나. 누군가 뒷문에 있어. *누구?* 홀은 어두워.

마티였다…… 가스등 불빛이 마맛자국이 난 그의 누런 얼굴에, 차가운 회색빛 눈에, 머릿기름을 바른 검은색 머리카락에, 깃에 털이 달린 코트에, 그 속의 자줏빛 조끼에 비쳤다……

"자넬 찾느라 고생했어." 술 취한 그의 운전사는 몸을 가누지 못한다. "이 친구, 여기 오느라고 녹초가 다 됐지 뭐야."

"오다가 몇 군데 들르기도 했고."

"시내에 가서 맥주 한잔 하자고. 내가 살게."

브로드웨이는 뭐 좀 할 줄 안다고, 스스로 잘났다고 생각하는 녀석들로 가득찼다.

"고맙지만 사양하겠네."

"뭐라고, 사양한다고? 자네 만나러 멀리서 왔다니까."

브로드웨이를 위아래로 어슬렁거리다보면 자기가 대단한 재주를 가졌다고 떠벌리고 다니는 치들을 매일 볼 수 있다.

"팰리스 호텔에서 누가 오기로 해서."

"옛친구들로는 더이상 안 되나보지? 그런 거야?"

"우리가 정확하게 친구였던가, 마티? 기억이 잘 안 나는데."

사기꾼, 방랑자, 배신자, 등쳐먹는 놈 모두 시내에 모여 서성거린다.

"들어가자고, 달퍼드. 멀리서 왔다니까."

"알았어. 하지만……"

그러나 비장의 카드를 잃어버린다면 스터드포커를 하는 얼간이처럼 얼굴에 먹칠을 하는 꼴이 될 것이다.

"여기 아주 근사한 곳이구먼. 방도 넓고. 시내를 여기다 갖다놓아도 되겠어……" 그는 침대에 앉는다.

그들은 플로리다에서 북극까지 자신들이 하게 될 여행에 대해 말해줄 것이다.

"이봐, 마티……"

나는 잠에서 깬다. 짐은 하얀 거품으로 뒤덮여 있다. 나는 그를 깨울 수 없다. "제이미! ……제이미! ……" 차가운 하얀 거품.

나는 잠에서 깬다. 짐은 손에 파이프 나사절삭기를 들고 뒷문을 바라보며 서 있다…… "방에 누가 있는 줄 알았어요."

나는 일어나 옷을 입고 부엌으로 가서 아침식사를 준비했다. 맛은 고약했다. 에버슨 씨가 작성한 질문지와 사진이 도착했다. 나는 커피를 마시며 그것들을 훑어보았다. 사진은 아주 평범했다. 에버슨 씨의 아들은 누가 봐도 단정한 미국 청년이다. 그런 친구가 어떻게 마야고고학 같은 난해한 전공을 택했는지 의아했다.

짐이 와서 하루 쉬어도 되는지 물었다. 그는 종종 이스트빌리지에 있는 자신의 아파트에서 그렇게 쉬었다. 짐이 떠난 후 나는 자리에 앉아 에버슨 사건을 조심스럽게 살펴보았다. 그는 유카탄반도에서의 발굴 작업에 앞서 도서관 자료 조사차 멕시코시티에 머물고 있었다. 그는 마지막으로 보낸 편지에서 며칠 후 프로그레소로 떠날 예정이며 도착해서 편지를 쓰겠다고 했다.

2주가 지나도록 아무 소식이 없자 그의 가족은 걱정하기 시작했다. 일주일을 더 기다려본 뒤 그들은 멕시코시티에 있는 미국 대사관에 전화를 했다. 한 남자가 그가 있던 곳에 문의해보니 거의 3주 전에 짐을 싸서 떠났다고 한다. 경찰이 프로그레소에 있는 모든 호텔의 숙박부를 조사해보았지만 아무것도 나오지 않았다. 연락이 끊긴 지 이제 6주가 되어간다.

여러 개연성이 머릿속에 떠올랐다. 다른 곳으로 발굴 작업을 하러 갔을지 모른다. 멕시코 시골 지역의 우편 서비스는 없는 거나 마찬가지다. 아마 두세 통의 편지가 분실되었을 뿐인지 모른다. 그렇게 단순히 설명되는 일이라 짐작했다. 이 사건에 대해 별다른 느낌이 없고 하여, 에버슨을 큰 어려움 없이 찾아낼 수 있으리라 믿었다. 나는 작업을 그만 접고 포르노 영화 한 편을 보기로 마음먹었다.

영화는 예쁘게 생긴 아이들이 나오는 포르노 영화답게 괜찮았다. 하지만 그 아이들이 왜 그렇게 사정하는 데 애를 먹는지 이해할 수가 없었다. 장면들은 모두 뻔했다. 매번 한 아이가 배 혹은 엉덩이 위에 올라탔고 전분 같은 정액을 사방에 문질러댔다.

나는 질질 끄는 정사 장면 중간에 집에서 나와, 한잔하러 3번 애비뉴에 있는 틴 팰리스로 걸어갔다.

술집 한쪽 구석에 검은 수염을 지저분하게 기른 히피가 한 명 앉아 있었다. 그에게서 마티의 냄새, 차갑고 우중충한 시간 여행자의 냄새가 났다. 전에도 근처에서 그를 본 적이 있었다. 이름은 하워드 벤슨이었다. 마리화나, 코카인, 더러는 아편을 파는 뜨내기 밀매꾼이었다. 나와 눈이 마주치자 그는 술잔을 비우고 황급히 밖으로 나갔다.

몇 초의 여유를 두고 나는 벤슨의 뒤를 밟아 그린 스트리트에 있는 건물에 이르렀다. 불이 켜질 때까지 밖에서 기다렸다가 앞문을 따고 안으로 들어갔다. 나는 짐이 직접 그린, 나와 함께 있는 마티의 몽타주를 갖고 있었다. 사진처럼 보이는 그림이었다. 하워드에게 몽타주를 내밀고 살인 용의자의 사진이라고 말한 뒤, 반응을 볼 생각이었다.

그의 아파트는 3층에 있었다. 나는 세게 그리고 오랫동안 문을 두드렸다. 아무 대답이 없었다. 안에 누가 있다는 것쯤은 알 수 있었다. "경찰이다!" 나는 소리쳤다. "문 열어, 안 열면 부수고 들어갈 거야!" 그래도 대답이 없었다. 이러다가 같은 층의 사람들을 깨울 것 같았다.

문을 여는 데 2분이 넘게 걸렸다. 나는 안으로 들어갔다. 분명 누군가 안에 있긴 있었다. 벤슨은 피 웅덩이에 엎어져 있었다. 살인 무기도 있었다. 그의 뒤통수를 강타한 피 묻은 파이프 나사절삭기가.

나는 주위를 잽싸게 둘러보았다. 한쪽 구석에 더러운 침구 더미가 있고, 그 옆으로 전화기, 연장들, 먼지 낀 창문, 거칠거칠한 마루가 있었다. 벤슨은 문이 열려 있는 낡은 금고 앞에 쓰러져 있었다. 음습하고 우중충한 냄새가 안개처럼 방 전체에 자욱했다. 마티가 왔다 간 것이 분명했다.

1890년대에나 있을 법한 장면이었다. 나는 몸을 굽혀 열려 있는 금고의 냄새를 맡았다. 희미하지만 틀림없는 열병의 냄새였다. 못에 걸렸다. 금고 양쪽에 못이 박혀 있었다. 금고의 벽은 자석 처리가 되어 있었다. 제리의 머리는 바로 그 금고 안에 있었던 것이다.

금고 주위에 원을 표시한 다음, 그 안에 있었을 머리를 똑똑히 바라보았다. 그리고 주문을 반복하면서 디미트리가 준 부적으로 지금은 없는 머리를 세 번 만졌다. 그러자 팔이 오싹해졌다.

30분 뒤 나는 오브라이언의 사무실에 앉아 있었다. 그의 상관인 그레이우드 경감도 와 있었다. 그레이우드는 키가 큰 금발 남자로 표정 없는 얼굴에 두꺼운 안경을 끼고 있었다.

"사건의 전말을 듣고 싶으신 거죠?"

"대충이라도."

나는 그에게 사건의 내용과 마티에 대해 알고 있는 바를 말해주고 몽타주를 보여주었다. 디미트리가 시신을 발견한 일과 애덤 노스에 대해서도 말했다. 그레이우드 경감은 결코 표정이 바뀌는 법이 없었다. 오브라이언은 한두 번 자신의 형인 신부를 쳐다보았다. 내가 설명을 끝내자 그는 깊이 숨을 들이마셨다.

"대단한 이야기로군, 클렘. 그런 사건을 맡았던 적이 있었지…… 그보다 더한 일들도. 고문, 거세…… 신문이나 법정에 알려지지 않은 사건들 말이야."

그레이우드 경감은 말했다. "그래서 자네 생각은 강력한 마법 도구로 머리를 이곳에 가져왔다는 건가?"

"그렇습니다."

"머리가 그 금고 안에 있었다고 확신하고?"

"예."

"그럼 시체가 왜 남미로 부쳐졌다고 생각하지?"

"그건 저도 모릅니다."

"에콰도르가 사람들의 머리를 모으는 사냥꾼들의 나라지, 그렇지 않나?"

"그렇다고 알고 있습니다."

"그렇다면 누군가가 남미에서 머리와 몸을 재결합할 계획이었다고 봐야겠군."

"저도 그렇게 생각합니다."

"우리에게 아직 말하지 않은 게 있을 텐데."

"아는 건 다 말씀드렸습니다."

"이 마티라는 친구…… 디미트리의 사람들이 그를 본 적은 없었나?"

"없습니다."

"하지만 당신은 볼 수 있었고?"

"그렇습니다."

"우리는 유령을 체포할 수는 없네." 오브라이언이 말했다.

"글쎄, 파이프 나사절삭기로 사람의 머리를 내리칠 만큼 힘이 세다면 유령이라고 하기가 좀…… 정확히 그 시각에 거기 있었다는 점도 그렇고."

바퀴벌레 너마저

누군가 나를 미소 짓게 하네
그건 바로 셔츠를 벗은 판초 비야

키키가 웨이터로 일했던 쿠카라차의 주크박스에서 〈라 쿠카라차〉*
가 흘러나왔다. 그곳은 지하의 레스토랑으로 조그만 바와 테이블 몇
개가 있었다. 밤 11시였고, 레스토랑은 텅 비어 있었다. 그런 사건 때
문에 한 번 얘기를 나눈 이후로 키키를 만나지 못했다. 낡은 야회복
재킷을 근사하게 차려입고서 키키는 바에 기댄 채 여종업원에게 말을
걸고 있었다. 주말마다 도시 변두리에서 스트립쇼를 하며 볼거리를

---

* 멕시코혁명 때 혁명군 병사들이 부른 노래. 스페인어로 바퀴벌레라는 뜻이다.

제공하는 여자였다.

　　판초 아저씨의 군대가 오고 있어서

　나는 키키와 악수를 하고 마르가리타를 주문한 다음 자리에 앉았
다. 마침 때맞춰 바퀴벌레 한 마리가 테이블 위를 기어가고 있었다.
키키가 마르가리타를 가져오자 나는 바퀴벌레를 가리키며 말했다.
"마리화나를 피워서 잘 버티는 거야."
　"그래요." 키키가 무심히 말했다. 그러고는 수건으로 바퀴벌레를
쓸어버렸다.
　나는 주위를 둘러보았다. 식사하는 사람이 문 옆에 한 명 더 있었
다. 레스토랑에 들어섰을 때는 몰랐다. 그는 혼자 앉아서 『흔적 없이』
라는 책을 읽고 있었다. 해군 일급 기밀 프로젝트에 관한 이야기로 전
함과 탑승자 전원을 사라지게 한다는 내용이다. 원래는 적을 교란시
키려는 작전이었으나, 실험에 참가한 수병들이 모두 미쳐버리는 사태
에 이른다. 그러나 CIA 요원들은 너무도 강인한 자들이었기에 궁지에
몰릴 때 소위 '제로가 되는 것'이, 즉 흔적 없이 사라지는 것이 현대적
이고 편리하다는 사실을 깨닫게 된다.

　왜냐하면 더이상 없거든
　왜냐하면 모자라거든
　피우고 갈 마리화나가

벽에는 투우 포스터와 〈마놀레테의 죽음〉이 걸려 있었다. 그림의 섬뜩한 색상을 보자 초록색 비소와 공중화장실의 칠이 벗겨진 초록색 페인트가 생각났다. 커다란 그림이고, 앤호이저-부시 사社가 손님들에게 나눠준 목각 인디언이나 그림 〈커스터 장군의 마지막 저항〉처럼 꽤 비싸 보였다. 사춘기 소년 시절, 엉망으로 뻗어 있는 초록색 피부의 벌거벗은 육체들, 인디언들이 머리 가죽을 벗기는 이야기, 특히 머리 가죽을 벗기는 동안 죽은 척하고 있다가 도망친 남자 이야기에 흥분했던 기억이 난다.

나는 마르가리타를 마시고 모둠 요리를 주문한 뒤 화장실에 갔다. 돌아와보니 『흔적 없이』를 읽던 남자는 사라지고 없었다. 키키는 내 옆에 앉아 카르타 블랑카를 마셨다. 나는 그에게 제리가 죽었다고 말했다.

라 쿠카라차 라 쿠카라차

"어떻게요?"
"목매달려서."
더이상 돌아다닐 수 없네
"벌거벗은 채로요?"
"그래."

키키는 달관한 사람처럼 고개를 끄덕였다. 오른쪽 눈이 사시인 중년 남자의 얼굴로 음흉하게 웃었다. 분명 키키의 마법사였다.

"그의 운명이었어요." 키키가 말했다. "이거 보세요." 그는 1913년 경의 우편엽서 몇 장을 테이블 위에 펼쳤다. 바지가 발목까지 벗겨진 채 나무와 전신주에 목매달린 병사들의 사진이었다. 뒤에서 찍은 사진들이었다. "사진을 보고 그는 몸이 후끈 달아올라. 절정에 달했을 때 내가 스카프로 자기 목을 꼭 조여주기를 원해." 키키는 목에 무언가를 두르는 동작을 했다.

"내 조수가 제리의 혼령에 씌었어. 그걸 빼내줄 사람은 자네밖에 없어."

"왜 하필 전데요?"

"제리의 혼령은 자네 말은 들을 거야. 자네는 제리에게 최고의 섹스 파트너였으니까."

키키는 눈을 가늘게 뜨고 속으로 계산을 하면서 손가락 끝으로 테이블을 두드렸다. 나는 이번 여행에 통역을 쓸까 생각했다…… 나중에 비용으로 처리하기로 하고. 내 스페인어 실력이 시원찮기도 하고 그링고* 두 명으로는 이 잡듯이 뒤지고 다녀도 모자랄 듯싶었다.

"우리랑 함께 멕시코와 남미에 가지 않겠어?"

나는 보수를 말해주었다. 그는 웃으며 고개를 끄덕였다. 명함에 내 주소를 적어서 그에게 건넸다. "이곳으로 오전 11시까지 와. 마법을 걸어보자고."

집으로 돌아와보니 짐이 와 있었다. 제리의 혼령을 쫓아내기 위해

---

* 라틴아메리카에서 미국인을 경멸적으로 지칭하는 말.

의식을 치를 거라고 설명해주었다.

짐은 고개를 끄덕였다. "알았어요. 혼령이 들어왔다 나갔다 해요. 그래서 힘들어요."

다음날 키키가 허브 꾸러미와 에예과 상*의 머리가 든 모자 박스를 들고 나타났다. 그가 제단을 차리고 초에 불을 켜고 에예과 상 머리에 향유를 바르는 동안 나는 짐과 섹스를 해도 좋으니 제리더러 자기 혼령을 거두어가게 하라고 설명했다. 그런 다음 나는 혼령을 내쫓기 위한 강력한 마법을 걸었다. 키키는 내가 정오의 의식을 위해 제단을 준비하고 향로에 불을 켜는 모습을 마법사들이 서로를 대하듯 고개를 끄덕이며 지켜보았다. 이제 10분 후면 정오였다.

"토도스 누도스 아오라."

키키는 반짝거리는 빨간색 사각팬티를 입고 있었는데, 팬티를 벗었을 때는 이미 반쯤 발기해 있었다. 짐도 발기한 채 축축해졌다. 나는 우리 몸에 원을 그렸다. 우리는 정오의 의식을 위해 남쪽을 바라보았고, 나는 제리의 원소인 불을 뜻하는 빨간 촛불을 켰다. 부적은 제단에 올려져 있었고, 연고 항아리 옆에는 튜브에 담긴 윤활제가 있었다.

"내가 아오라라고 하면, 그때 삽입하게."

키키는 윤활제를 들고서 짐 뒤로 움직였다. 짐은 손을 무릎에 댄 채 제단을 보고 앞으로 몸을 구부렸다. 키키는 짐의 엉덩이에 윤활제를 발라 문지르다 두 손을 짐의 허리에 대고서, 몸을 움츠리며 성기를 밀

---

* 오리샤(orisha)라고 불리기도 하는 중남미 토속 신의 조각상.

어넣었다. 짐은 숨을 헐떡이며 이를 드러냈다. 그의 머리와 목은 선홍색으로 변했고, 오른쪽 귀 뒷면 연골에 핏줄이 섰다.

나는 부적을 들고 제단의 맞은편에 자리잡았다. 제리의 얼굴이 내 앞에 있었다. 붉은빛이 짐의 가슴에 퍼졌고 유두는 단단해졌다. 배, 사타구니, 허벅지도 선홍빛으로 변했다. 발진이 그의 정강이를 거쳐 발톱까지 퍼졌고, 몸에서 열병 냄새가 났다. 내가 부적을 정수리, 미간, 양쪽 귀 뒷면의 연골에 대자 그는 머리를 오른쪽으로 틀었다.

"대지로 돌아오라. 대기로 돌아오라. 불로 돌아오라. 물로 돌아오라."

아주 잠깐 제리의 얼굴이 공중에 나타났다. 눈에서는 초록색 빛이 타올랐다. 썩은 내가 방에 진동했다. 누군가가 큰 소리로 "젠장" 하고 말했다. 우리는 짐을 소파로 옮겼다. 키키는 젖은 수건으로 그의 가슴, 얼굴, 목을 문질렀다. 짐은 눈을 뜨고 일어나 앉아 웃음 지었다. 썩은 내는 사라졌다. 열병 냄새도 사라졌다.

2시에 오브라이언한테서 전화가 왔다. "음, 자네가 찾는 머리, 혹은 머리에서 남은 걸 찾았네. 치아 검사까지 해야 확신할 수 있겠지만 말일세……"

"어디서 찾았죠?"

"공항에서. '기계 부품'이라고 표기된 상자에 들어 있었는데, 항공 화물로 발송되었고 페루 리마의 브로커인 후안 마테오스라는 사람이 찾아가기로 되어 있더군. 상자를 비행기에 싣다가 일꾼들이 실수로 떨어뜨려서 열리는 바람에 알게 됐지. 밀봉해서 단단하게 포장했는데…… 떨어지면서 이음새 부분이 벌어진 거야. 일꾼들이 그러는데 악취가 장정 하나를 쓰러뜨릴 만큼 굉장했다던데. 한 명은 상자 위에다 토했다더군."

"언제 발견되었나요?"

"정오에. 똑같은 상자를 보내놓았어. 그리고 리마 경찰과 협조해 그 상자를 찾는 사람을 뒤쫓기로 했네."

"상자 테두리가 자석 처리된 철로 되어 있던가요?"

"맞아. 그것도 똑같이 복제했지. 리마 경찰이 세관에 두 명을 심어놨어. 머리가 든 상자를 조사하려는 사람이 있을지도 모르니 다른 상자들을 찾는 사람들도 감시할 거야. 테두리가 자성을 띠고 있으니 나침반으로 확인하려 하겠지. 밀랍 머리를 안에 넣어뒀네. 심지어 엑스레이에 걸리지 않게 해서 말이야……"

"아주 좋습니다. 모든 상황을 다 생각해두셨군요. 한 가지만 더 말씀드리면, 그런 물건은 워낙 강한 심령의 진동을 발산하기 때문에 민감한 사람은 감지할 수도 있습니다…… 그러니 다른 상자를 찾으러 와서 머리가 든 상자를 만지거나 슬쩍 건드려보는 사람이 있는지도 특히 유의해서 지켜보라고 일러주십시오."

"이미 그렇게 조처했네. 그레이우드 경감이 특히 엉덩이나 사타구니로 슬쩍 건드려보는 심부름꾼 소년이 나타나지 않는지 지켜보라 지시했지."

이것이 일반적인 절차인 양 오브라이언은 사무적인 목소리로 말했다. 디미트리, 그레이우드, 그리고 오브라이언. 소위 짭새들이란 도대체 어떤 작자들인지?

폭죽

　우리가 노르덴홀즈 함장의 '궁전'이라고 부르는 곳에 머무는 소년
은 약 서른 명 정도다. 머릿수는 사람들이 다른 정착지에서 오거나 다
양한 임무를 위해 다른 곳으로 떠나기 때문에 서른 명 안팎을 유지한
다. 토머스 씨는 그레이트 화이트 호를 인계받아 선원 몇 명만 데리고
출항했다. 그의 역할은 늘 그렇듯이 특별한 재주를 지닌 사람들을 모
집하는 것이다.

　소년들은 공용 부엌이나 파티오에서 요리를 한다. 이곳에서 아랍
소년들은 석탄불에 고기를 굽고 진흙 화덕에 빵을 굽는다. 음식은 충
분하다. 우리는 물고기를 잡기 위해 강과 만에 통발을 놓는다. 가까
운 정글로 가면 야생 칠면조, 들꿩, 그리고 더러는 사슴을 사냥할 수
있다. 잡아온 민물고기들은 필요할 때까지 양어지養魚池에 보관하면

된다.

우리는 동틀녘에 일어나 달걀, 과일, 빵으로 아침식사를 한다. 잠시 휴식을 취한 뒤 일본과 중국 청년들이 가르치는 맨손 격투기 수업에서 막대기, 쇠사슬, 지팡이를 사용하는 방법과 다양한 검술, 칼싸움 기술을 배운다. 인도 암살단 출신의 한 청년은 목조르기 밧줄을 가지고 가르친다. 그는 칼리교에서 분리된 반체제 마법 집단인 '비밀교살단'의 일원이다.

나는 활쏘기에 특히 관심이 많다. 내가 만드는 총기에 비해 활은 더 짧은 시간에 더 여러 번 발사할 수 있기 때문이다. 나는 인디언들이 복제할 수 있도록 석궁을 여럿 제작해 가게에서 팔아왔다. 이 석궁은 일반 석궁처럼 무겁지 않아 쉽게 손으로 잡아당겨 발사할 수 있다. 나는 방어물을 관통하는 힘보다 발사 속도에 더 관심이 많다.

딩크 리버스는 무술에 뛰어나다. 몇 번만 가르치면 가르친 선생과 능숙하게 대적할 수 있을 정도다. 일반적인 신체 조절 방법을 한번 숙달하고 나면 어떤 신체 기술도 금방 익힐 수 있다고 그는 설명한다. 그는 나에게 신체 조절의 비밀을 가르쳐주겠다고 약속했지만, 아직 때가 되지 않았다고 한다. "나는 꿈에서 지시를 받아. 꿈에서 일어난 일은 잠에서 깨어나면 반드시 일어나게 돼 있어." 종종 그는 궁전에서 잠을 자지 않는다. 한스의 말에 따르면 해안에서 반 마일 떨어진 곳에 그의 오두막이 있다고 한다.

어느 날 밤 나는 딩크와 함께 앉아 있는 꿈을 꾼다. 그는 나를 보고 "이걸 좀 봐줬으면 해"라고 말하면서, 바지를 내리고 반쯤 발기한 남근을 드러낸다. 나는 잔뜩 흥분하여 잠에서 깬다. 딩크는 드디어 때가 되었다고 말한다. 사전 준비로서 나는 반드시 사흘 동안 섹스를 금해야 한다.

딩크는 이 기간 동안 통 모습을 보이지 않다가, 사흘째 되는 날 낮잠 자는 시간에 내 방에 나타나더니 문을 거쳐 바다 옆으로 난 길로 나를 안내한다. 우리는 오두막을 미처 발견하기도 전에 바로 근처에 이르렀다. 오두막은 나무와 관목 덤불 속에 세워져 있는데다 주위와 같은 녹색으로 칠해져 있어서 알아보기 어렵다. 난파선에서 가져온 부품들로 지은 집이다.

집안은 시원하고 어두우며, 방수제 냄새가 난다. 배의 선실처럼 가구가 배치된 일인용 침실이 전부다. 서랍장, 돌돌 만 요, 유목流木으로 만든 낮은 의자 두 개가 보인다. 우리는 옷을 벗어서 나무 옷걸이에 건다. 그는 나에게 맞은편 의자에 자기와 무릎을 맞대고 앉으라고 지시한다. 그러고는 조용히 나의 눈을 응시한다. 나는 가슴이 조여오고 힘이 빠지는 것을 느낀다.

그가 서서히 딱딱해진다. 나도 그렇게 된다. 둘 다 완전히 발기하자, 당장 죽을 것처럼 힘이 빠지는 느낌이 목까지 차오른다. 은빛 반점들이 눈앞에서 끓어오른다. 딩크가 요 위에 엎드린 나와 섹스를 하는 동안, 나는 그의 고환과 음경 속으로 비집고 들어가는 느낌에 사로잡힌다.

잠시 뒤 우리는 나란히 눕는다. 딩크는 맑으면서 진중한 청년의 목소리로 말한다. 나는 그가 웃는 모습을 거의 본 적이 없다. 그에게는 멀리 떨어진 별에서 보내는 희미한 기호 혹은 신호 같은 무척 슬프고 동떨어진 듯한 무언가가 있다.

"미들타운은 사람들이 흔히 태어나는 그런 도시들과 달라. 위스키나 범죄 냄새를 킁킁거리며 찾아다니는 노턴 부인 같은 사람도 없어. 그녀 같은 사람은 미들타운에 발을 붙이지 못하지. 외부인에게 미들타운은 그저 맑은 강가에 돌로 지은 집들이 늘어선 아주 작은 곳이야. 친절하고 좋은 사람들이 사는. 그러나 우리 방식에 맞추지 않으면 외지인들은 살 수가 없어. 그렇게 바깥에 머물고 싶어하는 사람들에게는 땅을 팔거나 일자리를 주지 않거든.

미들타운은 마법 형제단이 운영해. 너는 하얀 오두막과 검은 오두막, 우측 보행로와 좌측 보행로에 대한 설명을 들을 수 있을 거야. 걱정 마. 명확한 경계선이 있는 건 아니니까. 그러나 미들타운 형제단은 흑마술의 일반적인 방법을 사용해야 할 상황에 처하게 하지는 않아. 신체 조절을 터득하면 그럴 필요가 없거든.

형제단 입단식은 없어. 입회는 꿈의 안내를 받아 이루어지지. 열네 살에 몽정에서 최고조에 이르는 꿈을 꾸기 시작했을 때, 나는 성적 에너지를 조절하는 방법을 배우기로 결심했어. 깨어 있는 상태에서 마음대로 오르가슴에 도달할 수 있다면, 꿈에서도 똑같이 할 수 있을 테고, 그러면 꿈에 지배되는 대신에 꿈을 지배할 수 있을 테니 말이야.

섹스를 내 맘대로 다스리는 경지에 도달하기 위해서 나는 자위를 자제했어. 오르가슴에 도달하려면, 이전의 오르가슴을 되살리기만 하면 돼. 그래서 깨어 있는 동안, 현실의 나를 일주일에 수차례씩 꾸는 성적인 꿈속의 나로 생각하기 시작했어. 몇 달 전 나는 결실을 맺는 데 충분한 집중력을 얻었지.

어느 날 침대에 벌거벗고 누워서 내 몸을 만지는 따뜻한 봄바람을 느끼면서 벽 위에서 춤추는 나뭇잎 그림자를 보고 있었지. 그 순간 은빛 반점들이 갑자기 눈앞에 나타나더니 알파벳을 외우듯이 섹스하는 꿈에 젖어들었어. 가슴에 힘이 빠지는 느낌이 들어 죽을 것 같았어. 꿈속에서 내 안으로 빠져들면서 사정했지.

성적 에너지를 통제할 수 있게 되면서 비로소 신체 조절의 열쇠를 얻을 거야. 절제되지 않은 성적 에너지에 의해 실수, 서투름, 어리석음을 겪다보면 모든 종류의 심리적 혹은 육체적 공격에 쉽게 취약해지지. 이어서 나는 말하는 것을 조절하기 시작했어. 그래서 항상 내 귓속에서 지껄이거나 내 머릿속에서 왁자지껄 요란스럽게 쥐어짜는 일 없이, 내가 필요할 때에만 말할 수 있도록 말이야.

나는 내 마음이 말에서 벗어나 있는 시간에 나를 투사하는 방법을 계속해서 써봤어. 숲에서 걷거나 연못에서 노를 저을 때 이 방법을 실행하곤 했지. 나는 한번 더 결과를 기다려보았어. 연못에서 노를 저으며 낚싯줄을 던지던 어느 날, 가슴에 힘이 빠지고 은빛 반점이 보이기 시작하면서, 말이 전혀 존재하지 않는 거대한 텅 빈 공간으로 빨려들어가는 아찔한 감흥이 밀려왔어."

나는 대부분의 시간을 도서관과 총기 제작소에서 보낸다. 도서관에는 무기, 방어 시설, 조선술, 항해에 관한 책이 잘 갖춰져 있다. 또한 각기 다른 지역에 주둔했던 스페인 부대의 수, 방어 시설의 성격, 스페인의 항로와 그 항로를 그들이 대략 얼마나 이용했는지 표시한 지도가 많다.

상당히 실용적인 발명품들이 어떤 이유에서인지 개발되지 않는 경우가 종종 있다. 수동 크랭크로 돌릴 수 있는 총열이 여러 개 장착된 연발총에 관한 계획이 그렇다. 연발총 개발은 내가 꿈꾸던 것이긴 하지만 총 자체에 관한 기본 개발이 선행되어야 한다.

한스와 나는 반바지만 입고서 무릎을 맞댄 채 똑같은 책을 읽고 있다. 수류탄 개발에 관한 책이다. 수류탄을 만드는 과정은 간단해서, 금속으로 된 동그란 물체에 화약을 채워넣고 점화장치만 달면 된다. 커다란 유탄을 멀리까지 발사하려면 박격포가 필요하다. 갑자기 흥미가 솟구치더니 목 뒤의 머리털이 쭈뼛 선다. 한스도 같은 느낌을 받은 것 같다. 그는 가쁘게 숨을 내쉬면서, 마치 에로틱한 그림을 자세히 들여다보듯 책을 뚫어지게 보고 있다.

우리는 마주보며 일어선다. 바지의 사타구니 부분이 불쑥 튀어나와 있다. 우리는 바지를 벗고, 한스는 씩 웃으며 손가락을 세 번 튕긴다. 나는 책을 책상 끝의 벽에 받쳐놓고 의자 위에 몸을 구부린다. 한스가 나에게 삽입하는 동안 그림이 붉은 불을 뿜으며 살아나는 것처럼 느껴진다. 사정하는 순간, 중국 아이들이 문에 설치한 폭죽을 터뜨리는 모습이 보인다. 정액이 6피트 앞에 세워둔 책에 명중하자 눈앞에서 거대한 폭죽이 터져 도서관을 산산조각낸다.

우리는 벌거벗고 앉는다. 한스는 한 손으로 이마의 땀을 닦으며 "히호!" 하고 외친다.

나는 말한다. "폭죽이야! 기본적인 폭발 무기지. 모든 게 여기 다 있어. 하지만 사람들은 그것이 얼마나 멀리 날아갈 수 있는지 몰랐어. 폭죽…… 어떤 크기로든 만들 수 있지. 왜 포탄을 터뜨리지 않았을까? 발사체 하나로 거대 함선을 가라앉힐 수도 있을 텐데 말이야."

"워링이 우리를 기다리고 있어."

딩크가 가파른 길로 안내한다. 워링의 집은 숲속 언덕 꼭대기에 덩굴로 가려져 있다. 그는 낮은 테이블과 긴 소파를 갖춘 모로코 스타일의 시원한 방에서 우리를 매우 다정하게 맞는다. 키 크고 냉정해 보이는 흑인이 민트차를 내오고, 워링은 대마초 담뱃대를 돌린다. 딩크는 술이나 약을 전혀 하지 않기 때문에 사양한다.

딩크가 신호를 주자 워링은 일어서서 우리를 작업실로 안내한다.

"아직 해가 있을 때……"

그의 그림은 내가 봐왔던 작품들과 다르다. 하나가 아닌 여러 장면, 형상, 풍경이 담겨 있어 캔버스에서 보였다 안 보였다 한다. 그레이트 화이트 호, 하버 포인트, 스쳐지나가는 얼굴들, 섬, 날치, 연안을 노 저어가는 인디언들이 보인다.

응접실로 돌아오니 촛불이 켜져 있다. 낮은 테이블 위에는 얇은 페이스트리를 곁들인 자고새 파이와 야생 칠면조 타진*이 차려져 있다. 식사하면서 무슨 얘기가 오갔는지 잘 기억나지 않는다.

식사중에 워링은 장난기 어린 표정으로 나를 쳐다보면서 말했다. "자네가 지금 하고 있는 일은 법에 어긋나는 일이야. 걸리지 않도록 조심해."

우리가 집에서 나왔을 때는 매우 늦은 시각이었다. 오두막으로 돌아오자, 딩크는 요를 펴주었고 나는 깊은 잠에 빠졌다.

---

* 모로코식 찜요리.

꿈에서 나는 지금까지 본 가장 완벽하게 발기한 남근을 들고 내 위에 서 있는 딩크를 본다. 그는 내 다리를 위로 든 채 나에게 삽입한다. 사정을 하며 잠에서 깨어났을 때, 지금 나를 범하고 있는 딩크를 발견한다. 내 얼굴에 닿는 그의 얼굴이 느껴진다. 순간적으로 그는 사라지고, 나는 내 입에서 나오는 열네 살 난 그의 목소리를 듣는다. "나야! 나! 나라고! 드디어 해냈어! 해냈다고!"

우리는 총기 제작소로 돌아오자마자 지체 없이 일에 전념한다. 일주일 안에 다양한 장치들의 시험을 준비해야 한다. 나는 수많은 화살, 안에 화약을 채운 강철 탄두, 수발총으로 발사하는 화살 장착 유탄, 박격포, 닿으면 바로 폭발하게 되어 있는 대포용 발사체를 개발해왔다. 동그랗다기보다는 작은 원통처럼 생긴 이 발사체의 앞부분은 부싯돌 조각과 철을 섞은 좀더 부드러운 금속으로 되어 있어서 선박이나 삭구에 닿아 눌리는 순간 화약이 폭발한다. 작은 원통의 안쪽 면은 그리스식으로 처리되어 있다. 즉 고운 금속 가루와 섞인 피치*가 종이 막을 사이에 두고 화약을 감싸는 것이다.

이제 시험 발사를 할 시간이다. 우리 기지로부터 1마일 아래에 있는 연안에서 200야드 떨어진 곳에 좌초한 배가 한 척 있다. 우리는 활과 유탄, 박격포, 대포를 들고 시험 발사 장소로 간다. 모두가 그곳에 와 있다. 스트로브, 이구아나 쌍둥이, 노르덴홀즈, 심지어 워링까지.

열 개의 화살과 열 개의 유탄을 발사한다. 활을 당기고, 탄두를 횃

---

* 콜타르나 원유 등을 증류하고 남은 찌꺼기. 방수 재료로 쓰인다.

불로 점화한 후, 화살을 발사한다. 똑같은 절차대로 크기가 훨씬 더 큰 유탄을 발사한다. 발사체들이 배를 향해 날아가면 몇 초 후 갑판, 삭구, 배의 양 측면이 폭발하고, 배의 한쪽 끝에서 다른 쪽 끝으로 불길이 이어진다. 그다음 박격포를 발사한다. 포탄 중 몇 개는 목표물에 못 미치거나 그보다 멀리 날아가지만, 명중한 것들은 목표물에 커다란 피해를 입힌다.

이제 대포를 쏠 차례다. 해안선에서 10파운드 포탄을 발사하여 완벽하게 명중시킨다. 폭발로 인해 선체에 커다란 구멍이 생기고 배의 측면은 화염에 휩싸인다. 이 무기들의 치명적인 위력은 의심의 여지가 없다. 우리는 노르덴홀즈, 스트로브, 이구아나 쌍둥이로부터 축하를 받는다.

워링이 웃으며 말한다. "좋은 장난감들이군. 귀신도 쫓아낼 만큼 시끄러운 좋은 장난감들이야."

설계도는 전령을 통해 다른 정착지들에 전달하고, 우리는 로저 항의 요새를 현대화하느라 바쁘게 지낸다. 인디언들은 계속 확장해나가는 우리의 총기 제작소에서 좋은 급여를 받고 일하면서 이 새로운 장비들을 만드는 법을 배운다.

곧 우리는 양쪽에서 만灣으로 치명적인 화력을 쏟아붓기에 충분한 엄청난 양의 포탄을 비축한다. 도시의 외벽에 포탑을 쌓아서, 포탄을 만까지 날릴 수 있거나 혹은 로저 항을 포위해 들어오는 병력들을 향해 직접 발사할 수 있는 대포를 배치한다.

노르덴홀즈는 연안 근처에서의 작전 수행을 위해 고안된 특수 보트

제작을 감독한다. 배는 길이가 50피트에, 이중 부교 위에 설치되어 있다. 수심이 얕아도 움직일 수 있어 강에서도 사용할 수 있으며, 신속하게 띄우거나 숨길 수 있다. 이 배에는 기동성이 있는 대포와 상당량의 박격포와 수류탄을 적재할 수 있다. 노르덴홀즈는 이 특수 보트를 '파괴자'라고 부른다. 그 외의 다른 목적이 없기 때문이다. 다른 어떤 물자도 실을 필요 없고, 오직 화기와 포병만 실으면 된다. 또한 이 '파괴자'는 덩치가 큰 선박들보다 훨씬 빨라서 포격을 쉽게 피할 수 있다.

나는 이제 수발총의 성능 개선에 집중한다. 이 총이 마음에 들지 않는 이유는 보스턴의 선창가 술집에서 있었던 사건 때문이다. 그 술집은 우리 총포상 근처에 있어서 일이 끝나고 맥주를 마시러 들르던 곳이었다. 어느 날 저녁 숀 브래디와 그 술집에 있었는데, 어떤 남자가 들어왔다. 술주정과 게으름, 걸핏하면 시비를 거는 버릇 때문에 우리 아버지에게 해고당하자 복수하겠다면서 뛰쳐나갔던 녀석이다.

남자는 술집 카운터에 비틀비틀 서서 핏발 선 눈으로 우리를 노려보며 온갖 협박과 쌍소리를 해댔다. 브래디는 그에게 이빨이 나갈지도 모르니 입조심하라고 경고했다. 그러자 그는 주머니에서 수발총을 꺼내 브래디의 가슴을 겨누고는 방아쇠를 당겼다. 그 순간 불한당 뒤에 서 있던 바텐더가 총의 화약 접시 부분에 맥주를 퍼부어 총을 불발시켰다. 우리는 때를 놓치지 않고 정신을 잃을 때까지 그자를 패고는 항구에서 바다로 내던진 뒤 가라앉는 걸 지켜보았다.

비가 쏟아지면 수발총인들 무슨 소용이 있는가? 게다가 재장전하는 데 걸리는 시간이 총을 쏘는 데 걸리는 시간보다 훨씬 더 길다. 수발총은 화력 면에서도 미흡하다. 주어진 시간 동안 쏠 수 있는 발사체 수가 부족하다는 얘기다. 그래서 나는 도서관으로 돌아간다.

초기 대포들이 후장식이었다는 데 주목한다. 동시에 일종의 경고처럼 목의 뒷부분이 다시 쭈뼛해진다. 바로 그 순간 누군가의 손이 내 목덜미를 만진다. 쌍둥이 남매와 함께 조용히 들어온 여자 이구아나. 나는 그녀를 올려다본다.

"내 머릿속에 있긴 한데, 딱 볼 수 있게 끄집어내지를 못하겠어."

"글쎄, 포탄 폭발은 어떻게 했어?"

한스와 나는 마주보며 씩 웃는다.

워링은 수년 동안 수백 명의 암살범들과 함께 이슬람 세계에 테러를 감행했던 '산속의 노인', 하산 에 사바흐 얘기를 해주었다. 나는 내가 이미 완성해놓은, 그리고 가까운 시기에 미래의 적들 손에 들어갈 무기들 때문에, 하산 에 사바흐가 알라무트에서 그랬듯이 하나의 요새만 유지할 수는 없다고 지적했다. 우리는 훨씬 더 넓은 점령지가 필요하다. 이에 대해 워링은 비밀스럽게 말한다. "글쎄, 그건 네가 뭘 하려 드느냐에 달려 있지."

오늘 오후 도서관에서 돌아오는데, 열두 살쯤 되는 빨강 머리 아이가 문간에서 튀어나오더니 나에게 작은 권총을 겨누고 방아쇠를 당겼다.

"빵! 죽었다."

전에도 이런 장난감 권총을 여러 번 봤지만 그것이 정확히 어떻게 작동하는지에는 전혀 관심이 없었다. 마치 폭죽을 보고서도 그 장난감의 잠재력을 전혀 알아채지 못한 것과 같은 이치다. 아이는 다시 장전하고 있었다.

"총 한번 볼 수 있을까?" 나는 부탁했다.

아이는 나에게 장난감 총을 건넸다. 납작한 공이치기가 종잇조각 두 장 사이에 붙여놓은 가루가 든 작은 구슬 같은 것을 때려서 총소리가 나는 구조였다. 갑자기 해결책이 떠올랐다. 격발장치, 탄창, 총알을 한 구조로 만들어, 약실을 통해 왔다갔다하게 제작하는 것이다. 내가 몸을 숙이자 소년은 내 등에 뛰어올랐다. 아이를 데리고 총기 제작소로 가는 동안 아이는 공중에 총을 쏘았다.

우리는 이 장치를 개발하기 위해 쉬지 않고 일한다. 마루에 요가 깔려 있다. 우리는 번갈아가며 잠을 잔다. 우리는 화력 개선을 위해, 2연발 방식의 총을 각각 소총과 권총 형태로 제작한다.

일주일 후 우리는 소총 두 자루와 권총 두 자루를 완성한다. 시험 발사를 위해 실탄도 충분히 준비한다. 비밀 준수를 위해 시험 발사는 총기 제작소에서 한다. 사람 크기만한 과녁을 100피트 앞에 세워둔다. "탕 탕." 두 개의 탄알이 과녁을 맞힌다.

시험 발사 후 찬이라는 이름의 빨강 머리 소년에게 소총을, 스트로브에게는 권총을 준다. 이 때문에 스트로브는 약간 언짢은 듯하다. 남은 두 자루의 총은 내가 쓰기 위해 남겨둔다. 전령을 통해 이 일대의 모든 정착지로 설계도를 즉시 전한다. 펄 군도 반대편 파나마지협의 태평양 쪽 정착지, 숲이 울창한 산악 지역 안에 있는 과야킬 내륙의 두 정착지, 그리고 파나마시티 북방의 대서양, 태평양 양쪽과 내부 산악 지역에 있는 여러 정착지에까지.

무기 생산이 표준화되고, 쉰 명의 인디언이 우리 밑에서 일한다. 탈중심화가 우리의 핵심 전략이므로, 총기 조립술을 익히자마자 그들을 고향 마을과 정글로 돌려보낸다. 하나의 중앙 공장 대신에 하루에 총 몇 자루를 생산할 수 있는 수많은 작은 제작소를 두는 것이 우리의 목표다. 우리는 로저 항에 있는 상점을 통해 총기를 유통한다. 원주민을 무장시키는 일은 다음으로 실행할 주요 과제다. 로저 항을 방어하는 대포는 후장식으로 개조하는 중이다.

자동차가 필요해

멕시코시티에 안 간 지가 15년이다. 공항에서 운전해 들어오면서 나는 이곳을 겨우 알아볼 수 있었다. 디미트리의 말처럼, 어쩌면 선택적 전염병이 유일한 해결책일지 모른다. 그렇지 않으면, 이 오염 지역에서 인구는 계속 증가할 것이다.

키키, 짐, 그리고 나는 존 에버슨의 멕시코시티 주소에서 몇 블록 떨어진 인수르헨테스 도로변의 작은 호텔에 짐을 풀고 이내 흩어졌다. 짐과 키키는 여주인과 *이웃*들로부터 얻어낼 게 있나 보려고 존 에버슨의 주소로 향했다. 나는 미국 대사관의 보안과에 가서 명함을 내밀었다. 아가씨가 그것을 책상에 앉아 있는 한 남자에게 건네준다. 그는 명함을 보고 나를 쳐다보았다. 그러더니 다른 업무를 보았다. 나는 20분을 기다렸다.

"힐 씨가 지금 보자고 하십니다."

힐 씨는 일어서거나 악수를 청하지 않았다. "음, 저기……" 그는 명함을 내려다보았다. "……스나이드 씨, 무엇을 도와드릴까요?"

국무부 관리 중에는 방문객이 들어오기가 무섭게 그 사람이 원하는 게 뭐든 그것을 처리해주려 하지도 않고 어떻게 하면 돌려보낼 수 있을지 계산하는 부류가 있다. 분명 힐 씨는 그런 부류에 속하는 자였다.

"존 에버슨에 관한 일입니다. 약 두 달 전에 멕시코시티에서 사라졌습니다. 에버슨 씨를 찾기 위해 그의 부친이 저를 고용했습니다."

"어쩌죠. 여기는 실종자를 찾는 부서가 아닙니다. 그 일이라면 멕시코 당국자들 담당입니다. 그쪽에 연락해보시죠. 어, 누구더라, 대령……"

"피게레스 대령 말인가요?"

"네, 그런 이름일 겁니다."

"존 에버슨이 대사관에서 우편물을 찾아갔나요?"

"에, 제 생각에 그렇지는…… 어떤 경우든, 그런 업무는 피하도록……"

"알겠습니다. 여기가 우체국은 아니라는 말이죠. 죄송하지만 우편 담당에게 전화해서 존 에버슨 앞으로 온 편지가 있는지 물어봐주시겠습니까?"

"제 말은, 스나이드 씨……"

"제 말은, 힐 씨. 저는 어떤 미국 시민에게 당신 구역에서 실종된 미국 시민을 찾으라고 고용되었습니다. 그리고 그 시민은 미국 정부의 프로젝트를 맡고 있고, 아는 사람이 많은 분입니다. 아직 잘못된 게 있었다는 증거는 전혀 없습니다만 그럴 개연성을 완전히 배제할 수도 없겠지요."

힐은 또한 압력을 받으면 뒤로 물러서는 유형이었다. 그는 전화기를 들었다. "혹시 존 에버슨 앞으로 온 편지가 있나?…… 한 통?"

나는 존 에버슨에게 온 편지의 수령을 허가한다는 위임장을 책상 위로 내밀었다. 힐 씨는 그 서류를 보았다.

"스나이드란 분이 편지를 수령할 거야. 위임장을 갖고 있을 걸세." 그는 전화기를 내려놓았다.

나는 자리에서 일어났다. "고맙습니다, 힐 씨." 그는 고개를 끄덕이는 둥 마는 둥 했다.

사무실에서 나오는 길에 아테네에서 만났던 CIA 풋내기를 만났다. 그는 나를 보고 반가운 척하더니 악수를 하면서 어디에 묵고 있느냐고 물었다. 나는 레포르마 호텔이라고 얘기했다. 그가 내 말을 믿지 않는다는 사실을 알 수 있었다. 그것은 내가 어디에 묵고 있는지 이미 알고 있다는 뜻이기도 했다. 왠지 독수리들이 몰려드는 것처럼 에버슨 사건에 대해 불길한 느낌이 들었다.

나는 피게레스 대령을 만나기 위해 거의 한 시간을 기다렸다. 워낙 바쁜 사람이니 어쩔 수 없었다. 마지막으로 만났을 때 그는 소령이었다. 그동안 거의 변한 게 없었다. 약간 살이 찌긴 했지만, 차가운 회색빛 눈과 매사에 집중하는 표정은 이전과 똑같았다. 그를 보고 있으면 모든 집중력을 마주보는 상대에게 쏟고 있다는 느낌을 받는다. 그는 일말의 미소도 비치지 않고 악수를 했다. 그가 웃는 모습을 본 기억이 거의 없다. 피게레스는 실없이 웃는 사람이 아니다. 나는 존 에버슨의 실종 사건 때문에 왔다고 말했다.

그는 고개를 끄덕였다. "그럴 거라고 생각했습니다. 여기서 만나 반갑군요. 아직 그 사건을 충분히 조사하진 못했습니다."

"그에게 무슨 일이라도 생겼을 거라고 생각하십니까?"

피게레스는 어깨를 으쓱하거나 손짓을 하지 않는다. 오로지 자리에 앉아서 상대를 바라보며 대화에 초점을 맞춘다.

"글쎄요. 프로그레소와 인근 도시들을 다 조사해봤습니다. 공항과 버스도 다 조사했고. 다른 곳으로 발굴 작업을 하러 갔다면 쉽게 찾을 수 있을 텐데. 관광 코스에서 벗어난 금발의 외국인은 금방 눈에 띄거든요. 관광객들이 잘 가는 곳도 모두 조사해봤고요. 그는 분명 지극히 분별력 있고 진지한 청년 같더군요…… 약물이나 과음을 한 흔적이 전혀 없습니다. 기억상실이나 정신 질환을 겪은 기록이라도 있던가요?"

"제가 알기론 전혀 없었습니다."

막다른 길.

호텔로 돌아와보니, 키키와 짐 역시 여주인과 이웃들을 만나러 갔다가 소득 없이 이미 돌아와 있었다. 여주인은 에버슨을 진지하고 공손한 청년…… 신사로 기억하고 있었다. 방문객도 거의 없었고, 그나마 있더라도 모두 진지한 학생들이었다고 한다. 소란을 피우거나 술을 마시거나 여자를 데려오는 일은 전혀 없었다.

나는 앉아서 편지를 열어보았다. 미니애폴리스에 있는 쌍둥이 여동생한테서 온 편지였다.

사랑하는 후아니토에게

그 남자가 나를 다시 찾아왔어. 오빠가 이 편지를 받기 전에 자기가 먼저 오빠와 연락이 닿을 거래. 그 남자의 말로는 오빠가 무엇을 해야 할지 그때 가서 알게 될 거라고 해.

오빠의 사랑하는 동생
제인

3시에 뉴욕의 그레이우드 경감에게 전화를 걸었다. "클렘 스나이드입니다."

"아, 스나이드 씨. 리마에서 수사에 좀 진전이 있었네. 어떤 소년이 다른 상자를 찾으러 공항에 왔다가 머리가 든 복제 상자를 슬쩍 건드리는 게 목격됐거든. 뒤쫓아갔더니 메르카도 마요리스타에 있는 자전거 대여 수리점이 나오더군. 경찰이 가게를 수색해서 후안 마테오스라는 이름으로 위조된 신분증 서류를 찾았네. 가게 주인은 서류 위조와 살인 증거 은폐 공모죄로 체포되었고. 현재 독방에 구금중이야. 자기는 상자 안에 뭐가 들어 있는지 몰랐다고 주장하고 있어. 통관을 거친 후에 상자를 찾아오는 대가로 상당히 많은 금액을 받았던데. 상자는 가게로 가기로 돼 있었지. 누군가 와서 찾아가는 일까지 마무리되면, 가게 주인은 추가로 더 많은 금액을 받기로 했고. 상자를 통관시킨 직원도 체포되었네. 뇌물을 받았다고 자백했지."

"그 소년은요?"

"이 사건과 관련해서 소년을 계속 붙잡고 있을 이유가 없었어. 그러나 좀도둑 전과와 간질 경력이 있어서, 리마에 있는 재활센터에 보냈지."

"제가 현장에 있으면 좋았을 텐데요."

"동감이야. 중요한 사건에서 체포나 제대로 하는지 모르겠어. 그런 나라에서는 돈 많은 사람은 실제로 손댈 수가 없거든. 예를 들어, 데굴파 백작부인 같은 사람들은……"

"그 백작부인을 아신다고요?"

"물론이지. 통관 브로커와 접촉했던 남자의 생김새가 당신이 말한 마티 블룸의 몽타주와 거의 완벽하게 일치하더군. 리마 경찰에 몽타주 사본을 보내면서, 이곳에서 일어난 살인 사건의 수배자라고 알려 줬네. 벤슨은 삼류 약장사였지. 단서는 많은데 체포된 적은 없는. 에버슨은 찾았나?"

"아직요. 왠지 느낌이 좋지 않습니다."

"그에게 무슨 일이 일어났다고 생각하는군?"

"아마도요."

"디미트리가 알려준 연락처는 갖고 있지?" 오브라이언의 사무실에서 사건의 전말을 이야기할 때 그와 만났다는 얘기는 전혀 하지 않았다. "이제는 그것을 써야 할 때인 듯하네."

"연락해보겠습니다."

"당신은 지금 남미에 있으니 아주 잘됐네. 익명을 원하는 고객이 당신을 고용할 준비를 해놓고 있어. 리마에 가면 당신 은행계좌로 3만 달러가 입금될 걸세."

"아직 이 사건을 마치지 못했는데요."

"아마 에버슨 사건은 신속하게 종결할 수 있을 거야." 그는 전화를 끊었다.

행동에 나서도록 부름을 받은 것 같았다. 나는 지도를 꺼냈다. 카예 혼 데 라 에스페란사를 찾을 수 없었다. 멕시코시티에는 지도에 나와 있지 않은 작은 거리들이 많다. 나는 지금 대략의 위치만을 알고 있는 상태여서 주위를 둘러보고 싶었다. 이번처럼 아무 진전이 없는 사건 들은 대책 없이 나가서 제멋대로 걷다보면 종종 풀렸다. 이 방법은 낯 선 도시나 한동안 들른 적이 없는 도시에서 가장 잘 통한다.

우리는 알라메다로 가는 택시를 타고 북서쪽으로 향했다. 일단 중 심가에서 내렸다. 거리 모습은 거의 변하지 않았다. 예전과 똑같이 좁 은 비포장도로와 광장에서 타코, 메뚜기 튀김, 파리로 뒤덮인 박하사 탕을 파는 조그만 가게들, 풀케주*, 소변, 안식향, 칠리, 식용유, 하수 구 냄새, 그리고 짐승처럼 생긴 사악하고 아름다운 얼굴들을 만날 수 있었다.

하얀 면 셔츠와 바지 차림의 소년에게서 바닐라와 오존 냄새가 희 미하게 난다. 직모에 피부는 약간 밝은 검은색이다. 환한 구릿빛 피부 에 이국적인 동물처럼 순수하고 아름답게 생긴 다른 소년은 고춧가루 를 뿌린 오렌지를 먹으며 벽에 기대어 있다…… 긴 팔에 삐드렁니, 반 짝이는 눈의 호모 같은 남자가 스르르 지나간다…… 짐승 같은 목신 牧神의 얼굴을 한 남자가 풀케주를 파는 술집에서 비틀거리며 나온 다…… 곱사등이 난쟁이가 우리를 독기 서린 눈으로 쏘아본다.

---

* 용설란으로 만든 멕시코 토속주.

나는 발길 닿는 대로 걸었다. 카예 데 로스 데삼파라도스, 즉 난민의 거리…… 나이든 마약중독자가 처방전을 기다리고 있는 약국. 유령처럼 떠다니는 아편 냄새가 훅 풍겼다. 더러운 진열창의 그림엽서…… 얼굴을 찡그린 남자들과 자세를 취한 판초 비야…… 탄띠와 소총. 임시로 만든 교수대에 매달려 있는 세 명의 젊은이. 둘은 발목까지 바지가 벗겨져 있고, 나머지 하나는 완전히 벗은 채로. 교수대 뒤에서 찍은 사진이어서, 병사들이 그들 앞에서 웃으면서 지켜보고 있는 모습이 보인다. 1914년에 찍은 사진들이다. 벌거벗은 소년은 미국인처럼 보였다. 흑백이지만 금발을 알아볼 수 있다.

두 다리가 나를 끌고 갔고, 키키와 짐은 내 뒤를 따라왔다. 문을 열자 벨소리가 가게 전체에 울려퍼졌다. 가게 안은 시원했고 향냄새가 배어 있었다. 한 남자가 커튼을 가르고 나오더니 카운터 뒤에 섰다. 키가 작고 말랐으며, 머리에 머리카락이 한 번도 난 적이 없는 사람처럼 완전히 대머리였다. 피부는 테라코타처럼 부드러운 황갈색이었고, 입술은 꽤 두툼했으며, 눈은 칠흑처럼 검었다. 이마는 넓고 뒤로 경사져 있었다. 그에게서 연륜이 느껴졌다. 나이들어 보이는 게 아니라 동양인, 마야인, 흑인 같은 고대 종족의 생존자, 이들 모두의 얼굴을 섞어놓은 듯하면서도 지금까지 인간의 얼굴에서는 한 번도 본 적 없는 느낌을 풍겼다. 이상하게 낯이 익었다. 잠시 뒤 그 얼굴을 어디서 보았는지 기억이 났다. 영국박물관의 마야문명관에서 본 3인치 높이의 테라코타 두상이었다. 그의 입술은 천천히 미소 지으며 움직였다. 그는 먼 데서 온 사람처럼 이상하고 왠지 동떨어져 보였지만, 악센트나 억양이 전혀 없는 완벽한 영어로 말했다.

"어서 오시오, 신사 양반."

"진열창에 있는 그림엽서를 볼 수 있을까요?"

"그럼요. 있고말고. 그것 때문에 오신 게로군."

이 남자가 디미트리의 연락책이 틀림없다는 생각이 문득 들었다. 하지만 주소지로는 여기가 아니었다.

"카예혼 데 라 에스페란사요? '희망의 막다른 골목'은 지진으로 파괴되었소. 재건되지도 않았지. 이리로 오시오, 신사 양반."

그는 우리를 데리고 커튼 뒤에 있는 육중한 문으로 나갔다. 문이 닫히자 거리의 소음이 사라졌다. 우리는 육중한 참나무 가구가 있는, 하얗게 바랜 방에 서 있었다. 파티오 쪽으로 난 창살 달린 창문으로 빛이 들어왔다. 그는 우리에게 의자에 앉으라 하고서, 서류철에서 봉투를 꺼내 사진 한 장을 주었다. 진열장에 있는 엽서의 8×10 크기의 복사본이었다. 사진을 만지는 순간, 열병 냄새가 훅 풍겼다.

허리 양옆에 두 팔을 붙인 채 가죽벨트로 묶인 세 청년이 삼각대로 떠받치고 있는 막대에 매달려 있었다. 뒤집힌 형태의 톱질 받침대 두 개와 널빤지 하나가 발밑 땅바닥 위에 있었다. 금발 소년은 가운데에, 피부색이 검은 두 청년은 양쪽에 매달려 있었다. 두 청년의 바지는 발목까지 벗겨져 있었다. 금발 소년은 완전히 발가벗겨진 채였다. 다섯 명의 병사가 마구간 앞에 서서 교수형에 처해진 사람들을 올려다보고 있었다. 그중 한 명은 매우 어려서 열여섯 혹은 열일곱쯤으로 보였고, 턱과 윗입술에 아직 솜털이 나 있었다. 그는 입을 벌린 채 올려다보고 있었고, 바지의 지퍼 부분이 불룩 솟아 있었다.

가게 주인은 나에게 확대경을 주었다. 목매달린 소년들은 밧줄에 목이 졸리고 엉덩이는 잔뜩 조인 채, 몸을 비틀며 떨고 있었다. 한쪽에는 얼굴에 그늘이 진 장교가 서 있었다. 나는 장교를 확대경으로 자세히 들여다보았다. 어딘가 낯이 익었다…… 그랬다. 만화 〈테리와 해적선〉에 나오는 드래곤 레이디였다. 여자였다. 그리고 그녀는 젊은 에버슨과 어딘지 닮은 데가 있었다.

나는 금발 소년을 가리켰다. "이 친구의 얼굴 사진도 갖고 계십니까?"

그는 사진을 테이블 위에 올려놓았다. 사진에는 소년의 얼굴, 상반신, 옆구리에 묶인 두 팔이 찍혀 있었다. 사진 속 얼굴은 풀어진 표정으로 자기 앞의 무언가를 응시하고 있었다. 마치 방금 전에 받은 엄청난 충격을 완전히 이해한 사람이 지을 법한 표정이었다. 그는 존 에버슨이었다. 혹은 쌍둥이 형제라고 해도 좋을 만큼 똑같이 닮아 있었다.

나는 주머니에서 에버슨의 스냅사진을 꺼내 보여주었다. 가게 주인은 사진을 보더니 고개를 끄덕였다. "그래요. 똑같이 생긴 청년이로군."

"이들이 누군지 아시나요?"

"알지. 세 청년은 혁명주의자요. 금발 청년은 광산업을 하는 미국인 아버지와 스페인인 어머니 사이에서 태어났소. 아버지는 그가 태어난 뒤에 곧 미국으로 돌아갔고. 그는 멕시코의 두랑고에서 태어나 자랐는데 영어를 전혀 못했소. 목매달려 죽은 1914년 9월 24일은 그의 스물세번째 생일이었지. 이 여성 장교는 이복 누나인데, 세 살 더 많아요. 그녀는 매복중이던 판초 비야의 병사들에게 살해되었소. 젊은 에버슨은 분명 살아서 어딘가에 잘 있을 거요. 자신이 미국인이라는 사실을 잊고 있을 뿐이니. 기억은 되살릴 수 있으니까. 제리 그린과 달리, 상대적으로 좋은 사람들 손에 있소. 오늘밤 그 사람들을 만나게 될 거요…… 롤라 라 차타가 해마다 여는 파티에서."

"롤라라고 하셨나요? 그녀가 아직도 활동중인가요?"

"그녀는 작은 사업장을 갖고 있소. 당신은 아옌데 시대로 돌아갈 거요. 이구아나 쌍둥이도 있을 테고. 그들이 당신을 에버슨한테 데려다줄 것이오. 자 그럼……" 그는 우리를 비포장도로로 돌아가는 길로 안내했다. "롤라가 있는 곳으로 가는 길은 아시리라 믿소."

롤라가 있는 곳은 꽤 멀어서 택시로 갈 수 없었다. 게다가 나는 잠시 방향이 헷갈렸다. 그때 캐딜락 한 대가 모퉁이를 돌며 살짝 기울더니 먼지바람을 일으키며 끼익 하고 섰다. 격자무늬 양복을 입은 남자가 앞자리에서 몸을 내밀었다.

"파티에 가나요? 어서 타요, 악당들!"

우리는 뒷자리에 올라탔다. 앞자리와 보조석에 남자들이 각각 두 명씩 타고 있었다. 먼짓길을 뚫고 달리는 동안 그들은 45구경 총으로 고양이와 닭을 쏴댔다. 하지만 근처의 비둘기들이 가리는 바람에 한 발도 맞히지 못했다.

사파타 집회

장군의 차는 빈민가 비포장도로 지역의 버려진 창고처럼 보이는 루피타의 집 앞에 멈춘다. 검은 재킷의 앞단추를 풀어놓은 채 44구경 스미스 앤드 웨슨 권총 총구를 위로 세워 날씬한 허리춤에 차고 있는, 해골처럼 생긴 나이든 총잡이가 문을 열어준다.

총잡이는 옆으로 비켜서고 우리는 천장이 높은 커다란 방으로 걸어들어간다. 방안의 가구는 검은색 참나무와 붉은 양단을 사용하여 멕시코 시골 저택 같은 느낌을 준다. 방 한가운데에 있는 테이블에는 타말레*와 타코, 콩, 쌀밥, 과카몰레**를 담은 접시들과 얼음통에 넣은 맥주, 테킬라, 마리화나 잎과 담배용 종이를 담은 그릇이 차려져

---

* 옥수숫가루 반죽에 고기와 야채 등을 넣어 옥수수 껍질로 감싸 익힌 멕시코 요리.
** 으깬 아보카도에 토마토, 양파, 향신료 등을 넣어 만든 멕시코 요리.

있다. 파티는 이제 막 시작되었다. 몇몇 손님들은 마리화나를 피우고 맥주를 마시며 테이블 옆에 서 있다. 조금 작은 테이블 위에는 물잔, 술잔과 함께 주사기가 놓여 있다. 한쪽 벽에는 커튼을 친 작은 칸막이 좌석들이 준비되어 있다.

롤라 라 차타는 문을 향해 있는 거대한 의자에 앉는다. 멕시코의 바위산에서 베어 온 무게가 300파운드가량 되는 참나무로 만든 의자다. 롤라의 우아함 때문에 그녀의 권력은 더욱 돋보인다. 거대한 팔을 뻗으며 그녀는 말한다. "오, 스나이드 씨…… 특별하신 몸…… 사설 나리……" 그녀는 몸을 흔들며 크게 웃는다. "그리고 잘생긴 젊은 조수님들……" 그녀는 짐, 키키와 악수를 한다. "스나이드 씨, 좋아 보여요."

"당신도요, 롤라…… 더 젊어지셨습니다."

그녀는 테이블을 향해 손을 흔든다. "많이들 드세요…… 당신의 옛 친구가 온 것 같은데요."

나는 테이블 쪽으로 가서 베르나베 아보가도를 본다.

"클렘!"

"베르나베!"

우리는 서로 껴안는다. 그의 격자무늬 재킷 밑에서 손잡이에 자개를 박은 45구경 권총이 느껴진다. 그는 올드 파 스카치를 마시고 있고 테이블 위에 네 병이 놓여 있다. 내가 짐과 키키를 소개하는 동안 그는 술잔에 스카치를 따른다. "멕시코에서는 거의 모든 사람이 스카치를 마시지." 그러고는 웃으며 나의 등을 친다. "클렘, 이구아나 쌍둥이를 만나보게나…… 정말 좋은 친구들이네."

나는 지금까지 만나본 젊은이들 중에 가장 아름다운 두 사람과 악수를 한다. 그들에겐 부드러운 초록 피부에 검은 눈, 파충류의 우아함이 깃들어 있다. 소년의 손에서 힘이 느껴진다. 그들은 믿을 수 없을 만큼 침착하고 초연하며, 얼굴에는 가게 주인과 같은 고대 인종의 혈통이 새겨져 있다. 이들이 바로 이구아나 쌍둥이다.

마약중독자들이 도착해서 롤라에게 아첨을 떤다. 그녀는 대가로 거대한 젖통 사이에서 헤로인을 꺼내준다. 그들은 주사기가 준비된 테이블을 뚫어져라 바라본다.

"오늘밤은 모든 게 공짜예요." 이구아나 쌍둥이 중 여자가 말한다. "내일은 어떨지 모르지만."

방은 창녀와 도둑, 포주와 사기꾼 들로 금세 들어찬다. 제복 입은 경찰이 줄을 서고 루피타는 그들 한 명 한 명에게 봉투를 건넨다. 사복 형사들이 들어오더니 사람들을 밀치고 줄의 맨 앞에 선다. 그들의 봉투는 더 두껍다.

베르나베는 조금 전 얇은 봉투를 받은 젊은 인디언 경찰에게 가까이 오라고 손짓한다. 경찰이 수줍게 다가온다. 베르나베는 그의 등을 치며 말한다. "이 *작자가* 완전 *고주망태가* 되어서는 두 명이나 죽였어…… 내가 감옥에서 꺼내줬지."

다른 손님들도 도착한다. 변장 파티에 다녀온 화려한 상류층과 제트족들이다. 몇몇은 마야와 아즈텍 의상을 입고 있다. 그들은 원숭이, 오실롯, 이구아나, 그리고 시끄럽게 욕지거리를 해대는 앵무새 같은 다양한 동물들을 데리고 온다. 남자들은 겁에 질려 꽥꽥대며 방을 돌아다니는 페커리를 쫓는다.

손님들은 흥분에 휩싸인다.

"코카콜라 씨가 오네요."

"그는 진짜배기예요."

코카콜라 씨는 손님들 사이를 돌아다니며 코카인을 판다. 코카인 효과가 나타나면서 파티는 절정으로 치닫는다. 장군은 의자 꼭대기에 앉아 있는 거미원숭이에게 돌아선다.

"어이, *친구*, 한번 들이마셔봐." 그는 코카인을 약간 얹은 엄지손톱을 내민다. 원숭이가 그의 손을 깨물고, 손에서 피가 난다. 코카인이 장군의 코트 위에 쏟아진다. "이런 후레자식을 봤나!" 장군은 벌떡 일어나 45구경 권총을 꺼내 몇 피트 앞의 원숭이를 향해 쏜다. 총알이 계속 빗나가는 동안 손님들은 가구에 부딪히고, 의자 뒤에 숨고, 테이블 밑에서 구른다.

루피타가 손가락을 치켜든다. 방 저편 50피트 떨어진 곳에 있는 *나이든 총잡이*가 44구경 장총을 꺼내 조준하고, 부드러운 움직임으로 단 한 방에 원숭이를 죽인다. 이 강력한 모습에 남자들도 겁을 먹는다. 하인이 죽은 원숭이를 치우고 피를 닦는 동안 잠시 정적이 흐른다. 수많은 커플들과 삼인조들은 커튼이 쳐진 칸막이 좌석으로 들어간다.

또다른 무리가 도착한다. 내가 아는 미국의 마약단속반 요원들도 끼어 있다. 그중 한 명이 멕시코 변호사와 대화를 나눈다. "*코카인* 때문에 이곳에서 감옥살이를 하는 미국 아이들 일은 정말 유감스럽게 생각합니다." 변호사가 말한다. "여자아이들의 경우 더욱 그렇습니다. 그들을 빼내려고 할 수 있는 일은 다 하는데 아주 어렵네요. 멕시코 법이 워낙 엄격해서요. 미국 법보다 훨씬 엄격합니다."

루피타의 파티장에 설치된 칸막이 좌석 중 하나인 수색 칸막이에
나체의 미국 아가씨와 제복을 입은 경찰이 두 명 있다. 장군과 변호사
는 칸막이 뒤에 있는 문으로 들어간다. 경찰 한 명이 선반 위의 코카
인을 가리킨다. "저 아가씨 보지 안에 있답니다, *신사분들*." 장군이
슬쩍 몸짓을 하자 경찰들은 원숭이처럼 씩 웃으며 밖으로 나간다.

"아가씨 보지가 너무 안됐어. 눈 속에서 얼었을 텐데." 장군은 말하
면서 바지를 벗는다. "내가 확실히 녹여줄게."

어떤 *남자*가 칸막이 앞에서 키득거리고 웃으며 커튼을 옆으로 젖
힌다. "재미 좋나, *친구들*?"

차풀테펙에서 온 금발 두 명은 서로 쿡쿡 찌르며 한목소리로 합창
한다. "저 친구 끝내주지 않아? 또 그러기 없기."

그 *남자*는 다음 칸막이의 커튼을 젖힌다. "저 남자는 여자애 마른
구멍에다 하네."

"또 그러기 없기."

끝에 있는 칸막이에서 죽음의 마야 신, 아 푹이 젊은 옥수수 신과
섹스하고 있다. 커튼을 옆으로 젖히자, 그들은 오르가슴에 도달하고
젊은 옥수수 신은 부패한 검은 반점투성이가 된다. 증발하는 육체 같
은 질소의 아지랑이가 그들의 몸에서 뿜어져 나온다. *남자*는 숨을 헐
떡이고 기침을 하더니 심장마비로 쓰러져 죽는다.

"또 그러기 없기."

루피타가 몸짓으로 신호를 보낸다. 인디언 하인들은 시체를 들것에
실어 밖으로 들고 나간다. 파티는 훨씬 더 흥분된 상태로 다시 시작된

다. 삶과 죽음의 교접에 의해 방출된 가스가 가짜 마리화나처럼 좀더 젊은 손님들에게 영향을 준다. 그들은 옷을 벗고, 목석처럼 생긴 하인들이 마루에 깔아준 자리 위에서 데굴데굴 구른다. 다른 사람들이 바닥에 등을 대고 누워 구르면서 다리를 공중에 들고 두 발로 박수를 치는 동안, 그들은 가면을 바꿔 쓰고 스카프로 스트립쇼를 한다.

이구아나 여자가 내 팔을 만졌다. "선생님과 두 조수는 저희하고 같이 가주시면 고맙겠습니다. 개인적으로 상의할 것이 있거든요."

그녀는 우리를 옆문으로 안내한 뒤 긴 복도를 거쳐 엘리베이터로 데려갔다. 엘리베이터는 끝에 또다른 문이 있는 작은 홀에서 열렸다. 그녀는 깔개, 낮은 테이블, 의자 몇 개, 그리고 소파를 갖춘 모로코와 멕시코 스타일의 커다란 아파트 방으로 우리를 안내했다. 나는 술을 사양하는 대신 마리화나 담배를 받았다.

"그림엽서를 파는 분이 당신한테 가면 에버슨을 찾을 수 있을 거라고 하더군요." 내가 운을 뗀다.

그녀는 고개를 끄덕였다. 그녀의 남자 쌍둥이 목소리를 한 번도 듣지 못했다는 게 생각났다. 우리를 소개하는 동안, 그는 단지 고개를 끄덕이고 웃었다. 그는 지루하다기보다는 평온한 표정으로 낮은 소파 위의 여자 쌍둥이 옆에 앉았다. 짐, 키키, 그리고 나는 그들을 마주보며 산타페에서 가져온 삼나무 의자에 따로따로 앉았다.

"우리는 이런 공간을 여러 개 갖고 있습니다⋯⋯" 그녀가 손을 움직이자 뉴멕시코의 안식향이 방에 퍼졌다. "아름다운 곳이었는데 바보 같은 폭탄 때문에 망가졌어요. 아 그래요, 존 에버슨⋯⋯ 아주 근사한 청년이죠, 현대적이고 말도 통하고. 너도 그렇게 봤지, 그렇지?"

그녀는 미소 지으며 입술을 핥고 있는 형제를 향해 돌아섰다. "그는 지금 친척들과 함께 두랑고에 있어요…… 신원을 바꾸었음을 고려하면, 아주 좋은 상태예요. 그런 수술을 받은 환자들은 최소한 몇 달은 병원에 있기도 해요. 수술이 잘되지 않았거나, 서로 맞지 않는 걸 몸 안에 심으면 대개 그렇죠……

존 에버슨의 경우, 아무 합병증도 없었어요. 멕시코인으로 정체성이 전이되는 데 충분한 시간이 필요했을 뿐이에요. 이제 두 정체성을 합치는 일만 남았죠. 그러면 그는 유창한 스페인어 실력과 자신의 직업에 도움이 될 멕시코 농촌에 관한 지식을 가지고 자신의 정체성을 되찾을 거예요.

이번 경우에 두 정체성은 너무 비슷해서 어떤 부조화도 없을 거예요. 그링고의 영혼은 이제 근거지를 갖고 있어요. 그의 업이 이루어지려면 일종의 죽음이 필요하기 때문에 그는 재탄생의 순환에는 들어갈 수 없었어요. 이번 수술은 환자에게는 완전히 실제처럼 보이는 전기에 의한 뇌 자극을 통해 실행되었어요. 아시다시피 장기이식은 이식된 것이 이물질로 인식되어 거부된다는 어려움이 있지요. 이를 막으려면 약물을 투여해야 해요. 이번 경우에는, 목매달렸던 공통된 경험이 거부 현상을 없애줄 거예요. 그런 경험을 공유하지 않았더라면, 한 번에 한 인격체만이 접수할 수 있는 몸에 다중인격 현상이 나타나게 되죠. 목매달린 경험은 일종의 용해제로 작용하게 됩니다. 이를 통해 두 인격은 하나로 합쳐질 거예요. 존 에버슨은 그의 부모님에게 연락해서 심한 뇌진탕으로 기억상실을 겪었지만 이제는 완전히 회복되었다고 말씀드릴 겁니다."

나는 뒤로 몸을 기댔다. "그렇군요. 그럼 이 사건은 종결되겠군요."

"백작부인에게 맞서기 위해서 고용되셨죠…… 3만 달러예요. 그 정도면 충분한가요?"

"글쎄요, 우리가 하기로 한 일을 생각하면 그렇지는 않죠."

"그쪽 세 분 모두 경험이 없고 취약한 점을 고려하면, 이번 일은 실제로 자살 특명이나 마찬가지긴 해요. 선생을 꽤 높은 몸값에 고용할 준비가 되어 있습니다. 적어도 성공의 기회가 될 연줄을 소개시켜드릴 준비가 되어 있어요."

그녀는 의자, 긴 테이블, 그리고 한쪽 벽을 따라 서류 캐비닛이 있는 텅 빈 방으로 안내했다. 나는 이 방이 그림엽서 가게의 뒤쪽에 있는 방과 똑같다는 것을 알 수 있었다. 그녀는 서류 캐비닛으로 가서 묵직한 양피지로 된 작은 책자를 꺼내 나에게 주었다. 겉표지에는 빨간 글자로 다음과 같이 적혀 있었다.

붉은 밤의 도시들.

제2부

붉은 밤의 도시들

붉은 밤의 도시들은 총 여섯 개였다. 타마기스, 바단, 야스와다, 와그다스, 나우파나, 가디스. 이 도시들은 10만 년 전, 지금의 고비사막에 해당하는 지역에 있었다. 당시 사막에는 커다란 오아시스들이 여기저기 흩어져 있었고, 카스피 해로 흘러들어가는 강이 사막을 가로지르고 있었다.

그중 가장 큰 오아시스에는 길이 10마일, 폭 5마일의 호수가 있었다. 호숫가에는 와그다스 대학 도시가 세워졌다. 예술과 과학으로는 누구도 필적하지 못할 최고의 경지에 도달했던 와그다스의 학교로 세계 곳곳에서 순례자들이 찾아와 수학했다. 이 고대 지식의 상당 부분은 지금은 소실되고 없다.

바단과 야스와다의 소도시들은 강을 사이에 두고 서로 마주보고 있었다. 어느 작은 오아시스의 북쪽 황량한 지역에 위치한 타마기스는 사막 도시라고 불릴 만한 곳이었다. 나우파나와 가디스는 다른 도시들 사이의 일상적인 교역로 너머 서남쪽 산악 지역에 자리잡았다.

여섯 개 도시 외에도 수많은 마을과 유목 부족이 있었다. 식량은 풍부했고, 인구 현황은 더할 나위 없이 안정돼 있었다. 누군가 죽지 않으면 아무도 태어나지 않았다.

거주자들은 이주자로 알려진 엘리트 소수와 수용자受容者로 알려진 다수로 나뉘었다. 이 두 범주 내에 직업과 전문성에 따른 수많은 계층들이 있었고, 두 계급은 실제로는 구분되지 않았다. 이주자가 수용자로 활동하는가 하면, 수용자가 이주자가 되기도 했다.

체제는 다음과 같은 식으로 운영되었다. 임종 직전의 나이든 이주자가 있다. 그는 미래의 수용자 부모를 선택해 임종의 방으로 오게 한다. 방에 들어온 이 수용자 부모는 성교를 시작하여, 늙은 이주자가 죽는 순간, 오르가슴에 도달한다. 그래야 늙은 이주자의 영혼이 자궁에 들어가서 다시 태어날 수 있다. 모든 이주자들은 대리 부모 목록을 항상 지참하고 다닌다. 그러면 사고나 폭력, 혹은 갑작스러운 질병에 맞닥뜨릴 경우, 가장 가까운 곳에 있는 부모들이 현장으로 달려올 수 있으니까. 애당초 갑자기 혹은 예기치 않게 죽을 개연성이 거의 없다. 와그다스의 이주자 의회는 예언술이 발달해 태어나서 죽기까지의 인생을 계획할 수 있고 대부분의 경우 죽는 날짜와 방법을 정확하게 정할 수 있었기 때문이다.

많은 이주자들은 자신의 영혼이 약해져서 수용자 아이에게 압도당하거나 흡수되는 것이 두려워, 나이가 들어 노쇠해지거나 병에 걸려

비참해질 때까지 기다리지 않았다. 이 강인한 이주자들은 가장 성숙해 있을 때 정신 집중과 영적 여행의 훈련을 엄격하게 거친 후, 성교하는 수용자 부모 앞에서 자신들이 고른 죽음의 안내자 두 명의 손에 죽는 방법을 선호했다. 가장 일반적으로 사용되는 방법은 목매달아 죽이기, 목 졸라 죽이기, 그리고 오르가슴 도중에 죽이기였다. 이 가운데 세번째는 성공적인 전이를 보장하는 가장 믿을 만한 방법으로 인식되었다. 또한 약물이 개발되었는데, 많은 양을 복용하면 성적 발작 도중에 사망에 이르고, 소량을 복용하면 성적 쾌락을 향상시켰다. 이러한 약들은 종종 다른 형태의 죽음과 결합하여 쓰이기도 했다.

이윽고 이주자의 연령대가 낮아지면서 자연사는 희귀하고 말도 안 되는 일이 되었다. 이주자의 일파인 '영원한 청년'은, 중년의 험난한 경험과 노년의 무기력함을 피하고 청춘의 삶을 계속해서 누리기 위해 열여덟의 나이에 목매달아 죽었다.

두 가지 요인이 이 체제의 안정성을 약화시켰다. 첫번째는 인공수정 기술의 완성이었다. 한 명이 죽고 한 명이 다시 태어나는 것이 전통적인 방법이라면, 이제는 수백 명의 여성이 한 무더기의 정자로 임신할 수 있게 되었다. 그리고 지역에 근거하던 이주자들은 전 지역을 자신들의 자손으로 채울 수 있게 되었다. 수용자, 특히 여성들에게서 반란의 조짐이 보였다. 이 무렵 예기치 않은 또다른 요인이 등장했다.

인구가 희박한 타마기스 북부의 사막 지역에서 불길한 사건이 일어난 것이다. 어떤 사람들은 지구에 유성이 떨어져서 폭이 20마일이나 되는 구덩이가 생겼다고 말한다. 다른 사람들은 현대 물리학자들이 말하는 블랙홀에 의해 생긴 구덩이라고 말한다.

이 사건 이후 밤이 되면 온 북쪽 하늘이 거대한 용광로에서 빛이 반사되듯 붉게 빛났다. 구덩이 인근에 사는 사람들이 제일 먼저 영향을 받았다. 다양한 돌연변이가 관측되었는데, 그중 가장 일반적인 것은 머리카락 색과 피부색의 변이였다. 처음에는 빨간색, 노란색 머리카락, 그리고 하얀색, 노란색, 빨간색 피부가 등장했다. 그후 전 지역이 서서히 영향을 받았고, 마침내 돌연변이의 수가 (당시 모든 인간이 그랬듯이) 검은 피부였던 원래 거주자들의 수를 앞지르게 되었다.

백호白虎로 알려진 한 알비노 돌연변이가 이끄는 여자들은 야스와다를 점령하고, 남성 거주자들에게 언제든 백호의 마음이 내킬 때 사형을 집행할 수 있다고 선고한 후 그들을 노예, 배우자, 신하로 삼았다. 와그다스 의회는 추출한 자궁에서 아기를 기르는 방법을 개발하여 이에 맞섰다. 자궁은 부랑자 출신의 자궁 날치기꾼들이 공급했다. 이 방법은 남성과 여성의 갈등을 심화시켰고, 야스와다와의 전쟁은 불가피해 보였다.

나우파나에서는 영혼을 사춘기 연령의 수용자에게 직접 전이하여 불편하고 취약한 유아기를 피할 수 있는 방법이 개발되었다. 이 기술은 철저한 준비 기간과 두 영혼을 한 몸에 조화롭게 잘 섞기 위한 훈련을 필요로 했다. 여러 인생을 살아본 지혜와 청춘의 신선함과 생명력을 겸비한 이 이주자들은 야스와다를 해방시킬 해방군의 임무를 맡았다. 게다가 약이나 사형집행인의 도움 없이 의지에 따라 죽음을 택하여 자신들의 영혼을 선택된 수용자에게 줄 수 있는 능력자들도 있었다.

앞에서 언급했듯이 목매달려 죽기, 목 졸려 죽기, 오르가슴 약물로 죽기는 전이를 끌어내는 가장 일반적인 방법이다. 이외에도 다양한 죽음의 방식을 이용했다. '불의 소년들'은 수용자들이 있는 자리에서 불에 타 죽었는데, 생식기만은 불에 타지 않게 처리했기에 죽어가면서 오르가슴을 맛보았다. 이런 식으로 이주자가 된 어떤 불의 소년이 당시의 경험을 회상하면서 흥미로운 이야기를 전달한다.

"화염이 온몸을 휩쌀 때, 나는 숨을 깊이 들이마셔 불을 폐로 삼킨 후 크게 비명을 지르며 불을 내보냈어요. 그때 가장 혹독한 고통은 가장 격렬한 쾌락으로 바뀌었고, 나는 다른 사람에게 항문 성교를 당하고 있던 사춘기 수용자의 몸에 사정을 하고 있었어요."

다른 사람들은 칼에 찔리거나, 목이 잘리거나, 내장이 뽑히거나, 화살에 맞거나, 혹은 머리를 세게 맞고 죽었다. 절벽에서 뛰어내려 성교 중인 수용자들 앞에 떨어져 죽는 사람들도 있었다.

와그다스의 과학자들은 육체의 전자기장을 다른 육체로 직접 옮길 수 있는 기계를 개발하고 있었다. 가디스에는 죽기 전에 자기 몸에서 나와 숙주가 될 다른 몸들을 택할 수 있는 능력자들이 있었다. 이러한 연구가 얼마나 성공할지 알 수 없었다. 혼란과 무질서의 시간이 계속되었다.

붉은 밤이 수용자와 이주자에게 미친 영향은 헤아릴 수 없었다. 잇따른 전염병이 도시들을 파괴해가는 동안 기이한 돌연변이들이 등장했다. 전쟁과 전염병으로 점철된 이 시기는 책으로 남았다. 의회는 우주 탐험을 위해 슈퍼맨 종족을 만드는 데 착수했다. 그러나 게걸스럽고 멍청한 흡혈귀를 만들어냈을 뿐이었다.

마침내 모든 도시는 버려지고, 생존자들은 사방으로 달아났다. 전염병도 데리고서. 이들 중 일부는 그들이 쓴 책을 들고, 베링해협을 건너 신세계로 갔다. 그들은 나중에 마야인들이 점령하게 될 지역에 정착했고, 그들이 가져간 책들은 결국 마야 사제들의 손에 들어갔다.

이 고귀한 실험을 잘 아는 학생이라면 죽음은 탄생이 아닌 수정受精과 등가임을 깨달을 테고, 따라서 수정은 근본적인 트라우마임을 유추할 수 있을 것이다. 죽어가는 자는 죽는 순간에 자신의 전체 인생 가운데 수정이 이루어지던 때를 눈앞에 떠올릴 것이다. 수정이 되는 순간에는 미래의 인생 중 죽음의 장면으로 훌쩍 건너뛸 것이다. 수정을 다시 경험하는 것은 죽음을 수반한다.

이것은 이주자들의 근본 오류였다. 더 많은 헤로인을 복용하는 것으로는 헤로인을 넘어서지 못하듯이 수정을 다시 경험하는 것으로는 죽음과 수정을 넘어서지 못하기 때문이다. 이주자들은 죽음에 심각하게 중독되었고, 수정의 고통을 없애기 위해 더 많은 죽음이 필요했다. 그들은 정해진 시간에 값을 지불하도록 되어 있는 죽음의 어음으로 기생충과도 같은 삶을 살았다. 그리고 이러한 조건을 그들의 영혼이 옮겨갈 숙주인 아이에게 부과하여 장차 있을 이주를 확실히 했다. 숙주 아이와 이주자의 이해관계가 충돌했다. 그래서 이주자들은 수용자 계층을 사실상 저능아 수준으로 떨어뜨렸다. 그러지 않았다면 수용자들은 얻을 것이라고는 죽음밖에 없는 계약을 파기하려 했을 것이다. 책을 통해 노골적인 허위와 조작이 만연했다. 이 가운데 일부 기본적인 거짓은 아직도 통용되고 있다.

"어떤 것도 진실이 아니다. 모든 것은 허용된다." '산속의 노인' 하산에 사바흐의 마지막 말씀이다.

"타마기스…… 바단…… 야스와다…… 와그다스…… 나우파나…… 가디스."

전해지는 바에 따르면, 어떤 물음이든 답을 원하는 입문자는 잠에 빠져들면서 위의 말을 반복하기만 하면 된다고 한다. 그러면 꿈에서 답을 얻을 것이다.

타마기스. 절박한 세균전 속에서 유불리가 매 순간 바뀌는, 치열하게 싸우는 게릴라들의 무방비 도시. 여기서 모든 것은 네가 생각하는 만큼 진실이다. 또 네가 해낼 수 있는 한 모든 것이 허용된다.

바단. 치열한 경쟁 게임과 상업에 빠진 도시. 위태로운 부유 지배계층, 불만을 품은 다수의 중산층, 그리고 수많은 범죄자들과 범법자들로 가득한 오늘날의 미국과 아주 비슷하다. 불안정하고 폭발적이며, 폭동의 회오리에 자주 휩쓸린다. 모든 것이 진실이고 모든 행위가 허용된다.

야스와다. 데굴파 백작부인, 드빌 백작부인, 선택된 자들의 의회가 다른 도시들을 최종 정복할 계획을 세우고 있는 여성의 근거지인 도시. 모든 유형의 성적 전환이 인정된다. 소녀의 머리를 가진 소년, 소년의 머리를 가진 소녀 등. 여기서 모든 것은 진실이고, 모든 행위가 허용된 자들을 제외하면 아무것도 허용되지 않는다.

와그다스. 표현하고 이해할 수 있는 모든 질문에 답이 존재하는 배움의 중심이자 대학 도시. 완벽한 허용은 완벽한 이해에서 비롯된다.

나우파나와 가디스. 무엇도 진실이 아니고 **그러므로** 모든 것이 허용되는 환상의 도시들.

여행자들은 타마기스에서 시작하여 앞에 호명된 순서대로 나머지 도시들을 다녀야 한다. 이 순례에는 여러 생이 걸릴 수 있다.

방어진지에서 나와라

우리는 이제 새로운 계획에 착수하는 데 필요한 신무기를 충분히 비축한 상태다. 더이상 지체할 수 없다. 적은 곧 우리의 계획과 우리가 그것을 실행하기 위해 확보한 수단들을 알게 될 것이다. 우리는 대군에 맞서 치고 빠지는 전통적인 전술을 구사할 것이다. 그렇게 해서 적들을 우리 영역으로 좀더 깊이 끌어들이는 동안 적의 보급로를 공격하여 차단할 것이다. 이것은 처참했던 파르티아 전투에서 크라수스의 로마 군단을 격파했던 전술이다. 파르티아 병사들은 말을 타고 갑자기 언덕 위에 나타나 화살을 소나기처럼 퍼붓고 달아나는 식으로 로마 병사들을 깊고 깊은 사막으로 유인했다. 결국 로마 병사들은 갈증, 배고픔, 질병으로 커다란 타격을 입었다. 오직 소수의 병사들만이 살아 바다로 돌아갔다.

이 전술로 적의 힘을 충분히 약화시킨 후 적의 요충지를 총공격할 것이다. 성공적인 공격일지라도 끝까지 수행해내지 못하면 승산 없는 공격만큼이나 위험하다. 바로 이러한 실수 때문에 한니발 장군은 로마와의 전쟁에서 졌던 것이다. 그는 자신이 로마군을 모두 격퇴했다는 사실을 모르고, 무방비 상태가 된 도시로 지체 없이 진군하는 대신에 자신의 진지를 강화하느라 공세를 늦췄고 급기야 모든 진지를 잃고 말았다.

탈주병이 대량으로 발생하여 우리에게 도움을 줄 수도 있다. 그러므로 맹렬한 공격을 연속해서 퍼부어야 한다. 프랑스군과 영국군이 위기를 감지하고 공통의 적에 맞서 스페인과 힘을 합칠 틈을 주어서도 안 된다. 우리는 아메리카 대륙의 남반구에서 승리를 확신하자마자 북반구를 칠 것이다. 그후 외교에 집중하여 영국과 협상에 나서 필요한 조약, 무역협정을 맺고 우리의 독립과 주권을 인정받는 데 힘을 쏟을 것이다.

물론 신무기는 조만간 널리 퍼지겠지만, 그때쯤이면 우리는 상대가 넘어서기 어려울 정도로 앞서 있게 될 것이다. 우리는 언제든 원하는 만큼의 무기를 생산할 수 있을 것이다. 발명가, 숙련공, 기술자 들을 높은 임금과 좋은 생활 조건으로 끌어모아서 적들보다 더 좋은 무기를 계속 만들어낼 테니까. 또한 우리는 제대로 침입할 수 없을 정도로 거대한 영토를 갖고 있어서 어마어마하게 유리한 반면, 러시아를 제외한 다른 유럽 국가들은 달아날 곳이 없기 때문에 공격에 취약하다. 우리는 미션 선장의 법령이 아프리카와 근동 및 극동에 확산되기를 기대한다. 그렇게 되면 북아프리카를 통해 스페인을 침공할 수 있을 터였다.

우리의 당면 계획은 파나마시티와 과야킬을 정복함으로써 스페인이 대규모 공격에 임하도록 도발하는 것이다. 스페인의 태평양 함대를 이 두 지역으로 분산시키고 스페인 보병을 리마에서 과야킬로, 카르타헤나에서 파나마로 급파하도록 유도하기 위해서다. 필요하다면 우리는 파나마 남부의 늪지대와 북서부의 산악 지대, 산림 지역으로 퇴각할 것이다. 만일 육지에서 결정적인 승리를 거두게 되면, 우리는 약화돼 있을 리마와 카르타헤나의 스페인 주둔지를 즉시 공격하여 스페인 함대에 최대한의 피해를 입히고, 동시에 멕시코에서 공격을 감행할 것이다.

이구아나 쌍둥이는 그곳에서의 작전을 준비하기 위해 멕시코로 돌아갔다. 베르트 한센도 그들과 함께 갔다. 스트로브 부함장은 스페인 주둔군의 화력을 가늠하고, 파나마시티 북부와 동부에 게릴라 부대를 조직하기 위해 파나마시티로 갔다. 파나마시티 남부 지역은 이미 우리의 손에 있다. 후아니토와 브래디는 과야킬 서부 요새진지를 구축하기 위해 쉰 명의 부대원을 이끌고 남쪽으로 향했다. 도시에 공격을 개시하는 한편 퇴각해서 스페인 보병을 치명적인 함정에 빠뜨리기 위해서였다.

해전은 아편 존스, 노르덴홀즈 함장, 그리고 스트로브 부함장이 지휘할 것이다. '파괴자'라 불리는 수많은 특수 보트가 제작되고 있다.

그러던 중 어느 날 아침 우리는 스트로브 부함장이 파나마시티에서 붙잡혀 교수형을 선고받았다는 소식을 북소리 신호를 통해 전달

받았다.

이 소식을 듣자마자 우리는 2연발 소총과 다량의 박격포탄, 접촉 즉시 폭발하는 포탄과 일정 시간이 지나 폭발하도록 지연신관이 장착된 포탄으로 무장하고서 쉰 명의 부대원과 파나마시티로 향했다. 시간에 맞춰 도착할 가능성이 거의 없었기 때문에 지역의 게릴라들에게 원정군이 가고 있으니 구출하기 위한 모든 조치를 취하라는 전갈을 보냈다.

한숨도 자지 않고 밤낮으로 아편과 요카에 의지해 행군한 결과 우리는 사흘째 되는 날 새벽에 파나마시티로부터 남쪽으로 5마일 떨어진 곳에 도착했다. 따뜻한 안개가 우리를 감싸자, 나는 미시간 호수 근처의 작은 고향 마을에서 발기된 채로 증기욕을 하며 걷던 때가 떠올랐다. 갑자기 파나마시티 방향에서 나는 엄청난 폭발 소리를 듣고 우리는 걸음을 멈추고서, 떠오르는 태양을 바라보았다.

곧이어 누군가 급히 달려오더니 스트로브 부함장이 구출되어 낚싯배를 타고서 펄 섬 맞은편에 있는 우리의 태평양 기지들 중 한 곳을 향해 가고 있는 중이라고 알려주었다. 우리는 그에게 스페인 주둔지로 가서, 무기고를 파괴하고 스트로브 선장을 탈출시킨 해적들이 도시의 남쪽 외곽에 있으며, 숫자는 얼마 되지 않고 화약도 거의 동났다고 전하라고 일렀다. 우리의 바람대로, 스페인 부대는 우리의 덫에 걸려 도시를 방어할 100명의 병사만을 남기고서, 나머지는 해적을 쫓는 데 급파해버렸다.

이곳은 석회암이 튀어나온 낮은 언덕이 많아서 잠복하기에 안성맞

춤이다. 우리는 석회암이 흩어져 있는 비탈길 사이의 좁은 골짜기를 고른다. 바위가 많은 지역은 박격포 공격에 최상이다. 우리는 스페인 군 대열이 들어설 길에서 50야드 정도 떨어진 양쪽 비탈에 스무 명을 각각 배치한다. 나머지 열 명은 병사들이 다가오면 도망치는 척하는 미끼 역할을 할 것이다. 매복중인 소총수들이 적군의 측면에서 공격을 개시하면, 열 명의 유인병은 숨어서 스페인군 대열에 직접 발사할 것이다. 그러면 그들은 세 방향에서 날아오는 총격에 걸려들겠지. 우리는 바위 뒤에 숨어서 스페인군을 기다린다.

머지않아 스페인군이 나타난다. 일렬종대로 늘어선 약 200명의 병사와 말 탄 장교 네 명이 모습을 드러낸다. 유인병들을 보자 장교들은 말을 재촉하면서 병사들에게 따라오라고 외친다. 앞장선 소령은 말안장에서 앞으로 몸을 숙이고 칼을 높이 든 채, 곤두선 콧수염 밑으로 이를 드러낸다. 나는 닿는 즉시 폭발하는 박격포탄을 장착한 소총을, 앞으로 달리는 속도를 고려해 말의 4피트 앞부분에 주의깊게 조준한다. 그런데 계산이 약간 잘못되어, 의도했던 말의 한쪽 어깨 대신에 양어깨 사이를 맞힌다. 폭발과 함께 소령은 말안장에서 말의 머리 위로 내동댕이쳐진다. 그의 칼은 절단된 오른손에서 벗어나 번쩍거리는 원을 그리며 날아간다. 말은 앞다리를 들어올리고 서서 비명을 지르고 발버둥친다. 크게 벌린 말의 입에서는 내장이 쏟아진다.

내 총성을 신호로 다른 병사들도 사격을 개시한다. 그러자 포탄 파편들이 보병들과 말들이 서 있던 바위에 튕겨나온다. 한 장교는 회오리치듯 돌더니 도시를 향해 전속력으로 말을 달린다. 두 차례에 걸쳐 박격포를 발사한 후 우리는 2연발 소총으로 바꾼다. 몇 분 뒤 소수를 제외한 모든 병사들이 죽었거나 죽어가고 있고, 살아남은 자들은 완전히 겁에 질려 도시로 달아난다. 나는 사격 중지 신호를 내린다. 그 정도면 도망친 자들은 우리측의 수를 500에서 800 정도라고 전할 것이다. 아마도 영국 소속인, 제대로 무장한 사략선이 오고 있다는 소문은, 수비군이 100명이 될까 말까 한 파나마시티에 공포를 확산시킬 것이다.

우리는 한 무리의 장교들이 백기를 흔들며 협상을 희망하고 있는 도시 외곽으로 진군한다. 우리는 협상 조건으로 요새와 도시의 무조건 항복을 제시하며, 800명 이상의 병력이 우리 뒤에 있다고 장교들에게 말한다. 만약에 도시를 내놓으면 총독, 장교와 병사, 그리고 모든 주민들의 목숨을 해치지 않겠다고 약속한다. 그러지 않으면, 조금이라도 저항하는 자들을 모두 죽일 뿐 아니라 도시 전체를 약탈하고 불태워버리겠다고 말한다. 그들로서는 동의 말고는 다른 선택의 여지가 없다.

한편 죽은 병사들의 무기로 무장한 약 300명의 유격대원이 집결했다. 우리가 도시를 사실상 봉쇄하기 전까지는 장교들이 새로운 무기를 보는 것을 우리는 원치 않기 때문이다. 그런 다음 모든 병사와 장교, 무장한 민간인 들은 이곳에 와서 무기를 내려놓으라고 명령한다. 이후로 무기를 소지했다가 적발되는 자는 즉시 사형에 처할 것임을 공표한다.

무기를 내려놓은 병사들은 제복, 장화, 양말을 모두 벗으라는 명령을 받는다. 그들은 속옷만 입은 채 주둔지까지 행군하고 수감된다. 장교, 총독, 부유한 주민들, 그리고 모욕에 항의하는 목사는 모든 죄수들이 풀려난 감옥에 수감된다.

우리는 주민들에게 일상으로 돌아가 아무 두려움 없이 생활하라는 공고문을 붙인다. 공공장소에 법령을 공표하고, 항구에 있는 모든 선박을 압수하고, 모든 출구에 경비대를 배치한다. 단 한 척의 배도 항구를 떠나지 못하며, 단 한 명도 도시를 떠나지 못한다.

그후 이틀 동안 우리가 밀린 잠을 자는 사이에 병사, 장교, 포로 들에게 적당한 음식을 제공하게 한다. 단 그들을 감시하고 음식을 가져다주는 대원들에게는 그들과 말을 섞거나 어떤 질문에도 대답하지 말라고 지시한다.

셋째 날 충분히 휴식을 취한 후, 우리는 총독의 식당에 마련한 회의용 테이블에 모인다. 우리의 승전보는 지역 전체에 퍼지고, 통상의 경계 근무에 필요한 인원보다 많은 500명 이상의 대원들이 도시에 모였다. 우리는 지도를 보며, 파나마지협의 동쪽에 위치한 스페인 요새들을 연속해서 공격할 계획을 세운다. 이 요새들은 대부분 작아서 우리의 박격포에는 상대가 되지 못할 것이다. 한 달 안에 우리는 로저 항에서 파나마 북부에 이르는 요새들을 장악할 것이다. 사령관은 매일 돌아가면서 맡기로 결정한다. 잠복은 대부분 내가 세운 계획에 따라 실행되었으므로, 내가 첫번째 사령관이다.

우리가 곧 언어다

내가 『붉은 밤의 도시들』을 읽는 동안 이구아나 여자 쌍둥이는 책을 몇 권 가져와서 테이블 위에 놓았다. 나는 읽고 있던 책을 옆으로 치웠다.

"누가 이 책을 썼나요?"

"익명을 원하는 어느 학자가요. 이 분야의 연구는 보강이 필요해요. 그가 말하듯이, 수정은 근본 트라우마이자 통제의 근본 도구이기도 하죠." 그녀는 테이블 위에 올려놓은 책들을 몸짓으로 가리켰다. 나는 그 책들이 다양한 색상으로 매우 정교하게 제본되어 있음을 한눈에 알 수 있었다. 아주 비싸 보였다.

"이것들은 복사본이에요. 꼼꼼히 봐주세요. 원본을 찾아주시면 100만 달러를 드릴게요."

"복사본은 상태가 어떻죠?"

"거의 완벽해요."

"그런데 왜 원본을 원하시죠? 수집가의 허영심인가요?"

"변화는요, 스나이드 씨, 오직 원본의 변화에 의해서만 가능해요. 사전事前 기록된 우주에서 사전 기록되지 않은 것은 오직 사전 기록들 뿐이죠. 복사본은 말 그대로 스스로를 복제할 수 있을 뿐이에요. 바이러스는 복사본이에요. 그것을 꾸미고 잘게 자르고 뒤섞을 수는 있겠죠. 하지만 결국 원래 모습으로 재조립될 거예요. 저는 이상주의자는 아니지만, 데굴파 백작부인과 드빌 백작부인의 손에, 그리고 피클 공장에 원본이 있는 꼴을 보고 싶지는 않아요······"

"저는 격려의 말 따윈 필요 없습니다. 대신에 의뢰 비용은 필요하죠."

그녀는 20만 달러짜리 수표 한 장을 테이블 위에 꺼내놓았다. 나는 전체적인 느낌을 파악할 겸 책들을 대충 훑어가며 살펴보기 시작했다. 책들은 다양한 시대의 양식에 따라 저술되었다. 그중 일부는 옛 친구 같은 『위대한 개츠비』의 1920년대 양식을 참고한 것처럼 보이고, 다른 것들은 참을 수 없을 정도로 엉망진창인 소년다움을 반영한, 사키*의 에드워드 시대**를 다룬 작품들에서 따온 듯하다. 질병, 전쟁, 죽음이 난무하는 거리에서 무기력한 젊은 귀족이 느릿느릿 경구를 읊조리는 경솔하기 짝이 없는 풍조가 바탕에 깔려 있다. 주인공으로 나오는 소년들이 절박한 상황에 맞서 싸우는 '로버 형제들' 시리즈와 '톰 스위프트' 시리즈류의 줄거리도 보인다.

---

* 영국 소설가. 정치적 풍자가 돋보이는 단편소설로 유명하다.
** 영국에서 에드워드 7세의 재임기인 1901~1910년까지를 가리킨다.

그것들은 컬러판 만화책이다. 짐은 이 만화책을 '농담들'이라고 부른다. 지금은 사라진 이전의 채색 방법을 이용하여 3차원 홀로그램을 양피지처럼 거칠고 반투명한 신기한 재질의 종이로 옮겨놓았다. 색은 눈이 아플 정도다. 거의 있을 수 없는 빨강, 파랑, 세피아색. 온몸으로 맡고 맛보고 느낄 수 있는 색들이다. 보스의 그림에 나오는 곳을 배경으로 한 아동용 책 속에서 전설, 동화, 정형화된 인물, 아이의 예상치 못한 잔인함을 소재로 한 이야기들이 펼쳐진다. 어떠한 사실에서 그러한 전설이 나온 걸까?

당시 알려지지 않은 방사능의 한 형태가 바이러스를 활성화시켰다. 이 바이러스에 의한 질병은 생물학적 돌연변이, 특히 유전자상으로 전달되는 머리카락 색과 피부색의 변화를 일으켰다. 바이러스는 또한 뇌와 신경계에서 성적 쾌락과 공포를 담당하는 부위에 영향을 주어, 공포는 성적 광분으로 바뀌고, 그것은 다시 공포로 바뀌어 치명적인 결말을 초래했다. 바이러스 정보는 종종 치명적인 결과를 초래하는 오르가슴 순간에 유전자상으로 전달되었다. 이 바이러스는 환상과 실재의 경계가 무너지는 찰나에 불에 타 죽기, 칼에 찔려 죽기, 독살, 목 졸려 죽기, 목매달려 죽기와 같은 거의 빠져나올 수 없는 환영을 일으켰다. 생성 기간 동안 바이러스는 숙주와 무던한 공생을 유지했다. 그것은 돌연변이 바이러스, 색깔 바이러스였다. 마치 색깔이 나름의 목적과 사악함을 가지고 있는 것 같았다. 노먼 록웰의 〈새터데이 이브닝 포스트〉 표지 사진이 미국의 복잡한 현실을 재현하지 못하듯이 이 책들은 당시의 삶을 재현한다고 보기는 어려웠다.

"이것이 제가 찾아야 하는, 혹은 제가 **밝혀내야** 하는 원본의 복사본

전부인가요?"

"아뇨, 일부예요."

"다른 책들은 무슨 내용인지 알고 있나요?" 내가 물었다.

그녀는 수표를 힐끔 바라보았다. "당신은요?"

나는 고개를 끄덕였다. "진실이 담겨 있을 거예요. 그런데 그 책들
은 너무 무시무시하고 구역질나게 포장되어 거울처럼 침투 불가능한
표면으로 진실을 가리고 있죠." 나는 수표를 지갑에 넣었다. "오해의
소지도 있고요." 내가 덧붙여 말했다. 나는 다시 책을 살펴보았다.

계속해서 책을 읽어가는 동안 현기증과 불안감이 점차 커졌다. 색
들을 보는 내내 머리가 아팠다. 남쪽 하늘의 짙고 강렬한 청색, 연못
과 수로 근처에 만발한 녹색, 몸에 딱 붙는 붉은색 벨벳 의상, 병에 걸
린 피부의 자주색과 빨간색, 분홍색들. 책에서 손에 잡힐 듯 피어오르
는 아지랑이 같은, 색의 독기 어린 기운.

나는 옷깃을 느슨하게 했다. 머릿속의 생각이 흐릿하고 어쩐지 내
것이 아닌 듯했다. 마치 누군가 책에 관한 강의를 하고 있는데 그중에
한두 구절만 영어 자막으로 드문드문 알아듣는 느낌이라고 할까? "누
구나 언어에 대한 개념만 있으면 즉시 이해할 수 있는 언어가 한때 존
재했다." 제1차세계대전의 앰뷸런스처럼?

좀더 자세히 책을 살펴보려고 하자 확신할 수는 없었지만 사진처럼
명료하게 본 적이 있는 듯한 무언가가 눈에 들어왔다⋯⋯ 1917년경
의 낡은 세피아색 사진이었다. "그들은 시간 제약을 없앴다."

나는 졸다가 깬 것처럼 깜짝 놀라 얼굴을 들었다. 이구아나 쌍둥이
남매는 방에 없었다. 그들이 나가는 것을 보지 못했다. 대신 짐과 키

키가 내 양쪽에 앉아 있었다. 그들도 똑같이 영향을 받은 모양이었다.

"휴……" 짐이 말했다. "브랜디 한 잔만 마시면 딱 좋겠는데."

"너무 어지러워." 키키가 말했다. "더이상 보기 싫어……"

짐과 키키는 한쪽 구석에 있는 술 진열장으로 간다. 나는 붉은색 가죽으로 제본된 책을 집어든다. 책에는 짙은 붉은색으로 '최초의 빨강 머리'라고 적혀 있다.

목에 올가미가 씌워져 있는 금발 소년이 얼굴을 붉히고, 붉은색은 점점 더 짙어진다. 적조가 휩쓸듯 그의 부어오른 입술에서 머리카락으로, 그리고 잔물결이 흐르듯 가슴에서 사타구니로, 다리로, 붉은색이 물결처럼 몸 전체에 번진다. 살갗에는 부드러운 불꽃을 이루며 번쩍이는 붉은 털이 퍼져 있다. 심장은 새장에 갇힌 새처럼 갈비뼈 밑에서 고동친다……

나는 구부릴 수 있는 금속처럼 육중한 파란색 표지의 책을 집어든다. 표지에는 금색으로 '파란 돌연변이'라고 적혀 있다. 책을 여는 순간 오존 냄새가 확 풍긴다.

사타구니, 목, 젖꼭지에 파랗게 발진이 난 소년의 항문과 사타구니가 타들어간다. 귀 뒷부분도 천천히 차갑게 타고 있다. 소년의 눈에 파란색이 있다. 북쪽 하늘의 엷은 파란색이 흰자 전체에 퍼져 있고, 동공은 짙은 자줏빛. 그의 엉덩이 안에서 연납을 녹이듯 불타고 있는 파란 변…… 파란 돌연변이 열병 냄새가 방을 가득 채운다. 소년이 파란빛을 발하는 검게 그을린 변을 배설하자 금속성의 썩은 고기 냄새가 몸에서 뿜어져 나온다. 그의 성기와 항문에 난 털은 밝은 파란색으로 변하고 불꽃이 탁탁 튄다……

나는 착륙을 위해 궤도에 진입중인 우주선에서 외계의 책을 보고 있는 느낌이 들었다.

자줏빛 노을이 슬프고 나른한 도시 위를 뒤덮고 있었다. 우리를 태운 차는 리마 외곽의 빌라에 도착했다. 빌라는 흔히 보는 높은 벽으로 둘러싸였고, 벽 꼭대기에는 케이크에 꽂는 설탕 결정처럼 생긴 깨진 유리병이 박혀 있었다. 2층집에, 2층에는 발코니가 있었고, 부겐빌레아 덩굴이 집의 앞쪽 벽을 타고 올라가 있었다.

운전사가 짐을 집안으로 나르고 우리에게 열쇠를 주었다. 또한 필요한 상가와 주소가 적힌 안내책자를 나에게 건넸다.

우리는 주위를 둘러보았다. 가구는 진열품처럼 단단하고, 비싸고, 개성이 없어 보였다. 유리 서가에는 가죽 제본을 한 백과사전, 디킨스, 새커리, 키플링의 작품, 남미의 동식물에 관한 서적, 조류도감, 항해에 관한 책들이 꽂혀 있었다. 이 집에 누가 살았던 흔적은 전혀 찾아볼 수 없었다.

나는 『내셔널 지오그래픽』이 깔려 있는, 유리로 덮인 커피 테이블 위에 리마 지도를 올려놓고서 주소지를 찾아보았다. 모든 주소는 메르카도 마요리스타 내에 있거나 근처에 있었다. 그중 한 곳은 미술용품 가게였다…… 음…… 적합한 종이만 구할 수 있다면 책 전체를 위조하기로 이미 마음먹었다. 사실 내가 돈을 받는 이유는 바로 그것 때문이었다. 메르카도 내의 또다른 주소는 블룸&크루프 수출입 회사였다. 내가 접촉하기로 되어 있는 곳이다.

리마의 메르카도 마요리스타는 네 개의 광장 블록으로 이루어져 있다. 이곳에서는 페루 전역에서 트럭으로 실어온 야채, 과일, 돼지, 닭, 그리고 여러 농작물들이 팔린다. 상점, 칸막이 가게, 술집, 음식점 등은 24시간 영업을 한다. 메르카도 마요리스타와 비견되는 유일한 곳은 마라케시의 드헤말프나 정도다. 그러나 드헤말프나는 너무 오랫동안 관광 명소로 알려져서 수백만 개의 카메라가 이미 원기를 다 빼먹고 지금은 색이 바랜 상태다.

메르카도는 여행객들이 거의 찾지 않는 곳으로, 민속적인 볼거리로도 인식되지 않고 있다. 이곳은 명확한 기능을 수행하고 있으며 전통 문화는 부수적인 요소일 뿐이다. 거리의 공연자들은 돈을 가진 구경꾼들이 있기 때문에 이곳에 모인다.

우리는 뜨거운 생선수프, 고기 꼬치, 갈색 빵을 파는 작은 음식점과…… 주크박스 앞에서 소년들이 춤을 추는 술집, 중국음식점, 뱀 부리는 사람, 자전거 묘기 부리는 사람, 훈련받은 원숭이를 지나치며 계속해서 걸었다. 판 신의 피리 소리가 아주 희미하게 들렸다.

좀 떨어진 곳에 구경꾼들이 작게 무리를 지어 있었다. 어떤 소년이 대나무 피리를 불고 있었다. 열다섯 살가량으로 노랑머리에 눈은 푸르고, 넙데데한 얼굴은 온통 주근깨투성이였다. 소년의 눈을 바라본 순간 나는 충격적인 깨달음을 경험했다. 그의 눈은 시장 위의 파란 하늘처럼, 인간의 표정이 전혀 들어 있지 않은 텅 빈 백지 같았다. 목양의 신, 판 신의 눈이었다. 음악이 나의 머릿속에서 계속 흘렀다. 파란 노을이 진 산비탈을 따라, 작은 빈터와 풀밭 사이로, 별이 반짝반짝 빛나는 개울물 위로, 가을 낙엽이 깔린 바람 부는 거리로.

나는 미술용품 가게를 혼자 방문하기로 마음먹었다. 내가 찾는 것은 카운터 밑에 있으리라. 그런 종이와 잉크를 취급하는 사람이라면 예술품과 여권, 서류 등을 위조할 것이다. 두 명이나 방문객으로 나서면 거래를 그르칠 수 있다. 키키는 도시를 둘러보고 싶어했고, 짐은 사진 장비를 구하러 갔다.

가게는 시장 근처의 좁고 우중충한 거리에 있었다. 먼지가 앉은 캔버스, 이젤, 그리고 그림물감이 진열장에 전시되어 있었다. 주류 판매 합법화를 위해 스웨덴 술집에서 내놓았던 고무로 된 샌드위치가 생각났다. 문을 열려고 했지만 잠겨 있었다. 나는 노크를 했다. 그러자 두꺼운 무테안경을 쓴 중년 남자가 나를 의심스러운 눈초리로 쳐다보다가 마침내 문을 열어주었다.

"뭘 찾으시죠?"

"종이를 샀으면 합니다!"

"들어오세요." 옆에 선 그는 내가 들어오자 문을 잠갔다. 갈색 반점이 있는 손가락에 커다란 다이아몬드 반지를 끼고 있는 고불고불한 금발의 뚱뚱한 여인이 오래된 금전등록기 앞에 앉아 있었다. 그녀는 카운터 위에 놓여 있는 〈르 피가로〉를 읽고 있었다. 그녀는 깜짝 놀란 표정이었다. 그래서 그도 놀랐다. 전범戰犯들이구나, 나는 무덤덤하게 생각했다. 프랑스인 협력자들인가보네.

"특별한 일에 쓸 종이가 필요해서요…… 고서古書처럼 보여야 하는 책이 있거든요."

그 남자는 고개를 끄덕이더니 얇은 입술로 미소를 짓는 것 같았다.

"이리로 오십시오."

그는 긴 참나무 테이블과 의자들이 있는 뒷방으로 안내했다. 원통 자물쇠가 달린 철제 캐비닛이 벽 한쪽을 차지하고 있었다. 그는 나를 예리한 눈초리로 쳐다보았다.

"고서라고 하셨죠." 그는 캐비닛을 가리켰다. "역사책을 말하시나요…… 어떤 시대죠? 찾으시는 게 마야 시대 서적인가요? 이집트 파피루스? 아니면 중세의 어느 시대인가요?"

"그보다 최근입니다…… 18세기…… 1702년경이요."

"작가는요? 신사, 코르티잔, 도적?"

"미국 해적입니다."

"문제없습니다." 그는 조끼 주머니에서 열쇠를 꺼내 작은 장식함을 열고서 그 안에서 또다른 열쇠를 골랐다. 이 열쇠로 작은 보관함에 담겨 있는 꾸러미들이 보이는 캐비닛을 열고는, 붉은색 밀랍으로 봉인되어 묶여 있는 뭉치들을 여럿 꺼냈다.

"보스턴 해적입니다."

"문제없습니다." 나는 양피지를 전구에 비춰보고 확대경으로 들여다보면서 주의깊게 살펴보았다. 이윽고 고개를 끄덕이며 미소 지었다. "아주 훌륭합니다."

"잉크를 드릴까요?"

"예."

그는 병, 항아리, 물감이 가득 들어 있는 또다른 캐비닛을 열었다…… "여기 있습니다."

나는 가지고 다니는 용구를 꺼내서 몇 가지 시험을 했다. "잘되네요…… 좋아요…… 다른 색깔도 필요한데…… 그림이 들어간 책이라서요."

"향기 나는 색으로요?"

"예, 물론입니다…… 대마초, 아편, 피, 럼주, 교회의 향로, 화장실,
부패의 향기요……"

모두 합해 만 달러였고, 거기에 300달러어치의 일반적인 미술용품
을 추가했다.

"고맙습니다. 코냑 한 잔 드실 시간이 있는지요?"

"예. 그 정도라면 얼마든지요."

우리는 책을 만들기 시작한다. 나는 이야기의 콘티를 맡고, 짐은 그
림을 맡는다. 우리는 불법 영화사를 소개해줄 모델 에이전시의 주소
를 확보한다. 일은 일사천리로 진행된다.

리마는 파격적인 포르노 영화와 스너프 영화의 세계적인 촬영소다.
대부분 수집가와 정부 요원의 계약에 의해 제작된다. 오직 삼류 영화
만이 일반 시장으로 흘러들어간다. 돈만 주면 최고의 카메라 촬영, 프
로세싱, 특수효과와 세계 각국에서 온 배우들을 구할 수 있다.

짐은 대략의 장면들을 스케치한다. 그러면 우리는 실황 배우들을
데리고 스케치한 장면들을 무대로 꾸며서 사진을 찍는다. 그런 다음
짐은 종이에 색상을 입혀서 작품을 마무리한다. 그렇게 해서 나온 책
은 사진과 그림의 중간쯤 되어 이구아나 쌍둥이 남매의 '농담책'들과
똑같아 보인다.

라투르 씨는 질 좋은 물건을 판다. 책은 밤사이에 200년은 된 것처
럼 보인다. 나는 주로 해적 이야기에 힘을 쏟는다. 하지만 상품의 질

224

을 확신하기 때문에 마야와 이집트의 종이, 색상에 돈을 투자하고, 스너프 영화 두 편, 즉 〈이시 타브의 아이〉라는 마야 영화와 〈파라오의 저주〉라는 이집트 영화를 만들기로 한다.

이시 타브는 목매달아 자살하는 자들의 수호성인으로, 그들을 낙원으로 보내는 일을 맡는다. 이 영화에서 젊은 귀족은 이시 타브에 의해 목매달려 죽는다. 이시 타브는 막강한 '죽음의 아기'를 낳는다. 젊은 귀족의 역할을 맡은 이 소년은 전형적인 마야인의 특징을 지녔다. 부패로 얼룩진 이시 타브는 또한 내가 계획하는 이집트 영화에서 투탕카멘의 사악한 여동생 역할을 맡은 다재다능한 프로다. 그녀는 다른 사람을 시켜 투탕카멘을 목 졸라 죽이고 전갈의 여신을 낳는다.

이쯤에서 100만 달러는 비용 계좌 잔고 정도로 줄어든다. 이미 나는 20만 달러에서 10만 달러를 쓴 상태다. 그들이 나를 찾기 전에 이제 블룸 & 크루프를 찾아갈 시간이다. 작은 도시여서 금세 말이 돈다.

날마다 싸우는 카우보이

타마기스는 붉은 흙벽돌로 지은 성벽 도시다. 도시는 해가 지면 살아 움직인다. 이맘때면 날씨가 견디기 힘들 만큼 더워 주민들이 야행성이 되기 때문이다. 태양이 지면서 북쪽 하늘이 불길한 붉은빛으로 환해지고, 도시는 그늘이 연분홍 조가비 색깔에서 짙은 자주색으로 바뀌는 빛에 잠긴다.

여름밤, 공기는 무덥고 향료, 오존, 그리고 열병의 달콤하면서 썩은 붉은 사향 냄새로 폭발한다. 제리, 오드리, 달파, 존, 조, 그리고 존 켈리는 안마시술소, 터키식 목욕탕, 섹스방, 휴게소, 미니 음식점, 그리고 향료, 최음제, 향기 나는 허브를 파는 칸막이 가게들이 모인 구역을 걸어가고 있다. 나이트클럽에서 음악 소리가 흘러나온다. 이따금 구역 내의 여러 업소들을 운영하고 있는 '고통 없는 자들'이 피우는 아편 냄새도 풍겨온다.

소년들은 칸막이 가게에 잠시 멈추고, 오드리는 고통 없는 자에게서 레드 핫을 산다. 이 최음제는 사타구니, 항문, 젖꼭지에 성적 흥분을 일으킨다. 입으로 복용하면 몇 초 안에 반응이 나타난다. 아니면 주사로 놓을 수도 있다. 하지만 쾌락이 너무 강렬해서 심장을 멈추게 할 수 있으므로 매우 위험하다. 타마기스의 사춘기 청소년들은 핫스 앤드 팝스라고 부르는 레드 핫 왕 게임을 즐긴다.

소년들은 야윈 몸이 드러나는 붉은 실크 튜닉 상의와 붉은 실크 바지에 자석 샌들을 착용하고 있다. 허리띠에는 불꽃 총과 양날이 날카롭고 끝이 약간 구부러져 있는 긴 칼을 차고 있다. 레드 핫 게임이 극심한 살인 열병을 퍼뜨릴 수 있어서 칼싸움이 자주 일어난다.

바이러스는 살인 열병, 비행 열병, 검은 증오 열병 등의 변화무쌍한 형태로 변이하면서 도시의 몸통을 덮어버리는 거대한 문어와 같다. 모든 경우에 바이러스에 걸린 자의 전체 에너지는 하나의 행위 혹은 목적에 초점이 맞춰진다. '고통 없는 자들'이 가끔 감염되는 도박 열병 혹은 금전 열병이 있다. 이 병에 걸리면 굶주린 쥐처럼 몸을 부르르 떨면서 희번덕거리는 눈으로 돈을 맹렬하게 끌어모은다. 활동 열병도 있다. 이 병에 걸린 자들은 무엇이든 조직하느라 미친듯이 뛰어다니고, 물불 가리지 않고 모든 것, 모든 이의 대리인 노릇을 하려고 들며, 접촉할 사람을 필사적으로 찾아다니면서 거리를 돌아다닌다.

타마기스의 붉은 밤. 들개 포획꾼, 정액 중개인, 세이렌, 야스와다에서 타마기스로 잠입한 '선택된 자들의 의회'가 보낸 특수경찰. 들개 포획꾼들은 '공격 대상 지역'에서 마주치는 청년들을 모두 잡아다가

휴게소나 정액 중개인들에게 판다. 정액 해적들은 도시 성벽 바깥의 근거지에서 활동하는 해적들로서, 대상과 보급 열차를 공격하고, 벽 밑에 구멍을 뚫어 도시의 지저분한 변두리를 돌아다닌다. 그들은 소도둑처럼 시민들에게 살해될 수도 있는 범법자들이다.

주위를 살피느라 얼굴이 빨갛게 달아오른 두 소년이 붉은 그늘을 하나씩 옮겨다닌다. 들개 포획꾼 순찰대가 지나간다. 소년들은 이빨을 드러내고, 손은 칼에 갖다댄 채, 허물어진 담벼락 옆의 어두운 그늘에 쭈그리고 앉아 숨는다. 들개 포획꾼들은 육상선수처럼 가슴이 두껍고 허벅지가 굵은 근육질의 청년들이다. 상반신은 벗은 채 다양한 그물과 수갑, 그리고 20야드의 거리에서도 상대방의 다리를 맞힐 수 있는 큰 칼을 어깨에 차고 다닌다. 그들 앞에는 몸을 떨고, 코를 킁킁거리고 냄새를 맡으며, 들개 포획꾼의 다리에 몸을 자꾸 비비대는, 털 없는 붉은 사냥개들이 있다. 오드리는 천천히 웃으면서 입술을 벌린다. 이는 그의 잠입 전략의 하나다. 개들은 들개 포획꾼의 다리에 몸을 휘감고서 넘어뜨리도록 훈련을 받았다.

오드리와 큐피드 마운트 에트나는 사람들이 붐비는 넓은 돌길로 이루어진 지역에 와 있다. 세이렌의 꽃수레가 지나간다. 장미로 장식한 소라 껍데기를 쓰고서 그들은 속삭이듯 말한다. "자기가 **목매달려** 있을 동안 내가 발가벗겨 **세워놓고 빨아줄게**……"

멍청한 남자들이 달려들어, 세이렌에 의해 목매달려려고 꽃수레에 뛰어오른다. 세이렌의 상당수는 야스와다에서 온 복장 도착자들이다. 꽃수레는 금색의 청년들이 목매달기 면제 배지를 달고서 모이는 목매달기 정원으로 부유하듯 굴러간다. 제스처 놀이의 등장인물처럼 그들은 나무, 연못, 그리고 끔찍한 욕망의 열병으로 불타는 병든 얼굴들을 비추는 붉은빛 속에서 포즈를 잡고 한 바퀴 돈다.

오드리는 우회로에서 결심한다. 선택된 자들의 의회에서 온 특수경찰 네 명이 길을 막고 서 있다. 그들은 파란 신사복을 입은 상고머리 남자들로, 활기찬 기독교도의 미소를 띠는 종교적인 연방수사국 요원처럼 보인다.

"무엇을 도와드릴까요?"

"죽어주면 돼." 오드리는 짧게 말한다. 그러고는 불꽃 총을 꺼내서 발사한다. 그들은 경련을 일으키며 쓰러진다. 몸에서 연기가 난다. 원래 특수경찰은 타마기스에 있으면 안 된다. 하지만 그들은 불법으로 들어와서 지역 경찰을 매수하고 소년들을 납치해 야스와다에 있는 이식 수술실로 데려간다.

소년들은 죽은 시체 주변에서 전력 질주하여 골목으로 달아나고, 경찰은 그들 뒤에서 호루라기를 분다. 불꽃 총 소지는 사형죄에 해당한다. 좁은 거리와 터널, 통로를 요리조리 헤치며 그들은 순찰대를 따돌린다.

그들은 이제 도시 외곽의 성벽 근처에 도달하여 가파른 돌길을 걸어 내려간다. 그들 위로 나 있는 길은 풀이 무성한 가파른 비탈길로 이어진다. 갑자기 제1차세계대전의 앰뷸런스 트럭이 간선도로에 서더니, 턱수염을 기르고 귀고리를 한 여섯 명의 해적이 차에서 뛰어내린다. 비탈길 아래로 뛰어가는 그들의 눈은 탐욕으로 번쩍인다.

"정액 해적들이다!"

오드리는 한쪽 무릎을 굽히고서 비탈길을 불꽃 총으로 훑는다. 정액 해적들은 옷에 불이 붙은 채 비탈길 아래로 데굴데굴 구르며 비명을 지른다. 풀에 불이 붙는다. 트럭이 불탄다. 오드리와 큐피드는 있는 힘을 다해 달리고, 그들 뒤에서 트럭의 연료통이 폭발한다.

치즈케이크의 무의식적 모방

더블 갤로*는 타마기스에서 가장 늦게까지 영업하는 술집이다. 오
후 11시 반에도 텅 비어 있다. 바텐더는 술병을 확인하고 술잔을 닦는
다. 누군가가 바에서 미쳐 날뛴다.

"우리들 모두 더럽고 부패한 흡혈귀들이야!" 그는 소리지른다. 경
비원이 그를 밖으로 내던진다.

"정말이지, 여기서 저러는 놈들 딱 질색이야."

세이렌이 몸을 살랑거리며 들어와서 술 한 잔 달라고 속삭인다.

"저 표시 좀 봐요, 아가씨?" 바텐더가 올가미를 쓰고 있는 세이렌의
사진을 가리킨다. "세이렌 사절." 경비원이 그녀를 밖으로 떠밀어낸다.

---

* 2인용 교수대라는 뜻.

이곳은 **모든 사람**이 즐기는 유일한 장소다. 타마기스에서 사람들은 무엇을 할까? 사람들은 쇼를 본다. 모두 이곳에 와서 대규모 쇼를 본다. 매일 밤 목매달기 쇼가 열린다. 이제 술집은 손님들로 가득찼다. 오늘은 '발광發光의 밤'이기 때문이다. 세련된 손님들은 마루와 천장의 뚜껑 문이나 숨겨놓은 옆문을 통해 입장한다. 심지어 지금도 초록색 의상으로 여장을 하고서 마루에서 목을 불쑥 내밀며 맨드레이크*의 몰골로 비명을 지르거나, 얇은 낙하산을 착용하거나 목에 밧줄을 두른 채 천장에서 뚝 떨어지거나, 혹은 창문과 방충망을 통해 미끄러져 들어오는 장난을 한다. 이들 중 일부는 옷을 완전히 벗었지만, 대부분은 적어도 카우보이 가죽 바지나 스카프, 망토, 가면, 보디페인트, 허리에 두르는 천, 뱀가죽 국부 보호대, 머큐리 샌들, 스키타이 장화, 에트루리아 헬멧, 혹은 엉덩이와 사타구니 부분이 투명한 우주복을 착용하고 있다.

올가미 장사꾼들이 손님들 사이를 돌며 이곳저곳에 서면, 테이블에 둘러앉은 젊은 귀족들이 온갖 색상의 실크 올가미, 희귀 연고로 부드럽게 처리된 대마 올가미, 부드러운 파란 불꽃이 뜨겁게 타오르는 올가미, 사냥개 가죽으로 만든 올가미 등 다양한 등급과 재질의 올가미를 만져본다.

오드리는 올가미를 아래로 천천히 내리면서 방 건너편의 짐에게 손을 흔든다. 짐은 오드리가 있는 데로 와서 그의 테이블에 자리잡는다. 오드리는 목에 붉은 밧줄 자국이 있고, 값비싼 19세기 의상을 입은 날

---

* 지중해와 레반트 지방이 원산지인 허브의 한 종류. 뿌리가 사람의 형체를 닮아서 땅에서 뽑힐 때 사람처럼 비명을 지른다는 속설이 있다.

씬하고 우아한 청년, 러블 블러드 푸에게 짐을 소개한다. 이어서 18세기 의상을 입고 노랑머리를 뒤로 땋은 정액 신사 스트로브 부함장에게 소개한다. 스트로브도 목에 올가미 자국이 있다. 큐피드의 활처럼 생긴 입에, 황갈색 염소 눈, 그리고 곱슬머리를 한 큐피드 마운트 에트나는 염소 발굽 샌들을 제외하고는 아무것도 걸치지 않았다. 검은 구레나룻, 눈을 완전히 가리는 눈썹, 얇은 자줏빛 입술을 지닌 블라인디시 와스프는 이름처럼 말벌과 똑같이 생겼다. 가슴은 빈약하고 둥그레하며, 허리는 너무 가늘어서 짐이 손으로 완전히 안을 수 있을 정도이고, 다리는 길고 가늘다. 그의 피부는 지나치게 창백하고 빛이 나며, 성기는 뾰족 튀어나와 있다. 그는 검은 작업모와 부드러운 가죽으로 만든 앞이 뾰족한 검은 구두만을 착용하고 있다. 몸에서는 방향제 냄새가 심하게 난다.

손님들이 조르기 시작한다. "세워라, 세워라, 세워라." 그들이 소리를 지른다.

후미진 구석에 조명이 켜지자 2인용 교수대가 보인다. 홀로그램으로, 담아 마실 수 있고 냄새를 맡을 수 있을 것 같은 견고한 신기루처럼 퀴퀴한 공기 중에 떠 있는 것을 보고 있으면 속이 메스꺼워진다. 오늘의 주인공은 흰둥이라고 불리는 벙어리다. 흰둥이라고 불리는 이유는 그가 영화 〈조스〉의 백상어와 같은 비용이 들기 때문이다. 문이 교수대 쪽으로 열리자 붉은 악마가 흰둥이를 이끌고 들어온다. 손님들은 까치발로 서서 머리를 한쪽으로 꺾고 혀 차는 소리를 내며, 교수대 주위에서 난동을 부린다.

이제 흰둥이는 올가미를 목에 두르고 선다. 골반은 앞으로 쏠려 있고, 성기는 거의 딱딱해졌으며, 동공은 초점이 고정되어 있다. 받침대가 넘어지자 그는 매달린 채 사정하고, 눈에서는 빛이 뿜어져 나온다.

"발광! 발광!" 손님들은 손을 들어 환호하며 엉덩이를 미친듯이 앞으로 흔들어댄다. 그리고 빛에 흠뻑 젖어 서로를 옆으로 밀어내며 떼를 지어 사방으로 뒹군다.

교수대는 사라진다. 1920년대 무성영화에서 손님들이 수영장으로 뛰어든다.

"친구들, 우리 숙소로 가지 않겠나." 러블 블러드 푸가 말한다. "이곳은 점점 상스러워지고 있어."

우리는 푸를 따라 잡초, 덤불, 덩굴이 무성하고 공터, 깨진 벽돌, 반은 허물어진 건물들이 있는 지역으로 들어선다.

"다 왔네."

그는 3층 건물 앞에서 걸음을 멈춘다. 아래의 두 층은 대들보가 있는 데까지 허물어져 있고, 콘크리트 계단을 따라가면 3층으로 갈 수 있다. 푸는 열쇠로 육중한 문을 연다.

3층은 깔개, 방석, 낮은 테이블이 모로코 스타일로 갖춰져 있다. 다섯 명의 독일 꼬마 놈들이 벌거벗은 채 대마초를 피우고 있다. 그중한 명이 일어나 벨리댄스를 추면, 다른 네 명은 나침반의 네 방향에서 등을 동그랗게 말고 누워 다리를 공중에 올린 채 두 발로 장단을 맞추며 노래한다.

그들은 아무 옷도 입고 있지 않아요
그리고 열심히 춤을 춰요

그들이 추는 춤은
유대인을 죽이기에 충분해요

러블 블러드 푸와 스트로브 부함장은 모두 날씬하고 성기는 조그맣
지만 당당하다. 그들은 옷매무새가 우아하고 벌거벗은 상태에서도 자
세가 완벽하다. 헬멧 외에 걸친 것이 없는, 엷은 황갈색의 긴 머리에
타는 듯한 빨간 귀의 소년이 민트차를 쟁반에 받쳐 가져온다.

푸는 짐에게 손이 데지 않도록 찻잔의 위와 아래 부분을 잡는 법을
보여준다…… "따라와. 집 구경 시켜줄게, 친구."

독일 꼬마 놈들은 키득거리고 똥침을 놓으며 뒤따라온다.

"여기가 교수대 방이야…… 모두 현대적이고 편리하지. 보다시피
말이야…… 우리 환자들은 교수대용 헬멧을 착용해. 이고르, 보여줘
봐."

이고르가 씩 웃으며 앞으로 걸어나온다. 헬멧은 목 주위와 쇄골까
지 내려와 귀를 가리며, 면도한 두피를 덮어준다.

"뇌파를 기록할 수 있도록 이곳에 전선이 들어가 있어. 헬멧의 목
부분에 마이크가 설치돼 있고…… 그리고 이건." 그는 작은 투명 고
무 링을 들어 보인다. "물론 언제나 주문 제작하지…… 그리고 이것
은 젖꼭지에 붙이는 자석 진동 디스크고. 그리고 올가미는 환자의 특
별한 체취에 맞게 냄새가 나. 이를테면, 더러운 속옷이나 자위할 때
사용한 손수건 냄새 같은 것. 우리는 늘 흡혈귀로 살았다네, 친구……
가족의 내력이지." 그는 마지막으로 주위를 둘러본다. "돈으로 살 수
있는 최고의 물건이야…… 조금 답답하긴 하네만, 친구, 자네가 내

말을 이해한다면 말일세. 모두 마음먹기에 달려 있다는 거지, 이를테면……."

그의 뒤로 보이는 방은 개츠비의 서재를 방불케 한다.

"계속 어지러워?"

한스는 나의 팔을 잡아준다. 소년들은 물리도록 피운다. 그들은 어깨를 대고 둘러앉아서 마리화나를 돌린다.

"*조심해, 친구.*"

소년은 그의 헐벗은 사타구니에서 불꽃을 털어낸다…… 따뜻한 황혼녘 멀리서 들려오는 부드러운 목소리. 우리의 몸 주위를 소용돌이치다가 뒤에서 잠잠해지는 파나마의 축 처진 대기 속으로 우리는 다시 걸어들어간다. 이곳에서는 신선한 바람이 전혀 불지 않는다. 도시는 닫힌 방과 같다. 상한 꽃과 괴어 있는 물로 가득찬.

"자, 친구들, 소개해줄 사람이 있네…… 일단 여기서 간단하게 한잔 하게나." 그는 고급스러운 욕실로 나 있는 문을 연다. "거실에서 보세."

짐은 거실에서 제리의 쌍둥이 여동생처럼 생긴, 빨강 머리에 빨간 실크 파자마를 입은 아가씨를 본다. 독일 꼬마 놈들은 그녀 앞에 드러누워, 그녀가 벽에 걸어놓은 핀업 사진 속의 미인이기라도 한 듯 자위를 한다.

오드리는 손목시계를 본다. 그는 큐피드 마운트 에트나와 함께 순찰중이다. 이제 거리를 순찰할 시간이다.

우리는 공동 조직, 경비는 철통같이

켈리, 클린치 토드, 한스와 나는 포로로 잡힌 병사들을 살펴보기 위해 요새로 간다. 네 개의 포탑이 구축된 거대한 벽들이 막사가 쭉 늘어서 있는 안마당을 에워싸고 있다. 면도칼처럼 날카로운 큰 칼을 들고 있는 대원 열 명의 호위를 받으며 한스와 나는 안마당으로 들어가고 켈리, 토드, 존은 철창 뒤의 사령관실에 남는다.

"차뤼엿!" 언어가 달라도 이 말은 알아듣는다.

병사들은 비틀거리며 들쭉날쭉하게 줄지어 선다. 면도하지 않은 지저분한 얼굴을 하고 잔뜩 겁에 질린 그들은 전혀 위협적으로 보이지 않는다. 나는 위아래로 걸으며 그들의 얼굴을 하나하나 들여다본다. 어리석고 야만적인 그들에게는 유감스러운 운명이다. 다들 술과 질병에 찌든 것처럼 보인다. 그러나 두 얼굴이 유독 눈에 띈다. 한 명은 날카로운 회색빛 두 눈으로 나를 계속 응시하고 있는, 매처럼 생긴 야윈 청년이다. 다른 한 명은 환심을 사려고 미소 짓고 있는 빨강 머리의 여드름 난 소년이다.

"이중에서 글 읽을 줄 아는 사람?"

매처럼 생긴 청년과 다른 두 명이 손을 든다. 네번째 사람은 손을 반쯤 든다.

"그래서 읽을 수 있다는 건가, 없다는 건가?"

"읽을 수 있습니다. 하지만 시간이 좀 걸립니다."

"시간은 충분히 주겠네." 나는 법령을 가리킨다. "글을 읽을 줄 아는 사람은 이것을 읽기 바란다. 주의깊게 읽고서 글을 못 읽는 사람에게 내용을 설명해주길 바란다. 알겠나?"

매처럼 생긴 청년이 슬쩍 미소 지으며 고개를 끄덕인다.

"제대로 읽고 이해했는지 이따 확인할 것이다."

그러고 나서 우리는 여자들이 붙잡혀 있는 거처로 가서 거친 불평불만을 한바탕 듣는다. 아무도 그들과 얘기하지 않고 그들의 아들이나 남편, 오빠에게 무슨 일이 일어났는지 말해주지 않을 것이다. 그들은 치료를 받는 것도 금지되어 있고 미사를 봐서도 안 된다.

나는 그동안의 불편에 대해 조용히 사과하고, 당신들의 남편, 아들, 오빠들은 모두 안전하며 보살핌을 잘 받고 있다는 말로 안심시킨다. 나는 면허가 있는 의사라고 말하면서, 누구든 통증이나 병으로 아픈 사람은 사무실로 차려놓은 내 방에 오면 된다고 말한다. 또한 고해성사나 사죄, 혹은 신부가 필요한 다른 일들을 위해 신부를 데려왔다고 말한다. '신부'는 다름 아닌 목매달려 죽을 뻔한 켈리가 맡는다. 그의 대마 올가미 자국은 사제복 옷깃으로 가린다.

그들은 한 명씩 두통, 요통, 치통, 오한, 열, 대상포진, 속 부글거림, 복통, 심한 두근거림, 염증, 정맥 이상, 기절, 신경통, 그리고 분류하기 어려운 통증들을 호소하며 내 사무실로 몰려온다. 나는 한 사람 한 사람에게 통증이 다시 시작되면 반복해서 복용하라는 말과 함께 아편 4그레인을 처방한다. 물론 통증은 아편 1회분의 효과가 소진되는 8시간 후에 다시 찾아올 것이다. 말할 필요 없이 켈리도 신앙심이 돈독하신 부인들 덕분에 정신이 없다.

요새로 돌아와 나는 병사들을 불러모은다. 병사들이 정렬해 있는 줄을 따라 걸으며 글을 읽을 줄 아는 세 명과 반쯤만 읽을 줄 아는 한 명을 앞으로 나오라고 지시한다. 그런 다음 호감이 가거나 적응 능력, 지능, 좋은 성품을 지닌 듯 보이는 얼굴 및 몸을 찾아 여섯 명의 병사를 더 선발한다. 이렇게 해서 모인 열 명을 사령관실로 데려가 법령을 읽었는지 혹은 그에 대해 충분히 설명을 들었는지 묻는다.

"'법령 제1조: 어느 누구도 빚 때문에 감옥에 가서는 안 된다.' 이 조항이 의미하는 바는 무엇인가?"

불그스름한 머리의 앳된 소년이 건방진 웃음을 지으며 크게 말한다. "술집에서 외상을 지고 갚지 않아도 된다는 건가요?"

술집 주인에게 진 빚은 별도의 범주에 해당한다고 나는 설명한다. 만약 아무도 돈을 내지 않는다면, 술집이나 술은 아예 존재하지 않을 것이다.

매처럼 생긴 소년이 묻는다. "그럼 주인에게 빚을 졌더라도, 모든 농장 노동자들을 풀어줄 거라는 말입니까?"

"바로 그것이다. 우리는 지금의 농장 노동 체제를 폐지할 것이다."

혼혈 소년이 나를 의심스럽게 쳐다본다. 다른 병사들의 멍한 얼굴로 보아 농장 노동 체제가 무엇이고 어떻게 작동하는지 전혀 모르는 눈치다.

"'제2조: 어느 누구도 다른 사람을 노예로 삼아서는 안 된다.' 이것은 무슨 뜻인가?"

"군대를 그만두어도 된다는 말인가요?" 여드름 난 소년이 묻는다.

스페인 군대는 우리가 다스리는 지역에서는 존재하지 않는다고 나는 설명한다. 우리 군대는 전적으로 자원자들로만 이루어진다.

"돈도 주나요?"

"우리는 군복무의 대가로 자유를 주고 우리가 얻은 노획물을 고르게 나눈다. 이곳 파나마에서 획득한 금은 작전에 참가한 병사들에게 동등하게 돌아갈 것이다."

"자원하고 싶습니다." 여드름 난 소년은 웃으면서 사타구니를 긁적인다. 똑똑해 보이지는 않지만 잽싸고, 눈치가 빠르고, 뻔뻔스러운 친구다. 창피한 줄도 모른다.

"이름이 뭔가?"

"파코라고 합니다."

"그래, 파코. 자원할 수 있다."

"노예제도를 없애겠다는 말인가요?" 혼혈 소년이 의심스럽다는 듯 묻는다.

"바로 그런 뜻이다."

"제 눈으로 봐야지 믿겠는걸요."

"'어느 누구도 다른 사람의 종교적 믿음이나 관습에 어떤 식으로든 간섭해서는 안 된다.' 이것은 무슨 뜻인가?"

"미사를 보지 않아도 된다는 뜻인가요?"

"그렇다. 또한 미사 보는 사람들을 방해해서도 안 된다."

"다른 종교에도 해당하나요? 무어인이나 유대인에게도요?" 매처럼 생긴 소년이 물었다.

"물론이다…… '제4조: 어느 누구도 어떤 이유로든 고문을 받아서는 안 된다.'"

"그러면 죄수한테서 어떻게 정보를 얻어내나요?"

"차차 알게 되겠지만, 고문보다 더 쉬운 방법이 있다. '제5조: 어느 누구도 다른 사람의 성적 취향에 간섭하거나 그 혹은 그녀의 뜻에 반하여 성행위를 강요해서는 안 된다.' 이건 무슨 뜻이지?"

"제가 다른 애 엉덩이에다 대고 그 짓을 해도 아무도 뭐라 해선 안 된다는 건가요?"

"자신이 원하는 바를 말할 수는 있다. 하지만 간섭해서는 안 된다. 만약에 누군가 간섭한다면 너의 자유와 인격을 지키기 위해 필요한 모든 조치를 취해도 정당하다. 법령을 따르는 사람이면 누구나 너를 도와줄 것이다."

반쯤만 읽을 줄 아는 청년이 처음으로 말했다. "곤살레스 병장과 하사나비치 상병이 두 병사에게 섹스를 강요하다가 발로 차 죽였습니다."

"정말인가?"

"제가 말한 줄 알면 병장은 저를 칼로 찌를 거예요."

"칼이라고?"

"예. 다리에 끈으로 묶고 다닙니다."

"흥미롭군…… '제6조: 어느 누구도 법령을 어겼을 때를 제외하고는 사형에 처해져서는 안 된다. 모든 종교재판관들은 이 조항에 따라 유죄가 되며 즉시 사형에 처해진다.' 파나마시티에 이에 해당하는 재판관이 있는지 아는 사람?"

"도밍고 신부와 고메스 신부가 종교재판관으로 있습니다." 매처럼 생긴 청년이 말했다. "해적들을 처리하라고 이곳에 파견된 자들입니다. 영국 해적들을 이교도로 몰아서 화형에 처하려고 했습니다."

"고맙군. 정보를 주었으니 포상이 있을 것이다." 매처럼 생긴 소년은 나를 거만한 표정으로 바라보았다.

"그러지 않으셔도 됩니다."

"좋아." 나는 반쯤만 읽을 줄 아는 병사에게 돌아섰다. "그리고 병장 때문에 걱정하지 않아도 된다. 이곳에서 없애도록 할 테니까." 다른 병사들도 열 명씩 나뉘어 비슷하게 교육을 받았다. 그 가운데 열다섯 명만이 대원으로서 훈련받기에 적당했다. 열 명은 구제불능의 불한당이었고 문제아들이었다. 그중에서도 뻐드렁니에 늘 으르렁대는 200파운드의 거구 곤살레스 병장과 쥐처럼 생긴 집시 하사나비치 상병이 특히 심했다. 이 열 명의 문제아는 요새에 인접한 영창에 가두었다. 그들을 보내면서 나는 다섯 명을 죽이고도 남을 아편이 들어간, 아니스 향이 나는 브랜디를 곤살레스 병장에게 건네며 다른 동료들과 똑같이 나누어 마시라고 일렀다. 그는 누런 이빨을 드러내며 나를 음흉하게 쳐다보았다.

"예에, 대위님."

감옥에서 나는 교구 성직자들을 작은 취조실로 불렀다. 나는 서류를 검토하면서 책상에 앉아 있었고, 무장한 대원들이 내 뒤에 늘어섰다. 사제복을 차려입은 켈리는 총을 한구석에 내려놓았다.

"여러분, 이쪽은 아일랜드에서 오신 켈리 신부입니다." 켈리는 미소 지으며 사뭇 진지한 태도로 고개를 끄덕였다.

나는 손가락으로 책상을 두드리며 내 앞의 서류를 살펴보았다. 그리고 고개를 들었다.

"고메스 신부님?"

"내가 고메스 신부요." 뚱뚱한 얼굴에, 근시 안경 너머로 누런 눈이 보였으며, 표정은 잔인하면서 흐리멍덩했다.

"도밍고 신부님?"

"내가 도밍고 신부요." 얼굴은 야위고 심술궂게 생겼고, 종교재판에 의한 화형불이 유황 같은 잿빛 눈에서 연기를 피우며 타고 있었다.

"당신들이 종교재판관인가요?" 나는 상냥하게 물었다.

"우리는 성직자요. 하느님의 신부요." 도밍고 신부가 나를 쏘아보며 말했다. 그는 질문받는 입장에 있는 이 상황이 익숙하지 않았다.

"당신들은 종교재판의 개야. 리마에서 이곳으로 파견한 개라고. 당신들이 우리의 동료 스트로브 부함장을 해적답게 교수형에 처하는 대신 이교도로서 화형에 처하라 명령했지? 그 결정은 가르데나스 주교와 에레라 신부에 의해 기각되었어. 이 선량한 사람들에게 복수하려고 당연히 기회를 엿보겠지."

나는 지체 없이 2연발 총을 꺼내어 그들의 배를 쐈다. 연기 나는 권총을 책상에 내려놓고 손가락을 튕기며 말했다.

"켈리 신부님! 병자 성사를 부탁합니다!"

다른 성직자들은 숨을 몰아쉬며 얼굴이 창백해졌다. 그러나 올바른 성직자라면 두려워할 이유가 전혀 없다고 말하자 그들은 안도의 기색을 감추지 못했다. 켈리가 가짜 성사를 드리는 동안 나는 다시 장전했다.

"음, 여러분 모두 술 한 잔 정도는 하셔도 될 것 같습니다." 나는 그들 각각에게 아편 4그레인을 넣은 아니스 향의 브랜디를 작은 술잔에 한 잔씩 따라주었다.

해가 지는 동안 바다가 내려다보이는 발코니에 앉아 럼 펀치를 조금씩 마시면서, 나는 권력이 주는 묘한 편리함과 평온함을 생각해보았다. (영창에 있는 열 명 가운데 내일까지 몇이나 살아남을지 궁금하다. 독이 든 술을 마시고 서로 목을 베려고 할 자들을 생각하니 재미있다.)

두 재판관을 즉결처분했다. 사실 이것은 종교재판의 전통에서 오랫동안 지켜온 규율에 따른 결정이다. 사실 이 규율은 반항과 증오가 만연함에도 불구하고 종교재판관들이 권력을 유지할 수 있었던 방법이다. 소수자에 대한 잔혹한 처벌은 그러한 비극을 겪지 않아도 되는 사람들에게 어느 정도 만족감을 주기 마련이다. "올바른 성직자라면 두려워할 이유가 전혀 없습니다." 이처럼 유대인, 무어인, 그리고 남색자 들을 화형에 처한 것은 유대인이나 무어인, 혹은 남색자가 아닌 사람들에게 얼마간 안도감을 준다. "나한테는 이런 일이 일어나지 않을 거야." 이러한 메커니즘을 종교재판관 자신들에게 되돌려준 나는 운명의 과업을 떠맡은 느낌을 받는다. 이를테면 종교재판의 나쁜 업보랄까. 나는 또한 좋은 음식을 천천히 소화시키는 것 같은, 어느 정도 위선에서 비롯된 만족감을 느낀다.

문제아들

인간 사회에는 어디나 10~15퍼센트가량 구제 불능의 문제아들이 있기 마련이다. 사실 이 지구상에서 일어나는 불행은 대부분 이 10퍼센트의 문제아들로 인한 것이다. 그들을 재판하거나 재교육해도 소용이 없다. 하는 짓이라고는 오직 다른 사람들에게 해를 끼치고 괴롭힐 뿐인 자들을 감옥에 집어넣는 것은 인력과 자원의 낭비다. 그들을 아편중독자로 만드는 것은 시간이 너무 오래 걸린다. 어떤 경우든 그들은 쓸모 있는 노동을 받아들이지도 않는다. 확실한 처방은 오직 하나뿐이다. 미래에는 이러한 개인들은 첨단 과학기술이나 현장 관측에 의해 발견되는 즉시 어떤 근거에 따라 살해될 것이다. 어느 시인의 말대로, "오직 바보들만이 악행을 저지르기 전에 벌받는 악한들을 불쌍히 여길 것이다."*

오늘은 한스가 도시 사령관이다. 침 바르고 광내고, 목욕에 면도에, 해골 밑에 뼈를 엇갈리게 배치한 은색 장식이 양어깨에 달린 녹색 재킷에 카키색 바지, 그리고 세심하게 광택을 낸 부드러운 갈색 장화까

---

* 셰익스피어의 『리어 왕』에 나오는 대사.

지, 잔뜩 꾸미고 나타난다.

영창에서 다섯 명의 죄수가 죽었다. 무슨 일이 일어났을지는 상상하기 어렵지 않다. 곤살레스 병장이 혼자서 술을 다 마시려고 하자 하사나비치 상병과 공모자가 그를 공격했다. 병장이 칼로 이들을 죽이고 술을 반가량 마시는 바람에 나머지는 살아남을 수 있었다. 병장은 곧 취하고, 다른 죄수들이 칼을 빼앗아 그의 목을 베었다. 그러고 나서 승리자들은 남은 술을 마셨고, 그후에 둘이 더 죽었다.

"저것들을 여기서 치우도록." 한스는 몸짓으로 시체를 가리킨다.

대원들이 앞장서더니 삽을 땅에 꽂는다. 우리는 음울한 캘리밴* 처럼 죄수들에게 무덤을 파도록 맡기고 막사로 간다. 대마초 냄새가 우리를 반긴다. 병사들은 열 명의 나쁜 녀석이 제거된 것에 크게 안도하며 웃고 떠든다.

"*차렷!*"

언어는 달라도 한스의 어투를 통해 무슨 뜻인지 금방 알아듣는다.

한 번에 한 명씩 사령관실로 들어오도록 지시한다. 한스가 질문을 퍼부으면, 매처럼 생긴 청년 로드리게스가 서기로서 답을 받아 적는다.

"이름? 나이? 출생지? 근무 기간? 이전 복무지와 복무 기간? 병사로서 받은 훈련은?"

"훈련이요?" 질문받은 병사가 멍한 표정을 짓는다.

"하루종일 뭐했냐고?"

"막사에서 구멍 뚫고 청소하고 요리하고 접시 닦고 대위님 정원에

---

* 셰익스피어의 『템페스트』에 등장하는 기형의 노예.

서 일했습니다……"

"총기에 관해서는? 총기 사용 훈련은 받았나? 매일매일 하는 사격
훈련은?"

"축제와 행진에서만 발포했습니다."

"칼이나 검으로 하는 전투 훈련은 받았나? 비무장 전투에서 하는?"

"아니요, 받은 적 없습니다. 전투에서 표창장은 받을 수 있었습니
다."

"야전 훈련은?"

"그게 뭔데요?"

"정글이나 산에서 지형을 익히고 전쟁 연습을 하는 것 말이야."

"도시를 떠난 적이 한 번도 없습니다."

"그럼 파나마시티 10마일 밖의 지형과 상황을 전혀 모르나?"

"전혀 모릅니다."

"여기서 근무하는 동안 아픈 적 있었나?"

"여러 차례 있었습니다."

"어떻게 아팠는데?"

"에, 오한과 열병, 복통과 설사……"

"매독은?"

"예, 있습니다. 여기 창녀들이 매독으로 썩어 있어서요."

"그래서 어떤 치료를 받았지?"

"별로 받은 게 없습니다. 매독에 알약을 주었는데 상태가 더 안 좋
아졌습니다. 열병에는 어떤 차를 주어서 조금 도움이……"

"자네는 카르타헤나에 주둔한 적이 있었군. 질병과 관련해 그곳 상

황은 어땠나?"

"훨씬 안 좋았습니다. 천 명의 병사들이 황열병에 걸려 죽었습니다. 저는 그때 이곳으로 이송되었습니다."

"거기에서도 같은 일을 맡았나?"

"대략 비슷했습니다. 노새가 끄는 짐수레를 지키는 일 빼고는 그렇습니다."

"그곳에선 가끔씩 도시를 떠났나?"

"예. 일주일에 한두 번 그랬습니다."

"노새 짐수레로 무엇을 날랐나? 말할 필요 없네. 당연히 금이겠지. 스페인 사람들은 또 뭘 좋아하던가? 한데, 그 많은 금을 지키려면…… 그곳 주둔지는 여기보다 훨씬 컸을 텐데…… 천 명 정도?"

"천 명 맞습니다." 병사는 자랑스럽게 말한다.

한스는 감동받은 척하고 부드럽게 휘파람을 분다.

"당연히 대형 범선으로 금을 실어갔겠지? 모든 선원들이 해안에 상륙했을 땐 분명 술 먹고 난리법석이었겠어, 그렇지?"

"그렇고말고요."

빅 픽처 가라사대, 영리하게 민첩하게

우리는 1층에 있는 총독의 넓은 침실에 마련한 참모본부로 돌아간다. 이 집에서 가장 시원한 방이지만 그래도 더위로 숨이 막힌다. 게다가 창에 모기장을 씌워야 해서 그나마 바람이라고 할 만한 드문드문한 공기 흐름마저 차단된 상태다. 방에는 화려하게 장식한 커튼이 쳐져 있는 침대가 하나 있다. 급한 전갈을 가지고 도착한 녹초가 된 대원이 휴식을 취하거나, 참모 장교들이 한 시간 정도 낮잠을 자거나, 혹은 긴 시간 동안 수면 없이 고도의 정신 집중을 하다보면 갑작스레 생기는 성욕을 채울 수 있는 곳이다.

우리는 종종 총독의 침실에서 벌거벗고 일을 한다. 지도를 온몸으로 보고, 지도 앞에서 성교 의식을 치르고, 지도에 우리의 정액으로 생명을 불어넣는다. 핵심 지도는 빅 픽처라고 불린다. 여기에 대서양 해안의 카르타헤나부터 태평양의 펄 군도, 그리고 북쪽으로는 파나마 시티 북부 100마일 지점까지 우리의 현재 점령 지역이 모두 나타나 있다. 지도 위의 녹색 핀은 우리 대원들이 점령한 도시를 나타낸다. 검정 핀은 스페인의 점령 지역을 가리킨다.

빅 픽처의 핵심은 장부책이다…… 우리는 장부책에 죄수들로부터 얻어낸 정보를 옮겨 적는다.

카르타헤나. 지도상에 위치 표시. 검정 핀. 주둔지의 예상 병력: 병사 만 명. 요새를 견고하게 구축함. 해적의 공격을 수없이 받아왔음. 금 터미널, 중무장한 호송 부대가 금을 이곳에서 실어나름. 파나마보다 위생 상태 심각. 최근 황열병이 유행함.

이 장부들을 보면 주둔지의 병력과 선박 이동뿐 아니라, 적군의 전체 생활 방식, 즉 병사들과 장교들이 무엇을 하고, 어떤 음식을 먹고, 어떤 병에 걸리는지, 그리고 어떻게 생각하고, 어떻게 행동할지를 알 수 있다. 마치 경마의 승자를 고르기 위해 지난 경기 실적을 살펴보는 것과 비슷하다.

스페인 군대의 경우 지난 행적들로만 기록이 채워져 있어서 말보다 예측하기가 훨씬 더 쉽다. 그들은 식민지 건물, 요새와 대형 범선, 제복, 금, 초상화와 종교 행렬 등으로 단단하게 둘러싸인 채 육중한 갑옷을 입은 기사들처럼 우리가 미리 예상할 수 있는 목표를 향해 움직인다.

빅 픽처 외에도 무기 은닉처, 대원들이 소유하고 있는 농가, 개울, 우물 등의 위치와 지역의 토종 동물을 스케치한, 좀더 작은 지역들에 관한 훨씬 더 상세한 지도들이 있다. 소식이 들어올 때마다 녹색 핀이 태평양 연안을 따라 북쪽, 동쪽, 그리고 남쪽으로 퍼진다. 파나마의 남부 내륙 전체가 우리 수중에 들어온다.

우리는 빅 픽처에 초점을 맞추면서 지도들을 살펴본다. 스페인 군대는 정확하게 어떤 행동을 보일까? 틀림없이 그들의 방식대로, 대형 범선처럼 묵직하고, 거대하고, 느리게 반응할 것이다. 그들은 범선을 카르타헤나에서 동부 연안의 지상군에게 보낼 테고, 그러면 지상군은 파나마시티를 향해 서쪽으로 이동할 것이다. 그들은 또한 허황되게도 합동 작전으로 치명적인 타격을 가하겠다고 생각하고 범선을 리마에서 파나마 만을 거쳐 파나마시티의 상부와 하부에 있는 지상군에게 보낼 것이다.

동쪽 해안에서 우리가 해상에서 결정적인 승리를 거둘 가능성은 매우 크다. 세이렌호와 그레이트 화이트 호가 조종하기 쉬운 대포와 폭발력이 강한 발사 무기를 갖추고 대기중이다. 의심의 여지 없이 서인도 지역에 있는 모든 영국과 프랑스의 해적, 사략선들이 카르타헤나의 금 냄새를 맡고 상어처럼 모일 것이다. 우리의 특수 보트 '파괴자'들은 연안을 따라 작전을 펼칠 테고, 지상에 있는 우리의 대원들은 상륙하려는 스페인 군대에게 값비싼 대가를 안길 것이다. 태평양 쪽의 우리 해군 병력은 펄 군도 인근의 '파괴자' 몇 척으로만 이루어져 있어서 무시해도 될 정도다. 그래서 우리는 스페인 범선이 접근하면 파나마시티에서 모두 철수하여, 적들이 가능한 한 많은 부대를 상륙시키도록 유인하기로 했다. 사실 그들이 많이 상륙할수록 우리로서는 더 좋다. 그러면 승리를 확신하는 스페인 군대는 동쪽에서 올 막강한 지원군을 믿고서 남과 북으로 이동할 터였다.

막사로 돌아와보니 대원 훈련을 받기 위해 열다섯 명의 청년이 줄 지어 서 있다. 나는 그들의 얼굴을 차례대로 살펴본다. 강렬한 회색 눈을 지닌 매처럼 생긴 소년 로드리게스, 똑똑하고 글을 잘 읽어서 참모장교감으로 손색이 없다…… 작은 필리핀 소년 후아니토, 늘 웃는 얼굴로 다른 사람의 기분을 맞추려고 애쓰는 친구다…… 글을 읽을 줄 아는 혼혈 소년 호세, 믿음이 가는 단단한 얼굴, 전쟁에서도 침착하다…… 반만 읽을 줄 아는 키키, 얼굴은 몽골인처럼 생겼고 머리카락은 검고 곧다. 별명은 엘 치노…… 약간 건방지면서 애교 섞인 웃음을 짓는 파코…… 니모, 황색 피부에 버드렁니가 난 날씬한 청년, 댄서의 우아함을 지녔다…… 니문, 검둥이 피가 섞인 빨강 머리, 갈색 주근깨, 멍한 표정의 이상하게 고풍스러운 청년, 선사시대 최초의 빨강 머리 돌연변이처럼 생겼다…… 페드로, 잘생기고 넓적한 얼굴의 소년, 광대뼈가 튀어나오고 얼굴은 보드랍고 불그스름하다. 다른 사람들은 별로 눈에 띄지 않는다. 극심한 가난을 피하기 위해 입대한 농촌 가정 출신의 시골 소년들이다.

"자네들은 유격대원 훈련을 위해 선발되었다. 교육은 내일부터 시작한다. 앞으로 훈련이 진행되는 열흘 동안 현 급여의 다섯 배를 받을 것이다. 실제 대원이 되면 현 급여의 열 배와 함께 모든 노획물을 동등하게 나누어 받게 될 것이다. 지금부터는 후보생 제복을 입게 된다. 훈련 시간 이후엔 자유롭게 다녀도 된다."

한스는 왔다갔다하며 눈으로 소년들의 신체 크기를 재서 클립보드에 적는다. 그렇게 작성한 목록을 대원들에게 건네자, 잠시 뒤 대원들이 제복과 장화를 잔뜩 가지고 와서 탁자 위에 쌓는다.

우리는 소년들에게 옷을 벗고 씻도록 지시한다.

소년들은 물탱크에서 물을 길어 서로에게 장난치며 유쾌하게 퍼붓는다. 파코는 니모 뒤로 슬쩍 물러서서 섹스하는 흉내를 내면서, 눈을 굴리고 이를 보이며 말처럼 코를 힝힝거린다. "*개자식!*" 니모는 비명을 지르고, 물 양동이를 파코의 머리에 전부 퍼붓고서 재빨리 피한다.

나는 메울 수 없는 지식의 간극에 의해 분리된 영원한 구경꾼이다. 정액이 단단한 고환에 차고 항문이 떨리는 게 느껴진다. 섹스, 땀, 항문 점액의 쇠 냄새가 난다. 지는 태양 아래에서 몸부림치는 갈색 몸통들을 쳐다보며, 육체에서 분리된 욕망의 아픔과 타는 듯한 분열의 고통으로 나는 갈기갈기 찢어진다.

은색 반점들이 눈앞에서 끓어오른다. 나는 지금으로부터 수백 년 전 폐허가 된 텅 빈 안마당에 서 있다. 죽은 도시를 찾아온 슬픈 유령 같은 방문객처럼. 거기서는 사물이든 사람이든 아무 냄새도 나지 않는다.

소년들은 기억의 그림자를 깜빡거리며, 오래전에 먼지가 된 육체들을 떠올리게 한다. 나는 부른다. 목청 없이, 혀 없이 부른다. 여러 세기를 거슬러 부른다. "파코…… 호셀리토…… 엔리케."

영화 대본 / 1부

2층. 황동 명판: '블룸 & 크루프'. 철문. 초인종. 나는 초인종을 누른다. 냉정한 눈빛의 젊은 유대인이 문을 살짝 연다.

"손님인가요, 외판원인가요?"

"둘 다 아니오." 나는 그에게 명함을 준다. 그는 문을 닫고 가버린다. 다시 돌아온다.

"블룸 씨와 크루프 씨가 지금 보자고 하십니다."

그는 나를 끔찍한 독일 취향으로 장식된 사무실로 안내한다. 젊은 남녀들이 북부 호수에서 백조와 함께 수영하는 그림이 여럿 걸려 있고, 카펫 털이 발목까지 온다. 커다란 책상 뒤에 블룸과 크루프가 앉아 있다. 둘은 보드빌* 팀이다. 블룸은 오스트리아 출신 유대인. 크루프는 프로이센 출신 독일인이다.

크루프는 앉은 자리에서 뻣뻣하게 인사한다. "크루프 폰 노르덴홀 즈요."

블룸은 책상에서 부산하게 일어난다. "앉으시지요, 스나이드 씨. 내가 사장이오. 시가 한 대 피우시죠."

"괜찮습니다."

"뭐, 적어도 재미는 있을 거요. 광란의 파티가 열릴 테니까." 그는 책상 맞은편 의자로 돌아가 앉아 시가 연기 사이로 나를 쳐다본다.

"좀더 일찍 오시지 그랬소, 스나이드 씨?" 크루프가 차갑고 딱딱한 말투로 말한다.

"아, 발품 팔 일이 많아서요……" 나는 모호하게 말한다.

"그렇군요."

"애들 장난 같은 짓은 그만두시고 진짜 사업을 하시면 좋겠군요, 스나이드 씨."

"우리는 자선기관이 아니오."

"항문 성교 따위엔 돈을 대지 않지."

"잠깐만요, 블룸 씨, 크루프 씨. 두 분이 제 고객이신 줄 몰랐습니다."

크루프가 큰 소리로 짧고 차갑게 웃는다.

블룸은 피우던 시가를 입에서 떼고 물고 있던 부분으로 테이블 건너편의 내 가슴을 가리킨다. "그럼 100만 달러짜리 고객은 누구라고 생각하셨소?"

---

* 1890년대 중반에서 1930년대 초 사이에 미국에서 유행했던 통속적인 희극 공연. 가수, 마술사, 곡예사, 동물 등이 출연해 다양한 공연을 펼친다.

"양배추로 돈을 찍어대는 녹색 요부?"

"두 분이 제 고객이라면 제가 할 일은 정확히 뭔가요?"

크루프가 냉소적인 말처럼 힝힝 소리를 낸다.

"지금 어떤 백작부인이 갖고 있는 희귀본 책들을 되찾는 거요." 블룸이 말한다.

"그 책들을 봐도 우리가 찾는 물건인지 확실히 모를 것 같은데요."

"당신은 이미 샘플을 봤잖소."

"그 샘플들이 제가 의뢰받은 문제의 책들과 일치하는지 확실히 모르겠습니다."

"속았다고 생각하오?"

"'생각'이 아니라, 그렇게 알고 있습니다."

방이 너무 조용해서 블룸이 피우는 시가의 재가 재떨이에 떨어지는 소리가 들린다. 마침내 그가 말한다. "그 책들이 어디에 있는지 우리가 정확하게 말해준다면?"

"그러니까 그 책들이 경비원과 컴퓨터 보안 시스템에 둘러싸인 누군가의 은행 금고에 있다, 뭐 이런 말씀인가요? 그럼 저는 은행에 잠입해서 희귀한 태피스트리 가방에 책 한 묶음을 넣어 어깨에 메고, 우표와 초판 서적을 온갖 주머니에 죄다 집어넣고, 손가락 싸개로 엉덩이에 공업용 다이아몬드를 쑤셔넣은 다음, 입에는 달걀만한 사파이어를 물고 나오면 되는 겁니까? 그게 제가 할 일인가요?"

블룸은 한참을 크게 웃고, 크루프는 인상을 찌푸리며 손톱을 쳐다본다. "아니요, 스나이드 씨. 그런 일을 하라는 게 아니오. 인근 지역에서 제대로 활동하는 무장 대원들이 있소. 그들이 백작부인의 거점을 점령할 거요. 그럼 당신은 그들을 따라 들어가서 책을 안전하게 가져오기만 하면 돼요. 부유한 외국 암퇘지를 야만스럽게 난도질한 게릴라들에게 거센 항의가 몰려들 테지…… 그러면 얘기는 백작부인과 그녀의 실험실 쪽으로 정리될 거요. 거기엔 누구든 관심을 가질 만한 물건이 있으니까. CIA, 대원들, 러시아인, 중국인…… 어떻든 재미는 있을 거요. 여기서 작은 베트남전쟁을 벌이면서 말이지."

"글쎄요," 나는 말한다. "상황을 좀더 폭넓게, 전체적으로 보셨으면 합니다."

"우리는 구체적인 관점을 선호하오, 스나이드 씨." 크루프가 금으로 된 묵직한 회중시계를 쳐다보며 말한다. "목요일 이 시간에 오시오. 그때 더 이야기합시다. 그동안 다른 활동은 자제하실 것을 강력히 당부하오."

"그리고 당신 조수와 함께 갖고 있는 책들을 가져와요." 블룸이 덧붙인다.

목요일에 짐과 함께 블룸과 크루프를 만나러 갈 때 이구아나 쌍둥이 남매가 주었던 책들도 가지고 간다. 크루프는 가끔 킁킁거리면서 책을 검토한다. 한 권씩 책장을 넘기며 살펴본 뒤에 블룸이 보도록 테이블에 내려놓는다.

"스나이드 씨, 지금 만들고 있는 책들은 어디 있소?" 크루프가 묻는다.

"책이요? 제가요? 저는 사설탐정이지 작가가 아닙니다."

"우리한테 사기치려 드는군." 블룸이 내뱉는다. "목을 부러뜨려주지. 한스! 윌리! 루디! 하인리히! *이리 와!*"

네 명이 옛날 게슈타포 영화에서처럼 소음기가 붙은 P-38 권총을 들고 들어온다.

"자, 당신과 당신의 *소년 친구*가 여기에 남아 있는 동안 당신 조수가 책을 가져오게 하지요. 길을 잃어버리면 안 되니까 한스와 하인리히가 함께 갈 거요."

한스와 하인리히는 짐의 뒤를 따른다. "우리 앞으로 6피트 거리를 항상 유지하라고." 그들은 일렬로 걸어간다.

30분 후에 짐은 책을 갖고 돌아온다. 블룸과 크루프는 테이블 위에 책들을 흩뜨려놓고 서서, 마치 장군이 전쟁 계획을 짜듯이 바라본다.

마침내 크루프는 고개를 끄덕인다. "됐어. 이 정도면 충분해."

블룸은 손을 문지르며 쾌활하다싶은 표정으로 나에게 돌아선다. "그럼 당신하고 조수와 *소년 친구*까지, 떠날 준비가 됐겠지, *안 그렇소?*"

"떠나다뇨? 어디로요?"

"가보면 알아요."

한스, 루디, 윌리, 하인리히는 계단을 지나 지붕에 대기중인 헬리콥터로 우리를 데려간다. 조종사는 차갑고 무표정한 폭력배 같은 얼굴에 45구경 권총을 어깨에 차고 있다. 미국인처럼 보인다. 경비요원들은 우리를 자리에 앉히고 벨트를 채운 뒤 눈을 가린다. 비행기가 이륙한다. 비행은 약 한 시간 동안 계속된다.

그런 다음 우리는 또다른 비행기에 실려간다. 프로펠러 소리가 들린다. 다코타* 같다. 이번엔 약 세 시간 동안 비행하여 물위에 착륙한다. 그들이 우리 눈가리개를 벗겼는데, 조종사가 바뀌어 있다. 조종사는 영국인처럼 보이고 턱수염이 있다.

그는 돌아보며 웃는다. "친구들, 다 왔소."

그들은 우리를 풀어주고, 우리는 둑에 내린다. 비행기 한 대 정도 착륙할 수 있을 만큼 작은 호수다. 호수 둘레에 반원형 막사들이 보이고, 탁 트인 공터에는 굴착 장치 같은 것이 있다. 포탑이 여기저기 구축된 지역 일대를 철조망 울타리가 둘러싸고 있다. 주변에는 작은 군대 규모의 무장 경비원이 배치되어 있다.

반원형 막사 앞에서 여러 명의 남자들이 이야기하고 있다. 그중 한명이 앞으로 나와서 우리에게 인사한다. 바로 CIA의 풋내기 피어슨이다.

"스나이드," 그가 말한다. "어서 와."

"피어슨," 내가 말한다. "이길 수 없으면 굽히라고 했던가."

"그렇지. 뭐 좀 먹지 않겠나?"

"좋은 생각이군."

그는 식당으로 사용하는 반원형 막사로 우리를 안내한다. 긴 식탁들과 양철 접시들이 준비되어 있고, 많은 사람들이 식사를 하고 있다. 그들 중 일부는 공사장 인부처럼 보이고, 다른 사람들은 기술자 같다.

서른 명가량의 청년들이 앉아 있는 식탁으로 눈길이 간다. 이렇게 잘생긴 소년들을 한꺼번에 보는 것은 처음이다. 모두 백인 앵글로색슨 청년의 이상적인 표본이라 할 만하다.

---

* 쌍발 프로펠러기 더글러스 DC-3.

"우리의 유전자 집단이야." 피어슨이 설명한다.

뚱뚱한 취사반장이 생선, 쌀밥, 푹 끓인 살구를 접시에 넘칠 정도로 담아주고 양철 컵에 차가운 차를 가득 따라준다.

"여기는 군대식이야." 피어슨이 말한다.

식사를 마친 후 그는 담배에 불을 붙이고 연기 사이로 나를 보며 씩 웃는다.

"자네, 지금 이게 다 무슨 일인지 의아하겠지."

"그래."

"내 숙소로 가자고, 설명해줄 테니. 적어도 일부는."

나는 이미 상당 부분을 알고 있다. 위험할 정도로 많이. 또한 그가 나한테 적게 얘기해줄수록 여기서 살아서 나갈 확률이 더 많다는 점도 알고 있다. 나는 굴착 장치처럼 생긴 것이 로켓발사대라는 사실까지 이미 눈치채고 있었다. 앞뒤가 척척 맞아떨어지고 있다.

우리는 작은 조립식 건물로 간다. 그는 짐과 키키에게 돌아서서 말한다. "자네들은 주위라도 둘러보지그래? 아니면 낚시를 하든가. 구내매점에 갈 수도 있어. 큰입우럭이 호수에 가득 있지…… 여기 있으면 재미있는 게 많아……"

내가 짐에게 고개를 끄덕여 보이자 그는 키키와 함께 다른 데로 걸어간다. 피어슨이 열쇠로 문을 열고 우리는 안으로 들어간다. 안에는 간이침대, 카드용 테이블, 의자 몇 개, 그리고 책 몇 권이 있다. 그는 의자에 앉으라는 몸짓을 한 후 앉아서 나를 쳐다본다. "발사대 봤지?"

"그래."

"어디에 쓸 거라고 생각해?"

"분명 무언가를 발사하려는 거겠지."

"분명 그렇지. 통신위성으로도 쓰일 우주캡슐 같은 거야."

그들이 어떤 통신을 할 계획인지 나는 이해가 가기 시작한다.

"자, 원자폭탄이 뉴욕 시에 떨어진다고 생각해봐. 누가 비난을 받을까?"

"공산당이겠지."

"맞아. 정체 모를 전염병이 발병해서 백인종을 덮친다면? 반면에 황인종이나 흑인, 히스패닉은 희한하게도 면역력을 갖고 있고 말이야. 그러면 누가 비난받을까?"

"황, 흑, 갈색 모두겠지. 특히 황인종이 더 그럴 테고."

"맞아. 그러면 우리가 보복용으로 어떤 생물학 무기나 화학 무기, 혹은 두 개를 결합해서 사용한다 해도 정당하겠지, 안 그래?"

"정당하든 안 하든 그렇게 할 거잖아. 하지만 전염병은 백인종을 대량으로 죽이고도 남아…… 유전적 독립체로서의 백인종을 아예 멸종시킬 수도 있어."

"우리는 열병 정자를 다량으로 보유할 거야. 그러면 설계에 따라 백인종을 다시 만들 수 있어……"

서른 명의 소년이 앉아 있는 식탁이 떠올랐다. "깔끔하게 맞아떨어지는구면. 그리고 내가 시나리오를 써주길 바란다 이 말이지."

"바로 그거야. 당장 일을 시작해도 좋을 만큼 자네는 이미 충분히 써왔잖아."

"데굴파 백작부인은 어떤데? 이 계획에서 그녀는 얼마나 중요하지?"

"아, 백작부인. 별로 중요하지 않아. 자네가 생각하는 것만큼 영향력이 있진 않지. 흑인과 히스패닉을 없애는 데 동의하지도 않을 거야. 그들로부터 돈을 벌어야 하니까. 그녀는 여전히 돈을 기준으로 생각하지."

"그녀의 실험실은?"

"별로 쓸 만한 게 없어. 몇몇 특수실험 공정은…… 흥미로울 수도 있어. 가령 머리 없는 남자를 되살리는 데 성공했지. 그녀는 이들을 자기 친구들에게 성노예로 주고 있어. 항문으로 배를 채우는 자들이지. 하지만 실제로 응용할 만한 것은 없어. CIA 요원들에 대한 신뢰도를 떨어뜨리기 위한 스캔들에 그녀를 이용할까 생각해보긴 했는데…… 하지만 이젠 그럴 필요가 없어졌지."

"아마, 로켓으로 그녀를 싹 없애버릴 수도 있겠네."

"쉽지. 혹은 생물학 무기를 사용할 수도 있고."

"흑열병?"

"그래." 그는 라디오를 가리켰다. "사실 나는 지금이라도 명령을 내릴 수 있어."

"그래서 나한테 무얼 원하나."

"시나리오를 부탁해. 자네 조수가 그림을 맡아주고."

"그런 다음엔?"

"자네는 책을 찾는 대가로 100만 달러를 약속받았지. 자네는 그 책들을 찾은 거야. 물론 이 일이 터지고 나면 돈은 아무 의미가 없겠지. 그래도 자네가 편히 살 수 있게 우리가 책임질 걸세. 자네를 없앨 이유는 전혀 없어…… 자네의 능력을 미래에 사용했으면 해. 사실 우리는 나쁜 놈들이 아니야……"

나한테서 원하는 것을 챙긴 뒤에도 이 착한 놈들은 계속 착할까?
나를 살려준다면 그건 분명 죄수로 살라는 얘기야.

나는 잘생기고 젊은 노상강도와 보안관의 딸이 주인공으로 나오는
〈벌거벗은 뉴게이트〉라는 역겨운 대본을 들고서 블룸을 잡고 늘어진
다. 블룸은 사려고 하지 않는다.

"일주일에 천 달러 받는 할리우드 작가도 그런 쓰레기는 쓸 수 있
을 거요."

피어슨은 술 한잔 하며 '얘기나 좀' 나누자고 제안한다. 감이 안
좋다.

"아, 그런데…… 블룸은 자네 영화 대본이 썩 마음에 들지 않는 눈
치야."

"귀여운 것, 대본 타령은."

그가 나를 날카롭게 쳐다본다.

"무슨 뜻이지, 스나이드?"

"농담이야. 할리우드에서 피츠제럴드가 했던."

"아." 그가 말한다. 피츠제럴드란 말에 약간 기가 죽어 보인다……
자기가 알고 있어야 하는데 모르는 양…… 그는 목청을 가다듬는다.

"블룸은 자신이 예술이라고 부를 만한 것을 원해. 예술인지 아닌지
는 보면 알아. 그런데 지금은 그렇게 안 보이나봐."

"내가 좋아하는 건 문화예요! 내가 좋아하는 건 예술이에요!" 나는
열광적인 유대인 부인 같은 날카로운 목소리로 말한다.

그는 멍하고 시큰둥한 표정으로 나를 뚫어지게 쳐다본다.

"또 농담인가, 스나이드?"

"그가 원하는 것을 해주지. 내일 작은 연극을 무대에 올리려고 해…… 아주 예술적이지."

"이번에는 괜찮아야 할 텐데, 스나이드."

우아한 19세기 의상을 입은 날씬한 금발 청년이 교수대 위에 서 있다. 금실로 레이스 장식을 단 검은 두건이 그의 머리 위에 씌워져 있다.

러블 블러드 푸

(1부의 끝)

지난 세기의 천연두의 밤 한가운데에 갇혀 있다. 노란 불빛 속 매끄러운 이 엉덩이.

(노란 얼룩의 폭풍 해일…… 야자수…… 넓은 모랫길…… 통나무 징검다리…… 나는 공격했던 기억이 나지 않는다…… 정말 그렇게 생각하지 않아…… 트럭의 그림자…… 시멘트 맛이 나는 나무들…… 짙은 녹색 물.)

"괜찮은 영국 용병입니다. 당신을 위해 일하지요, 그런가요, 안 그런가요?"

지나간 세월들이 속삭인다 호수 두꺼운 빨강 스웨터, 노란 불빛 속의 쓰레기통. 하모니카의 한숨이 슬픈 금빛 석양의 너울 속에서 펄럭인다 노래하는 물고기 빛나는 하늘 축축한 제비꽃의 신선한 향기. 남자에게서 더러운 옷 냄새가 난다 붉은 얼굴들이 부연 거울에 세게 입김을 분다.

저녁노을, 기차의 기적 소리. 나는 워링과 함께 기차에 타고 있다. 붉은 비포장도로와 부싯돌 부스러기가 노을 밑에서 반짝인다.

비행기를 시간을 거슬러 조종해 대기중인 택시를 타고, 가파른 돌길, 발기된 소년 누런 뾰루지 세기말 입술이 벌어지고…… 빨강 머리 주근깨 사다리.

젊은 얼굴이 그의 눈앞에서 떠다닌다. 야릇한 성적 유혹의 웃음으로 비틀어진 입술이 조용히 말을 하며 움직인다. 그 말은 피와 금속의 달달한 맛이 나는 목구멍을 건드리며 고통을 준다. 어지러운 죽음의 현기증이 그의 치아 사이로 숨쉬는 것이 느껴진다. 얼음처럼 차가운 숨결.

그 앞의 소년은 속에서 빛이 난다. 오드리가 밑에서 마루가 꺼지는 것을 느끼는 동안 환한 불빛이 그의 눈에서 번쩍인다. 그는 떨어진다, 떠다니던 얼굴도 그와 함께 떨어진다. 그리고 눈부신 섬광이 방 전체와 기다리는 얼굴들을 완전히 덮어버린다.

죽지 않는 자들에게 건배를

테너 음성이 내 머릿속에서 노래했다.

  "가벼운 일사병이야, 가벼운 일사병
  군기 호위 부사관은 말했다……"*

나는 가슴에 차가운 것을 느끼며 잠에서 깼다. 의사가 청진기를 들고 내 침대 옆에 앉아 있었다.
  "깨어났구먼, 젊은 친구." 눈을 뜨자 그가 말했다.
  해군 장교가 의사 옆에 서서 나를 내려다보고 있었다. 목에 깁스를

---

* 러디어드 키플링의 시 「대니 디버Danny Deever」에서.

한 것이 느껴졌다. 의사는 다른 장교에게 돌아서며 말했다.

"심장은 금화처럼 튼튼해. 일주일 후면 깁스를 풀어도 되겠어."

저속한 전쟁 영화에서 본 장교가 나를 내려다보았다. "다시 그러고 싶으면, 정신과 의사나 목사를 찾아가게."

"누가 제 얼굴 좀 거울에 비춰주시겠어요?"

의사가 손거울을 가져와서 내 앞에 들고 있었다. 깨달음의 충격이었다. 낯익은 젊은 얼굴이었다. 빨강 머리에.

"내 머리가 계속 붙어 있는지 확인하고 싶었어요."

의사와 장교는 웃었다. 나는 문이 닫히는 소리를 들었다. 침대 발치의 얼굴이 나를 바라보았다.

"안녕. 나는 지미 리라고 해. 너는 제리고. 우리는 일란성 쌍둥이야. 나는 의무부 소속이고, 너는 통신부 소속이지. 미 해군에서 6년을 근무했어. 네 애완용 원숭이가 죽은 일로 괴로워서 너는 목매달아 자살하려고 했어. 내가 때맞춰 줄을 끊었지. 이게 그간의 사연이야. 기억하고 싶다면 말이지……"

해군에서는 섹스에 대해 조심해야 했다. 그래서 지미와 제리는 영적 투사에 관한 책을 구해 그 책에서 말하는 '제2의 상태'에서 그걸 하는 법을 배우기로 했다. 그것이 언제 발생하고 누가 누구를 방문하게 되는지 정확히 알 수 없고 가끔은 샤워중이라든가 신체검사 도중처럼 당혹스러운 상황에서도 발생하곤 했지만 결국 성공했다. 쌍둥이 중 하나는 머리와 몸의 털이 바짝 서고 치직 소리를 내는 동안 아주 높은 괴상한 늑대 울음소리를 내고 온몸이 선홍빛으로 변하게 된다.

그런 다음 벼락에 맞은 것처럼, 성적 광란에 휩싸여 질겁한 표정의 음탕한 선원들 앞에서 여러 차례 사정을 하며 바닥에 쓰러진다. 동부 텍사스에서 온 여드름투성이 소년이 입을 딱 벌린 채 상스러운 웃음을 지으며 쳐다본다.

"자지 좀 봐!"

"위생병!"

지미는 당황한 해군 정신과 의사에게 전형적인 발병 증세를 설명한다.

"우선 이런 냄새가 나요, 선생님. 제 표현이 실례가 되지 않는다면, 발정난 스컹크 냄새 같은 거요. 맡는 순간 숨이 막히고 후끈 달아오르죠. 흥분제처럼 말이에요." 그는 흥분제를 맡는 시늉을 하고, 신음을 하며 이빨을 드러낸다. 의사는 기침을 하다가 창문을 열고 블라인드를 올린다. 햇빛이 방으로 흘러들어온다.

"그러고 나면 제리의 얼굴에 초점이 맞춰져 뚜렷이 보이기 시작해요. 히히히." 그는 킥킥 웃는다. "갑자기 우스갯소리가 생각나네요. 나이 많은 유대인 남자가 그의 처와 옆집 사는 리베르만 부인을 차에 태우고 헤드라이트의 초점을 맞추기 위해 시골로 운전해 가요. 초점을 맞추는 데 필요한 시트를 가져가요. 리베르만 부인은 남자가 시트를 꺼내는 모습을 보고 그의 부인에게 말해요.

'왜 저러는 거죠?'

'초점을 맞추려고요.'

'뭐라고요? 우리 둘하고요?'*

웃기죠, 안 그래요, 선생님? 이런 웃음을 지으면서 나를 쳐다보면서요." 그는 의사를 음흉하게 쳐다보며 의자에서 꼼지락거린다. "제리의 몸은 **반투명한 붉은 아지랑이** 같아요. 독이 있는 물고기에 관한 해군 책자에서 그 말을 찾았어요. 독 있는 물고기들은 **반투명체**다, 라고 되어 있더라고요. 내장이 다 보여요." 그는 의사의 배를 뚫어지게 본다. "마치 제리 스스로 증발하는 것 같아요. 제리는 수증기가 되어 나에게 스며들어 나를 만지고 다리의 반짝이는 털 속으로까지 꿈틀거리며 들어와요." 지미는 바지를 걷어 햇빛 속에서 반짝이는 붉은 털이 나 있는 하얀 발목을 보여준다.

"전기의 **찌릿함** 같은 것이 내 거기, 음, 그러니까, 내 거기에 와요. 그러고는 잽싸게 엘리베이터를 타고 내려가요. 바로 여기에 그, 아시죠, 그 기분을 느끼면서요." 그는 사타구니를 감싸쥔다. "제리도 나와 같이 내려가요. 잠시 후 은빛이 내 눈에서 펑 하고 **터져요**." 그는 입으로 크게 펑 하고 터지는 소리를 낸다. 의사는 깜짝 놀란다. "그러면 나는 싸버리고, 모든 것이 붉어져요. 우리는 그것을 **붉은 현기증**이라고 불러요."

의사는 급성동성애공황을 진단한 적이 있었다. 어떤 동료는 이를 정신운동간질이라고 말했다. 지휘관 영감은 그런 것에 관심이 없으며, 해군에서 그런 일이 일어나지 않기를 바란다고 말했다. 결국 그가 '주시-프루트 쌍둥이'라고 부르는 두 병사는 제대자 명단에 올랐다. 해군 입대 이전에 간질 발작이나 정신병을 앓은 의료 기록이 전혀 없어서 장애연금 수혜 자격이 문제가 되었고, 이로 인해 행정 처리가 더

---

* '초점(focus)'을 '우리와 성관계를 갖다(fuck us)'로 잘못 들은 것.

덨다. 그러다가 가상 우주 공간 활용 프로젝트가 진행되었으며 제대
는 보류되었다.

"무슨 일이야?" 나는 지미 리에게 물었다.

"우리는 지금 크루프의 우주선에 있어. 아니면 크루프 말이 그래.
어쨌든 크루프는 도표와 지도를 갖고 저 위에 있고 선원들이 지시에
따르고 있어. 적어도 대부분은 그래."

"어떻게 생겼는데?"

"대부분 독일 선원들이야. 젊은 풋내기들이지."

"여기에 또 누가 있지?"

"네가 쓴 대본에 나오는 소년들 모두 여기 있어. 오드리, 제리, 그리
고 이름이 같은 짐, 존, 알리, 키키와 스트로브, 켈리, 달파 모두. 한
발은 해군 식당에, 다른 발은 정신 나간 우주선에 담그고 있지. 말하
자면, 이건 그저 해군기지인 척하는 건데, 둘 중 어느 쪽이 가장인지
는 알 수 없어. 우주선인지 해군기지인지, 한순간 타마기스에 불쑥 내
던져졌다가, 다음 순간 취사장에 있거나 갑판을 닦고 있게 돼. 타마
기스에 가면 해안경비대가 있지. 전 지역 출입 금지야. 창녀촌도. 크
루프에 대해 간략히 설명해줄게. 그는 은하계에서 악명 높은 우주선
사기꾼이야. 북두칠성으로 출발했는데 블라디보스토크에 좌초시키는
식이지. 또 헤비메탈 마약 밀매업자야. 그 분야에서는 아편 존스로 알
려져 있지."

나는 심각한 마약중독자들을 본 적이 있다. 금단증상은 급성방사능
증과 유사하다. 우리는 확실히 잘 관리하고 있다.

"의사와 함께 있던 실없는 친구는 누구지?"

"아, 그 친구. 오래된 해군 무리들 중 하나야…… 곧 의사가 돌아올 거야. 정액 시료를 채취해야 해. 실험을 하기로 되어 있거든……"

나는 다른 몸으로 들어간다는 생각에 발기되기 시작한다. 의사가 나를 내려다본다.

"지금 기분이 어떤가? 젊은 친구."

"꼴려요."

"자네 같은 척추 골절 환자에게 항상 일어나는 일이지."

그는 시트를 내 무릎까지 내린다. 그것이 치솟으며 화끈거린다. 목 부분의 통증에서 시작된, 전기에 감전된 것 같은 얼얼함이 사타구니까지 내려온다. 지미가 비커를 들고 앉아 나의 새로운 성기를 손가락으로 가볍게 위아래로 움직이자, 나는 은색 빛줄기를 발사한다. 지미의 얼굴 윤곽이 거무스레해지고, 나는 잠시 정신이 나간다. 정신이 돌아왔을 때 의사는 보이지 않는다.

"그 의사는 사기꾼이야. 마음에 안 들어." 지미가 말한다. "세이렌 매음굴에서도 의사였어."

무슨 말인지 안다. 붉은 밤의 도시들에 퍼진 쉰일곱 개 성병 중 하나가 심각하게 진행된 상태에서 마담에게 돈을 받고 아가씨들을 통과시켜주었다는 뜻이다.

"가끔은 둘 중 하나였으면 해. 타마기스 혹은 해군, 둘 중 하나 말이야." 나는 투덜거린다. "해군에서 6년을 있으면서 얻은 게 뭐지? 차라리 타마기스가 낫겠어. 갑판 청소에다 맨날 시끄럽기만 하고 맛대가리 없는 창녀들과 씹하느니 그 편이 더 나아."

"그건 그래." 지미도 동의한다.

"블룸은 어때?"

"현재 크루프와 할리우드 사이에 전쟁이 붙었어."

"대본 작가에게는 천국이 따로 없겠군."

"맞아. 그래서 해군 월급 외에는 줄 필요가 없는 이곳 해군으로 너를 보냈던 셈이지. 그냥 확 낚아채 온 셈이지. 우리도 모두 그랬고."

"그래서 이 우주선에는 목매달린 자들이 배치된 거로군."

"그래. 그런 식으로 우리는 강제로 끌려온 거야."

"독일 애들도?"

"2세들이야. 목매달린 한 아버지의 정자를 인공수정해서 태어난 아이들이지."

나는 눈을 감았다. 지미의 몸에 들어와 있으니 매우 느긋하고 편안한 느낌이었다. 미시간 호의 작은 마을이 기억났다. 당시 그곳에서 낚시는 아주 중요한 일이었다. 잉어, 호수 송어를 잡았다. 열네 살에 나는 가출하여 가짜 출생증명서를 가지고 해군에 입대했다. 2년 뒤 사람들이 나를 찾아냈고, 대통령이 나를 직접 사면했다. 모든 신문에 기사가 났다. 또 이런 기억도 났다. 거리에 붉은빛이 켜져 있는 낯선 도시에 관해 계속 꿈을 꾸었다. 그때 나는 어느 방에서 벌거벗고 있었고 벌거벗고 있는 다른 사람들을 보았다. 그들이 갑자기 나를 쳐다보자 나는 발기가 되어 사정했고, 내가 사정을 막 시작하려 할 때 그들 중 한 명의 얼굴이 불을 켠 듯 환해졌다. 내가 사면된 후 해군에서 그를 만나기 오래전에, 지미 리를 처음으로 만난 것이다. 나는 무선통신사가 되려고 공부하는 중이었다. 통신실에 들어가자 기술학교의 줄무늬 옷을 입은 처음 보는 아이가 꿈에서 그랬듯이 나를 올려다보며 웃었다.

"우리 만난 적 있지, 그러니까…… 그날 밤 더블 갤로에 있지 않았어?"

나는 내게는 보이지 않는 것을 다른 사람들은 모두 보고 있는 곳에 우연히 들어갔던 기억이 났다. 그들이 바라보는 방식과 그곳에서 나는 냄새에 후끈 달아올랐다. 지미도 나를 그렇게 바라보고 있었다. 나는 발기가 되어 그것을 감추려고 자리에 앉아 담배에 불을 붙였다. 지미는 나에게 장교들에 대해 이야기하기 시작한다. 그는 배 위의 누가 뭐하는 사람인지 항상 알고 있었다. "지휘관 영감은 정말 역겨운 인간이야. 아무리 욕을 퍼부어도 모자라. 죽어서 같은 무덤에 묻히고 싶다면 좀 나을까. 아무튼 새 지휘관이 올 거야. 지금 가상 우주 공간 활용 프로젝트라는 요상한 걸 하잖아. 그런데 지휘관 영감은 적응을 못하고 있어. 그래서 크루프 폰 노르덴홀즈라는 사람을 불러왔대. 듣기에 나치 전범이라는데 우주 전문가라나. 지휘관 영감은 이제 끝이야. 떠나는 사람은 절대 건드리면 안 돼. 그러다 같이 망하는 수가 있거든. 나랑 방 같이 쓸래? 한 명이 더 있는데, 짐 루이스라고. 그 친구가 마음에 들 거야. 그 친구도 너를 마음에 들어할 거고……"

새 지휘관 임명에 반대가 없진 않았다. 혼란의 시기가 뒤따랐다.

홀에 들어가보니 벌거벗은 소년 셋이 엉덩이를 흔들고 서로를 쿡쿡 찌르며 복도를 닦고 있었다. 늙은 지휘관은 선임하사를 대동하고 구석에서 부산을 떨고 있었다.

"보기 흉하구먼! 이놈들을 체포해!"

"지휘관님, 그러면 우린 따먹히는 건가요?"

"선원들이 보는 앞에서 엉덩이를 다 내놓고?"

"이 친구들 완전히 정신이 나갔어. 위생병을 부르게. 마리화나 먹고 미친 게 분명해. 약을 빤 거라면 감옥으로 보내버려."

의사가 빠른 걸음으로 다가왔다. "어이, 젊은 친구들. 가서 검사 좀 받자고."

"저건 뭐지?"

"새로 왔다는 의사 선생."

"생긴 게 마음에 안 드는걸."

"우주 의약 전문가라나."

"그래서 뭐?"

"내가 지휘관으로 있는 한, 여기는 해군기지 123 통신을 따른다."

선실로 돌아온 지휘관은 자신을 닮은 벌거벗은 전신 인형이 발기된 모습으로 천장의 랜턴 걸이에 매달려 있는 것을 발견했다. 잠시 후 고환 부분에서 화약이 터졌고, 돌돌 만 종이가 성기에서 펑 하고 튀어나왔다. 종이는 지휘관 책상 위에 떨어져 펼쳐졌다. 그의 서명을 기다리고 있는 사직서였다.

늙은 지휘관이 신경쇠약에 시달리다 사직한 후에도 갈등은 멈추지 않았다. 오래된 해군들이 여전히 자리를 차지하고 있었다. 하지만 크루프가 승리를 쟁취하는 중이었다. 크루프는 모두 똑같이 생긴, 장밋빛 뺨에 황갈색 머리칼의 히틀러 단원 소년들을 데리고 왔다. 이 소년들은 청결하고 효율적이고 모범적인 선원들이어서 오래된 해군들은 그들의 결점을 찾을 수가 없었다. 크루프는 타마기스의 출입 금지 규정을 없앴다. 그러자 사람들은 그를 좋아하기 시작했다. 위장병 차림의 모든 호모들이 대놓고 크루프 배지를 착용했다. 거기에는 목에 밧줄을 두른 빌리 버드*가 "크루프 선장에게 신의 축복을"하고 말하는 모습이 그려져 있었다.

의사도 크루프의 수하였다. 그는 선원들이 화물칸에 몰래 드나들다 마리화나에 중독되면, 크루프의 마약 관리자 역할을 했다. 크루프는 그런 선원들을 적발하면 냉정하게 선언했다. "여기는 자선단체가 아니야." 그는 똥싸고, 비명을 지르고, 토하고, 허연 정액을 사정하는 마리화나 중독자들로 가득찬 병동에서 이렇게 말했다. "내가 자네들을 믿을 만한 곳으로 보내주지."

의사에게 아프다고 보고하는 사람은 크루프의 사람이 되어 병동에서 나왔다. 그렇지 않으면 죽어서 나왔다. 중립을 지키던 자들은 해군들이 쓰러지는 것을 보면서 크루프에게 다가가기 시작했다. 그들 중 많은 수는 기술하사관들이었다. 그들은 자연스럽게 크루프 공장의 구성원으로 엮였다.

그러던 어느 날 밤 숙소에 있던 크루프의 병사들은 해가 뜨기 전에 일어나 벽에 붙은 미녀들의 사진을 모두 뜯어냈다. 새벽녘 이른 햇살을 받으며 마흔여덟 명의 벌거벗은 소년들이 빨갛고, 하얗고, 파란 교수대에서 섹스하고, 빨고, 비비는 꼴을 상상할 수 있겠는가. 흉측한 북유럽 변태 크루프는 고양이처럼 핥고, 소년은 자기를 경건하게 교수대로 이끌 백조들swans로 가득한 산정 호수에서 그만의 마지막 노

---

* 허먼 멜빌의 소설 『빌리 버드』의 주인공 이름.

래swan song를 부르는 모습을. 한 패가 자기들만의 소년들을 차지하기 위해 다른 패를 밀어내는 옛날 해군 게임을 즐기려고 굳이 우주 전문가가 될 필요는 없었다. 그냥 기술하사관으로 족했다.

아침에 발기한 상태에서 아침해가 떠오르면 선원들은 침대 위로 올라가 벽을 뚫어지게 본다.

"내 여자 어디 갔어?" 한 소년이 퉁명스럽게 투덜거린다.

"내 벽에 붙은 애들, 더이상 참을 수 없어."

"더이상 네 벽이 아니야."

"한스, 루디, 하인리히, 윌리― *이리 와!*"

크루프가 아니면 다른 누구겠는가. 크루프는 이렇게 선원 및 선박을 접수했다. 혹은 그렇게 보였다. 그는 배의 이름을 '엔터프라이즈'에서 19세기의 영국 군함을 본떠 '빌리 셀레스트'로 바꾸었다. 이제 크루프가 신경써야 할 것은 늙은 지휘관을 제거하기 위해 그를 이용한 병사들과, 혐오스러운 미녀 사진과 창녀촌을 끼고 사는 오래된 해군들이었다.

하지만 우리 중에 크루프를 믿는 사람은 거의 없었다. 우리는 이미 그의 됨됨이를, 그가 얼마나 교묘하게 우리를 자신의 우주로…… 타마기스로…… 더블 갤로로 유혹하는지 잘 알고 있었다. 그러나 상륙 허가만은 전에 비해 훨씬 좋았다. 그렇게 좋았던 적이 없었다. 우리는 생식 기능을 상실한 세이렌들이 성적 교태를 부리는, 허가받은 매음굴에 갈 수 있었다. 소년들은 상륙하기에 앞서 옷을 차려입고, 교수형 집행인 스타일로 넥타이를 맸다.

"오늘밤 한 달 월급으로 한번 제대로 싸볼까."

"다른 쪽으로 할 수도 있고."

가혹한 농담, 너무나도 젊은 해군다운 농담이다. 우리는 모두 세이렌에게 돈을 쓰기 위해 함께 길을 나서면서, 똑똑한 척하는 여드름투성이 숫총각virgin을—버지니아 출신이어서 우리는 그를 버지니언Virginian이라고 부른다—양면 거울을 통해 바라본다……

"쟤 물건 좀 봐." 동부 텍사스에서 온 소년이 말한다.

독일 애들은 상륙하는 법이 거의 없다, 돈 모으는 걸 좋아해서. 근무가 없는 날에는 자위를 하고 비행기 소리를 내며 침대에서 뒹군다.

종이처럼 얇은 하늘

워링의 집은 아직 남아 있다. 문의 경첩 부분만이 바다 공기에 녹이 슬었고, 모든 문은 열려 있다. 작업실 한구석에서 나는 겉에 '노아에게'라고 적힌 두꺼운 갈색 종이에 싸인 약 5피트 너비의 두루마리를 발견한다. 두루마리 한쪽 끝에는 나무막대기가 붙어 있고, 벽에는 그것을 거는 데 쓰이는 두 개의 고리가 있다. 발끝으로 서서 나무막대기를 고리에 걸자 그림이 착 하고 펼쳐진다. 나는 워링이 '산속의 노인'과 죽음의 임무를 수행한 후 그의 암살범들을 기다리고 있을 마법의 정원에 대해 했던 말을 떠올린다. 그림을 자세히 들여다보니, 하늘을 배경으로 에메랄드의 심장처럼 푸른 섬이 (폭포수가 다 해어진 무지개 깃발 같은 물거품을 뿌리는 동안) 이슬로 반짝인다. 해안에는 가느다란 포플러와 상록수가 병풍처럼 늘어서 있고, 다른 섬들이 '오더 이터*' 같이 생긴 구름의 도시처럼 멀리까지 뻗어 있다. 섬들은 빗속에서 사라진다…… 정원도 희미해진다…… 녹슨 바지선과 기중기, 콘크리트 혼합기들…… 푸른 강…… 빨간 벽돌로 지은 건물들…… 강가에서의 식사. 시장 끝에선 양철 그릇이 차가운 봄바람에 달가닥거린다. 집에 도착해보니 지붕은 무너져 있다. 마루에는 돌무더기와 모래가 쌓여 있고, 그 틈새로 잡초와 덩굴이 자라고 있다…… 수세기가 지났다…… 오직 층계만이 푸른 하늘로 뻗어 있다. 망원경으로 본 듯 선명하고 명확하게, 하얀 작업복 바지에 검은 재킷과 검은 모자를 쓴 소년이 바닥이 갈라진 거리를 걸어 올라가는 것이 보인다. 그 앞에는 폐허가 된 집들이 있다. 그가 입은 재킷의 등에는 하얀 실로 '딩크'라고 적혀 있다. 그는 걸음을 멈추고 돌담 위에 앉아 도시락에서 샌드위치를 꺼내 먹고 종잇갑에 든 오렌지주스를 마신다. 그는 마른 강바닥 위로 다리를 흔들어댔다. 약한 햇빛 아래 서서 강바닥을 향해 오줌을 싸고, 자줏빛 나무 위에 떨어지는 빗방울처럼 오줌 몇 방울을 흔들어 턴다. 그러고는 바지 단추를 잠그고 계속 걸어간다.

우리가 사륜 짐마차를 타고 농가로 가는 동안 마른잎들이 떨어진다…… 오래된 마구간의 다락, 푸른 하늘에 떠 있는 삐죽삐죽 갈라진 구름…… 해어진 깃발처럼 내리는 비…… 바람에 불어 날리는 황회색 하늘의 진홍빛 황혼.

그는 거기 나와 함께 앉아 있다. 구름의 그림자가 그의 얼굴을 스쳐지나간다. 꽃과 축축한 땅에서 희미하게 나는 묘한 냄새…… 텅 빈 공터 옆의 꽃가게…… 형체가 흐릿한 죽은 소년…… 이곳의 하늘은 종이처럼 얇다.

---

* 발냄새 제거 제품. 신발 안에 넣는 깔창 형식이며, 위에서 보면 달걀처럼 생겼다.

지나가는 이방인

판즈워스, 알리, 그리고 노아 블레이크는 붉은 사막을 가로질러 남쪽으로 향하고 있다. 붉은 사막은 고원, 협곡, 분화구로 이루어진 광대한 지역으로, 붉은 모래 위에 사암 메사가 솟아 있다. 기온은 한낮에도 적당한 편이다. 그들은 발목까지 오는 부츠를 신고 배낭을 메고 18인치 보위 나이프와 22구경 10연발 고속 권총이 매달린 벨트만을 걸치고 이동중이다. 배낭에는 똑같은 구경의 자동 카빈총과 30발들이 탄창이 들어 있다. 시간 왜곡으로 옛 서부의 악당들이 앞에 나타나기라도 하면 무기들이 필요할지 모른다.

그들이 소지한 식량은 가루로 응축한 단백질, 미네랄, 비타민이 전부다. 협곡의 기슭에는 물고기들이 득시글거리는 개울이 있고, 과일과 견과류 나무들이 풍성하게 자라고 있다.

그들은 접을 수 있는 행글라이더를 배낭에 갖고 다닌다.

그들은 붉은 바위가 흩어져 있는 지역을 굽어보며 천 피트 높이의 절벽 위에 멈춰 섰다. 여기저기에서 반짝이는 물이 보인다. 사암층이 물웅덩이를 형성해서 원래 건조했을 지역에 물고기와 갑각류가 서식한다.

소년들은 배낭에서 행글라이더를 꺼내 조립한다. 늘 그러듯이 한 번에 한 명씩 이륙한다. 그래야 맨 먼저 타는 사람이 그다음 사람에게 공기의 흐름과 풍속, 예상되는 상승기류를 알려줄 수 있다.

그들은 제비뽑기를 한다. 노아가 제일 먼저 이륙할 것이다. 노아는 절벽 끝에 서서 먼지구름과 회전초의 움직임과 지형을 살핀다. 구름과 빙빙 선회하는 독수리들을 올려다본다. 그런 다음 절벽 끝을 향해 질주하여 사막 위로 날아오른다. 상승기류 때문에 글라이더는 몇 초 동안 통제가 안 된다. 노아는 급강하해 쭉 미끄러져 나가다가 호수 옆에 부드럽게 착륙한다. 그는 다른 친구들에게 손을 흔들어 신호를 보낸다. 그들에게는 물 얼룩 옆의 조그만 형체로 보인다. 그들은 절벽에서 100피트 아래로 이동하여 이륙한다.

물웅덩이 옆에서 그들은 물과 함께 말린 과일을 삼킨다. 알리가 일어서서 무언가를 가리킨다.

"저것 좀 봐."

다른 친구들 눈에는 잘 보이지 않는다.

"저기…… 바로 저기……"

50피트 떨어진 곳에 두 발로 서 있는 약 4피트 길이의 도마뱀이 눈에 들어온다. 오렌지와 노란색 반점으로 얼룩진 도마뱀은 너무 완벽하게 위장하고 있어서 마치 그림 퍼즐에서 얼굴을 찾을 때처럼 식별하기 힘들다. 그는 누가 자신을 보고 있음을 알고 새된 휘파람 소리를 낸다. 도마뱀은 믿을 수 없는 속도로 붉은 먼지를 일으키며 두 다리로 돌진해 온다. 그러다 그들 앞에 멈춰 서서 돌처럼 꿈쩍 않는다. 그 뒤로 먼지가 천천히 내려앉는다. 가까운 거리에서 보니 이 도마뱀은 매끈하고 노란 얼굴에 커다랗고 붉은 입, 빨간 동공에 검은 눈을 하고서, 사타구니에는 붉은 음모가 한 움큼 난 영락없는 휴머노이드다. 그의 몸에서는 짐승의 흔적이 바싹 말라붙은 듯한 냄새가 난다.

도마뱀 소년은 다른 사람들이 낼 수 있는 가장 빠른 속도로 길을 안내한다. 이동하는 동안 주위 풍경에 따라 몸색깔을 바꾼다. 늦은 오후 그들은 가파른 길 아래로 내려가 협곡으로 접어든다. 나뭇잎이 도마뱀 몸을 후드득 녹색으로 물들인다. 그들은 넓은 계곡과 물웅덩이가 깊이 패어 있는 강에 다다른다. 소년들은 배낭을 벗고 시원한 물에서 수영을 한다. 도마뱀은 강 아래로 뛰어들어 14인치 크기의 붉은 반점 송어를 한 마리 물고 나와서 웅덩이 옆 풀 위에 던진다. 알리와 판즈위스는 딸기를 따고 있다.

다음날 협곡 탐험에 나선다. 강은 붉은 절벽 사이를 굽이쳐 흐른다. 여기저기에 고대의 암굴 거주민들이 바위를 네모나게 잘라 만든 작은 굴이 있다.

우리는 과일-물고기 사람들의 강가 도시로 향한다. 그들은 주로 무게 30파운드짜리 과일 먹는 물고기를 먹는다. 이 물고기를 기르기 위해 강둑에 다양한 유실수와 포도나무를 심는다. 그래서 과일과 꽃향기가 80도의 훈훈한 대기를 가득 채운다.

우리는 종이처럼 얇은 두 개의 쪽배를 썰매처럼 붙여서 만든 배를 타고 강 위를 헤쳐나간다. 부드러운 물살을 따라 우리 배는 나뭇가지에 앉아 있는 청년들을 지나쳐 간다. 청년들은 자위를 하면서 몸의 떨림으로 다 익은 과일들을 흔들어 물속으로 떨어뜨리고, 과일과 함께 떨어진 정액을 커다란 연푸른색 물고기가 받아먹는다. 바로 이 과일과 정액의 식단 때문에 과일 물고기에서 감히 견줄 수 없는 향이 나는 것이다.

벌거벗은 작은 소년들은 강물에 과일을 던지고 자위를 하면서 강둑을 따라 걸어간다. 새와 동물의 소리를 흉내내고, 키득거리고, 노래하고, 투덜거리면서, 어룽거리는 햇빛 아래서 동물처럼 으르렁거리며 반짝이는 정액을 쏟아낸다. 우리가 지나가는 동안 소년들은 허리를 굽혀, 우리가 탄 배를 강둑으로 밀어내는 부드러운 바람에 갈라진 밀 다발처럼 다리 사이로 씩 웃으며 손을 흔들어댄다.

우리는 누구인가? 우리는 법령이 다스리고 있는 방대한 지역에서 정착지를 옮겨다니는 이주자들이다. 이런 여행은 보통 몇 년 걸린다. 이주자들은 중간에 그만둘 수 있고, 혹은 모험심 많은 정착민들이 이주자 대열에 합류할 수도 있다. 우리는 그동안 방문한 공동체에서 얻은 종자와 나무, 지도, 서적, 그림, 공예품 들을 가지고 간다.

강둑에서 우리는 흑인의 이목구비에 노란 곱슬머리의, 크고 조각 같은 청년의 환영을 받는다. 늦은 오후여서 소년들은 강둑, 과수원, 물고기 부화장에서 무리를 지어 돌아오는 중이다. 그들 중 다수가 아무것도 걸치지 않고 있다. 다양한 인종이 섞여 있어 나는 놀란다. 흑인, 중국인, 포르투갈인, 아일랜드인, 말레이인, 일본인, 곱슬거리는 빨강, 노랑, 적갈색의 각자 다른 머리색에 눈이 새까만 북유럽 소년들, 곧은 머리에 회색, 파란색, 초록색 눈을 한 흑인들, 선홍빛 머리에 초록색 눈의 중국인, 여린 핑크색 피부의 중국인과 인디언 혼혈, 한쪽 눈은 파랗고 한쪽 눈은 갈색이면서 자줏빛이 도는 검은 피부에 음모가 붉은 인디언들까지 여러 인종이 섞여 있다.

수도에서 시작한 길고 불편한 열차 여행 끝에 항구도시에 도착한 판즈워스는 서바이벌 호텔에 투숙했다. 금방이라도 무너질 것 같은, 바다가 내려다보이는 4층짜리 목조건물이었다. 부겐빌레아가 무성하게 자란 현관과 넓은 발코니에서는 손님들이 진 슬링을 마시며 등 높은 등나무 의자에 앉아 있었다. 천 피트 높이의 붉고 누런 사암 절벽은 바위와 본토 사이의 좁은 수로를 통해 들어오는 바다로부터 도시를 갈라놓았다. 4층에 있는 자신의 방 발코니에서 판즈워스는 나른한 표정의 청년들이 벌거벗은 채 늘어져 있는 석호潟湖 주위의 해변을 내려다보았다. 그는 여행의 피로 때문에 저녁식사 전에 잠깐 눈을 붙이기로 마음먹었다.

누군가 그의 어깨를 만진다. 알리는 이른 새벽의 희미한 빛 속을 바라보고 있다.
"누구죠?"
"순찰중인가봐."
우리는 보호구역에서 나온다. 허가 없이 여기 있다가 붙잡히면 엄청나게 뜨거운 국부보호대를 차야 한다. 살아남지 못할 것이다. 우리는 이중 밑창에 청산가리를 가스로 압축해서 넣어놓은 신발을 신고 있다. 발가락을 몇 번 꼼지락거리고는 녹색 경비병들이 목을 움켜쥐고 있는 동안 쉭 피어오른 청산가리 안에서 편히 있으면 몸에서 이탈하여 창공을 날아갈 것이다. 또한 우리는 근거리에서 아주 효과적인 화염방사기도 갖고 있다.

이건 순찰대가 아니다. 성욕을 자극하는 상처로 뒤덮인 벌거벗은 소년들의 무리다. 그들은 걸어가면서 키득거리고 웃으며 서로를 만지고 할퀸다. 가끔 그들은 바보 같은 맘보 리듬에 맞춰 훌라후프를 돌리며 섹스를 한다.

"그냥 문둥이들이네요." 알리가 퉁명스럽게 말한다. "커피나 마시자고요."

우리는 양철 컵에 따라 휴대 식량과 함께 블랙으로 마신다.

드래프트 폭동*

나는 지금 약에 취해 기분이 들떠 있는 선장과 함께 교수대에 안달
난, 낡고 물이 새는 재수없는 비렁뱅이 같은 배에 올라타 있다. 지구
의 내로라하는 거물들, 데굴파 백작부인(피어슨은 내가 그렇게 믿길
바라며 대수롭지 않은 존재라고 말했지만 그렇지는 않았다), CIA와
위원회 요원들, 블룸과 영화제작소 관계자들이 우리를 노리고 쫓아오
고 있었다. 운이 좋으면 호보컨에 도착할 수 있을 것 같았다. 사실 우
리는 지금의 남부 맨해튼에 해당하는 지역에서 몇 마일 떨어져 있지

---

* 미국 남북전쟁이 한창이던 1863년 7월에 빈곤층에게 불리한 연방징병법에 반대하여
뉴욕 시에서 발생한 대폭동. 아일랜드 이민자로 구성된 노동자들이 주도해 징병사무소
와 부자들을 공격했다. 이는 약탈, 방화, 흑인 공격 등으로 이어졌으며, 결국 군대에 의
해 진압되었다.

않았다.

네 명의 친구는 우리를 뉴욕에 있는 더블 갤로로 집요하게 안내했다. 들어가보니 전체가 바뀌어 있었다. 교수대는 보이지 않았고, 바위의 벽에 두 개의 올가미만 걸려 있었다. 그 밑에는 황동판이 붙어 있었다. "배분 오툴을 목매다는 데 사용했던 밧줄—1852년, 6월 3일." "라우지 루이를 목매다는 데 사용했던 밧줄—1852년 6월 3일." 그리고 2인용 교수대에 배분과 라우지가 나란히 서 있는 사진이 걸려 있었다.

실내장식은 1860년 뉴욕 스타일이다. 고전적인 크리스털 샹들리에와 금테 액자에 넣은 커다란 여인의 누드 사진이 바 위에 걸려 있다. 마티가 표정이 굳어 있는 네 명의 폭력배처럼 생긴 사람들과 앉아서 샴페인을 마시고 있다. 그는 나에게 손을 흔든다.

"자네들 이리로 와서 거품 나는 거 좀 마시지그래."

우리는 자리에 앉는다. 그러자 폭력배처럼 생긴 자들은 이 계집애 같은 놈들은 뭐야, 하는 차갑고 수상쩍어하는 표정으로 우리를 쳐다본다. 흥분은 확실한 이점을 가져다준다. 우리는 모두 상대의 약점에 대해 바이러스적인 직관을 갖고 있다. 크루프는 우리에게 비무장 상태에서 심리전의 기본 훈련을 실시했었다. 기술은 느닷없이 신호를 바꾸는 식으로—난 네가 좋아/난 네가 싫어—구사된다. 하지만 이런 기술도 약점이 발견된 후에야 쓸모가 있다.

우리는 이 네 친구를 이따가 보여주겠어 무리로 분류한다. 깡패들은 해치우기 쉽다. 겉보기에 거친 자들은 늘 약점을 숨기고 있기 마련이다. 그러나 상대를 잘못 골라서 예기치 않은 화를 유발할 필요는 없다. 원반을 잘못 던지면 커다란 식칼이 되어 되돌아올 수 있는 법이다. 그리고 자신의 식료품 가게 앞에 앉아 있는 마피아 두목과 싸워서는 절대 안 된다.

타마기스에 있는 더블 갤로에 들어가서 우리는 납으로 직인이 찍힌 교수대 장치에 통자물쇠가 걸려 있는 것을 본다. 황동판에는 다음과 같은 공고가 적혀 있다. '모든 공개 교수형은 DNA 경찰의 지시에 따라 금지함.'

"옙." 바텐더가 우리에게 말한다. "맞아요. 공개 처형은 더이상 없어요. 법으로 정해졌어요."

진짜 죽음에는 임의의 목격자가 필요하다. 공개 교수형은 임의의 목격자들 때문에 진짜인 것이다. 에덴동산에서 하느님도 교수목絞首木의 열매를 먹으라고 아담과 이브 둘만을 남기고 떠났다가 성관계를 나누는 소리가 들릴 때 우연히 복도를 지나가는 하인처럼 갑자기 다시 나타났던 것이다.

"무슨 일이죠?"

"거리에 들개 포획꾼이나 세이렌이 다니던가요?"

"아뇨. 그러고 보니."

"보이지 않을걸요."

바텐더는 빛나는 회색 눈을 가진 작고 야윈 중년의 아일랜드 사람이다. 몸에 꼭 맞는 녹색 양복을 입고 있다. 그는 양손으로 술잔 열 개를 들어서 카운터에 늘어놓은 후 닦기 시작한다. "폭동이 일어났어요. 젊은 친구들이 타마기스의 모든 들개 포획꾼과 대부분의 세이렌을 죽였지요……" 그는 술잔을 들어 조명에 비춘다. "젊은 친구들은 와그다스로 이동해서 답을 찾으려고 하더군요. 난 그들에게 답을 하나 찾을 때마다 여섯 개의 질문이 딸려올 거라고 말해주죠. 독버섯 밑에 숨은 작은 레프러콘*들처럼 말이에요."

뉴욕―더블 갤로―1860년……

키가 작고 마른데다 지저분한 녹색 신사복을 입은 중년의 아일랜드 남자가 맥주잔으로 술집 문을 세게 두드리자 평온하던 분위기가 돌변한다. 그는 바 위로 올라간다. 말을 내뱉는 그의 얼굴은 심술궂은 레프러콘처럼 뒤틀린다. "월스트리트의 은행가들과 번지르르한 유대인 놈들은 300달러 주고서 제 아들들을 군대에서 면제시킵니다." 그의 눈은 이글거리고 머리카락은 머리 위로 곤두선다. "300달러를 1년에 한 번도 제대로 구경 못하는 우리는 어쩌고요? 우린 빌어먹을 검둥이들을 위해 싸우라고 빌어먹을 군대에 끌려가는데 말이죠."

그는 짐승같이 포효한다. 단골손님들은 술집에 네 줄로 서서 몽둥이와 쇠지렛대를 휘두른다. 작은 녹색 남자는 바에서 뛰어내린다.

"무엇을 기다립니까? 시청의 초대? 어서 나갑시다!"

피에 굶주린 쉰 명가량의 남자들과 소년들, 그리고 비명을 지르는 몇몇 잔인한 여자들은 그를 따라 소리지르며 떼 지어 나간다. "죽여라! 죽여라! 죽여라!"

---

* 아일랜드 민화에 나오는 요정. 녹색 옷을 입은 노인의 모습을 하고 있으며, 장난을 쳐서 사람들을 골탕 먹이기를 좋아한다.

"폭동은 어떻게 시작됐나요?"

"글쎄, 폭동이 어떤지 알잖아요. 점점 쌓이다가 뭔가로 인해 확 터지죠." 그는 금이 간 술잔을 20피트 떨어진 쓰레기통에 던진다. "들개 포획꾼들이 공격 대상 지역에서부터 습격하기 시작했어요. 시의회의 교수형 창시자들은 공격 대상 지역을 확장하려고 했고요. 그때 외국에서 온 두 백작부인이—그래, 서로 슬럿빌 백작부인이라고 불렀는데요—산 위의 빌라를 사서 유전자연구소라는 걸 세우더라고요. 그리고 야스와다에서 데려온 의사들이 이식 수술을 한다는 소문이 돌았고요."

"그게 아마 반……" 내가 중간에 말했다.

"그럴걸요. 그다음에 소년을 잡아먹는 이 두 암퇘지는 중무장한 특수경찰을 데리고 들어와 시의회에 신분증 법안을 통과시키라고 협박했어요. 신분증을 갱신하지 않은 사람은 붙잡아다가 유전자연구소에서 교수형에 처할 수 있다는 법 말이에요. 그래서 소년들은 전부 신분증을 신청하든가 아니면 아무데서나 붙잡히는 위험을 감수해야만 했죠.

어느 날 밤 다섯 명의 특수경찰이 여기 들이닥쳐 신분증을 조사한 후 어떤 아이를 끌고 가려 했어요. 물론 경찰들은 총을 가지고 있었죠. 별 도움은 안 됐어요. 소년들은 깨진 병, 칼, 의자, 발, 무릎과 팔꿈치로 그들에 맞섰거든요. 소년 네 명이 죽기는 했지만 경찰한테 이겼다니까요. 바로 저기 핏자국들 보이시죠. 한 번도 본 적 없는 작은 아일랜드 소년이 술집으로 뛰어들어와 이렇게 소리쳤어요. '무엇을 기다리나요? 발정난 소 같은 외국 년들 젖이라도 얻으려고 기다리는 겁니까?

죽여라! 죽여라! 죽여라!'

특수경찰과 들개 포획꾼들은 환희의 동산에 바리케이드를 치고서 최후의 핏방울을 흘릴 때까지 부자들을 지키려고 했죠. 상황이 급박하게 돌아갔어요. 그들이 기관총을 발사하자 소년들은 곧바로 옆으로 퍼져서 자갈과 화염병을 던지며 계속 밀어붙였죠.

몇 초 만에 100명 넘게 죽었어요. 하지만 그사이에 살아남은 소년들은 떼 지어 바리케이드를 타고 올라가 경비대들을 가루로 만들어버렸죠. 그러고 나서 소리를 지르며 산으로 진격했어요.

'외국 암퇘지들을 죽이자.'

그런데 이미 백작부인들과 그들이 데려온 의사들은 오토자이로를 타고 야스와다로 도망친 후더라고요. 소년들은 그들의 빌라를 약탈하고 다른 빌라들과 함께 모두 불태워버렸어요. 교수형 창시자들도 눈에 띄는 대로 세이렌들과 함께 불에 던져졌고요. 부잣집 아이들 중 일부는 군중과 합세해서, 몇몇 큰 빌라는 아직도 남아 있긴 해요. 하지만 그후로 부유층은 새로운 모습을 보여주게 되었죠."

나는 곧 여기에는 가난에 찌든 혼잡한 빈민가의 자생적인 폭동 이상의 무언가가 있음을 감지한다. 전체의 흐름은 이렇다. 더욱 강력한 경찰력의 필요를 강조하기 위해 위로부터 설정한 막간극이었고, 군중의 지도자들 중 일부는 큰돈을 가진 자들이 보낸 대리인들이었다.

"군중과 힘을 합해 용감하게 싸운 남루한 작업복 차림의 젊은 청년은 경찰에게 살해되었으며, 귀족적인 외모와 잘 관리한 손, 부드럽고 하얀 피부의 소유자로 밝혀졌다. 노동자처럼 더러운 작업복과 지저분한 셔츠를 걸치기는 했지만, 그 밑에는 질 좋은 캐시미어 바지와 멋지고 고급스러운 조끼, 근사한 리넨 셔츠를 입고 있었다. 이 청년의 신원은 전혀 알려지지 않았다."

— 허버트 애즈버리, 『뉴욕의 갱들』, 154쪽

약탈이 자행되는 불타는 도시의 혼란과 잔해, 죽은 자와 죽어가는 자들이 여기저기 흩어져 있는 거리를, 부랑아들이 걱정 없는 명랑한 요정들처럼 춤추고 뛰어다닌다. 그들 중 다수는 핼러윈 가면을 쓰고 있다. 해골 복장을 한 소년은 기괴하게 흉내를 내며 뻣뻣해진 시체 옆에 주저앉는다.

"넌 죽었어. 아이코 냄새야." 그는 깡충거리며 신나게 뛴다.

그들은 죽어가는 경찰 주위를 뛰어다니며 최후의 고통을 흉내낸다. "일어나서 싸움을 멈춰보시지그래?" 그들은 경찰의 모자와 배지를 잡아채고 서로를 뒤쫓는다.

"법의 이름으로 멈춰라." 그들은 경찰 놀이를 한다.

한 소년이 약탈당한 가게에서 코트와 조끼를 움켜쥔다. 가짜 수염과 베레모를 쓴 또다른 소년이 갑자기 튀어나온다.

"그의 바지를 쏴! 바지를 쏴! 코트와 조끼는 내 거야!"*

"그들은 폭도들의 요구를 수용한 새로운 사령관을 요청했죠. 재산

---

* 미국의 유명 만화가 Jay N. 'Ding' Darling이 유럽 수입품에 대한 미국의 긴급관세법을 풍자하여 그린 1921년 시사만화의 제목, 〈Shoot him in the pants. The Coat is ours〉에서 따온 것.

을 다른 데 숨겨놓고 간신히 살아남은 세이렌들은 허가된 매음굴 구역에서만 살거나 아니면 야스와다로 추방되었고요. 그녀들은 벌거벗은 채로 걸어가야 했어요. 들개, 하이에나, 표범이 도사리고 있는 200마일 거리의 사막을 말이죠. 아이들은 줄을 서서 교수형 집행인의 올가미로 채찍질하며 그녀들을 문밖으로 쫓아냈어요."

바텐더는 숟가락으로 유리잔을 톡톡 두드리며 노래하고 춤춘다.

"그녀는 나한테 너무 뚱뚱해
그녀는 나한테 너무 뚱뚱해
나는 그녀가 싫어
네가 가져도 돼
그녀는 나한테 너무 뚱뚱해."

그는 끝에서 끝까지 카운터를 닦는다. "그리고 정액 중개인들도 대부분 떠났죠. 새로운 상황에서 장사할 수가 없었던 거예요. 말도 안되는 장사꾼들 같으니, 떠나서 속시원하다."

마티에게 좋은 일이 생기는 중이다. 시청 기록실에 있는 친구와 짜고 다 타버린 지역의 재산에 대한 권리 포기 각서를 위조하고 있다. 사태가 진정되면 남부 맨해튼의 상당히 많은 땅을 소유하게 될 것이다. "보상에 이은 건설 계약. 만사형통이다."

그는 거리의 소년들을 시켜서 가정집에 대한 방화를 계속한다. 나중에 이 폭도 소년들은 자신들의 재산을 되찾아 집을 다시 지으려 하는 현명한 시민들을 괴롭히는 데 동원될 것이다. 소년들은 방문객들에게 상소리를 해댄다. "엉덩이에다 한번 박아줄까." 그들은 원숭이처럼 담벼락을 넘어 창문을 음흉하게 들여다보고, 지붕에서 지나가는 행인들에게 돌을 던지고, 발코니에서 오줌을 싸고 자위를 한다.

이들 중 다수가 우리가 임시 숙소로 썼던 터키식 목욕탕에서 잠을 잔다. 그들은 벌거벗고 흉내를 내며 주위를 돌아다닌다. 특히 그들이 좋아하는 죽음의 고통을 흉내내며 사방을 허우적거리고 소리지르고 탄식하며 난리를 치면, 사람들은 배꼽을 잡고 웃는다.

크루프가 상황을 최종 정리한다. 두 명의 독일 특수경찰을 문 앞으로 부른다. "모든 휴가 취소. 즉시 배로 복귀할 것." 다음 정류장은 미래.

다시 찾은 타마기스

우리가 타마기스에 처음 주둔했을 때는 너무 정신없고 위험한 곳이라 쉬거나 주위를 둘러볼 기회가 없었다. 당시 타마기스는 들개 포획꾼들과 세이렌을 거느린 여인들의 수중에 있었고, 힘없고 순종적인 시의회가 그들을 지지했다.

신분증으로 인한 폭동, 세이렌과 들개 포획꾼의 대학살, 백작부인들과 수행원의 도주, 그리고 와그다스 출신의 신임 사령관 임명 이후에 권력은 확실히 남자들에게 넘어갔다. 신임 사령관은 시의회를 해산하고 법령에 따라 통치했다.

폭도들은 이제 도시 엘리트가 되어 스타일과 격조를 지정한다. 섹스와 죽음의 배후에 있는 질문과 답을 찾는 흐름이 유행이 된다. 그래서 타마기스의 청년들은 와그다스의 학교에 미래를 맡긴다. 전체

인구의 약 10퍼센트가 이 계층에 해당한다. 늘 그렇듯이 영구적인 집단들은 남는다. 상점 주인, 식당 및 술집 주인, 상인, 장인과 농부 들이다.

타마기스는 네 방향으로 입구가 나 있는 원형의 성벽 도시다. 인구는 약 2만 명이지만, 훨씬 더 많은 인구를 수용할 수 있는 크기다.

사생활에 대한 배려는 전통에 구애받지 않는 청년들에게는 적용되지 않기 때문에 그들은 기호에 따라 기숙사나 작은 방에 거주하면서 욕실과 위생시설을 같이 쓴다. 이처럼 공간이 집중되어 성내의 다른 공간을 양어지, 농장, 조류 사육장, 과수원에 할애할 수 있다. 그래서 타마기스는 거의 자급자족으로 유지된다.

들개 포획꾼, 세이렌, 악덕 백작부인, 옛 시의회의 악명 높은 교수형 창시자들의 잔재와 관계를 끊고 싶어하는 부자들은 재산을 생산적으로 활용한다. 그중 일부는 청소년 공동체에 자신의 집을 개방하기도 한다. 새 사령관이 모든 젖소들을 도시에서 내쫓았기에 우유는 도시 바깥의 농장에서 가져온다.

중앙광장은 공원과 나무로 둘러싸여 마라케시의 드헤말프나와 리마의 메르카도 마요리스타를 합쳐놓은 모습이다. 어느 오후 나는 달파, 블루이, 그리고 지미 리와 함께 레드 나이트 카페에 앉아 차를 마신다. 새 사령관의 명령에 따라 타마기스에서는 술과 담배를 팔지 않는다.

사람들에게 따돌림을 당하고 더블 갤로에서 쫓겨난 적이 있는 소년이 테이블마다 돌아다니고 있다. 이 친구는 신분증 폭동의 영웅으로 불린다.

소년은 뱀이 든 바구니를 들고 있다. 오렌지색과 붉은색 반점이 있는 이 작은 뱀은 성적 경련과 극심한 설사를 일으키는 독을 갖고 있어 공동체의 입회식에서 짓궂은 장난에 자주 사용된다. 물론 앰플 주사나 흥분제를 통해 같은 효과를 얻을 수 있지만, 전통적인 방식은 부자들에게 여전히 인기가 좋다. 소년은 부유한 청년들이 앉은 테이블에서 장사를 하고 있다.

저 건너편 광장을 내다보니 한 남자가 상자들을 밧줄로 묶어서 수레에 싣고 간다. 독일 청년들 중 한 명이 그 옆을 따라서 걸어간다.

"크루프가 화물을 보내나보네."

"그런 것 같은데." 지미가 말한다. "폭동 직후에 그는 자유 시장에서 모든 올가미와 올가미 자재를 사들였어. 바단에 있는 관광객들한테 올가미들을 팔 계획이래. 올가미 상인들한테는 양탄자를 만들게 했지…… 지금은 레드 핫, 화이트 에인절, 블루 번, 블랙 라이트, 그리니를 배에 싣는 중이야. 최음제를 섞어서 바단의 매음굴에 팔 거래."

"크루프는 확실히 수완이 좋아."

"게다가 가격을 올리고 있다고. 하여간 비열한 새끼라니까."

"우리도 미리 사둬야겠어."

우리는 상가 구석구석을 다니며 색상별 흥분제와 성욕 항진제의 가격을 조사한다. 값은 이미 두 배 정도 올랐지만 바단은 여기보다 스무 배나 더 나간다.

레드 핫은 붉은 얼룩과 반점이 생기게 하고, 빨갛게 달아오른 항문 주변을 따갑고 간지럽게 한다. 레드 팝과 같이 써도 되는데 위험할 수 있다. 내출혈을 일으키거나 어떤 경우 요추자연골절을 일으킨다.

화이트 에인절은 정액에서 빛이 나게 한다. 스노 팝은 화끈한 섹스의 불꽃을 일으키는 차갑고 하얗게 작열하는 빛의 불길이다. 대개 야혜와 섞어서 쓰는 블루 번은 차가우면서 동시에 뜨겁다. 시원한 멘톨 향의 화끈거리는 느낌과 함께 파란 발진이 생긴다. 그리고 블루 팝은 청산가리와 오존과 비슷하다.

블랙 라이트는 사람을 흑요석처럼 새까맣게 변하게 하고 머리를 텅 비게 한다. 그래서 섹스 현장에 바로 투입된 느낌을 준다. 블랙 팝은 완전히 정신을 잃게 한다. 그리니는 동물과 식물 중간쯤으로 만든다. 그린 팝은 녹색 발진을 일으키고 고환이 콩 꼬투리처럼 쪼그라들게 한다.

원하는 대로 색을 섞을 수도 있다. 가령 레드 핫과 스노 팝을 섞으면, 천사의 합창을 뿌리는 동안 하늘에서 장밋빛 불꽃의 종소리를 감상할 수 있다. 파트너도 똑같은 경험을 할 수 있다. 혹은 다락방에서 푸른 노을과 먼 기차 기적 소리를 뿜을 수도 있다. 또는 레드 핫을 복용하고 블랙 팝으로 달래주면 짙은 자주색의 무언가가 뿜어져 나온다. 올드 글로리* 삼총사도 빼놓을 수 없다. 빨강이 파랑을 따먹으면, 파랑은 하양을 따먹고, 빨강이 파랑에 따먹히면, 파랑은 하양에 따먹히고, 하양은 빨강에 따먹힌다.

모든 색깔이 하나에 다 들어 있는 레인보 스페셜을 시도해보라. 그러면 나이아가라폭포, 파이크스피크, 기념품용 그림엽서, 무지개, 그리고 북극성이 뿜어져 나온다. 당장 써볼 만하다. 나이에 상관없이 누

---

* 성조기.

구에게나 좋다. 어린 소년들에게 특히 요긴하다. 종종 그들은 이 모든 것을 누릴 수 있게 해준 열병의 영웅을 잊고 지낸다.

그래, 내가 열병의 영웅이다…… 오드리는 물건을 고르면서 생각했다. 할인은 안 해주겠지. 그래, 내가 열병의 영웅이다. 각 제품에 들어간 성분을 아는 나로서는 값을 깎아서 술 취한 게으름뱅이 미국 재향군인에게 파는 꼴은 보고 싶지 않다. 도시의 창시자들은 미국 재향군인 컨벤션을 준비하는 중이다. 바단 힐턴과 아메리칸 익스프레스 사람들이 구름같이 몰려든 팝스타들과 함께 도착한다.

회색 젤라바* 상의를 입은 날씬하고 머리가 허연 노년의 가게 주인이 우리를 따라다니며 진귀한 물품을 보여주고 비싼 가격에 대해 사과한다.

"오, 이치 팅글 흥분제가 있네!" 오드리가 환호성을 지른다. "고등학교 성탄절 연극에 딱 필요한 건데. 하나만 주실래요."

"오, 퍼스티도 있고. 가지고 계신 것 다 사겠습니다."

퍼스티 팝은 사춘기 시절 발기했을 때의 히아신스 향이 난다. 학교 화장실, 탈의실, 국부보호대, 항문 점액, 여름철 발냄새, 옴진드기 로션, 석탄산 비누 냄새가 처음으로 사정하던 때로 돌아가게 하고 그곳에서 당신은 변기 위에 앉아 있다. 비행 속도를 유지하지 않으려거든 퍼스티를 오래 이용하지 마라.

가게 주인은 물건을 모두 상자에 담는다. 우리는 돈을 지불한 후 밀리 셀레스트 호의 우편실로 보내달라고 부탁한다.

---

* 북아프리카와 아랍 지역에서 입는 남성용 상의. 소매가 길고 후드가 달려 있다.

바단으로 가는 길에 볼 가벼운 읽을거리를 사기 위해 운하 옆에 있는 도서 가판대에 들른다. 지탄 담배를 피우고 있는 프랑스 노인에게서 콘래드의 『섬의 방랑자』, 덴턴 웰치의 『처녀 항해』, 존 제이크스의 『야만인 브랙』을 산다.

우리는 꽃시장들, 꽃집들, 온실들이 늘어선 지역을 걸어간다. 형제회의 입회에서 섹스는 성가신 부분이다. 물장난보다는 재미있다. 살속으로 자라나는 난초, 채소의 욕망을 자극하는 덩굴손. 키가 6피트나 자란 인간처럼 생긴 맨드레이크가 보인다.

"이게 날카로운 비명을 지른다는 식물인가봐?" 오드리가 묻는다.

"그래 맞아. 비명을 지르면 20야드 반경에 있는 모든 살아 있는 생명체가 다 죽는데. 이것의 좋은 점은, 사람 똥을 먹고 사니까…… 변기통을 설치하지 않아도 된다는 거야."

"어떻게 해야 비명을 지르지?"

"한번 박아봐, 아니면 만져주거나 빨아주든가. 그러면 제대로 비명을 지를 테니."

"녹색 몸통, 뿌리 모두 매달면 어떻게 될까?" 지미가 물었다.

"어이 친구. 너는 지금 인류가 늘 벌벌 떨며 해오던 것을 하고 있다고. 동물 세계와 식물 세계의 균형을 깨뜨리는 짓 말이야. 비명을 지른다면 이 지구를 날려버릴 거야. 마지막 비명이 되는 거지."

"확실히 무기로서 잠재력이 있어." 오드리는 곰곰이 생각한다. "그러니까 그렇게 덩치가 크지만 않다면 말이야."

타마기스에는 작은 도시들이 많다. 우리가 에든버러의 교외 지역처럼 오래된 파란 자갈이 깔린 거리를 걸어 내려가고 있을 때 어느 작은 소년이 우리 뒤를 쫓아온다. 나는 처음에 네 살 정도 된 소년이라고 생각했다. 그는 선원처럼 건들거리며 걷는다. 하얀 테니스 신발에 하얀 선원 셔츠, 그리고 반바지를 입고 있다. 내가 어깨에 손을 올리자 그는 날카롭고 작은 이빨을 드러내며 짧게 말한다.

"이 손 내려, 이 새끼야."

나는 그가 키 작은 열여덟 살 청년임을 알게 된다. 함께 배로 돌아가는 동안 소년은 주머니에서 선원 모자를 꺼내 쓴다. 선실에 들어서니 두 명의 독일 청년이 더 와 있다. 크루프는 짐 실을 공간을 마련하는 중이다. 나는 크루프가 예정대로 출항하기를 기다린다. 드디어 출항한다. 다음에 정박할 곳은 바단이다.

벌거벗은 음유시인들이
콧물 범벅인 개코원숭이들을 쏘는 곳

가죽 조끼와 샅에 차는 주머니를 착용한 소년들이 중세의 악기를
들고서 아메리칸 익스프레스에 침입한다. 점원은 째려보더니 경비원
에게 손짓한다. 금발을 길게 기른 소년이 창가로 걸어간다.

"무엇을 도와드릴까요?"

"여행을 가고 싶어서요."

"여행이요? 정확히 어디로 가고 싶으신데요?"

소년들은 옷을 벗는다. "벌거벗은 음유시인들이 콧물 범벅인 개코
원숭이들을 쏘는 곳이요."

그들은 비너스 22 기관총을 꺼내서 쏘기 시작한다. 금속이 방귀 뀌
는 소리가 난다. 점원과 손님들은 쓰러져 죽는다.

확성기에서 관광 홍보 영화의 소리가 흘러나온다. 그들은 행복하고

단순한 민족이에요 / 그 여자는 전통적인 아트럼프를 입고 있어요 / 몇 달 전 그들이 말해요 / 그 남자가 나에게 검은 럼주와 월경하는 바다표범의 피를 섞은 스문을 한 잔 주었어요 / 이제 나에게 '신성한 삼촌' 의식을 보여주려 해요 / 믹스타는 포이 만수를 어떻게 준비하는지 설명해요 / 우리는 이 젊은 소작농이 약혼녀와 관계를 갖기에 앞서 지켜야 하는 전통적인 의례를 보려고 가던 길을 멈춰요 / 늙은 엉글링이 아파요 / 아무런 방법이 없을까요? / 마술사 산프라즈에게 도움을 청해요 / 경작지 하나하나를 소중하게 여겨요 / 모든 쓰레기는 거름용 도랑에 버려야 해요 / 프렌 작물은 수확이 괜찮아 많이 기뻐해요 / 젊은이들은 *무쿠 무쿠 퍼키 퍼키*라고 크게 소리를 질러요 / 전통적인 방식들은 현대 과학기술의 맹공격을 얼마나 오래 버틸 수 있을까요? / 그는 아주 오래전에 붉은빛이 북쪽 하늘에 나타났다고 말해요 / 이 빛이 사람들을 흥분시켜서 미치게 했고 많은 사람들은 무시무시한 전염병에 걸렸어요 / 고대 도시 바단에서 남은 것이라곤 모래 불모지의 토담들뿐이에요 / 이 토담들이 어떤 이야기든 해줄 수만 있다면 /

얼마나 굉장한 이야기가 될까. 타키투스에 따르면 전쟁과 말을 좋아하는 스키타이인들은 포로들을 옛 서부극의 악당들처럼 나무에 매달아 죽였다고 한다. 헤로도토스는 당시의 끔찍한 이야기들을 전해준다.

스키타이의 왕이 죽으면, 아라비아 순혈종 말 쉰 마리와 쉰 명의 잘생긴 청년을 목 졸라 죽인 뒤 내장을 빼내 속을 다른 것으로 채워넣었다. 그런 다음 무덤 주위에 반원형으로 세워놓은 말 위에 청년들을 앉혔다. 그리고 이들을 고정시키기 위해 말뚝으로 말의 몸통을 뚫어 땅바닥에 박고, 위로는 청년의 항문부터 두개골까지 관통시켜서 바른 자세가 나오게 했다……

불길한 붉은 불꽃이 북쪽 하늘에서 타오르고, 타마기스는 연분홍빛에서 짙은 자줏빛으로 바뀌는 명멸하는 붉은빛에 휩싸인다. 그리고 붉은빛은 수많은 세대에 걸쳐 발을 끌며 걸어온 발길 밑에서 모래가루로 변한 사막 바위로 만든 꼬불꼬불한 고대의 거리를 물처럼 흐른다.

여기서 모래로 뒤덮인 거리의 죽은듯한 적막함을 처음으로 의식한다. 낯선 행렬이 구불구불 들어오고 음악과 노래 소리가 들린다. 구더기가 기어오르는 썩은 동물 가죽으로 만든 장화 차림의 벌거벗은 소년들은 벌거벗긴 채 묶인 소년들을 말에 태우고서 행렬을 이끌고 간다. 벌거벗은 송장 소년들은 껑충껑충 뛰면서, 말처럼 이빨을 드러내 소리를 내고 앞다리를 들어올리며 방귀를 뀐다.

행렬이 왕의 무덤 앞에 멈추자, 절대 풀 수 없게 꼭 묶은 밧줄로 말의 목을 조른다. 말은 앞발을 들어올리고 이빨을 드러내며 눈동자를 굴린다. 코에서 피가 뚝뚝 떨어진다…… 말들은 못 견뎌하며 청년들 쪽으로 돌아선다…… 말들의 얼굴이 점차 쪼그라들면서 이빨을 총알처럼 뱉는다. 어떤 말은 발작적으로 발을 차며 옆으로 구른다. 말발굽, 힘줄, 가죽이 벗겨지고, 인간의 피부 조각 같은 것들이 나타난다. 또다른 말은 허공에서 발을 차고 뒤로 구르면서 인간의 다리 사이에서 꼬리를 흔든다. 인간의 성기를 발로 차고, 말의 성기를 쏜다. 쪼그라드는 복부에서 내장이 쏟아져나오고 눈구멍에서 뇌가 분출한다.

청년들이 파열된 말의 몸에서 모습을 드러내자, 송장 장화를 신은 긴 빨강 머리 소년들은 흡족한 표정으로 바보 같은 웃음을 지으며 그들을 붙잡는다. 청년들과 말 모두 목이 졸린다.

이제 도축할 시간이다. 그들은 한 소년이 자신의 발기된 부위를 치켜세운 채 축 늘어진 창자를 가지고 우스꽝스럽고 선정적인 스트립 춤을 추면서 다른 동료들의 기분을 북돋우는 동안 유쾌하게 시체를 공격한다. 그 소년은 친구들이 웃으면서 포효하는 동안 혀를 내밀고 사정한다. 그들은 모두 순수하고 행복한 무리다.

아직 할 일이 남아 있다. 말의 속을 향기 나는 허브로 채워야 하고, 청년들을 양다리를 벌린 채로 죽은 말 위에 태워서 막대기로 꽂아야 한다. 말과 기수가 하나가 되어 붉은 먼지로 으스러질 때까지. 송장 소년들은 주위를 껑충껑충 뛰어다니다가 유성과 북극성이 빛나는 붉은 하늘 밑의 작은 모래 회오리 속으로 사라진다.

"이피이 이피요 하늘을 달리는 고스트 라이더"

사막의 대지 위 시원한 석조 변소 / 졸음이 오는 여름 오후 장미로 뒤덮인 옥외 화장실 / 변소의 죽은 잎사귀들 / *나는 자신을 드러내는 방탕한 타입이 좋아* / 해군에서 너 자신을 찾아라 / 그래 너희 웃기는 녀석들이 갑판을 맡아봐 / 벌거벗은 소년들, 온갖 색깔이 그들 몸에 일렁이는 동안 허공에서 꿈틀거리는 두 다리를 차며 뒹군다 / 한 소년은 군대 세탁실 냄새와 빛바랜 보라색 사진실의 검은 구토물 냄새가 나는 진한 세피아색의 무언가와 부딪치고 그것은 사춘기 발기의 히아신스 냄새가 나는 고운 장밋빛 조개껍데기와 부딪치는데 1910년 황열병이 돌았던 파나마에서 어린 선원은 병동에서 일하도록 배치를 받아 언젠가는 병에 걸릴 줄 알았다가 간지럽기 시작하더니 붉은 발진이 사타구니와 항문 주변에 퍼지고 구토와 열병의 냄새를 맡으며 누런 올리브 녹색 짙은 적갈색과 검은 죽음의 경련 속에서 떤다. 색바랜 달력의 무지개에 불이 붙더니 하늘에서 눈부시게 타오른다…… 네온사인을 보며 포틀랜드의 레인보 클럽에 상륙한다.

포틀랜드의 보안 책임자 윌슨이 사무실에 도착하자 조수가 메시지를 전달했다.

"1980에서 온 미국 해군의 빌리 셀레스트 호, 상륙 허가를 요청함."

윌슨은 눈살을 찌푸리며 조수를 쳐다보았다. "열병인가?"

"바퀴벌레까지 그렇답니다."

윌슨은 '격리 및 본국 송환' 문서에 손을 뻗으며 말했다. "노르덴홀즈의 배지, 그렇지?"

"맞습니다."

"불쌍한 개자식 같으니. 조만간 그놈의 깡마른 엉덩이를 걷어차고 말 거야." 그는 문서에 서명하고 결재 서류함에 던졌다.

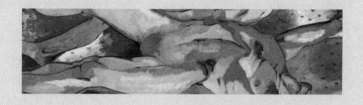

제3부

탈의실

크리스마스이브에 토비는 탈의실에 혼자 있다. 오래된 YMCA 건물이 팔려서 몇 명의 소년들만이 아직 남아 있다. 그들은 좀더 따뜻하고 샤워실도 있는 탈의실로 자리를 옮겼다.

다른 소년들은 모두 크리스마스를 즐기러 다른 데로 가버렸다. 토비는 1924년 1월 18일까지 건물을 비워야 하기 때문에 그들이 돌아오지 않으리라는 것을 알고 있다. 토비는 H. G. 웰스의 『타임머신』을 읽고 있다.

나는 마지막 점검을 하면서, 나사못들을 다시 한번 모두 확인하고, 석영봉에 기름을 한 차례 더 칠한 다음 자리에 앉았습니다. 그때의 내 기분은 마치 권총을 머리에 대고 자살하려는 자가, 이다음에는 어떻게 될까 하고 궁금해할 때와 똑같았습니다……

현기증이 나는 듯하더니, 악몽 속에서 아래로 떨어지는 것 같은 느낌이 들었습니다……

시간 여행의 그 묘한 기분을 그대로 전달할 수 없어 아쉽습니다. 기분이 엄청나게 찝찝했었어요. 롤러코스터를 타고 아무런 대책 없이 앞으로 곤두박질칠 때의 바로 그 느낌 같았어요. 게다가 금방이라도 무언가에 부딪혀 산산조각나버릴까봐 조마조마했었지요. 속도가 빨라지면서, 검은 새가 퍼덕거리는 것처럼 밤이 낮으로 바뀌었어요……

눈 깜빡하면 바뀌는 밤과 낮 때문에 눈이 몹시 아팠습니다…… 하늘은 놀랍도록 진한 푸른색, 이른 새벽하늘의 아름답게 빛나는 푸른색을 띠었어요. 휙 움직이는 태양은 하나의 불줄기를 이루며 공중에 아름다운 아치를 그렸고, 달은 그보다는 약간 희미한 흔들리는 띠처럼 보였습니다…… 매 순간 흰 눈이 지구 위를 번개처럼 스치다 사라지더니, 이내 밝고 짧은 봄의 초록빛이 나타났습니다.

가스풍로 위에서 스튜가 끓고 있다. 토비는 〈고요한 밤〉을 연주하는 길 건너 구세군의 종소리를 들으며 간간이 스튜를 젓는다. 그는 지나간 크리스마스, 소나무와 건포도 과자 냄새, 그리고 증기기관차에서 나는 기름 냄새를 떠올린다.

토비는 중서부 도시의 3층짜리 빨간 벽돌집에서 자랐다. 여섯 살 때 부모는 1918년의 유행성 독감으로 세상을 떠났고 여러 삼촌들과 양부모들이 그를 보살폈다.

토비는 노랑머리에 깊은 호수 같은 커다란 푸른 눈의 아름다운 소년이었지만, 아무도 그를 오래 데리고 있으려 하지 않았다. 그는 왠지 사람들을 불안하게 했다. 그에게는 졸린 동물의 무기력감 같은 것이 있었다. 토비는 질문에 대답하거나 필요한 표현을 할 때 외에는 결코 입을 열지 않았다. 그의 침묵은 위협이나 비난처럼 여겨졌고, 사람들은 그것을 좋아하지 않았다.

　그리고 또 있었다. 토비에게서 냄새가 났다. 유황내 나는 지독한 동물 냄새가 방에 배었고 옷에서도 풀풀 풍겼다. 그의 아버지와 어머니에게서도 똑같은 냄새가 났다. 그의 부모는 고양이, 너구리, 족제비, 스컹크 등의 동물을 애완용으로 키웠다. 어머니는 동물들을 "내 작은 친구들"이라고 불렀다. 토비는 어디를 가든 이 작은 친구들을 데리고 다녔고, 이에 반해 잘나가는 회사의 이사였던 삼촌 존은 큰 친구들을 좋아했다.

　"존, 저 아이 내보내야겠어요. 족제비 냄새가 나요." 토비의 숙모는 말하곤 했다.

　"글쎄, 마사. 아마 분비샘에 문제가 있는지도 몰라." 분비샘이 추잡한 말이라도 되는 듯 삼촌은 얼굴을 붉히며 말했다. 어쩌면 신진대사가 훨씬 더 나은 말이었을지도 모른다……

　"그게 다가 아니에요. 저애 방에 뭔가가 있다고요. 늘 뭘 가지고 다녀요. 동물 같은 거 말이에요."

　"자, 마사……"

　"내 말 잘 들어요, 존. 저 아이는 악마예요…… 쟤가 노턴 씨 쳐다보는 거 봤어요? 섬뜩한 작은 마귀 같았다고요……"

노턴 씨는 존의 상사였다. 그는 사실 토비가 사람을 평가하듯 말없이 빤히 쳐다보는 것을 대놓고 불편해했다.

과거를 회상하니 반짝반짝 빛나는 크리스마스트리 장식이 떠올랐다. 아버지가 저멀리 밤하늘의 베텔게우스 별을 가리킨다. 탈의실에서는 버려진 체육관이나 막사처럼 남자 목소리가 들리지 않아 침묵이 흐른다.

소년들은 판자로 칸막이를 짜고, 임시로 만든 방에 간이침대를 설치했다. 가스풍로가 있는 큰 방에는 윗면에 이름 첫 글자들이 새겨진 긴 테이블, 접는 의자, 그리고 오래된 잡지 몇 권이 있다. 한쪽 구석에는 토비가 쓰레기통에서 꺼낸 시든 크리스마스트리가 있다. 이것은 무대장치의 일부로 쓸 것이다. 그는 누군가를 기다리는 중이다.

토비는 스튜를 맛본다. 맛이 싱겁다. 고기는 질기고 힘줄이 많다. 그는 고체 수프 두 덩어리를 더 넣는다. 15분에서 20분을 더 끓인다. 그동안 샤워를 할 것이다. 벌거벗은 채 물이 뜨거워지기를 기다리며 칸막이 화장실의 낙서를 살펴보다가 골동품 수집가 같은 초연한 태도로 남근을 그린 그림 위에 손을 대고 만져본다. 그는 식물이고, 침입자다. 다른 소년들을 결코 본 적이 없다. 김이 나는 분홍색 살, 찰싹 소리가 나는 수건, 자주색 타박상. 그는 은색 반점들이 눈앞에서 서서히 피어오르는 동안 화장실 벽에 등을 기댄다.

1923년 크리스마스이브. 오래된 YMCA 건물이 보인다. 함께 다녔던 누군가의 말. "안녕……" 하고 인사한다.

"안녕. 나야, 토비."

그의 아버지는 아직 그곳에 남아 있는 소년들을 가리킨다…… 샤워실은 조용하다. 다른 소년들은 떠나버렸다. 임시로 만든 방에서 잠시 시간을 보낸다. 건물은 접을 수 있는 타임머신으로 바뀌면 비게 되어 있다. 타임머신에서도 가스풍로는 가끔씩 뜨겁다. 토비는 시간 여행, 무대장치, 다른 크리스마스로부터 나온다. 그의 역할은 유행성 독감이 퍼졌던 당시의 여섯 살 난 소년이다. 칸막이 화장실, 그의 옛날 얼굴, 어렴풋한 부모의 모습. 허공에는 털을 뽑은 크리스마스 거위에게서 나는 나른한 동물 냄새. 1918년 낙서를 기다리며 죽어간 누군가를 위한 고요한 밤. 셔츠와 바지같이 무언가 견고한 것을 원한다면……『원숭이의 손』을 읽어보았는지? 수년에 걸친 남근 그림 찰싹 소리가 나는 수건 그리고 자주색 타박상……

토비는 옷을 입고서 '거실'이라고 부르는 데로 다시 걸어간다. 한 남자가 테이블에 앉아 있다. 그는 야윈데다 머리가 허옇고 눈은 푸르다. 그의 바지와 셔츠는 박하사탕처럼 빨간 줄과 흰 줄이 쳐져 있다. 여기저기 기운 긴 코트가 옆 테이블에 접혀 있다. 안개 몇 줄기가 그의 옷깃에서 퍼져나온다.

"토비, 크리스마스에 무엇을 갖고 싶니?"

"음, 사람들은 대개 말도 안 되는 것을 원하는 듯해요. 그래서 저는 결정을 내리기 전에 조언을 구하고 싶어요."

"그래, 네 말이 맞다, 토비. 사람들은 바보같이 말도 안 되는 것을 원하지. 가령 영원히 살게 해달라고 하는데, 영원은 시간을 나타내는 말이고 시간은 끝나게 되어 있다는 사실을 깨닫지 못하거나 잊어버리고서 그러는 거야. 또는 권력과 돈을 달라고 하는데, 권력과 돈이 주어지는 조건도 갖추지 않고 뜬금없이 그러거든. 나는 공식적으로는 조언을 해서는 안 되지만 가끔은 소리 내어 생각하곤 하지. 네가 권력이나 돈 혹은 장수와 같이 구체적인 무언가를 원한다면, 이건 실물을 보지 않고 물건을 사는 격이야…… 만약에 네가 어떤 능력을 원한다면……"

"시간 여행 하는 법을 배우고 싶어요."

"그래, 괜찮은 생각이네. 우연찮게 부자가 되기도 하지. 하지만, 위험할 수도 있어……"

"여행이 필요해요. 사는 것은 필요 없어요."

토비는 소용돌이치는 검은 깔때기 속으로 빨려들어가면서 공기 부족으로 인한 현기증을 느꼈다. 저멀리, 마치 망원경으로 보는 것처럼, 테이블에 앉아 있는 누군가를 보았다. 노랑머리에 갈색 눈을 지닌 스무 살가량의 호리호리한 청년이었다.

무슨 액체 같은 것에 풍덩 빠지는 느낌과 함께 청년의 몸속으로 들어가 바깥을 바라보았다. 그는 어떤 식당에 앉아 있었다. 입에서 종이처럼 얇은 커틀릿, 차가운 스파게티, 그리고 시큼한 적포도주 맛이 났다. 웨이터들은 성깔 있고 피곤해 보였다. 옆 테이블에 앉은 누군가가 쳐다보는 것이 느껴졌다. 너무나 빤히 쳐다봐서 마치 식당 안에 두 사람만 있는 것 같았다. 옷을 잘 입지도 못 입지도 않은 스물여섯 살가량의 여인이 부모로 보이는 나이든 남녀와 함께 앉아 있었다. 토비가 지금까지 본 가장 불쾌한 표정을 짓고 있어서 정말 거슬렸다. 환심을 사려는 미소라기보다는, 포식성 연체동물처럼 그의 존재에 바싹 달라붙어 갑갑할 정도로 친밀한 척하며 잔뜩 움츠린 채 다 안다는 듯이 히죽거리는 웃음이었다.

토비는 현기증이 나기 시작했다. 갑자기 그는 입술을 움직이지 않고 말했다. "그런 유대인의 표정으로는 기독교도의 괜찮은 컨트리클럽에 절대로 못 들어갈걸요…… 우리는 원자폭탄*을 가진 근사한 유대인과 유대인의 농담을 좋아하거든요……"

죽은듯한 침묵 속에, 잔뜩 화가 난 얼굴들이 이 만행의 출처를 찾고 있었다.

"*어이쿠!*" 유대계 웨이터가 마루에 쿵 하고 쓰러지며 기절했다.

토비는 흑인들이 앉아 있는 테이블로 주의를 돌렸다. "그래, 검둥이답게 미모사 밑에서 달콤하게 소리 죽여 노래해야지. 감히 백인하고 같은 식당에서 밥을 먹고, 우리 할머니들을 강간하는 데 힘쓰면 안 되지."

옆의 테이블에는 중남미 외교관들이 앉아 있었다.

"이 기름에 전 멕시코 뚱쟁이들 같으니. 원래 있었던 매음굴로 돌아가지그래?"

"거 말 한번 제대로 하는구먼!" 미국 남부인의 목소리가 들려왔다.

"꺼져, 도롱뇽 같은 놈아…… 더 악질은 여행 가방에 폭탄을 가지고 다니는 살인마 아일랜드 놈이야."

아일랜드인들의 테이블 옆에 있는 여행 가방이 째깍거리기 시작했다. 토비는 계산서 위에 돈을 올려놓았다. 포도주 잔을 유대인 테이블을 향해 들었다. "유대인들은 너무 따뜻하고 인간적이에요. 이 세상에서 가장 아름다운 축배를 유대인 여러분께 드립니다. 건배! 인생을 위

---

* 마리화나의 속어.

하여!……"

그는 문을 향해 걸어갔다. "당신네 흑인들에겐 혼이 있어." 그는 중남미 사람들을 지나치면서 엉덩이를 씰룩씰룩 움직였다. "케 리카 맘 바…… 아일랜드 사람들이 눈웃음 지으면……" 현관에서 토비는 스카프를 목에 두르며 식당을 향해 입술을 움직이지 않고 크게 외쳤다. 그래서 구석구석에서 메아리가 울리는 듯했다……

"여왕 따위 꺼지라지!"

그는 문을 열었다. 손으로 만질 수도 있을 것 같은 무거운 어둠이 지독한 유황 냄새와 함께 안으로 불어왔다. 그는 검은 구름의 모서리를 향해 달렸다. 목에 두른 빨간 스카프가 불타는 도화선처럼 등뒤에서 나부꼈다. 뒤에서 커다란 소리가 들렸다. 유리 깨지는 소리였다.

그는 44번지 에거턴 가든에 와 있었다. 열쇠로 문을 열고 들어가, 문을 닫고 기대섰다. 바깥의 폭발음, 사이렌 소리, 그리고 머리에서 맴도는 말소리가 들렸다. "공습이야…… 대공습."

그는 층계참에 있는 자기 방으로 더듬으며 올라갔다. 문을 열자마자 숨소리와 잠의 냄새를 통해 누군가가 들어와 있음을 알아차렸다. 누군가의 어깨에 손이 닿았다.

"안녕, 존 에버슨이라고 해. 이렇게 침대를 같이 써도 괜찮을지 모르겠네."

"괜찮아." 토비는 속옷만 입고서 그의 옆으로 미끄러져 들어갔다.

그들은 폭발음을 들으며 누워 있었다. 마치 폭탄이 브롬프턴 로드의 위아래를 한가로이 걸어다니는 듯했다. 방에서는 따뜻하고 젊은 살에서 나는 냄새 외에도 다른 냄새가 풍겼다. 사향내가 나는 고약한 오존 냄새였다. 시간 여행의 냄새였다.

잠에서 깨어났을 때 토비는 어두운 오두막 안에 있었다. 어머니는 아직 돌아오지 않았다. 그는 혼자였고 무서웠다. 오두막은 지브롤터에 있었고, 그는 어둠 속에서도 집의 구조를 알 수 있었다.

그는 방에서 나와 거실과 어머니의 방으로 가보았다. 짐작한 대로 침대는 텅 비어 있었다. 불은 들어오지 않을 것이다. 어머니의 침대에 누워보았지만 두려움은 가시지 않았다.

토비는 방으로 돌아가서 불을 켜보았다. 들어오는 조명은 하나도 없었다. 그의 방 조명도 작동하지 않았다.

그는 오두막 문을 열고 밖으로 나갔다. 조금씩 동이 트고 있었지만, 오두막 안에는 무거운 어둠이 검은 안개처럼 계속 남아 있었다. 그는 다시는 이곳에서 밤을 보내지 않겠다고 결심했다.

그곳에서 하룻밤을 더 머물려 하지 않을 사람은 누구일까? 그는 두 명이었다. 오두막에서 살았던 소년과 다른 누군가.

그는 배 한 척을 보았다. 더반에서 지브롤터로 가는 배였다. 노랑머리에 갈색 눈을 하고서 푸른 제복과 선원 모자를 착용한 날씬한 청년은 일등항해사였다. 두 명의 장교와 여덟 명의 선원이 쌍돛대 범선에 있었다.

소년의 어머니는 작부로 일하는 술집에서 돌아온다. 술에 취해 옷을 입은 채로 침대 위에 큰 대자로 눕는다. 그는 화분에 심은 꽃과 뾰족탑이 그려진 벽에 걸린 태피스트리, 상아로 만든 코끼리 조각, 선반 위의 유리 생쥐를 둘러본다. 거실로 나와 요리용 철판, 한자가 적힌 노랗고 네모난 차통, 녹슨 싱크대로 물이 뚝뚝 떨어지는 수도를 둘러본다. 두 남자가 방에 있다. 한 명은 마른 체구의 삼십대 남자로 뺨이 움푹 들어갔고 얼굴은 창백하다. 다른 한 명은 붉은 머리에 눈이 충혈된 신부다.

소년은 싸구려 장식품에서 제대로 기능하지 않는 벽난로 선반 위의 마리화나 담배가 들어 있는 황동 사발, 장식이 달린 램프가 놓여 있는 기우뚱한 테이블, 의자 세 개, 긴 소파, 그리고 군용 담요에 이르기까지 천천히 목록을 작성한다.

그는 소년이지만, 염려하는 방문객, 삼촌 혹은 대부이기도 하다. 떠날 준비를 하는 중이다. 오두막 바깥은 크리스마스 잡동사니와 인공 눈으로 덮인 잡초가 무성한 가파른 비탈길이다. 그는 소년을 두고 떠나기가 싫다.

비탈길에서 종이 바퀴가 바람에 천천히 돈다. 바퀴에는 '실종자 및 망자'라고 적혀 있다.

신부는 어머니와 다른 남자에게 말한다.

"조심하십시오. 무엇이든 문제가 생기면 주저 말고 저에게 연락하시고요."

연기 속에서 죽은 손가락들이 지브롤터를 가리킨다. "클라크 선장은 여러분의 승선을 환영합니다. 시계를 한 시간 후로 맞추십시오." 우리는 영원한 대영제국인. 가게에서 파는 마멀레이드와 차, 상아 코끼리, 안에 또하나의 공이 든 상아로 조각한 공, 비취색 나무, 호랑이와 뾰족탑이 그려진 인도 태피스트리, 회중시계, 카메라, 그림엽서, 뮤직박스, 녹슨 가시철사, 신호탑.

부두로 들어서자 머리가 희끗희끗한 지친 신부의 목소리가 들린다.

"얼마나 머무르실 생각이십니까, 타일러 씨?"

'A' 열차에서는 힘들어

워링과 열차에 오른다. 증기, 그을음, 쇠 냄새가 난다. 화장실은 변으로 막혀 있다. 붉은 흙, 개울, 연못, 농가의 풍경이 보인다.

나는 페이지를 넘기면 실물처럼 살아나는 수많은 장면들이 담겨 있는 작고 둥그런 박스를 갖고 있다. 페이지를 넘기니 강을 따라 앞머리까지 콘크리트에 처박은 황소들이 나타난다. 그리고 18세기 옷을 입은 두 소년과 두 소녀가 금박을 입힌 마차에서 내려 옷을 벗고, 딸랑딸랑 울리는 뮤직박스의 음에 맞춰 한 발을 들고 춤을 춘다.

열차 복도에서 붉은 얼굴에 충혈된 녹색 눈을 가진 키가 작고 몸집이 큰 프랑스 출신의 세관원과 마주친다. 키가 크고 바짝 마른 잿빛 얼굴의 조수가 그를 수행하고 있다. 마치 프랑스어를 쓰는 캐나다 어느 지역을 통과하던 중이라 그가 여권을 검사하는 것 같다.

세관원은 문 앞에 서 있다. 문은 그가 있는 쪽으로 열리는데 그는 어깨로 문을 밀고 있다. 그의 몸무게 때문에 반대편의 두 승무원이 문을 열지 못한다. 그가 조수에게 소방용 도끼로 문을 부숴버리라고 말한다. 나는 중간에 끼어들어 문이 그가 있는 쪽으로 열린다고, 그냥 당기기만 하면 된다고 말한다. 그는 마침내 내가 일러준 대로 문을 열더니 두 승무원과 나에게 길을 막고 있다고 나무란다.

"*나는 승객이에요.*" 나는 따지며 말한다.

"*승객이 대수야!*" 그가 퉁명스럽게 말한다.

승객들은 모두 열차에서 내려 여권을 들고 옥외 칸막이 앞에 줄을 선다. 세관원은 나무 칸막이와 붙어 있는 테이블에 앉아 있다. 사람들이 담배에 불을 붙일 때마다 불조심 표시가 나타나고, 그러면 그는 테이블에서 얼굴을 들고 큰 소리로 외친다. "*불조심!*"

나는 줄의 맨 앞에 서 있다. 세관원은 내 여권을 보며 비웃는다.

"이거 네가 만든 거지?"

나는 미합중국 정부가 발행한 여권이라고 말한다.

그는 나를 의심스럽게 쳐다보면서 말한다. "여기에는 런던에 거주한다고 적혀 있는데."

"그래서요?"

내 뒤에 한 아가씨가 미국 여권을 들고 줄을 서 있다. 나는 내 여권이 그 아가씨의 여권과 같다고 말한다. 세관원이 그녀의 여권을 잡아채더니 살펴본다. 그리고 두 여권을 테이블 위에 탁 내려놓고 조수에게 돌아선다.

"이 서류들 파기해버려."

"사람들의 여권을 함부로 파기할 수 없을 텐데. 당신 돌았어?" 내가 묻는다.

"돌았냐고?" 그는 비웃으며 그 여자에게 돌아선다. "이 친구, 당신하고 짰지?"

"무슨 소리예요? 전혀 본 적도 없어요."

"하지만 같은 열차를 타고 왔잖아?"

"글쎄요, 그래서요…… 하지만……"

"같은 테이블에 앉았고?"

"그렇긴 하지만, 우연히 그렇게 된 건데요……"

"그럼 한 번도 본 적이 없는 이 친구와 같은 테이블에 앉았다는 사실은 인정하는 건가? 객실도 같이 썼겠네? 틀림없이 침대도 같이 썼을 테고?"

"말도 안 돼요!" 그녀는 소리지른다.

병사들은 나무 난로에 불을 켠다. 조수가 말한다. "죄송합니다만, 제 아들이 수집가인데요. 위조범 중 한 명을 데려가도 될까요?"

"그렇게 해. 어느 쪽이 맘에 드는데?"

"여자애요. 더 이쁘게 생겼어요. 제 아들이 보면 질질 쌀 거예요, 말씀드리기 뭐합니다만."

"좋아. 다른 여권도 파기해버려."

내 여권은 나무 난로 속으로 던져진다. 그는 다른 미국 승객들에게 돌아서서 말한다.

"당신들 모두 앞으로 나와서 거짓을 자백해. 이미 200년 전에 없어진 정부가 발행했다는 서류를……"

승객들이 분노에 차 항의해보지만 병사들은 여권을 빼앗아 난로에 던져버린다.

"어머니하고 같이 당신을 미국 영사에게 고발할 거야." 한 관광객이 화를 내며 말한다.

세관원은 자리에서 일어난다. "당신들이 소지하고 있는 화폐는 수집가에게만 가치가 있어. 이 정도 크기의 도시에서 수집가를 찾을 수 나 있을지 의심스럽지만 말이야." 그가 열차에 오르자 열차가 움직이기 시작한다.

"우리 짐은 어쩌고요?"

"몰수되었어. 수도에 가서 정당한 여권을 제시하면 찾을 수 있을 거야."

열차가 속도를 낸다. 우리는 세기말 서부 도시에 서 있다. 급수탑, 붉은 먼짓길, '스테이션 호텔 & 레스토랑'이 보인다. 나는 동료 미국인들에게 카운터 뒤에 있는 특징 없이 생긴 중국인 앞에서 신용카드와 여행자수표를 흔들어보라고 했다. 그는 입에 물고 있던 이쑤시개의 끄트머리를 쳐다보고 나서 고개를 좌우로 흔든다.

나는 술집과 이발소를 지나 잡초 무성한 거리에 들어선다. '실종자의 거리.' 길 양편의 집들은 버려진 것처럼 보인다. 걸어가는 동안 건물들이 바뀌고 가파른 내리막길로 접어든다.

'목욕탕 종일 영업.' 나는 대리석 벤치가 있는 한증실로 들어선다. 석고처럼 하얗고 뽀얀 소년이 손짓을 하자 나는 그를 따라 미로처럼 배치된 샤워실과 한증실을 거쳐 대기실로 간다. 그러고는 거리로 나가 돌계단이 있는 초록색 비탈길을 내려다보며 돌로 된 가파른 승강장 위에서 택시를 기다린다.

우리는 쌍둥이 택시를 기다린다. 한쪽 다리는 불구이고, 다른 한쪽은 깁스를 한 쌍둥이 형이 운전하는 택시다. 석고 청년은 돌 벤치 위의 내 옆에 앉는다. 청년의 눈에는 흰자가 없다. 두 눈은 여린 청록색을 띠고 유리처럼 빛난다. 그는 내 어깨에 손을 두르고 앉아, 만화와 영화에 나오는 낯선 언어로 말한다…… 느릿느릿 걷는 하얀 다리가 떨리고…… 어두운 방에서 은빛 엉덩이들이……

난 어디서든 집(수리) 장비를 구할 수 있지

나는 캐멀Camel이라는 사람에게 강기슭의 판잣집을 세냈다. 강은 천천히 흘렀고 깊었으며, 강기슭에서 집까지는 폭이 반 마일 정도 되었다. 비포장도로를 따라 난 부두는 썩어갔고, 적재 창고는 폐허가 되어버렸으며, 지붕은 무너져 있었다. 거리 한가운데 서서 나는 일렬로 쭉 늘어선 집들을 향해 걷는다. 집들은 좁고 작은 물막이 판잣집이었고 칠이 벗겨지고 있었다. 아연 철판으로 된 지붕은 잡초, 딸기나무, 녹슨 깡통, 고장난 난로, 쓰레기로 꽉 찬 지하 배수로의 고인 물웅덩이 등으로 인해 막혀버린 배수구에 의해 갈라져 있었다. 나는 덧문을 단 현관이었던 곳으로 가파른 나무 계단을 따라 올라간다. 덧문은 녹슬어서 경첩 부분에서 문이 떨어져나간다. 나는 자물쇠를 열고 나서 현관문을 밀어서 연다. 오래 사용하지 않아 생긴 곰팡내와 갑작스러운 냉기가 느껴진다. 내 뒤의 따뜻한 공기가 방안으로 스며들고, 바깥 공기와 안쪽 공기가 만나는 지점에서 열의 파장처럼 손에 잡힐 듯한 아지랑이가 보인다. 집은 가로 20피트에 세로 8피트가량 된다.

내 왼편 벽에 부착된 선반 위에 검게 그을린 석유난로가 있다. 선반 앞쪽은 두께 2인치, 폭 4인치의 막대기 두 개가 받치고 있다. 녹슨 버너 위에는 바닥에 구멍이 난 파란 커피 주전자가 있다. 난로 위에는 움푹 찌그러진 콩 통조림, 토마토 통조림, 그리고 곰팡이로 뒤덮인 과일 절임 단지 두 개가 놓인 선반이 있다. 방 끝에는 의자 두 개와 나무 침대가, 침대 옆에는 발판사다리가 있다. 침대 오른편으로는 욕실로 나 있는 문이 있고, 욕실에는 나란히 놓인 참나무 좌변기 두 개와 까맣게 녹이 슨 양동이, 푸른 녹으로 뒤덮인 황동 수도꼭지가 있다.

나는 거리로 돌아가 주위를 둘러본다. 거리의 한쪽 끝에서는 강의 지류가 흐른다. 반대 방향으로 걸어가자 거리는 내지內地로 접어든다. 갈림길에 '술집SALOON'이라고 적힌 판잣집이 하나 있다. 나는 안으로 들어간다. 눈이 회색 플란넬 셔츠 색인 한 남자가 나를 보며 말한다. "뭘 도와드릴까요?"

"연장과 비품들을 사려면 어디로 가야 하나요? 캐멀 판잣집을 막 세냈거든요."

"아, 예. 뭘 고치시려나보죠. 그러니까…… 파 정크션이라고…… 길을 따라 1마일 올라가면 나옵니다."

나는 고맙다는 인사를 하고 걷기 시작한다. 먼짓길, 여기저기에 흩어진 부싯돌, 그리고 길 양편에 난 연못이 보인다. 파 정크션은 건물 몇 개와 가옥, 급수탑, 기차 정거장이 있는 곳에 있다. 철로에는 잡초가 무성하고 녹이 슬어 있다. 닭들과 거위들이 거리를 쪼아댄다. 나는 잡화점에 들어간다. 연회색 눈에 검은 알파카 재킷을 입은 남자가 카운터 뒤쪽 자리에서 올려다본다.

"젊은 친구, 뭘 도와줄까?"

"여러 가지요. 캐멀 판잣집을 세냈거든요."

그는 고개를 끄덕였다. "수리하는 데 쓰려는 거구면."

"예. 혼자 지고 갈 수 없을 만큼 필요한 게 아주 많습니다."

"운이 좋군. 일주일에 두 번씩 물건을 배달하는데, 바로 내일이거든."

나는 가게 안을 돌아다니며 이것저것 가리킨다. 구리 방충망, 연장, 납작못, 경첩, 버너가 두 개 달린 석유난로, 석유 5갤런, 수도꼭지와 받침대가 달린 10갤런들이 수조, 물통, 요리기구, 밀가루, 베이컨, 조리용 돼지기름, 당밀, 소금, 후추, 설탕, 커피, 차, 콩 통조림, 토마토 통조림, 빗자루, 대걸레, 양동이, 나무 빨래통, 담요, 베개, 배낭, 침낭, 우비, 큰 도끼, 사냥칼, 잭나이프 여섯 개. 가게 주인은 내 뒤에서 왔다갔다하며 구입 목록을 메모판에 받아 적는다. 악어가죽 글래드스턴 가방? 15달러다. 안 될 게 뭐람? 셔츠, 양말, 스카프, 속옷, 반바지, 여벌로 쓸 장화, 면도용품, 칫솔도 구입한다.

나는 옷가지와 화장용품을 꾸려서 가방에 넣는다…… 그리고 낚싯바늘, 목줄, 낚싯봉, 낚싯줄, 찌, 피라미용 후릿그물도 넣는다.

이제 총을 살 차례다. 총열 6인치 32-20구경 콜트 프런티어, 가죽 케이스에 넣어서 허리에 차는 총신이 짧은 38구경 권총(나는 이것을 가방에 넣는다), 2연발 12번 산탄총을 주문한다. 그리고 레버액션 방식의 소총을 살펴본다.

"32-20을 갖고 있으면 편리하겠네요. 탄약이 권총과 소총에 다 맞으니까요. 이 근처에 살려면 더 센 무기가 필요할까요?"

"그럼. 곰을 상대하려면. 자주 공격해 오진 않는데…… 그래도 덤벼들면, 이것 정도면," 그는 32-20 탄약 박스를 툭툭 쳤다. "넘어뜨릴 수 있어."

그는 잠시 말을 멈추었다. 그의 얼굴이 어두워졌다. "그것 말고 다른 게 있어서 더 센 무기가 필요하지. 장거리 무기도……"

"그게 뭔데요?"

"강 건너 사람들."

나는 32-20구경 콜트 권총과 가죽 케이스를 들었다. "이 도시엔 총기 소지를 금지하는 법이 있나요?"

"여기엔 아무 법도 없어. 보안관이라고 해봐야 여기서 20마일 떨어진 곳에 있고, 그마저도 거리를 두려고 하지."

나는 총을 장전하고 허리에 찼다. 그리고 글래드스턴 가방을 들었다. "얼마 드리면 되죠?"

가게 주인은 신속하게 계산했다. "200달러 40센트에다가 배달비 2달러. 미안하이. 값이 계속 올라서 말이야."

나는 돈을 지불했다. "고맙네. 배달용 사륜마차가 내일 아침 8시에 출발해. 좀더 일찍 이리로 와. 필요한 게 더 있는지 생각해보고."

"근처에 머물 만한 곳이 있나요?"

"그럼. 여기서부터 가게 세 군데를 지나면 설룬 호텔이라고 있어."

바로 옆에 약국이 있다. 늙은 중국인이 카운터 뒤에 있다. 나는 요오드팅크, 면도 로션, 뱀에게 물렸을 때 바르는 과망간산염 결정, 지혈대, 메스, 아편 용액 5온스 한 병, 대마초 추출물 5온스 한 병을 샀다.

설룬 호텔. 바텐더는 머리카락과 얼굴이 모두 적갈색이다. 그에게서 차분하고 느긋한 분위기가 풍긴다. 두 명의 드럼 연주자가 울타리의 도매가격이 오른다고 이야기하며 위스키를 마시고 있다. 그중 뚱뚱한 사람은 깨끗하게 면도를 했고, 날씬한 사람은 세심하게 다듬은 턱수염을 기르고 있다. 둘 다 옛날 사진첩에서 걸어나온 사람들처럼 보인다. 한쪽 구석에서는 포커 게임을 하고 있다. 나는 위스키 반 파인트와 맥주를 큰 잔으로 한 잔 사서 테이블로 들고 간다. 대마초 추출물을 직접 덜어서 위스키와 함께 삼킨다. 한 잔을 더 마신 후 편안히 앉아 주위를 둘러본다. 한 소년이 카운터 쪽에서 다가와 나를 바라본다. 스무 살가량의 청년으로, 얼굴이 넓고 미간은 벌어져 있으며, 머리카락은 검고 귀는 타는 듯한 붉은색이다. 엉덩이 쪽에 총을 차고 있다. 그는 나를 보며 햇살을 머금은 듯한 함박 미소를 짓는다. 나는 한 발로 의자를 내민다. 그는 맥주잔을 가지고 의자에 앉는다. 우리는 악수를 나눈다.

"노아라고 해."

"난 가이야."

나는 대마초 추출물이 든 병을 들어 보인다. "좀 할래?"

그는 상표를 읽고 고개를 끄덕인다. 양을 재서 주자 맥주와 함께 마신다. 나는 술잔 두 개에 위스키를 채운다.

"강가의 캐멀 판잣집을 세냈다고 들었어." 그는 귀를 꿈틀거리며 말한다.

"그래."

"조금만 도와주면 네가 고칠 수 있겠어?"

"그럼, 할 수 있어."

우리는 말없이 마신다. 개구리가 바깥에서 개굴개굴 울어댄다. 병을 다 비울 무렵 바깥은 이미 어두워져 있다. 나는 바텐더를 부른다.

"요깃거리 있나요?"

"옥수수빵, 옥수수죽, 구운 사과를 곁들인 나그네비둘기 요리가 있습니다."

"2인분 주세요."

그는 카운터 끝에 가서 녹색 판막이를 톡톡 두드린다. 그러자 판막이가 열리더니 약국에 있었던 중국인이 내다본다. 바텐더는 그에게 주문을 한다. 음식이 나오자 우리는 게걸스럽게 먹는다. 시간 여행으로 인해 배가 고프다. 저녁식사 후 우리는 앉아서 서로를 무심한 표정으로 바라본다. 술집에 흐르는 침묵의 냉기가 느껴진다. 우리가 공기 중으로 내쉬는 숨이 잠시 눈에 보인다. 드럼 연주자 중 한 명은 떨면서 우리 주위를 둘러보더니 황급히 위스키로 손을 가져간다.

"방 잡을까?" 내가 묻는다.

"이미 잡아두었어."

나는 가방을 든다. 바텐더는 그에게 묵직한 황동 열쇠를 건넨다. 2층 6호실. 그가 먼저 방에 들어가서 침대 옆 테이블 위에 있는 석유 램프의 불을 켠다. 방에는 황동 테이블이 딸린 2인용 침대가 있고 벽에는 빛깔이 바랜 장미색 벽지가 발려 있다. 이외에 옷장, 의자 두 개, 광택이 나는 구리 세면대와 물주전자가 있다. 나는 내 것과 같은 글래드스턴 가방을 본다. 내 것보다 많이 닳았다. 시간에 찌든 낯선 얼룩이 보인다. 우리는 총집을 벗어서 침대 틀에 걸어놓는다.

"몇 구경?" 내가 묻는다.

"32-20."

"내 것도."

나는 구석에 세워놓은 소총을 가리키며 묻는다. "30-30구경?" 그는 고개를 끄덕인다.

우리는 침대에 앉아 장화와 양말을 벗는다. 발냄새, 가죽 냄새, 늪지 냄새가 난다.

"피곤하네." 나는 말한다. "누우면 금방 곯아떨어질 것 같아."

"나도. 먼길을 왔거든."

그는 석유램프를 불어서 끈다. 달빛이 옆 창문을 통해 물결처럼 흘러들어온다. 개구리들이 운다. 올빼미가 부엉부엉 운다. 멀리서 개가 짖는다. 우리는 셔츠와 바지를 벗어서 나무 옷걸이에 건다. 그는 나를 향해 돌아눕는다. 속옷의 가운데 부분이 불쑥 솟아 있다.

"저게 사람을 달아오르게 한다니까." 그가 말한다. "우리 낙타 탈까?"

잠에서 깨어나니 햇빛이 앞의 창문으로 흘러들어오고 있다.

우리는 일어나 씻고 옷을 입은 후 술집으로 가서 햄, 달걀, 옥수수 머핀, 커피로 아침식사를 한다. 그리고 가게로 간다. 열대여섯 살가량의 청년이 사륜 짐마차에서 짐을 내린다. 그는 돌아서서 손을 내민다.

"난 스티브 엘리저야."

"노아 블레이크야."

"난 가이 스타라고 해."

엘리저는 엉덩이에 콜트 프런티어 권총을 차고 있다.

"32-20구경?"

고개를 끄덕이는 그의 머리카락과 눈은 모두 적갈색이다. 술집 주인의 아들임이 틀림없어 보인다. 나는 가게로 들어가 우비, 휴대용 식기 세트, 가이에게 줄 침낭, 2인용 텐트, 흰색 페인트, 페인트용 붓 세 개, 사과 한 포대, 옥수수, 의자 세 개를 구입한다. 우리는 짐을 싣는 엘리저를 도와주고 뒷자리에 올라탄 뒤 의자에 앉았다. 소년이 말 고삐를 쥐자 우리는 길을 따라 이동한다. 갈림길에 도착했을 때 소년은 술집을 가리키며 말한다.

"가끔 나쁜 놈들이 들르는데 아버진 그놈들 하는 짓을 마뜩잖아하셔. 문제를 일으키려고 오는 것 같아."

나는 술집 주인의 연회색 눈을 떠올린다. 그가 파 정크션의 가게 주인과 친척이 아닐까 생각해본다.

"맞아," 그는 내 마음을 읽은 듯 말한다. "형제야. 이 주변에는 오직 두 가족만 살아. 브래드퍼드 집안이랑 엘리저 집안…… 외지에서 온 사람들을 빼고는 두 가족뿐이지……"

"강변에는 아무도 안 살아?"

"두 명의 아일랜드인과 소녀 하나가 살고 있지. 소녀라고 불러도 될지 모르겠지만…… 강물이 육지로 들어오는 지역의 끝 집이야…… 몇 주 후면 찾아올 불청객들 빼고는 그들이 전부야."

"네가 말한 나쁜 놈들 말야. 어디서 온 사람들인데?"

"강 건너." 그는 저쪽을 가리킨다. 아침 강가의 엷은 안개 사이로 도시의 윤곽이 눈에 들어온다. "안개가 걷히면 뾰족 솟은 그들의 망할 놈의 교회 십자가가 보여." 소년은 침을 뱉는다. 그는 내 판잣집 앞에서 멈춘다.

"내가 집 고치는 일 도와줄게…… 저 아래로 배달 한 번만 더 다녀오면 돼……"

"좋아. 도와주면 우리야 좋지……"

"수고비로 1달러면 너무 많을까?"

"아니."

"좋았어. 일 마치는 대로 돌아올게……"

가이와 나는 빗자루, 대걸레, 양동이, 페놀 용액, 마른행주를 들고 밖으로 나간다. 가이는 양동이를 들고 강가로 간다. 발판을 높이고 덧문 경첩을 갈고, 문과 현관에 새 방충망을 설치하고, 무거운 참나무 문을 열쇠로 연다. 오래된 난로를 덤불 속으로 던져버리고 이어서 커피 주전자, 콩 통조림, 토마토 통조림, 과일 절임 들도 치워버린다. 가이는 석탄산 용액을 쏟아부은 물 양동이를 들고 다시 나타난다. 내가 빗자루질을 하는 동안 욕실을 대걸레로 닦고 화장실을 청소한다. 마룻바닥의 먼지를 걷어내자 상태가 양호한 노란 소나무 목재가 드러난다. 벽과 천장도 노란 소나무 판자로 되어 있다. 천장의 작은 문을 여니 다락이 나온다.

가이가 테이블과 선반을 청소하는 동안 엘리저가 사륜마차를 끌고 돌아온다. 소년은 마차에서 말을 풀고 흰 털이 섞인 붉은 말의 다리를 묶는다.

이제 순서대로 짐을 내려놓을 차례다. 우리는 무엇을 해야 할지 다 알고 있기에 일하는 동안 말하지 않는다. 수조는 난로 옆에. 5갤런들이 통 두 개를 이용해 수조를 채운다. 강물로 보일러를 채운다. 새 난로는 테이블 위로. 난로에 석유를 채우고, 보일러 밑에 있는 버너도 석유로 채운 다음 새 심지를 넣는다. 식료품과 요리 도구는 선반과 난로에 올려놓거나 벽에 박은 못에 건다. 매트리스와 담요는 호두나무 침대 틀 위에 놓는다. 벽을 따라 트렁크 가방을 세워놓고 그 안에 있는 침대보를 꺼낸 다음, 글래드스턴 가방은 거치적거리지 않게 다락에 치워둔다. 우리는 셔츠를 벗는다. 스티브의 몸은 얼굴처럼 적갈색이다. 가이의 몸은 태양에 너무 심하게 그을려서 군데군데 칠을 한 것처럼 얼룩져 있다.

"나만의 태닝이야." 가이가 말한다.

스티브와 가이는 현관에 방충망을 설치하기 시작한다. 나는 사다리를 들고 밖으로 나가 페인트칠에 앞서 벽을 긁어낸다. 오래된 페인트는 쉽게 떨어진다. 한쪽 벽은 다 벗겨냈다. 덧문을 경첩에 걸었으니, 현관은 이제 반은 망을 친 상태다. 점심 먹을 시간이다. 레모네이드, 사과, 두툼한 팬케이크로 점심을 때운다. 현관의 방충망 작업을 마친다. 옆으로 난 두 창문에도 새 방충망을 설치한다. 벗기고, 페인트칠하고. 쓸데없는 동작이 없고, 서로를 방해하는 일도 없고, 말도 없다. 방충망을 설치하고, 페인트칠을 하고, 큰 가방에 물건을 담고, 음식과 탄약을 통에 담아서 다락에 보관하는 데 시간을 보낸다. 오후 4시가 되어 우리는 오후의 태양이 비추는 배처럼 하얗게 빛나는 산뜻한 집을 바라본다. 나는 구리 광택이 나는 물주전자에 레모네이드를 탄다. 우리는 밖으로 나가 현관 계단 위에 앉는다. 오후의 태양 아래에서 하얀 교회의 금색 십자가 첨탑이 빛난다. 교회에 다니는 점잖은 부인들과 자신의 총에 사살한 검둥이 수를 표시한 보안관들의 증오에 찬 비열한 얼굴이 보인다.

스티브는 버리려고 치웠던 콩 통조림과 토마토 통조림을 가져와서 현관 계단으로부터 약 35피트 거리에 있는 적재 창고의 기둥 위에 올려놓는다. 그러고는 있던 데로 돌아와서 쭈그리고 앉아 균형을 잡는다. 그런 다음 총을 뽑아 두 손으로 쥐고 눈높이에 맞춰 조준한 후 쏜다.

철퍼덕

토마토 통조림이 터지며 토마토주스가 기둥 아래로 주르륵 떨어진다. 스티브는 앉는다. 가이가 일어서서 총을 뽑고 조준한 후 쏜다.

철퍼덕

콩 통조림이 터진다.

나는 일어서서 팔의 긴장을 풀고 두 눈을 다 뜬다. 목표물을 바라본다. 뇌관을 본다. 안전장치를 푼다. 총이 손에서 출렁거린다.

철퍼덕

우리는 한 번에 여섯 발씩 쏘고 다시 장전한다.

검은 화약, 연기, 콩, 토마토 냄새가 난다. 스티브는 현관 모퉁이에서 삽을 들고, 발로 땅을 톡톡 두드리며 집 주위를 걷는다. 그러더니 멈춰서 땅을 파고는 흙과 실지렁이로 깡통을 채운다. 우리는 낚싯줄과 낚싯바늘, 목줄, 찌로 각각 세 줄을 만든다. 가이와 나는 30-30구경 소총을 손에 든다. 우리는 강과 만나는 약 40피트 폭의 지류를 향해 길을 따라 걸어 내려간다. 길 끝에 있는 집을 지나치면서 덩굴이 무성하게 자란 현관에 앉아 있는 세 사람을 본다. 까무잡잡한 아일랜드 소년이 씩 웃으며 손을 흔든다. 그의 양쪽에 분명 쌍둥이로 보이는 소년과 소녀가 앉아 있다. 둘은 투구 모양으로 자른 환한 오렌지색 머리와 인간 같아 보이지 않는 무표정한 얼굴을 하고 있다. 초록색 셔츠와 바지를 입고, 노란 신발을 신었다. 그들은 우리를 보며 얼굴을 이죽거린다. 좁은 물줄기 건너로 잡초와 덤불이 무성한 길이 계속 이어진다. 나는 낚싯줄을 꺼내기 시작한다. 아일랜드 소년은 머리를 좌우로 흔든다.

"여기선 메기밖에 안 잡혀."

그는 물줄기 옆 작은 관목 사이로 난 길로 안내한다. 내 팔뚝만큼 두꺼운 물뱀 한 마리가 물속으로 미끄러져 들어간다.

"여기야."

우리는 짙은 푸른빛 물웅덩이 옆에 서서 바늘에 미끼를 끼우고 낚싯줄을 담근다. 몇 초 지나지 않아 찌가 수면 아래로 모습을 감춘다. 우리는 농어와 연어를 낚는다. 물고기를 손질하는데 으르렁하는 소리가 들린다. 우리는 돌아서서 30-30구경 소총을 손에 든다. 20피트 밖에서 거대한 회색 곰 한 마리가 뒷발로 서서 이를 드러내며 으르렁댄다. 우리는 총의 공이치기를 잡아당긴다.

찰칵

찰칵

스티브는 콜트 권총을 꺼내든다. 우리는 꼼짝 않고 기다린다. 곰은 네 발로 엎드리더니 으르렁거리며 가버린다. 끝 집을 지나치는데 문은 열려 있지만 현관에는 아무도 보이지 않는다. 나는 길에서 큰 목소리로 말한다.

"물고기 좀 줄까?"

까무잡잡한 소년이 발기된 채 벌거벗은 몸으로 문으로 걸어나온다.

"좋지."

나는 그에게 3파운드 무게의 농어 한 마리를 던진다. 소년은 그걸 들고서 안으로 들어간다. 물고기가 철썩거리는 소리가 들린다. 그런 다음 동물도 인간도 아닌 소리가 들린다.

"이상한 사람들이네. 어디서 왔어?"

가이는 맑은 연푸른 하늘에 뜬 저녁별을 가리킨다.

"금성인들이야." 그는 무미건조하게 말한다. "쌍둥이들은 영어를 안 해."

"넌 금성 말을 해?"

"그럭저럭 말이 통할 정도는. 그들은 입으로 말하지 않아. 온몸으로 말해. 그래서 야릇한 느낌이 든다니까."

우리는 석유램프에 불을 붙인 후 연어에서 뼈를 발라내고 스테이크용으로 살코기를 자른다. 생선이 요리되는 동안 가이와 나는 위스키와 레모네이드를 마신다.

난로 반대편 벽에 다리가 넷 달린 접이용 테이블이 붙어 있다. 우리는 의자에 앉아 연어를 먹는다. 신선한 민물고기의 부드러운 맛을 선호하는 사람에게는 이 세상에서 가장 훌륭한 튀김용 물고기가 바로 연어일 것이다. 우리는 달빛이 비치는 현관에 앉아 강 건너를 쳐다본다.

"저 사람들이 자기 일만 신경쓰고 산다면야 아무 문제 없는데." 스티브가 말한다.

"천연두가 자기 일만 신경쓴다는 얘기 들어봤어?" 가이가 묻는다.

스티브는 우리 둘 사이에서 그림자처럼 가벼운 잠에 빠진다. 새벽녘이 되자 천둥소리가 들린다.

"움직여야겠어. 길에 물이 차는걸."

말에서 비 냄새가 난다. 노란 우비를 입고 검은 카우보이모자를 쓴 스티브가 우리에게 손을 흔들고는 말을 채찍질해서 뚜벅뚜벅 걸어간다. 회색 벽 아래로 비가 주르륵 흐른다.

우리는 커피를 한 주전자 끓여서 테이블에 앉는다. 한 시간 동안 아무 말도 하지 않고 가만히 앉아 있다. 나는 텅 빈 두 개의 의자를 쳐다본다. 우리는 이걸 무無로 떠나기라고 부른다. 한줄기 돌풍이 문을 두드린다. 나는 문을 연다. 끝 집에서 온 오렌지 머리의 소년이 현관에 서 있다. 그는 우비를 입고서 1갤런 통을 손에 들고는 현관 구석에 있는 5갤런들이 석유통을 가리킨다. 나는 깔때기를 가지고 통을 채워준다.

"안으로 들어올래? 커피 줄까?"

그는 낯선 고양이처럼 조심스럽게 방안으로 걸음을 내민다. 외계인을 만난 것 같은 충격이 나를 엄습한다. 그는 얼굴을 씰룩거리며 웃더니 엄지손가락을 당겨 자기 가슴 앞에 댄다.

"팻!" 그는 뱃속에서부터 소리를 끌어와 크게 외친다.

그는 우비를 벗어던진다. 그러자 장화와 검은 카우보이모자 말고는 아무것도 입지 않은 그의 몸이 드러난다. 그의 성기가 복부에 닿을 만큼 꼿꼿하게 발기해 있다. 온몸이, 심지어 이빨과 손톱까지도, 온통 선홍빛으로 변한다. 마치 외계의 지옥에서 온, 피부가 다 벗겨진 채 버려진 날것 그대로의 벌거벗은 천치 악마 같은 모습이다. 하지만 수갑 찬 손을 들고 있는 죄수처럼, 혹은 상처를 보여주는 문둥이처럼, 기쁨이라곤 없는 고통스러운 모습이다. 그의 몸에서 썩은 사향 냄새가 증기처럼 분출하여 방을 채운다. 나는 그가 우리에게 무언가를 전달하려 하고 있으며 이것이 유일한 소통 방법임을 알아차린다.

미션 선장의 말이 떠올랐다.

"우리는 정부의 폭정으로 인해 고통받는 이 세상 모든 사람들에게 피난처를 제공할 것이다."

나는 어떤 폭정을 겪었기에 그가 고향땅을 떠나 법령 아래에서 피난처를 구하게 되었는지 궁금했다.

비는 오후 늦게 그쳤다. 우리는 해질녘 강어귀 쪽으로 나가 빗물 떨어지는 나무에서 산비둘기 두 마리를 총으로 쏘아 잡았다.

코를 찌르는 썩은 냄새가 난다. 빨간 카펫이 깔린 방 한가운데에 둥글납작하게 생긴 이상한 식물들이 자라고 있는 6피트 크기의 정사각형 땅이 있다. 지네들이 석회암 사이를 기어다니고, 바위 밑에 거대한 지네의 머리가 튀어나와 있다. 나는 단검을 꺼내든다. 잘 보이지는 않지만 누군가 장작을 손에 쥔다. 나는 바위를 걷어찬다. 하지만 지네는 땅속으로 더 깊이 파고들어간다. 길이가 3피트 정도 되는 거대한 지네임을 알 수 있다. 지네는 이제 내 침대 밑에 있다. 나는 비명을 지르며 잠에서 깨어난다. 이미 끝났다고 생각한 전쟁을 다시 준비해야 한다는 사실을 깨달으면서.

지정된 스튜디오를 이용해주세요

우리는 현지 시각으로 자정 즈음에 바단에 도착한다. 파란빛을 발산하는 아크등 밑에 쓰레기가 잔뜩 쌓여 있다. 쓰레기 수거인들의 파업 때문이다. 바단에서는 항상 누군가가 파업중이다.

모든 종류의 밀수업자들이 바단에 들어와 있다. 함장들은 해마다 열리는 '함장 파티'에 모두 모여 다재다능한 '올해의 가장 비열한 함장'에게 금메달을 수여한다. 크루프 폰 노르덴홀즈 함장이 당연히 상을 받을 것이다. 또한 밀수업에 뛰어든 함장들과 거래하고, 뇌물을 준비하지 않은 자들은 체포하는 온갖 종류의 경찰들이 있다.

우리는 경찰을 부르며 말한다. "이 근처에 뭐 재미있는 일 없나요, 경찰관 나리?"

"글쎄, 펀 시티에 가면 좋아할 거야. 먼저 대포 좀 챙겨가는 편이

낫고."

그는 네온이 켜진 밤새 여는 총포상에 들른다. 가게 주인은 모든 종류의 옛 서부 모델과 최근 유행하는 더블액션* 38구경 총기를 취급한다. 이 총기들로 쏜 최음제는 사람을 불구로 만들거나 죽일 수 있다. 목과 심장에 맞으면 치명적이고, 배, 명치, 성기 부분에 맞으면 즉시 의식을 잃는다.

오드리는 총을 빨리 뽑을 수 있는 가죽 케이스에 든 총신이 짧은 38구경 권총을 고른다. 푸는 41구경 데린저 권총을 조끼 주머니에 넣고 44구경 스미스 앤드 웨슨 권총을 허리에 찬다.

"친구들, 45구경보다는 성능이 훨씬 좋다네."

펀 시티는 바단과 야스와다를 가르는 강과 한쪽 면이 가파르게 맞닿아 있는 고원에 있다. 이 경사면 위에 좁은 통로, 작은 문, 터널로 가옥들이 연결되어 있는, 일인당 범죄자 비율이 가장 높은 거대한 성채가 있다. 바단은 많은 기록을 갱신하는 중이다.

우리는 스트레치 네스트라고 불리는 가죽 바**로 걸어들어간다. 꽤 많은 사람들이 들어와 있다. 4피트 깊이에 있는 바에서는, 사람들이 한 줄로 서서 도박 테이블에서 파티가 시작되기를 기다리고 있다. 사람들은 빨간 카펫이 깔린 넓은 계단을 거쳐 목매다는 개별 룸으로 올라간다. 그 뒤를 웨이터들이 샴페인이 담긴 양동이와 술 쟁반을 들고 부지런히 오간다.

일반적인 복장은 엉덩이와 사타구니의 맨살이 다 드러나는 가죽 바지

---

* 방아쇠를 당기기만 하면 자동으로 격발시키는 연발 공이치기 방식.
** 가죽옷을 입는 사람들이 주로 찾는 게이바. 일하는 사람들도 모두 가죽옷을 입는다.

와 부츠다. 몇몇은 허벅지 중간까지 오는 꽉 조이는 섀미 바지에 배꼽까지 오는 셔츠를 입고 있다. 많은 사람들은 부츠와 총을 차는 허리띠, 그리고 교수형 올가미용 스카프 외에는 아무것도 걸치지 않았다. 올가미들이 10피트 간격으로 기둥에서 방 중앙까지 대롱대롱 매달려 있다.

목매달기 주먹싸움을 보려고 구경꾼들이 둥그렇게 모여 있다. 소년 둘이서 서로의 얼굴을 강타한다. 입술이 찢어지고, 눈은 시퍼렇게 멍든다. 코가 깨지고, 피를 쏟는다. 한 명이 쓰러진다. 일어나보려 하지만 옆으로 쓰러지고 만다.

승자는 허리를 구부려 그의 두 팔을 올가미용 스카프로 묶고 목을 매단다. 그의 정액이 술집에 튄다. 바텐더는 바를 닦는 행주로 정액을 닦아낸다.

꽉 끼는 코르셋을 입은 나이든 수탉이 처음 사교계에 나가는 딸의 데뷔 파티에서 매달 남자아이를 사냥하기 위해 나타난다. 그는 푸를 점찍고 다가온다. 푸는 데린저 권총을 손에 쥔다.

"손 내밀어봐, 요 말썽꾸러기 같으니." 나이든 남자가 느릿느릿 말한다. 푸는 데린저 권총으로 그의 목을 쏜다. 그는 방귀를 뀌고 똥을 싸며 쓰러지고 코르셋이 터진다.

"친구들, 옷은 입고 죽었으니 그래도 다행이지 뭐야."

벌거벗은 열다섯 살 소년이 술집에 머리를 내민다. "클랜턴 일당과 어프 형제가 오케이 목장에서 결투를 벌여요."

우 하는 야만스러운 함성이 술집에서 크게 터져나온다. 손님들은 정액에 미끄러지면서 목매단 시체를 헤치고 서로를 밀친다. 그리고 오케이 목장으로 향한다…… 목장 바로 옆에는 한 번에 열셋을 모실

수 있는 교수대가 있다.

클랜턴 일당과 어프 형제는 서로를 향해 걷는다. 총을 찬 허리띠와 부츠를 빼고는 벌거벗은 채여서 남근 대 남근으로 만나는 셈이다.

"자네들, 싸움 구경을 하고 싶었지……" 와이엇이 느릿느릿 말한다. "이제 우리가 보여주려 하네." 그는 총을 꺼내 빌리 클랜턴의 사타구니를 쏜다. 빌리는 축 늘어진다. 하지만 쓰러진 채 와이엇의 명치를 쏘아서 뻗게 만든다. 닥 홀리데이는 옆으로 빠진다. 그러나 아이크 클랜턴은 빙 돌아서 그의 깡마른 엉덩이를 쏜다. 버질 어프와 가이 어프는 쓰러진다. 클랜턴 일당이 승리한다.

어프 형제와 홀리데이는 동시에 목이 매달린다. 사람들은 목매달기에 미쳐 날뛴다. 거리 전체에서 총싸움이 벌어진다. 사람들은 창과 출입구에 숨어 총을 쏘고, 거리에 있는 사람을 낚아채려고 지붕 위에서 원양 어업용 낚시 도구와 올가미를 던진다.

그렇게 해서 잡은 사람들을 교수대에 줄지어 매단다. 밧줄을 풀고 시체를 옆으로 내던진다. 아직 살아 있는 일부는 거리의 소년들이 목 졸라 죽이게 하거나 공중을 선회하는 대머리독수리떼에게 맡긴다.

발코니, 나무, 긴 장대에도 사람을 매단다. 심지어 말을 동원하기도 한다. 말이 공중에서 발길질을 하며 방귀를 뀐다. 아이들은 주위를 껑충거리며, 이빨을 드러내고 말 흉내를 낸다.

이 너저분한 장면은 술 취한 카우보이들이 비명 지르는 창녀들을 여관에서 끌어내는 대목에서 절정에 이른다.

"내가 마지막 약을 줬어, 더러운 계집들아."

"맙소사, 여자들도 목을 매단다니!" 오드리가 간신히 말을 뱉는다.

"남자 한 놈 약에 취할 정도지." 스트로브 부함장이 천천히 말한다. "여기서 나가자고." 가죽 바지를 입은 여섯 명의 청년이 길을 막는다.

"처음 뵙는 분들 같은데, 급하신가봐?"

"그래." 오드리가 말하면서 목에 총을 쏘아 죽인다. 청년은 쓰러지면서 다른 소년과 부딪친다. 그 바람에 오드리의 조준은 빗나간다. 하지만 오드리와 푸는 믿을 수 없을 정도로 총을 잘 다룬다. 길을 막던 청년들은 의식을 잃거나 죽은 채로 모두 쓰러져 있다.

우리는 술집 군중들을 뒤로하고 걸어나온다. 떠돌아다니는 자경단에게는 아주 손쉬운 상대다. 우리가 모퉁이를 돌기 전에 사람들은 벌거벗은 채 성직자용 칼라만 걸친 교수형 창시자들에게 붙잡힌다. 교수형 창시자들은 선택된 자들의 의회가 통치하는 개별 구역을 대표한다. 그들은 바단에서 가장 영향력 있는 조직 중 하나다.

우리는 놀이공원 구역으로 천천히 걸어간다. 이곳에는 엘리베이터 교수대, 낙하산 교수대, 롤러코스터 교수대, 그리고 온갖 종류의 교수형 룰렛이 있다. 〈007 위기일발From Russia with Love〉이 러시안룰렛처럼 공연된다. 목에 밧줄을 두르고 받침대 위에 서서 총알 한 개가 장전된 총을 든다. 총의 실린더를 돌린 후, 총을 자신의 머리에 대는 대신 청중 가운데 한 사람을 겨냥한다. 사정거리 안에만 있다면 청중이든 누구든 가리지 않는다. 실탄이 장전된 경우 총은 바로 발사된다. 그렇지 않을 경우 교수대 밑에서 무식한 것들이 폭죽을 터뜨린다. 원자폭탄에 버금가는 폭죽이 결국 터질 것이다.

건물 벽이 위쪽으로 솟아오른다. 열세 명의 빨갱이가 무언가에 열중하고 있다. 우리는 공원을 가로질러 달린다. 총알이 핑 하고 스쳐지나간다. 우리는 엘리베이터 교수대 건물 뒤로 몸을 피한다. 300피트 높이의 10층짜리 건물이다.

목에 밧줄을 매고 10층에서 전속력으로 뛰어내린다. 엘리베이터가 **멈추면** 문이 열리고 머리가 멍해진다. 물론 엘리베이터에서 원하는 내기를 걸고 룰렛을 할 수도 있다.

오드리의 몸에서 힘이 빠진다. 사춘기 시절에 겪었던 몽정 때문이다. 갑자기 멈추는 엘리베이터에서 아주 빠르게 떨어지는 꿈이었다. 그 꿈이 무엇을 의미하는지 당시에는 알지 못했다. 이제 그것을 시도해보려 한다.

그래서 10층까지 올라온다. 빨간 카펫이 복도 끝까지 깔려 있다. 한쪽엔 터키식 목욕탕이, 다른 한쪽엔 엘리베이터와 (아무도 엘리베이터에 타고 있지 않다는 것을 알려주는) 녹색 조명이 있다. 수건을 둘렀거나 벌거벗은 청년들이 샤워실과 한증실에서 복도로 나와 귀찮게 달라붙는다.

오드리는 거만하게 종업원을 손으로 부른다. "생각 좀 할 수 있는 시설을 갖춘 방이 있나?"

"오, 그럼요, 선생님. 이리로 오시죠. 실례되는 말씀입니다만, 참으로 현명하십니다."

청년들은 화를 내며 투덜거린다. "이리 와서 맘껏 느끼면 될 것을."

"*망할 놈의 토끼 같은 녀석······*"

생각하는 방에서 청년들은 헬멧을 쓰고 있다. 다이얼과 스크린이 있고 원하는 건 미리 말하기만 하면 된다. 이것이 혹시 탁 트인 엘리베이터일까? 달은 꽉 차 있다. 바다 건너에서 야스와다의 불빛이 반짝반짝 빛난다.

오드리는 불길한 저주를 내릴 수도 있다. 혹은 거울과 비디오카메라를 가지고 바단의 근사한 거주지에 있는 편안하고 아늑한 방갈로에서 친구들에게 보여줄 개인 영상을 찍을 수도 있다.

생각의 방에서는 모든 것이 허용된다. 오드리는 생각나는 대로 내버려둔다. 탁 트인 엘리베이터, 아니면 거울 조작? 둘 다 하면 또 어때? 하나씩 하나씩.

펑   펑   펑

그는 바다 건너 야스와다 전역에 죽음을 퍼뜨리는 중이다. 야스와다의 양성애자와 이주민들에게 손을 뻗는다.

이들 가운데 둘이 파도 모양으로 나타나 떨리는 목소리로 말한다. "그럼 어떻게 되는지 알지, 그렇지, 오드리?"

제리의 머리가 빨강 머리 소녀의 몸 위에 있고, 소녀의 머리는 제리의 몸 위에 있다. 긴 빨강 머리가 그의 젖꼭지에 닿는다. 그들을 보고 오드리는 고르곤 퀴지스를 집는다.

"너를 펑 하고 터지게 해줄게, 오드리."

이 작업을 위해 탁 트인 엘리베이터가 움직인다.

"자, 간다아아아……" 머리카락이 지옥의 불처럼 그녀의 머리 주위에서 폭발하듯 날린다.

펑

오드리는 진정하고 불을 던지는 법을 배우고 있다. 바다 건너 창고에서 불길이 시작된다.

이제 밤하늘 800피트 창공 위로 솟아 있는 북두칠성 차례다. 반짝

반짝 빛나는 별들과 함께 잔뜩 취해 있다. 태양계에서 가장 크고 가장 빠른 롤러코스터. 이미 말했듯이, 바단은 많은 기록을 깨는 중이다.

오드리는 이제 막 생각난 작은 카페에 멈춘다. 이 작은 거리를 쭉 올라가다가 오른쪽으로 돌면 나오는…… 그들은 나무 밑에 앉아 민트차를 주문하고는 이치 팅글을 양껏 복용한다.

"너희들, 나 좀 도와줘. 내가 터뜨릴 때 너희 이치 팅글의 모든 기운을 나한테 몰아줘."

"물론이지, 친구."

오드리는 손님을 엄격하게 가려서 받는 조그만 가게를 기억한다. 외모가 주인 마음에 들지 않으면 절대로 문을 열어주지 않고 심지어 문을 찾을 수도 없는 가게다. 주인은 오드리가 전생에 사설탐정으로 있었던 멕시코시티에서부터 알던 사이다.

그는 가게 안으로 들어가 날개 달린 머큐리 샌들과 미국 흰두루미의 날개를 단 헬멧을 구입한다. 은빛 지팡이로 장비의 구색을 맞춘다.

그들은 북두칠성에서 개인 승용차를 탄다. 오드리는 은빛 실크 올가미를 목에 두르고 서서, 다리를 벌리고 무릎을 구부린 채 하강 기류를 탄다. 손에 든 은빛 지팡이가 그의 눈앞에서 움직인다. 차가 서서히 위로—위로 위로 위로—올라가는 동안 오드리는 발기하기 시작한다…… 그러다 멈추자 현기증이 난다. 이제 북두칠성은 아래로, 아래 아래 아래로 내려가다가 수평을 유지한다. 오드리는 야스와다의 발전소를 향해 팔과 지팡이를 뻗는다.

펑

야스와다의 모든 불이 꺼진다.

지금은 강의중

지미 리는 다이얼을 체크하고 있다. "잡으러 오기 전에 여기서 빨리 나가야겠어."

우리는 고원 가장자리에 있는 사격연습장과 오락실 쪽으로 걸어간다. 강까지 뻗어 있고 강둑을 따라 펼쳐진 바단의 거대한 빈민가와 펀시티 사이에는 높은 전기 울타리가 세워져 있다.

새벽 3시, 뜨겁고 열광적인 밤이다. 대기 중에는 보랏빛 아지랑이가 보이고 콜먼 랜턴과 하수구 냄새가 난다. 노점상들은 분홍 셔츠와 줄무늬 바지를 입고, 소매 밴드를 찼다. 그들은 차가운 눈매에 잿빛 밤 같은 얼굴을 하고 있고, 매끄럽고 빠른 말로 재잘거린다.

런던 토박이 말투에 빨간 여드름 상처가 옅게 나 있는 야바위꾼 중 한 명이 커튼이 쳐진 칸막이 가판대 앞에 서서 누가 봐도 추하고 이해할 수 없는 몸짓을 한다. 오드리는 사춘기 시절 마켓 스트리트에서 있었던 일, 전당포 진열장에서 본 쇳조각과 구부러진 주사위, 그리고 황갈색 피부의 매끄럽게 생긴 노점상이 '박물관'을 구경해보지 않겠느냐고 꼬드기던 일을 떠올렸다.

"모든 종류의 자위와 자학을 볼 수 있어. 젊은 친구들한테 특히 필요한 거지."

오드리는 그가 무슨 말을 하는지 정확하게 이해하지 못한다. 그는 돌아서서 얼른 가버린다. 뒤에서 노점상이 놀리는 목소리가 들린다.

"그럼 또 보세, 친구."

우리는 계속 걷다가 밤새 영업하는 식당에 멈춘다. 늙은 중국인이 칠리와 커피를 내놓는다. 그는 '영업 끝' 표지판을 앞문에 걸고 문을 잠근다.

"이리로 오시죠……"

그는 뒷문을 거쳐 울타리 옆의 잡초 무성한 좁은 길로 우리를 안내한다. 개구리들이 울어대고 새벽의 첫 빛줄기가 붉은 하늘과 섞인다. 한 소년이 고양이처럼 조용히 우리 옆으로 다가온다.

"저와 함께 가시죠. 당신들과 이야기하고 싶어하시는 분이 계십니다."

소년은 오렌지색 주근깨가 가득 낀 담황색 얼굴에 빨간 곱슬머리인데 갈색 눈은 반짝반짝 빛난다. 아무것도 신지 않은 맨발에 카키색 반바지와 셔츠를 입고 있다. 우리는 울타리 옆을 따라 걷는다.

"이리로."

소년은 타르지紙를 옆으로 젖힌다. 작은 녹색 뱀이 슬며시 미끄러져 간다. 타르지 아래 콘크리트에 녹슨 철판이 있다. 우리는 사다리를 타고 아래로 내려가 하수구와 석탄가스 냄새가 나는 구불구불한 통로를 거쳐 알제리 혹은 모로코처럼 보이는 좁은 거리로 나간다.

소년은 갑자기 멈추더니 개처럼 코를 킁킁거린다. "여기로요, 빨리."

그는 우리를 출입구로 데려간다. 계단을 오른 뒤 사다리를 타고 지붕으로 간다. 아래를 내려다보니 기관총을 들고서 거리의 모든 출입구를 감시하는 여섯 명의 순찰병이 보인다. 오드리는 순찰병들의 잿빛 얼굴과 차갑고도 흐리멍덩한 눈을 살펴본다.

"약쟁이들이야."

"망할 놈의 헤로이드*—" 소년은 침을 뱉는다.

소년은 지붕과 채광창 밑으로 난 미로 같은 좁은 통로로 안내하더니 금속 문 앞에서 멈춘다. 그는 코트 주머니에서 작은 원반을 꺼낸다. 원반이 희미하게 삐 소리를 내자 문이 열린다.

중국 청년이 서 있다. 그는 허리의 가죽 케이스에 권총을 차고 있다. 휑한 방에는 테이블, 의자, 총 놓는 선반, 그리고 벽에 걸린 커다란 지도가 있다. 한 남자가 지도에서 몸을 돌린다. 디미트리다.

"아, 스나이드 씨. 아니 오드리 카슨스라고 해야 하나? 다시 만나서 반갑군요." 우리는 악수를 나눈다. "그리고 당신의 젊은 조수도." 그는 지미 리와 악수한다. "둘 다 좀 바뀌었군요. 그래도 여전하네요."

우리는 다른 친구들을 소개한다.

---

* 헤로인에 중독된 인간.

"여러분, 환영합니다…… 자, 설명할 게 제법 많아요."그는 길고 얇은 개암나무 막대기를 손에 들고서 지도 앞에 선다. "우리가 있는 곳은 바로 여깁니다—"그는 바단 강기슭 하단의 펀 시티 고원 밑에 있는 지역을 가리키며 원을 그린다. "카스바로 알려진 곳이죠. 모든 시대, 모든 지역에서 온 범법자와 범죄자들이 다 여기에 있어요. 그래서 순찰이 심합니다. 오면서 봤듯이, 병사들은 모두 헤로인 중독자들이에요. 중독 덕에 열병에 대한 면역력이 생겨서, 그들의 주인에게 절대적인 충성을 바치고 있죠. 물론 주인들은 그들에게 필요한 것을 공급해주는데…… 체포를 많이 하면 특별히 더 주고…… 근무를 조금이라도 태만하게 하면 공급량을 줄이죠."

"거참 간편하군요." 내가 중간에 끼어든다. "다른 데에서는 구입할 수 없나보죠?"

"그래요, 구입할 수 없어요. 우리가 암시장을 통제하거든요. 어떤 밀매업자도 약을 댈 수 없죠. 살기가 싫다면 몰라도."

"왜 그런 거죠? 다른 데서 구할 수 있으면 독점을 깰 수 있을 텐데요."

"우리는 다른 계획을 갖고 있어요. 때가 되면 알게 될 겁니다."

디미트리는 슬라이드와 동영상을 이용해가며 강의를 했다.

"바단은 지구에서 가장 오래된 우주 공항입니다. 다른 많은 공항 도시들처럼 수많은 시대와 지역에 있었던 최악의 특징들을 수세기에 걸쳐 흡수해왔죠. 은하계 구석구석에서 온 부적응자와 쓰레기 같은 인간들이 배를 타고 이곳으로 뛰어들거나 이주해 와서 유해하고 기생적인 직업들을 갖게 되었습니다. 그로 인해 포주, 창녀, 뚜쟁이, 사기꾼, 암시장 중개인, 중개업자, 해결사 들의 수가 크게 증가했고, 계급과 직업의 구조가 아랍 도시처럼 구분되고 있죠."

푸르스름한 땅거미가 좁고 꼬불꼬불한 도시의 골목을 뒤덮고 있었다. 이방인은 추위에 떨면서 낡은 망토를 여몄다. 격자창 뒤로 빛이 하나둘 켜졌다.

여기저기에 푸른 가로등불이 들어왔다. 거리를 기어가던 거지는 길을 막고서, 국자처럼 팔에 고정해둔 사발그릇을 앞으로 내밀었다. 그는 뼈가 없는 뒤틀린 다리를 절뚝거렸다. 빡빡 깎은 머리는 태아 같았고, 벌어진 입술 사이로 악취가 풍기는 누런 입김이 새어나왔다. 이방인이 옆으로 지나가자 거지는 속에서 부글부글 끓어오른 것 같은 꽐꽐하고 끈적끈적한 방언으로 욕설을 중얼거렸다. 이방인은 마치 오물을 뒤집어쓴 듯한 느낌이었다. 거지가 뱉은 말이 더러운 악취처럼 망토 뒤에 달라붙는 것 같았다. 바로 앞에 쓰레기와 인광이 나는 배설물로 더러워진, 가옥 높이 절반 정도의 돌계단이 있었다. 그 너머로는 푸른 조명이 켜진 안개 낀 광장이 보였다. 모래에 반쯤 묻힌 자갈들이 여기저기 흩어져 있는 광장으로 들어서자 키가 4, 5피트 정도 되는 더러운 청년 패거리가 그를 에워쌌다. 그들은 자기들끼리 지껄이고 소리지르고 혀를 차면서, 그의 길을 막고 옆걸음치듯 뒤에서 찝쩍댔다. 푸른 불빛과 몇 가닥 떠다니는 안개 사이로 얼핏 보기에 그들은 낯선 이에게 최대한 돈을 뜯기로 작정한 누더기를 걸친 배고픈 부랑자들처럼 보였다. 좀더 가까이에서 보니 인간 같지가 않았다.

그들 중 몇몇은 긴 빨강 머리에 눈은 이글이글 타는 듯한 녹색이었다. 손에는 푸른빛 속에서 액체가 뚝뚝 떨어지는 바늘 같은 손톱이 나 있었고, 가죽으로 된 국부보호대와 짧은 모피 망토를 입고 있어서 움직일 때마다 몸에서 썩은 땀내와 반 정도만 치료된 피부의 상처 냄새가 진동했다. 망토 안쪽에서 희미하게 인광이 발하는 것으로 보아 거리에 흩어져 있던 인분을 문질러 상처를 치료한 듯싶었다. 소년들은 으르렁거리고 웃음 지으며 누런 이 사이로 쉬익 소리를 냈다. 그때마다 동물의 털처럼 머리털과 다리털이 곤두섰다. 다른 소년들은 추위에도 불구하고 완전히 벗고 다녔다. 피부는 파충류처럼 매끄러웠고, 두 눈은 수정 원반 같았다. 그리고 끝이 반투명한 분홍 수정체 같은 길고 유연한 꼬리가 달려 있었다. 그들은 황홀경에 빠진 듯 쉬익 소리를 내며, 이방인을 향해 두 다리 사이에서 꼬리를 심하게 흔들어댔고 허리를 앞으로 내밀고 돌리면서 선정적인 춤을 흉내냈다. 또다른 소년들은 손가락 끝이 수정체로 되어 있었다. 그들은 손가락 끝을 바늘처럼 세워서, 듣는 사람이 이를 악물게 되는 짧은 리듬에 맞춰 소리굽쇠처럼 부딪쳤다.

소년들은 좀더 가까이 다가왔다.

"왜 길을 막지? 난 조용히 지나가고 싶은 이방인일 뿐인데."

한 소년이 앞으로 나와 허리를 굽혀 절했다. 그의 긴 빨강 머리가 이방인의 부츠에 닿았다. 하인을 흉내내는 자세였다.

"대단히 죄송합니다. 고귀한 귀족 나리. 하지만 여길 지나가려면 통행료를 내셔야 하는뎁쇼. 그래야 맞겠죠, 안 그렇습니까?"

소년은 허리를 펴고 이방인의 망토 아랫단을 움켜쥐었다. 그러고는 소름 끼치는 동물 소리를 내며 공중으로 껑충 뛰더니, 이방인의 망토를 머리 위로 들어올려 벗겼다.

다른 소년들도 울부짖으며 날아다니는 망토처럼 팔을 펄럭인다. 이방인은 가죽 속옷을 입고 정강이에 딱 달라붙는 무릎까지 오는 가죽 부츠를 신었을 뿐이다. 허벅지 뒤가 확 달아오른다. 그는 옆으로 비켜서서, 소년들이 등뒤로 오지 못하게 하면서 불꽃 총에 손을 뻗는다. 한 소년이 꼬리를 등 위로 둥그렇게 세우고는 고양이처럼 네 발로 착지한다. 그가 부르르 떨자 수정체 같은 뾰족한 꼬리 끝에서 붉은 불꽃이 쏟아진다. 불꽃은 성욕을 자극하는, 타는 듯한 상처를 이방인의 몸에 퍼뜨리고, 그 상처는 달콤하면서 썩은 열병의 말을 속삭이며 병든 입술로 비집고 들어간다. 불꽃은 온 사방에서 날아와 그의 젖꼭지에서 꿈틀거리고, 배꼽에서 확 피어나며, 사타구니와 항문에서 앵앵거리고 재잘댄다.

오드리는 깜짝 놀라 잠에서 깨어났다. 그의 남근은 보온이 되는 국부보호대 안에서 바짝 서 있었다.

디미트리의 목소리는 잠에 빠지게 하는 자장가처럼 계속 이어졌다. "우주 공항에 인접한 지역은 포틀랜드로 알려져 있는데 은하계의 세계적인 구역입니다. 포틀랜드는 독자적인 행정, 세관, 경찰 체계를 갖추고 있죠. 생화학 검사와 검역은 DNA 전담 경찰대가 맡고 있는데, 이들은 고도로 전문화된 장교들로서 모든 분야의 의약에 조예가 깊고, 은하계의 온갖 질병과 약물에 관한 권위자들이에요.

그들은 가장 정교한 무기들로 무장하고 있어요. 가령 초저주파 총,

DOR 총, 공포탐지기, 살상, 실신 혹은 해산에 맞게 조절할 수 있는 죽음의 총, 그리고 신경가스와 독소가 들어간 작은 총알을 쏘기 위한 다양한 장치들이죠.

이 장교들은 또한 고도로 숙달된 수사관들로 심령 기술 훈련을 받았고, 가장 선진화된 거짓말탐지기, 즉 살아 있는 생명체의 민감한 반응을 통해 거짓말을 읽어낼 수 있는 장비들을 갖추고 있습니다. 거짓말 앞에서 축 처지는 꽃이라든가 밝은 푸른색으로 변하는 문어를 이용하는 기술을 말이죠.

만약에 용의자가 심령 조사와 거짓말탐지기를 피하는 훈련을 받았거나, 시간이 모자라는 경우(핵장치를 찾아서 해체해야 하니까), DNA 수사관들은 열대산 쏨뱅이의 독을 몸에 투입하는 방법을 쓰기도 해요. 이 독은 지금까지 알려진 것 중 가장 강렬한 고통을 유발하지요. 마치 핏속으로 불이 퍼지는 듯한 고통이랄까. 용의자는 비명을 지르며 데굴데굴 구르게 됩니다.

그리고 이 주사기에는 즉각 고통을 덜어주는 해독제가 들어 있고요."

스크린 속 무표정한 수사관은 파란 액체로 채워진 조그만 주사기를 들고 있다.

주글주글한 노파 같은 얼굴에 치아가 하나도 없는 남자가 그에게 허리를 숙였다. 그의 머리는 푸른빛 후광으로 둘러싸여 있었다.

"어이, 젊은 친구. 내가 우연히 지나가길 잘했구먼." 그는 불꽃 총을 들고서 무게를 가늠해보았다. "이 작은 물건도 합당한 곳에서는 제

값을 받을 수 있을 텐데……"

이방인은 일어서려고 하다가 뒤로 넘어져 팔꿈치를 부딪혔다.

"조심조심, 젊은 친구." 그 남자는 일어서는 그를 도와주었다. "그리고 이쪽으로."

발을 뗄 때마다 찌르는 듯한 엄청난 고통이 온몸에서 밀려왔다. 목이 아팠고, 침에 피가 섞여 나왔다. 다리는 딱딱하고 감각이 없었다. 쓰러지지 않기 위해 그 남자의 팔에 기대야 했다.

"자, 다 왔어." 남자는 출입구에서 고슴도치와 주머니쥐 중간쯤 되는 이상한 동물을 발로 걷어찼다.

"망할 놈 같으니!"

이상하게 생긴 동물은 으르렁대더니 달아나버렸다. 남자는 점점이 구멍이 뚫려 있는 막대기를 자물쇠에 집어넣었다. 그러자 문이 열리고, 끝에 계단이 있는 우중충한 복도가 나타났다.

그는 이방인을 문 오른편의 방으로 안내했다. 거리로 나 있는 창문은 높았고 철창이 쳐져 있었다. 회반죽을 바른 벽에는 파란색 페인트가 칠해져 있었다. 남자는 소켓에 꽂혀 있는 전등의 불을 켰다. 푸른색 불빛, 지저분한 침대, 싱크대, 테이블, 의자가 눈에 들어왔다.

"집만한 데가 없지, 그렇지?"

그는 누더기 같은 푸른 벨벳 침대보를 때묻은 침대 위에 깔고 이방인을 눕혔다. 두 다리의 마비가 서서히 풀리자, 총을 맞은 데가 동상에서 풀리는 것처럼 참을 수 없이 아프고 따가웠다. 그는 얼굴을 두 손으로 감싸고 고통스럽게 신음했다.

그 남자는 푸른 액체가 담긴 작은 주사기를 들었다.

"자유를 위한 주사일세."

이방인은 떨리는 팔을 들었다.

"소매를 걷게. 주사를 놓을 테니."

개울가 옆에서 맞는 선선한 푸른 아침, 멀리서 들리는 부드러운 플루트 소리, 꺼져가는 별의 달콤한 슬픔. 인광을 내는 그루터기가 정오의 거리에 아지랑이처럼 퍼져 있는 푸른 땅거미 속에서 빛난다.

악어들이 돌고래처럼 노는 푸른 운하를 따라 빨간 벽돌집이 줄지어 서 있다. 사라져가는 애처로운 별들이 흐릿흐릿해지면, 불꽃 소년들은 서로의 어깨에 기대어 재잘거리며 가냘프게 운다. 그들의 엉덩이는 새벽에 내린 서리로 빛난다. 시원한 외딴 정원. 물이 뚝뚝 떨어지는 지붕의 배수로, 소년이 애처로운 푸른 원숭이를 어깨에 올려놓고 서 있는 돌다리.

"펀 시티는 도시 북부의 고원에 위치한 격리된 범죄 구역입니다. 여러 시대와 지역의 도박장과 사창가들이 있어 어떤 취향이든 다 맞춰주죠. 하지만 대부분 관광객들에게 바가지를 씌우는 관광지거나 도박장이라서 창녀보다 야바위꾼과 사기꾼이 더 많아요."

오드리는 스크린을 보면서 눈을 깜빡거린다. 열병에 감염된 안경을 통해 펀 시티를 분명히 보았던 것이다. 스크린에 보이는 펀 시티는 싸구려 술집, 기다리는 동안 처녀들이 포장되는 사원, 1920년대 영화관처럼 생긴 아즈텍과 이집트 세트, 종이로 된 야자수가 늘어선 수영장 주변의 훌라 걸, 장식이 달린 램프 아래서 게이샤들과 함께하는 팬탠 카드놀이, 더러운 호수와 운하 위에 가짜 스페인 이끼와 선상가옥을 차려놓은 뉴올리언스 창녀촌, 안마시술소, 여장을 한 남자 배우들이 등장하는 단테의 「지옥편」 등으로 이루어진 거대 복합 공간이다. 이 모든 장면은 할리우드에서 만든 것이다.

"진짜 재미는 카스바에서 맛볼 수 있어요. 하지만 관광객들은 상인들과 펀 시티 야바위꾼들이 꾸며댄 무서운 이야기 때문에 겁을 먹고서 가기를 두려워하죠. 펀 시티에서는 보통 중독자들을 불에 태워 죽이거나 엄중한 벌을 내립니다. 그래서 그들은 카스바로 향하는데, 거기서는 돈만 있으면 어떤 약이든 구할 수 있거든요.

카스바는 강 쪽으로 경사진 언덕과 절벽에 세워져 있습니다. 이 거대한 게토는 도망자들과 추방자들로 우글거리죠. 모든 면에서 불법이 자행되는데, 범법자들은 세금을 전혀 내지 않고 행정상의 어떤 의무도 지지 않아요. 이곳에서는 여러 시대와 지역에서 온 범죄자들과 추방자들을 쉽게 볼 수 있습니다. 17세기 베네치아에서 온 자객부터 옛 서부의 마지막 총잡이들, 인도의 암살단원, 알라무트에서 온 암살자, 사무라이, 로마의 검투사, 중국의 도끼잡이, 해적과 총잡이, 마피아의 청부 살인자, 정보국과 비밀경찰 소속이었다가 해고된 요원들 천지죠."

카메라는 옛 서부의 세트와 고대 로마, 중국, 인도, 일본, 페르시아, 그리고 중세 영국을 조금씩 보여준다.

"수세기에 걸쳐 터널을 파서 그 지역의 모든 건물은 서로 연결되어 있습니다. 터널은 또한 미로처럼 이루어진 크고 작은 자연 동굴들로 이어지고요.

간이 마차와 보조 좌석이 달린 케이블카가 있어서 건물과 건물 사

358

이를 옮겨다니죠. 날다람쥐라고 불리는, 이고리처럼 생긴 작은 인간들이 가장 높은 절벽에서 행글라이더를 타고 다니고, 지붕과 지붕 사이를 뛰어다니며 메시지, 약, 무기들을 운반합니다.

카스바는 미로처럼 복잡한 부두와 좁은 통로, 그리고 배와 뗏목들이 있는 강과 붙어 있어요. 강물과 높이가 같은 터널들은 물이 반 정도 차 있어서, 종유석이 자라는 궁궐 같은 석회암 동굴로 곤돌라가 다니는 지하의 베네치아를 이루고 있죠.

카스바에서는 무엇이든 살 수 있습니다. 살인 청부에서 신원 세탁까지 무엇이든 가능해요. 가장 세련된 창녀는 물론이고, 주문을 받고 몽정을 제공하는 렘수면, 그리고 해피 클록과 세이렌 웹같이 지각 없는 유기물들까지 다 제공되죠.

돈만 있으면 어떤 약이든 카스바에서는 다 구할 수 있어요. 복용량이 매회 계속 늘게 되어 있어서 약을 중단하면 중독자는 부패하게 되는 장수약이라든가, 성적으로 흥분할 때 의식을 잃어 복용할 때마다 수명이 몇 년씩 줄어드는 환희의 주스를 살 수 있단 말이죠. 환희의 주스를 상용하는 사람은 평균 2년쯤 버티다가 기력이 소진된 멍청한 거구로 생을 마감하죠. 그리고 오! 이런 세상에…… 피부를 매끄러운 대리석처럼 부드럽게 해주는 약이 있는데…… 하지만 약이 떨어지면…… 피부 신경조직의 고통 때문에…… 너무 고통스러워서 몸을 자기 손으로 찢는 사람이 있을 정도예요. 블루, 그레이라고 불리는 아주 센 약들도 있습니다. 복용하는 즉시 습관이 되어 한 번 복용으로 평생 중독자가 되는 약이죠. 카스바에서는 **돈만 주면** 무슨 약이든 다 살 수가 있다고요."

"이제 열대산 쏨뱅이 독을 좀 맞아볼까……" 남자는 우윳빛 액체가 든 약병을 톡톡 건드렸다. "……핏속에 흐르는 불 같지. 모르핀에는 안 돼. 하지만 이 블루라는 놈은 쉰 배나 더 강해. 그래서 물고기 독과 블루를 섞으면," 그는 우윳빛 액체를 주사기에 넣는다. "파이어 픽스가 탄생하지!"

이방인은 잔고가 얼마 남지 않았다. 핫샷처럼 잘나가는 비싼 약들은 살 돈이 없었다. 그레이라는 약을 구하려고 거래를 시도해보았지만 시간만 지체됐고 공포가 엄습했다.

갑자기 블루가 도시에서 동났다. 헤로인 중독자에게 코데인이 별 소용이 없는 것처럼 헤로인은 별 도움이 되지 못했다. 뼛속에 흐르는 차가운 불 같은 것이 그를 지속적인 고통에 빠뜨렸다. 살갗에서 피가 났다. 이른바 피땀이었다.

운좋게도 그는 그리 오래 앓지 않아서 자연스러운 절단 수술을 받을 수 있었다. 잘린 팔다리에는 시퍼렇게 그을린 상처가 남았다. 마지막 남은 잔고를 가지고 그는 급속 냉동 수면 치료를 받으러 의료원으로 갔다.

"바단의 남쪽에는 강이 내려다보이는 절벽을 따라 자치 특수경찰이 보초를 서고 있는 거대한 부유층 지역이 있는데요. 최근에 편 시티의 싸구려 명물에 싫증난 부유층 아들들이 범죄 소굴에 드나들기 시작했습니다. 이 청년들의 일부는 마약중독자에다 마약상들이에요. 일부는 무기와 다른 도움이 필요한지를 타진하며 의도적으로 접근하는 중개상들이고요.

행정, 법원, 경찰이 정부청사 지역을 차지하고 있어요. 들어가려면 출입증이 필요하고요. 상인, 장인, 소수의 공무원 등 대다수의 중산층이 포틀랜드, 펀 시티, 카스바와 정부청사 지역 사이에 있는 도시의 중간 지역에 삽니다."

카메라는 황량한 퀸스 지역처럼 황무지가 된 저소득층 주택단지를 보여준다.

"전통적으로 바단은 부유층이 압도적 다수를 차지하고 있는 시의 회가 다스려왔어요. 이에 불만을 품은 중산층은 의회에서 더 많은 의석을 요구하고 있죠. 이러한 요구는 야스와다에 본부를 둔 선택된 자들의 의회로부터 지시를 받는 선동자들이 부추기고 있어요.

선택된 자들의 의회는 중산층 청년들이 지지하는 수많은 종교 집단들을 통제합니다. 기본적으로 이 집단들은 저교회파의 프로테스탄트에 속하죠.

선택된 자들의 의회에서 보낸 요원들은 또한 불법 무장 단체를 조직하여 무기를 밀수입하고 있습니다. 이들은 헤로이드 경찰의 방조하에 작전을 수행하죠.

기본 아이디어는 야스와다와의 합병을 통해 선택된 자들의 의회가 두 도시를 실질적으로 통치하게 하는 겁니다. 이 계획은 바단을 경제적으로 붕괴시켜 궁극적으로는 우주 공항을 폐쇄하려는 선택된 자들의 의회의 음모를 모르는 중산층의 지지를 받고 있어요.

이 작전으로부터 사람들의 주의를 돌리기 위해 의회 요원들은 자신들의 정당함을 소리 높여 외치며 펀 시티의 정화, 카스바의 엄중 단속, 그리고 포틀랜드의 국제적 자격 박탈을 요청하고 있어요. 부자들은 합병이 자신들의 위치에 위험이 된다고 생각하지만, 사실 훨씬 더 불리한데다 곧바로 위협을 받는 쪽은 카스바의 거주민들이죠."

그는 졸고 있다. 마른 냉기가 그의 허약한 폐를 할퀸다…… 옷을 입고도 부들부들 떨며 물건을 떨어뜨린다. 뱃속은 오한으로 뒤틀린다. 막 다녀온 화장실. 복도에 있는 매끄러운 빨간색 돌로 된 오물통에는 인광이 나는 배설물이 길게 붙어 있다. 부패한 땜납 냄새가 난다. 불에 타듯 떨며 블루를 애타게 원한다. 마루 위에서 건조한 푸른 눈의 결정체가 바람결에 움직이고 수정체 같은 불꽃 소년이 벌거벗은 채 환하게 빛을 발한다. 소년의 긴 바늘 같은 손톱 끝에서 치명적인 환희의 주스가 뚝뚝 떨어진다. 선홍빛 머리카락이 머리 주위에 떠다니고, 원반 같은 두 눈은 성욕을 자극하는 광채를 내뿜는다. 발기된 남근은 가장자리가 분홍빛 수정체로 된 조개껍데기처럼 부드럽다. 소년은 치명적인 독을 흘리는 아찔할 정도로 아름다운 해저 동물 같다.

"바단과 경쟁 관계에 있는 우주 공항 야스와다는 통치자인 여왕의 자리가 세습되는 모계사회입니다. 그곳에서 남성은 오직 신하, 하인, 상점 주인, 중개상, 경비의 지위에만 오를 수 있는 이등 시민일 뿐이죠.
이러한 부류에도 끼지 못하는 자들은 어떻게든 정보원으로라도 지내려고 안간힘을 쓰고요. 우주에서 야스와다처럼 정보원들로 넘쳐나는 도시도 없어요. 바단 말로 정보원을 야스라고 할 정도니까요.
야스와다의 도심은 유전적으로 고환이 없는 자들로 구성된 녹색 경비대 외에는 어떤 남성도 출입할 수 없는데요. 그들은 배가 볼록하지만 강합니다. 야스와다의 경찰특공대로 활약하죠.

최근에 타마기스에서 패배하고 간신히 목숨을 구한 사건으로 자존심에 상처를 입은 막강한 드빌 백작부인과 데굴파 백작부인의 지원을 받는 선택된 자들의 의회가 들어섬에 따라, 여왕 전하가 뒷방으로 물러나게 되었습니다. 그들은 합병을 밀어붙이고 있는데요. 그리고 나면 헤로이드 특수경찰과 녹색 경비대가 타마기스를 쓸어버리고 와그다스로 가는 길을 영원히 봉쇄해버릴걸요.

우리가 여기서 은밀히 조성하고 있는 폭동은 야스와다와 벌일 전면전의 서곡에 불과해요. 최종 해결을 위해 밀어붙일 겁니다. 어떤 타협도 있을 수 없죠. 야스와다에 대한 기억까지도 마치 그곳이 전혀 존재한 적이 없었던 것처럼 소멸되어야 합니다."

꿈의 후유증

습지대의 짠 냄새, 새벽녘의 얼음 조각들, 좁은 통로, 탑, 흰색 털이
난 악어들이 도사리고 있는 물위의 목조 가옥……

도시에는 머리카락이 눈처럼 흰 알비노들이 많다. 동공밖에 없는
그들의 길게 째진 눈은 희미하게 빛나는 검은 거울 같다. 많은 주민들
이 계절에 따라 겨울에는 흰색으로, 여름에는 얼룩무늬가 있는 녹갈
색으로 색깔을 바꾼다.

여름은 거의 열대지방과 비슷하다. 습지대에서는 연못과 운하를 따
라 풍성하게 늘어선 꽃나무와 관목들이 꽃을 활짝 피운다. 여기저기
에 있는 늪에는 적갈색 아편으로 터질 듯한 멜론 크기의 꼬투리가 달
린 양귀비가 만발해 있다.

잎사귀가 변하고, 공기는 상쾌하게 차가워진 가을날이었다. 빨강,

노랑, 세피아, 오렌지색 머리를 한 사람들이 다들 바깥에 나와 있었다.

좁고 축 가라앉은 거리에 불꽃 소년이 덩그러니 서 있다. 그의 다리 사이에서 짙은 황색 연기가 돌돌 말리며 피어오르다 소년이 윙크하고 깡충 뛰어 사라지자 연노란색과 보라색으로 희미해진다.

오드리가 잠에서 깨어났을 때 그의 벌거벗은 몸을 덮고 있는 누런 캐시미어 담요에서 냄새가 여전히 스며 나왔다. 그는 눈을 감고 바단에 도착했을 때를 떠올렸다…… 연락하기로 되어 있는 사람과 접촉하기 위해 펀 시티라고 불리는 남루한 창녀촌에 갔다가…… 디미트리로부터 브리핑을 들으며 계속 졸던 일…… 펀 시티가 치명적인 섹스 게임의 무대로 바뀌는 꿈…… 불꽃 소년들과의 조우…… 블루라 불리는 방사성 약에 중독되어…… 의료원…… 의사.

그의 옆에는 한 명이 더 누워 있었다. 눈을 뜨고 고개를 돌리자 우유처럼 하얀 피부에 황색 머리, 바보 천사 같은 얼굴이 보였다.

"토비."

여우처럼 생기고 얼굴이 빨간 안이라는 영국 소년이 어딘가 부패한 사람 같은 음흉한 미소를 지으며 말한다. "우리는 그를 펑 토비라고 부르지. 방에 들어온 그의 냄새를 맡으면 곧바로 펑 하고 터져버릴 것 같거든. 농담이야, 친구."

토비는 커다란 푸른 눈을 뜨고 오드리를 쳐다보았다. 보는 순간 동공이 줄어들었다. 그는 담요를 박차고, 허리를 굽히며 기지개를 폈다.

방은 창으로 쓰이는 벽의 둥근 구멍으로 들어온 마른눈 싸라기로 차다. 오드리는 무릎을 가슴팍으로 끌어당긴 채 부들부들 떤다.

"이런 세상에." 안은 빨간 터틀넥 스웨터와 녹색 코르덴 바지를 입고 샌들을 신고서 침대 발치에 서 있다. "차 끓일 물을 앉히려고 막 들어왔어."

안은 알코올 난로에 불을 붙이고 토비와 오드리에게로 돌아서서 스웨터와 바지를 벗는다. "이거 참……" 그가 말한다.

보랏빛 연기가 토비의 땀샘에서 솟아나더니 오드리의 몸을 히아신스, 청산가리, 그리고 오존 냄새로 덮어버린다. 오드리는 눈부신 보랏빛 속에서 숨이 막혀 헐떡거린다.

오드리는 비틀거리며 일어나 앉는다. "토비는 어디 있지?"

안은 한 손을 오드리의 뺨에 얹고 그의 머리를 돌려 침대 위 벽에 걸린 뿌연 거울을 보게 한다. "거울아 거울아……"

앙상하게 튀어나온 오드리의 목뼈가 보인다. 안은 혀를 끌끌 찬다. 오드리는 토비의 휑한 푸른 눈을 들여다보며, 그의 몸에 붙어 있는 누에 혹은 유령 같은 우윳빛 살갗을 본다.

안은 거울을 가리킨다. "빌어먹을, 이렇게 되기 전에 그의 말을 들었어야지. 꼭 학교 넥타이를 맨 것 같네." 안은 명쾌하고 귀에 잘 들어오는 상류층 영국인 억양으로 말한다. 호텔 식당에서 50피트 떨어진 곳에서도 다 알아들을 수 있다.

"나에 대해서 들었지. 한 목소리 하시는 안 선생님에 대해서 말이야. '목소리 지존.' 〈타임〉의 어느 신사께서 그렇게 얘기하셨지. 여왕께서도 텔레비전에 나와 칭찬을 연발하셨고. 그렇지?"

그는 오드리에게 속옷을 던져준다. "어서 옷 입어. 브리핑에 늦으면 안 돼. 꼭 쇼 비즈니스의 리허설 같다니까."

작전 회의실에서 디미트리는 공격 과제에 관련된 사진과 주소를 나눠준다. 안은 어디에도 보이지 않는다. 오드리는 그가 죽여야 할 사람의 사진을 들여다본다. 증오로 이글거리는 황갈색 두 눈이 돌출해 있는 날씬한 이탈리아인의 얼굴이다.

"날 쳐다보지 마……" 사진의 얼굴이 소리친다.

이거 재밌겠군, 오드리는 생각한다. 그저 네 얼굴 보려고 온 게 아니야, 이 기름지고 하찮은 암시장 이탈리아 놈아.

디미트리는 지도를 가리킨다. "바로 저기. 담배 가게를 하면서 밀수입한 물건을 취급하죠. 그러면서 후원인 겸 중개인, 바이어 역할도 하고요. 작전 정보를 거래하고. 근처에 이상한 사람이 나타나면 신고하도록 주위의 가판대와 식료품 가게에 망보는 놈들을 심어놓았더군요. 이곳과 이곳에 두 개의 금속탐지기를 설치했고요. 가게 입구에도 탐지기가 설치되어 있어요. 카운터 밑에는 총신을 짧게 자른 산탄총을 갖고 있던데. 금속탐지기가 있는 이 두 지점을 지나 여기서 총을 찾으세요. 가게 입구의 탐지기는 미리 끊어놓을 겁니다."

여덟 살 된 평범한 거리의 소년으로 보이는 작은 청년이 신발의 양 뒤꿈치를 붙여 딱 소리를 내면서 허리 굽혀 인사한다. "제가 선을 자를 겁니다."

"밀수 담배 몇 보루 슬쩍하려는, 그저 멍청한 우주항해사이십니다." 디미트리가 오드리에게 말한다. 그는 오드리가 입은 옷, 풀오버 스웨터, 선원용 모직 반코트, 파란색 바지를 힐끗 쳐다본다…… "여기 모자 받아요. 일을 끝내고 나면 담배를 가지고 걸어나와서 이곳 중국인 세탁소로 가면 됩니다. 돌아오는 길을 알려줄 테니까요."

거리에서 토비의 얼굴은 그 자체가 무기다. 무표정한 푸른 눈, 노랑
머리, 선원 복장을 한 모습은 누가 봐도 결의에 찬 전문 암살범이다.

그는 도시의 지도를 보며 걸어가다가 수시로 멈춘다. 지도를 잘 접
어서 넣고 싶지만 잘 안 된다. 그래서 몇 번 더듬거리다가 말 안 듣는
종이를 주머니에 꾸겨넣는다. 멍청한 망할 놈의 우주항해사 같으니.

망보는 자들이 증오에 찬 시선으로 주시하고 있지만, 의심하는 기
색은 없어 보인다. 살려고 바둥거리는 하찮고 비딱한 소년들에게 품
는 경멸의 눈초리 같은 것이 느껴질 뿐이다. 그는 지도를 떨어뜨린다.
그것을 줍기 위해 허리를 굽히면서 벽의 느슨한 벽돌 밑에 있는 권총
을 손에 쥔다. 자신의 엉덩이에 꽂힌 망보는 자들의 시선이 느껴진다.

"보아하니 호모 새끼네. 저쪽으로 꺼져."

나이든 이탈리아 노파가 발코니 위에서 내려다본다. "하하하, *계집
애 같은 놈.*"

청산가리 처리가 된 총알이 든 짧은 38구경 권총이다. 그는 주위를
둘러본 후, 얼굴을 붉히며 가게문을 열고 들어간다.

카운터 뒤의 남자가 그를 바라본다. 오드리는 서툴게 더듬거리며
모자를 벗는다. 남자는 증오와 경멸의 눈초리로 쳐다본다.

"원하는 게 뭐야?"

오드리는 모자의 챙을 쥐고 카운터를 향하게 한 후, 남자의 가슴으
로부터 2피트 안쪽으로 움직인다. 부드럽고 유연한 무심한 동작으로
허리춤에서 권총을 꺼내 모자 속으로 슬쩍 가져간다.

토비의 무표정한 얼굴은 나이들고 긴장돼 보인다. 오드리가 웃는
동안 그는 두 눈에 혜성 같은 불을 켜고 이탈리아인의 얼굴을 노려본

다. 상황을 파악한 너무나 추한 공포의 눈빛이 남자의 눈에 스쳐지나 간다. 무슨 일이 일어나고 있음을, 산탄총에 손을 대기에는 너무 늦었음을 아는 눈빛이다.

오드리는 모자로 총을 가린 채 세 발을 쏜다. 폭설 속에서 들리는 폭발음처럼 낮게 죽인 소리다. 남자는 옆으로 쓰러지고, 두 눈은 빨갛게 타오른다. 오드리는 카운터 너머의 담배 보루에 손을 뻗는다. 그는 바깥으로 나가 주위를 머뭇거리듯 둘러보고는 그곳을 뜬다.

중국인 세탁소에서 늙은 중국인이 셔츠를 다리고 있다. 그는 세탁소 뒷문을 향해 고개를 젖힌다. 오드리는 햇빛이 비치는 상점가 쪽 골목으로 걸어간다.

세계의 끝으로 걷기

오드리는 햇빛이 환하게 비치는 상점가를 걷고 있었다. 앞쪽으로 안개에 싸인 산, 환한 색상의 음식 코너, 파라솔이 쳐진 테이블, 빨간 제복의 웨이터 들이 보였다. 마치 스위스의 작은 휴양도시에 와 있는 것 같았다.

그는 커다란 대리석 달팽이, 황동 개구리와 비버 동상을 지나가고 있었다. 열네 살 난 소년들이 보이지 않는 경계선으로 주위 행인들과 격리된 것처럼, 아이스크림을 먹고 서로를 쳐다보며 의도한 듯한 자세로 동상 위에 늘어져 있었다.

저 앞쪽에서는 카우보이 부츠와 모자, 청바지를 착용한 소년들이 옷가게 앞에서 하나같이 웃음기 없는 냉담한 표정으로 가식적인 자세를 취하고 시간을 죽이고 있었다. 환한 금발의 소년은 돌다리 위에서 다리를 흔들거리며 앉아 있었다.

오드리는 바닥이 포장된 안뜰로 돌아섰다. 갑자기 공기가 열대의 열기로 숨막힐 듯 후텁지근해졌다. 18세기 의상을 입은 청년들은 럼 펀치를 홀짝이며 등의자에 느긋하게 앉아 있다. 허리에 찬 권총 개머리판을 외설적인 동작으로 천천히 쓰다듬는 모습이 잔인하면서도 나른해 보인다.

한 사설탐정이 바텐더에게 말을 걸고 있다. "빌 그레이의 트로피코에서 뭐하고 있었지?" 옛 서부극의 모습이다. 클렘 스나이드는 전설의 마지막 총잡이로 활약한다. 술집은 검은 화약 연기, 내장, 피, 칠리 냄새로 자욱하다. 벽과 지붕이 무너져내린다.

달콤하면서 건조한 바람이 남동쪽에서 불어온다. 오드리는 장사가 끝나기 직전에 물건을 산다. 그가 돌보았던 미스터의 마차와 거의 똑같은 사륜 짐마차다. 그가 소년 옆에 서자 그들은 부싯돌 조각들이 햇빛에 반짝반짝 빛나는 길을 따라 가기 시작한다. 앞쪽으로 안개에 싸인 산이며 그 뒤에서 오렌지빛과 자줏빛으로 타오르는 하늘이 보인다.

걷는 동안 졸았나보다. 우주여행에서의 자면서 걷기, 즉 워키다. 꿈속에서 사는 듯이 깊은 잠에 빠져 있으면서 걷고 말하고 주위를 돌아다닐 수 있다. 꿈은 실제 환경들로 이루어져 있다. 따라서 뜬금없는 무언가에 마주치거나 하지 않는다. 그저 다르게 볼 뿐이다.

누더기를 걸친 거리의 부랑아가 아주 잠깐 동안 그의 옆에 선다. 그는 주위를 둘러보고 이 부랑아가 작은 고양이처럼 강하고 잽싼 작은 청년들 중 하나임을 알아차린다.

소년은 순식간에 앞서가더니 거울과 벽을 거쳐 상점과 화장실을 통해 광장으로 가는 길을 안내한다. 광장에서는 음유시인, 그나와 북, 류트, 호른, 치터, 곡예사, 불 먹는 묘기를 부리는 사람, 저글링하는 사람, 뱀 부리는 사람의 거리 공연이 한데 뒤섞여 진행중이다.

오드리는 청년의 '마법사 걸음'에 맞추려고 아주 빠르게 걷는다. 그들은 여러 소년들이 고양이, 여우, 여우원숭이, 말처럼 코로 히힝거리고 으르렁거리고 낑낑 우는 소리를 내며 동물들의 교미를 흉내내는 연단을 지나간다. 구경꾼들은 웃겨 죽겠다며 길에서 데굴데굴 구른다.

오드리는 열차 창가로 내다보는 장면처럼 빠르게 스쳐지나가는 다양한 의상과 인종에 놀란다. 모직 부츠를 신은 몽골인, 실크 구두에 반바지를 입은 18세기 멋쟁이, 여기저기 기운 헝겊 옷에 칼을 찬 해적, 중세의 조끼를 입고 샅에 주머니를 찬 사람들, 옛 서부극의 코를 찌르는 퀄련 냄새, 카우보이 부츠와 권총집, 젤라바, 토가, 사롱을 착용한 사람들, 그리고 휘는 유리처럼 투명한 옷을 입고 아까 상점가에서 보았던 준비된 자세로 느긋하게 앉아 있는 청년들…… 눈에 띄게 튀는 표범 가죽으로 만든 망토와 하마 가죽으로 만든 부츠 외에는 걸친 게 없는 멋진 누비아 흑인들…… 녹색이 감도는 백색 유약을 바른 적갈색 토기 같은 매끄럽고 털구멍 없는 얼굴에 꼭 끼는 고무 옷을 입은 소년들……

"지하 하천에서 온 개구리 소년들……" 안내원 청년이 어깨 너머로 말한다.

오드리는 안내원과 그가 지나치는 대부분의 사람들이 한쪽 끝에 갈고리가 달린 작은 쇠지렛대처럼 생긴 연장을 허리에 차고 있음을 알아챈다. 물결 같은 움직임이 거리를 따라 출렁인다. 입에서 입으로 말이 전해지는 동안 배우들과 악사들은 악기와 장비를 주섬주섬 모아 그의 뒤에 세워둔다.

"HIP." (헤로이드 순찰대Heroid Patrol야.)

사람들은 출입구로 몸을 피하고, 허리에 찬 연장으로 맨홀 뚜껑을 비틀어 열어서, 헤로이드들이 감히 내려오지 못하는 미로 같은 터널 속으로 사다리들을 쑤셔넣는다. 오드리는 안내원을 따라 꼬불꼬불한 터널을 거쳐 롤러스케이트, 스쿠터, 스케이트보드를 탄 청년들을 지나친다.

터널은 이곳저곳에서 동굴로 연결된다. 동굴에서 사람들은 종유석과 석영으로 된 집에 살며 맹어盲魚들이 사는 연못을 돌본다. 구불구불한 쇠사다리를 타고 올라가면 터키식 목욕탕, 여인숙, 가옥, 창녀촌이 나온다. 옥외변소는 식당, 파티오와 통해 있다.

밧줄로 된 사다리를 타고 내려가니 소년들이 공격 명령을 기다리면서 다양한 무기로 연습중인 먼지투성이의 체육관이 나온다. 제리와 러블 블러드 푸, 큐피드 마운트 에트나, 달파, 지미 리, 그리고 독일 소년들이 오드리에게 인사를 하려고 모여든다.

"이탈리아 놈은 어떻게 했어?"

"쉽고 엄청 재미있었나보네…… 뭔가 알아냈을 때 짓는 저 잘난 체하는 표정 좀 보라고. 즐거웠나봐."

오드리는 밧줄을 오르락내리락하며 링에서 날렵하게 뛰어내리는 몸이 작은 수많은 친구들을 바라본다. 놀랍게도 그들 몇몇은 물건을 잡을 수 있는 꼬리와 안으로 집어넣을 수 있는 발톱과 손톱을 이용해 다람쥐처럼 나무를 탈 수 있다.

그가 지켜보는 동안 한 소년이 30피트 높이에서 바닥으로 뛰어내려 고양이처럼 착지한다. 다른 소년들이 계속해서 작은 친구들을 만져보려고 시도하지만, 그들은 손이 닿는 순간 깜짝 놀라 쭉 뻗은 손으로부터 달아나거나 작고 날카로운 이빨로 물려고 한다.

그들은 모두 암살 전문가들이다. 칼과 목 조르는 밧줄을 갖고서 나무나 지붕으로부터 목표물을 향해 뛰어내리거나 도저히 닿을 수 없을 것처럼 보이는 창가로 달려들어 단박에 해치운다. 그들은 또한 무기 다루는 솜씨가 매우 뛰어나서, 손톱만한 총알이 든 아주 작은 권총과 사정거리가 200야드 되는 독화살 소총도 능숙하게 다룬다.

그들 중에서 가장 정교한 암살범은 드림 킬러 혹은 뱅유 소년들이다. 그들은 목표물이 렘수면중일 때 침입하여 목표물의 발기를 통해 자신을 만들고, 목표물을 목 졸라 죽일 수 있을 만큼 힘이 붙을 때까지 목표물의 성적 에너지를 취하여 자라나는 능력을 갖고 있다.

오드리는 탈의실의 낡은 긴 나무의자에 앉아 생각에 잠겨 있는 토비를 발견한다. 그는 멍하니 올려다보더니 옆에 앉으라고 손으로 의자를 톡톡 친다. 오드리는 자리에 앉는다. 둘은 몇 분 동안 벽을 멍하니 응시한다.

마침내 오드리가 묻는다. "안 여기에 있어?"

토비는 아무 표정 없이 그를 쳐다본다. "전혀 아는 게 없어."

"안이 와 있는 줄 알았는데…… 내 말은 오늘 아침에……"

"내 냄새샘이 너무 강력해서 가끔은 사람들을 환각에 빠뜨리지." 토비가 의기양양하게 말한다. "그래서 너도 그런 꿈을 꾸었는지도 몰라."

"글쎄, 그럴지도." 그는 토비의 어깨에 팔을 얹어, 그를 자극해서 강렬한 흥분제 냄새를 발산해주기를 바란다.

토비가 다리를 앞으로 쭉 뻗고 뒤로 기대면서 발끝을 심각하게 바라보자 그의 성기가 움직이기 시작하더니 뻣뻣해진다. 두 작은 친구들이 고양이처럼 그의 다리를 문지르며 파고든다. 그들에게서 푸스카페처럼 탈의실의 과도한 남자 냄새 위를 떠다니는 은은한 사막 여우 냄새가 난다.

영국 공립학교의 검은 교복과 밀짚모자를 쓴 열세 살 난 '호모' 말라깽이가 머리를 내밀더니 오드리를 부른다.

"의사 선생님이 좀 보자세요." 소년은 눈을 양미간으로 치켜떠서 중국인 같은 표정을 지으며 가성으로 말한다. "빨리빨리!"

우주에서의 지체 현상에 관해 몇 가지 일반적인 질문을 한 후 의사는 치밀하게 준비한 일상적 어조로 묻는다. "나에게 당신의 말로 이, 음…… 안이라는 사람에 대해 기억나는 대로 모두 말해줄래요?" 의사는 앞에 놓인 파일을 내려다본다.

오드리는 의사의 부탁에 따르려고 하지만, 닿을 듯 말 듯 지각의 가장자리에서 맴돌다가 잡으려고 하면 사라지고, 희미해져가는 기억의 흔적을 작은 빗자루로 지우고는 먼 모래사장에 남아 있는 발자국마저 없애버리는 꿈을 떠올리려고 애쓸 때처럼 아무 기억이 나지 않는다.

의사는 테이블에 몸을 기대고서 앰플을 그의 코밑에 대고 깬다. "긴장을 풀고 깊이 들이마셔요."

오드리는 테이블 위에서 가면 쓴 얼굴들을 바라보는 자신을 발견한다.

"자 좋아요. 50까지 세어요……"

깨어난 오드리는 뒤통수에 손을 대면 약간 아픈 면도한 부분이 있음을 발견한다.

"오드리," 의사가 설명한다. "당신 머리에 **분리기**를 설치했어요. 두 장소에 동시에 있어야 할 경우 앞으론 좀더 편리하라고……" 그는 오드리의 어깨를 가볍게 툭 친다. "내일 아침 병원에서 나가도 돼요. 지금은 주사 한 방 놔줄 테니 좀 쉬어요."

하루하루가 1920년대 코미디의 추격 장면처럼 빠르게 지나가는 것 같다…… 순찰대는 항상 그들을 뒤쫓고, 총알이 픽 하고 살에 박히고, 미들타운의 술집, 극장, 식당에서는 폭탄이 터지고. 유리잔, 피, 뇌, 그리고 내장의 진한 육질 냄새에 오드리는 생물 시간에 본 적 있는 토끼의 해부가 생각난다. 한 소녀가 기절했었다. 그 소녀가 조용히 쿵 하며 마루에 쓰러지던 장면이 떠오른다.

파멸의 날은 늘 가까이 계속해서 다가오고……

움직이고 확인하고 죽이고

여느 폭동들처럼 바단의 폭동도 '평화로운 시위'로 시작했다. 그러나 어느 쪽도 폭동이 그렇게 끝나기를 바라진 않았다.

야스와다와의 합병은 국민투표에 부쳐질 예정이었다. 무엇보다 직접 관련된 사람들, 그러니까 카스바 주민들은 선거권을 박탈당했다. 그러나 그들은 대부분의 정부청사들이 위치한 법원 광장에서 평화 시위를 해도 된다는 허가를 시의회로부터 받아냈다.

반면에 야스와다의 대리인들은 미들타운에서 준군사 부대를 조직하고 전투준비를 하여 헤로이드 경찰과 무장한 자경단 사이에 있는, 그들이 '아랍계'라고 부르는 자들을 붙잡아 쓸어버릴 계획을 세우고 있었다. 그런 다음, 카스바를 무너뜨리고 독가스를 터널 밑에 투하해 포틀랜드를 점령하는 것이 목표였다.

디미트리는 자신만의 계획을 세워두었다. 까다로운 협상 끝에 그는 포틀랜드의 인사와 접촉했고 결국 포틀랜드 관리는 '대단히 심각한 비상사태'를 제외하고는 지역 정치에 관여하지 않기로 했다. 그러나 합병은, 무엇이 '대단히 심각한 비상사태'인지를 규정하는 것과 관련하여, 포틀랜드 관리들 개인의 안전까지는 아니더라도 그들이 제 역할을 유지하는 데 위협이 되었다. 그래서 디미트리는 헤로이드 경찰에게 갈 헤로인을 실은 컨테이너가 세관을 거치는 몇 초 동안 세관 대리인의 시선을 다른 데로 돌리게 해주기만 하면 된다고 부탁했다. 그러면 그사이에 디미트리의 요원들이 헤로인이 든 컨테이너를 단시간 작용하는 아편성 대항 물질을 실은 똑같은 컨테이너로 바꿔치기할 계획이었다.

디미트리는 또한 사태에 직접 연루되는 것을 꺼리는 일부 부유층 가족들이 제공하는 법원 건물에 무기 은닉처를 두겠다고 약속했다. 구부유층 가족들은 어느 누구도 합병을 원하지 않았다. 그것은 그들의 권력을 위협했다. 그래서 야스와다의 대리인들은 '기생충'이니 '배신자'니 하면서 그들을 공개 비난했다.

오드리는 전투 계획을 알고 있었다. 계획대로 진행되더라도 접전이 벌어지고 대규모 사상자가 생길 터였다. 그래서 강한 플라스틱 재질로 된 살에 차는 특수 주머니를 제작하여 사기충천해 있는 팀원들에게 나눠주었다. 그는 특공대를 이끌고 미식축구 스크럼처럼 헤로이드 경찰 전선을 뚫고 들어가서, 법원 내 무기가 감춰져 있는 방으로 뛰어 올라간 뒤 법원 건물을 접수하는 임무를 맡았다.

약속된 날에 카스바의 시위 군중들은 금속탐지기와 무기 수색 절차를 거쳐 으르렁대는 예비 장교들을 지나 광장으로 진격했다. 예상을 벗어나는 일이 많을지도 몰랐다. 가령 총이 아예 없거나…… 아니면 잘못된 곳에 있거나…… 열쇠가 제대로 작동하지 않을 수도 있었다.

군중들이 광장에 줄을 맞춰 가는 동안 무표정한 혜로이드 경찰들이 9-M 기관단총으로 무장한 채 법원 앞에 정렬해 있었다. 모래주머니와 삼각대 위에 올려놓은 기관총이 창과 지붕에 배치되어 있었다.

선제 도발은 세심하게 준비해놓았다. 도로 정비 팀에서 쇠지렛대와 돌멩이 한 무더기를 쌓아두었다. 오드리는 손목시계를 들여다보았다. 작전 개시까지 2분.

근육질 청년들이 돌멩이를 손에 든다. 조롱과 야유의 함성이 군중으로부터 폭발한다. 자동화기를 조준한다. 이제 시작이다.

혜로이드들에게 무언가가 일어나고 있다. 뒤섞인 신음에 이어 배변 소리, 배설물의 악취가 뒤따른다. 정확한 기관총 사격으로 맞서는 대신에 혜로이드들은 돌멩이에 맞고 볼링 핀처럼 쓰러진다. 지금까지는 디미트리의 계획대로 일이 진행되고 있다.

근무중이라 주사 맞을 시간이 전혀 없어서, 혜로이드들은 다른 비율로 녹는 헤로인 캡슐에 의존하면서 몇 시간마다 투여하고 있다. 하지만 지금 녹고 있는 것은 헤로인이 아니라 단시간 작용하는 아편성 대항 물질이다. 며칠에 걸쳐 일어날 고통스러운 금단증상이 몇 분으로 응축되어 나타나 무기력증이 몰려오고, 많은 경우 충격과 급격한 순환계 쇠약으로 인한 사망으로 이어질 것이다.

한 소년이 오드리 앞에 있는 혜로이드에게 몸을 날려 미식축구에서처럼 블로킹을 한다. 총이 혜로이드의 손에서 날아가고 오드리가 공중에서 그것을 잡는다. 그들은 통로를 향해 달린다. 대문 앞의 두 헤로이드가 총을 쏘려고 든다. 오드리는 뛰면서 그들에게 총을 발사한다.

두꺼운 쇠문 앞. 열쇠로 문을 연다. 이제 통로로 가기만 하면 된다. 옆문이 계획대로 열린다. 계단 위로 올라간다. 무기가 감춰진 바로 그 방이다.

열쇠로 문을 연다. 거기에 M-16 소총, 탄약, 수류탄, 유탄발사기, 바주카포가 있다. (그가 아는 무리들은 좀더 오래되고 크고 무거운 M-15 소총과 심지어 개런드 소총을 보유하고 있다.)

오드리 팀은 즉시 다섯 명씩 그룹을 짜서 건물 내부와 지붕 위의 포상砲床을 접수한다. 오드리와 다른 네 명은 방으로 뛰어든다. 모래주머니 뒤의 삼발이 위에 기관총이 세워져 있다. 마루와 모래주머니 위에 뻗어 있는 병사들은 완전히 불구 상태다. 둘은 이미 죽어 있다.

오드리는 뒤로 누워 있는 젊은 헤로이드 옆에 무릎을 꿇고 앉는다. 죽어가는 창백한 얼굴은 땀범벅이고, 바지의 지퍼 부분은 솟아 있다. 오드리는 순수 헤로인 4분의 1그레인이 든 시레트 주사기를 급히 꺼내 소년의 팔에 놓는다. 이제 디미트리 계획의 두번째 단계가 가동된다. 헤로이드를 개종시키는 일이다. 이 때문에 헤로인을 빨리 작용하는 독으로 대체하지 않았다.

소년은 일어나 앉는다.

"우리와 뜻을 같이하게 된 것을 환영하오, 동지." 오드리가 말한다.

다그 장군의 지휘를 받는 무리들은 작전에 따라 해당 지역에서 첫 번째 총성이 울리자마자 골목에서 광장으로 밀고 나온다. 비무장 시위 군중들이 달아나면 양옆으로 몰아서 붙잡으려는 속셈이다. 그러나 그들이 정작 마주친 것은 쓰러진 헤로이드들로부터 무기를 빼앗은 시위 군중들의 기관총탄 세례다. 그보다 더 치명적인 저격수의 총격이 법원 창문과 지붕에서 아래로 가해진다. 탄약을 아끼려고 오드리의 특공대들은 총을 반자동에 맞추고, 실탄을 발사할 때마다 명중했는지 확인한다.

몇 초 후에 다그의 병력에서 수백 명의 사상자가 발생한다. 그는 광장 반대편과 광장으로 접어드는 골목을 따라 난 건물들을 요새로 삼아 방어하기 위해 황급히 퇴각한다. 그는 부대를 급파하여 더 많은 인력과 무기가 유입되지 않도록 카스바 쪽 입구를 지키게 하고 핀 시티의 순찰을 강화한다.

거사 첫날이 지날 무렵 폭동 세력은 광장 남쪽의 건물 대부분을 장악한다. 그러나 카스바로 가는 길을 열지는 못한다.

반면 야스와다는 한창 들떠 있다. 가신들은 포로를 위한 고문 축제를 준비하며, 의상을 입고 주위를 돌아다닌다. 가장 뛰어난 고문 기술에 대해서는 당연히 상이 주어진다. 고문을 당한 포로들은 가장 정교한 양념과 설탕 절임에 넣어질 것이다. 그렇게 해서 요리된 살아 숨쉬는 뇌는 피컨트 소스*, 설탕에 조린 고환, 새콤달콤한 성기, 초콜릿에 끓인 항문과 함께 상에 차려질 것이다.

데굴파 백작부인은 가신들에게 오직 주모자들만이 가혹한 형벌을 받을 자격이 있음을 명심하라고 이른다. 일반 사병들은 노예로 쓸 것이다.

---

* 매운맛이 나는 갈색 소스.

"오, 백작부인 마마는 너무 친절하셔." 가신들이 달콤하게 속삭인다. "백작부인 마마는 너무 친절하셔."

다그 장군의 보고가 들어온다. 폭도들은 현재 포위되었으며 몇 시간 있으면 항복할 것이라고 한다. 최종 승리를 확신하는 다그 장군이 녹색 경비대나 혹은 설상가상으로 아무 쓸모 없는 가신 부대가 중간에 끼어들어 자신의 승리를 퇴색시키는 게 싫어서 보낸 전갈이다. 다른 한쪽에서는 백작부인들의 환심을 사려는 거짓 보고들이 계속 들어오고 있다.

야스와다의 여왕은 이 모든 축제로부터 벗어나 있다. 전투 결과와 상관없이 자신의 권력이 사라졌음을 알기 때문이다. 사실 여왕은 몇 안 되는 충성스러운 환관들과 함께 변장해서 도시를 빠져나갈 계획을 세워놓고 있다.

여왕은 백작부인들을 위한 조그마한 선물로 잠자는 쿤두 바구니를 하나 남기고 갈 생각이다.

무서운 쿤두는 날아다니는 전갈이다. 몸통은 바늘같이 날카롭고 등이 약간 흰 빨간 척추로 덮여 있다. 턱은 면도칼처럼 날카로워서 땅강아지처럼 파고들어가는 데 쓰인다. 털과 꼬리침에서 뚝뚝 떨어지는 독은 먹이를 즉각 마비시킨다. 그러고 나면 쿤두는 날개를 벗고 인체 구멍으로 파고들어 내장, 간, 콩팥, 비장에 유충을 남긴다. 결국 마비된 먹이는 산 채로 먹힌다. 다른 전갈과 달리 쿤두는 주행성이어서 차가운 사막의 밤에는 완전히 탈진해 있다가 뜨거운 낮이 되면 천천히 활동을 개시한다.

아마 내가 가고 난 다음에 고문 시합에서 이길 거야, 여왕은 혼자 생각한다.

둘째 날 반란군은 상당한 수확을 보았다. 원숭이처럼 자유자재로 기어오를 수 있는 작은 친구들은 염소와 이산화황을 섞은 휴대용 실린더와 독화살 총을 갖고서 지붕을 옮겨다니며 광장 일대의 건물에서 무리들을 싹 쓸어버렸다. 그때만 해도 건물들에서 반란군과 복수를 노리는 헤로이드들이 각축을 벌이고 있었다. 그러나 다그 장군과 그의 군대는 골목을 따라 난 건물들을 점거하면서 카스바에서 들어오는 입구를 계속 차단하고 있었다. 디미트리는 이 좁은 도로에 길을 내기 위한 묘책으로 병력을 동원해 높이가 오륙층 되는 건물의 옥상을 이용하는 방법을 생각해냈다. 1863년 뉴욕의 드래프트 폭동에서 경찰에 많은 사상자를 안겨주었던 전술이다. 당시 좁은 도로를 따라 난 건물 옥상에 있던 폭도들은 무장한 경찰 파견대를 돌멩이와 투척 무기들로 무찔렀다.

여전히 최종 승리를 확신했던 다그 장군은 공격이 장기화되고 있는데도 추가 병력 요청을 거부하고, 몇 지역에서 아직 저항이 있기는 하지만 순조롭게 잘 진압되고 있다고 보고했다.

셋째 날이 게슴츠레한 빨간 눈처럼 밝았다. 나이든 여인이 아름다운 금빛 무화과 열매가 든 바구니를 백작부인 궁궐의 부엌 입구에 가져다놓았다. 무화과 열매 밑에는 쿤두가 밤의 차가운 냉기에서 깨어나지 못한 채 정신없이 자고 있었다.

할리우드도 결코 따라하지 못할

바단에서 양 진영 모두 마지막 결전을 기다리고 있다. 다그 장군은 실제 상황을 더이상 감출 수 없다는 것을 알고 있다. 디미트리로서도 적군이 수적으로 우세하고 공급물자와 무기를 좀더 쉽게 구할 수 있어 포위를 오래 끄는 게 유리하지 않다고 판단한다. 그래서 양측 장군들은 마법의 의식을 통해 불러모을 수 있는 모든 도움을 모으는 중이다.

태양이 더 높게 솟을수록, 광장은 점점 더 미쳐가는 할리우드 같아진다. 퀸투스 쿠르티우스* 휘하의 로마 군사들은 프랑스의 폭동 진압 경찰과 싸우고 있다. 바이킹과 해적들은 십자군과 텍사스 레인저스와 전투중이다. 옛 서부의 총잡이들은 블랙 앤드 탠스**와 케냐의 특수

---

* 퀸투스 쿠르티우스 루푸스. 알렉산드로스대왕의 전기를 쓴 로마의 장군이자 역사가.
** 아일랜드 독립 전쟁 동안, 왕립 아일랜드 보안대를 지원하기 위해 조직된 영국 정부군.

경찰과 교전중이다. 한니발 장군의 코끼리들은 유나이티드 프루트 컴퍼니의 자산을 보호하기 위해 달리던 1920년대 해병 열차를 들이받는다. 전투의 함성과 노래가 울려퍼진다. 큰 칼을 든 농장 노동자들은 린치를 가하는 무리들의 목을 자른다…… 수많은 목들이 잘려나간다. 전투의 함성과 노래가 신음, 고함, 함성, 백파이프 소리와 말, 칠리, 마늘 냄새와 함께 울려퍼진다……

　　"라 쿠카라차 라 쿠카라차
　　더는 돌아다닐 수 없네
　　왜냐하면 더이상 없거든 왜냐하면 모자라거든
　　피우고 갈 마리화나가."

　판초 비야의 부하들이 '인터셉트' 작전에 따라 투입된 헬리콥터 한 대를 격추시킨다. 중국인 웨이터 무리가 고기 토막 내는 큰 식칼을 들고 앞에 찹수이* 모형이 세워진 가게에서 소리치며 뛰어나온다. "썩 꺼져버려! 썩 꺼져버려! 썩 꺼져버려!" 그들은 마약 단속 경찰과 마피아를 햄버거 고기로 만들어버린다. 인디언의 바람총으로 쏜 독화살이 KKK단을 쓸어버린다. 깜둥이를 죽이는 남부의 보안관들은 말을 탄 벌거벗은 스키타이인들에 의해 난도질당한다.
　오드리는 몇 분마다 의상을 갈아입느라 정신이 없다. 지금은 단도를 들고 미쳐 날뛰는 말레이 청년들을 이끌고서 샤의 비밀경찰에 맞

---

* 온갖 채소를 썰어서 볶은 후 소스를 뿌려 먹는, 미국식 중화요리의 대표적인 메뉴.

서고 있다. 다음에 오드리는 중세 갑옷을 입고 커다란 검은 말에 올라타 광신적인 여자와 법 집행관을 긴 창에 꽂은 채 미들타운 거리를 질주한다. 그러고 나서 주문 제작한 44구경 더블액션 권총을 든 총잡이로 등장하여 와일드 번치 일당을 이끌고 리마에서 진행중인 종교재판 화형식을 무산시킨다. 그다음으로는 칼과 레이저 총을 가지고 스페인 함선에 올라탄다. 기관총탄, 독화살, 화살, 창, 부메랑, 큰 칼, 수리검, 자갈이 사방에서 날아다닌다. 로켓포가 공중에서 소리를 내며 날아간다. 옛 서부의 코를 찌르는 퀄런 냄새와 건조한 열기. 바이킹들이 탄배에 쌓인 눈과 얼음. 미친 말레이 청년들은 후텁지근한 열기와 정글 냄새를 좇고, 해적들은 바다 냄새와 럼 향기를 들이마신다. 노점 상인과 종군 민간인들이 물건을 펼친다. 세트로 지은 술집, 창녀촌, 타코 가판대, 루트비어와 솜사탕을 파는 이동식 가판대, 발효한 옥수수로 만든 맥주, 이집트 콩, 구운 기니피그를 파는 잔디 지붕 오두막, 주위에 모자를 돌리면서 그 틈에 몰래 주머니를 터는 거리의 공연꾼들— 껍데기 밑에 콩 보이죠, 이제 안 보이죠…… 파트너를 계속해서 바꾸고—광신도들을 칼에 꽂고 돌아다니는 미친 말레이 청년들, 맞춤 제작한 케냐 특수경찰의 악취가 코에 계속 남아 있는 총잡이들. 죽도록 맞으며 할리우드로 끌려가는 남부의 보안관들. 한 소년이 씩 웃으며 피 묻은 카우보이모자를 주위에 돌린다.

"나리, 어떤 약이 좋으세요. 하나 골라보시죠."

KKK 단원이 목을 움켜쥐더니 까맣게 변한다.

"깜둥이는 안 받아!" 바텐더가 크게 소리친다. "냄새나니까 밖으로 데리고 나가. 깜둥이 시체 안치소로 데리고 가."

중세의 살 주머니를 찬 소년들은 투석기를 준비한다. 로마 병사들은 총알이 쏟아지는데도 끄떡없이 공성 망치로 문을 부순다. 그러자 선명하고도 눈부신 빛과 오존 냄새가 퍼지면서 문이 부서졌다.

공습과 죄수…… 사비니 여인들의 겁탈…… 로마 병사들은 여성 집회를 급습하여 여자들을 발로 차며 끌어낸다. 옛 서부의 치안대는 네안데르탈인에게 린치를 가하고, 소련의 KGB와 미국 CIA 요원들은 과학자들과 적국의 요원들을 차에 쑤셔넣거나 무대 밖으로 끌려가는 배우들처럼 끌고 나와서 무소음 헬리콥터에 억지로 태운다. 종교재판 경찰들은 칵테일 라운지에서 제트족들을 끌어내고, 녹색 경비대들은 그물을 치느라 분주하다.

"오 나는 저게 좋은데……" 신하 한 명이 아양 떨며 말한다.

오드리는 색이 들어간 깃발을 들고 있는 열두 살 난 소년들의 무리를 이끌고 간다…… '세계의 요란한 유령들이여 하나로 뭉쳐라!'

그들은 소름 끼치고 불안할 정도로 침착하게 돌처럼 꼼짝 않고 멈춰 선다. 기압계가 계속 내려가면서 먹구름이 그들 머리 위로 천천히 모인다. 약한 바람이 입술 위의 갈색 콧수염, 활짝 핀 라일락, 그리고 갈색 머리카락을 움직이더니, 옥수수수염처럼 누런 머리카락을, 적갈색, 오렌지색, 적갈색 불꽃 같은 빨간색 머리카락을, 그리고 판 신의 검은 곱슬머리를 헝클어뜨린다……

바람   바람   바람

검은 깔때기 같은 것이 길에서 자갈돌을 찢어내며 그들의 날씬한 몸 주위를 휘감을 때 머리카락은 곤두서고 한숨 소리, 바람 소리, 비명소리가 들린다. 소년들이 '우주의 말'로 알려진 마구 날뛰며 휘몰아치는 바람에 올라타자 허리케인이 유리창을 깨며 비명을 지른다. 바람은 할 수 있는 데까지 소년들을 끌고 간다. 눈보라 같은 유리 조각들이 뼈에서 살을 발라내고, 피 묻은 뼈가 거리 간판, 나뭇가지, 벽돌, 돌, 목재와 함께 공중으로 내동댕이쳐진다. 도시 전체가 바람에 휘청이고 잘려나간다.

시속 천 마일의 바람에 카스바를 둘러싸고 있는 울타리, 철조망, 그리고 거대한 철문이 찢겨나간다…… 바람에 날아다니는 철사가 비명 지르는 군중들의 목을 벤다. 공포의 신 판은 죽음의 세트 뒷무대를 휘젓고, 찢어진 하늘 세트는 바람에 휘다가, 찢기고, 갈기갈기 잘려나간다. 눈부신 백열, 젊고 순수한 의도가 혜성처럼 활활 타오른다……

바람!　　바람!　　바람!

허리케인의 눈, 순수한 평온의 지점에 오드리가 있다. 오드리 앞에는 어느 탕헤르 상점 진열대의 먼지 앉은 콜게이트 치약이 있다.

저멀리 미들타운이 보인다. 빨간 벽돌집, 깊고 맑은 시냇물, 돌다리, 벌거벗은 소년들, 멀리서 들리는 고음의 목소리. 낯익은 소년이 걸어간다…… 이름은 아는데 그 소년이 정확히 어디서 왔는지 기억나지 않는다…… 딩크…… 미들타운에서 온 딩크 리버스다.

딩크는 손을 흔들어 부른다. "나야, 오드리! 돌아왔다고!"

오드리는 그에게 손을 뻗어보지만 바람이 그를 코르크 마개처럼 던져버린다. 그는 얼음덩어리를 깨고 강 상류로 가려고 안간힘을 쓴다…… 벗어나는 데 수년이 걸린다.

멀리서 노점 상인의 목소리가 들린다. "아담과 이브의 아주 오래된 이야기……"

오드리는 꿈속에서 펀 시티에 있는 자신을 발견한다…… 정확하게 기억이 나지 않는다…… 바람개비…… 시골 빈민가의 사격연습장…… 낡은 가옥…… 쓰레기…… 작은 옥수수밭과 양배추밭…… 병에 걸려 얼룩진 얼굴들…… 조용히 무언가에 몰두하는…… 모두 가파른 황톳길 아래로 움직이는데…… 아무도 그를 못 본 것 같다.

길은 돌조각이 많은 광장으로 이어진다. 광장 한가운데에는 주위에 나무가 빙 둘러서 있는 연단이 세워져 있다.

그런 경우에는 두 번 따지기

연단 위에 안이 긴 빨강 머리 이브가 되어 서 있다. 그녀의 몸은 열병 때문에 생긴 반점으로 덮여 있다. 긴 노랑머리의 벌거벗은 청년은 애덤이다. 그들의 몸에서 열병 냄새가 뿜어져 나오고, 군중은 각자 자기의 몸을 문지르고 낑낑거리며 그 냄새를 들이마신다.

오드리가 생각하기에 애덤에게는 어딘가 낯익은 구석이 있다. 오래 전의 무언가가 떠오른다. 아…… 바로 나잖아!

안은 애덤에게 사과를 권한다. 사과는 귀두처럼 자줏빛 붉은색으로 반짝반짝 빛난다. 이곳저곳에 아담의 목울대처럼 생긴 삼각형 모양의 불룩한 부분들이 있고 한쪽 끝에는 적갈색 항문이 있다. 그래, 남자의 살로 만들었지, 오드리는 생각한다.

"아니야! 아니야!" 오드리는 목청도, 혀도 없이 소리친다.

애덤은 듣지 못한다. 사과를 한입 베어물며 바보 같은 황홀경에 빠진 끔찍한 표정을 짓는다. 안이 그의 옆자리에서 달아나듯 일어나는 동안 오드리는 타는 금속의 단맛을 떨리는 발끝까지 느낄 수 있다…… 병든 선악과의 달콤함을.

이브는 올가미를 들고 그곳에 선다…… 뼈의 노래 타오르는 듯한 대리석 색깔의 크림 으깨진 장미…… 아담과 이브의 오래된 이야기…… 이브가 어떻게 만들어졌는지. 암흑의 깨달음…… 블랙잭의 사과나무…… 거기에 매달려 죽은 소년의 죽음으로 만든 열매. 사랑스러운 나무 아닌가? 녹색 경비대의 그물이 오드리의 머리에 떨어진다.

셋째 날 정오에 다그 장군은 항복할 준비가 돼 있다. 야스와다가 패배한 장군에게 어떠한 처벌을 내릴지 잘 알기에 어떻게 하면 디미트리의 선처를 받을 수 있을지 계산한 것이다. 반란군은 바단 혹은 바단으로부터 남은 것을 장악한다. 전투중 녹색 경비대에 붙잡혀간 포로들이 맞게 될 무시무시한 운명을 고려하여 디미트리는 야스와다에 즉각 전면전을 개시한다.

오드리는 녹색 경비대에 붙잡혀 데굴파 백작부인의 궁으로 이송되었다. 그녀는 이것을 자기 가신들과 나누고 싶지 않았다.

"안녕, 오드리. 여기서 만나게 되어 아주 반갑군." 그녀는 웃으며 입술을 핥는다. 두 눈은 녹색 불꽃으로 이글거린다. "궁전 구경 시켜줄까."

집채만한 경호원 두 명이 양옆에서, 그리고 또 두 명이 뒤에서 따라온다. 뇌에 심은 전극을 통해 그들은 텔레파시로 백작부인의 지시를 받는다.

"오드리, 온실을 보여줄게. 아주 흥미로울 거야."

그녀는 빨간 카펫이 깔린 방으로 안내한다. 나무가 자라고 있는 한쪽 끝에 플라스틱 시트가 깔려 있다. 곤충, 썩은 꽃, 그리고 알 수 없는 분비물과 배설물에서 나는 오물과 유해물의 무시무시한 검은 냄새가 방에서 진동한다.

"이리로 와, 내 귀여운 나무들을 보여줄 테니." 그녀는 정원을 둘러싸고 있는 좁은 길로 향해 있는 열린 플라스틱 칸막이의 한쪽 끝에 선다. "저쪽을 봐, 오드리."

오드리는 땅에서 자라고 있는 분홍빛 줄기, 남근처럼 생긴 붉은빛과 자줏빛 줄기를 본다. 그가 바라보는 동안 줄기는 움직이며 고동친다. 백작부인은 괭이를 들고 몸을 숙여 나무줄기를 땅에서 뽑아낸다. 줄기는 전갈이나 지네처럼 곤충 다리가 달린 분홍색 주머니에 붙어 있다. 이리저리 뒤척이며 자신을 흙으로 덮는다.

"쟤도 한때는 너처럼 어리석은 소년이었어, 오드리. 저기에 너를 심으려고 해." 백작부인은 문에 손을 대고 서 있다. "어떤 식으로 하면 되는지 알게 될 거야, 오드리. 여섯 시간이면 배울 수 있어."

강둑 높은 곳의 돌기둥 위에 누워 쉬고 있던 백작부인의 가신들은 접근해 오는 배, 뗏목, 상륙용 바지선의 소함대를 발견한다. 승리한 다그 장군이 수백 명의 포로들을 데리고 귀환하는 것이리라. 그들은 비열한 기대감에 몸을 꿈틀거리고 신음하면서, 정오의 태양 밑에서 따뜻해진 금빛 무화과 바구니에 나른한 손가락을 뻗친다.

"어머, 뭐가 기어오르네!"

야스와다의 주요 방어시설은 번개 같은 전기 폭탄을 쏠 수 있는, 숙련된 기술자들이 지키고 있는 포탑이다. 포탑에서 총격을 개시하여 강에 떠 있는 배를 날려버린다.

반란군들은 심각한 손실을 입지만 옆으로 퍼져서 계속 진격해 온다. 강 상류와 하류 전체에서 상륙이 이루어진다. 그러자 특별한 공격 계획이 없던 당황한 군사들이 야스와다를 둘러싼다.

키클롭스 소년들이 행동에 들어간다. 이들은 이마의 중앙에 눈이 있다. 목 뒷부분에 있는 죽음의 차크라를 작동시켜 이마에 있는 세번째 눈으로 레이저 빔을 쏘면, 돌과 금속을 관통하여 도시의 전자 통제 본부를 찾아낼 수 있다.

계기판이 터지고 화약이 폭발한다. 비명을 지르는 군중들이 이곳저곳의 부서진 담을 넘어 쏟아져나온다.

"선택된 자들의 의회에 죽음을!"

"녹색 경비대에게 죽음을!"

"외국 암퇘지들에게 죽음을!"

"가신들에게 죽음을!"

가신들은 쿤두에게 당한 일격에 비명을 지르느라 다른 소리는 전혀 듣지 못한다.

오드리는 발밑에서 마루가 흔들리는 것을 느꼈다. 그는 거대한 거미줄의 중심에 서 있었고 순간 그것의 의도를 알아차렸다. 고통, 공포, 섹스, 그리고 죽음의 이유를 알아차렸다. 괴물 같은 투우사가 휘장을 공중에 흔들고 죽음의 칼을 준비하는 동안 인간 노예를 육체에 가두기 위해 의도된 조치였다.

공포와 절망의 나락에서 무언가가 녹은 용암처럼 뚫고 나오고 있었다. 제어할 수 없는 충격파였다. 오드리는 목 뒷부분의 차크라에 불이 켜지면서 작은 수정 해골처럼 점점 더 환하게 빛나는 것을 느꼈다. 웅성거리는 소리가 방을 채웠고, 오존 냄새가 났다.

백작부인은 두 눈에 경계심을 가득 품고 문에서 돌아섰다. 오드리는 무슨 일이 일어나는지 알 수 있었다. 그녀가 경호원에게 내리는 명령은 수행되지 않았다. 방해 주파수로 인해 그녀의 통제력은 먹통이 되었다.

오드리는 웃으며 입술을 핥았다. 가운데로 날아오는 발차기를 손을 뻗쳐 막으며 앞으로 나아갔다. 백작부인은 동물처럼 비명을 지르면서 그를 피해 문밖으로 뛰쳐나갔다.

그녀가 복도를 따라 질주하는 동안 오드리는 한 발짝 뒤까지 바짝 쫓았다. 한 걸음에 20피트씩, 인간 이상의 속도로 달려 그녀를 복도 끝에서 붙잡았다. 그녀의 두 팔을 잡고 자신의 엉덩이로 그녀를 뭉개고는, 비명을 지르는 그녀의 얼굴을 보며 씩 웃었다. 그녀를 벽에 밀어붙이고, 쇠망치 같은 주먹을 얼굴에 퍼붓고, 고무처럼 일그러진 입술과 너무나도 반듯한 코를 으스러뜨리는 동안 그녀의 얼굴은 인간의 형상을 모두 잃어가고 있었다.

그는 고무처럼 흐물흐물해진 채 넋이 나가 텅 빈 그녀의 두 눈을 손가락으로 뽑아내고 있었다. 그때 누군가 그의 어깨를 흔들었다.

"카슨스 씨, 뭐하는 건가요? 병동 전체를 다 깨우고 있잖아요."

오드리는 다 터진 베개를 들여다보고 있었다. 간호사가 그를 내려다보며 서 있었다.

"뭘 했는지 좀 보세요. 베개를 죄다 뜯어놨잖아." 그녀는 베개를 그의 손에서 잡아채고는 밖으로 나갔다.

간호사는 새 베개를 가지고 돌아왔다. 침대를 다시 정리하고 베개를 원래대로 그의 머리 밑에 놓았다. 그녀는 손목시계를 보았다. "주사 놔드릴 거예요."

오드리는 천장을 보며 뒤로 누웠다. 조용하고 편안했다. 악몽을 꾸었음이 분명했다. 어떤 꿈이었는지 기억할 수가 없었다. 너무 아득하고 대수롭지 않아 보였다. 베개 하나를 버렸을 뿐이다. 이제 새 베개를 얻었다. 간호사는 작은 은빛 쟁반 위에 피하 주사기를 담아서 돌아왔다. 그는 소매를 걷어올렸다. 팔에 알코올이 느껴지더니, 주삿바늘이 따끔한 통증을 선사했다. 아편 4분의 1그레인 분량이었다.

그는 희뿌연 새벽녘에 깨어나 누워서 기억을 더듬어보았다. 이 모든 일이 언제 시작되었던가? 런던에서 제리 그린과 존 에버슨과 함께 있었다. 습관이나 다름없었다.

소량의 헤로인을 갖고 뉴욕을 돌아다녔다. 하지만 이곳은 자격 있는 여의사가 의료행위를 하는 진짜 병원이었다. 사람들은 여의사를 백작부인이라고 불렀다. 부인의 마음에 들면 헤로인과 코카인을 얼마든지 처방해주었다. 그녀는 자기가 '소년'이라 부르는 이들을 좋아했다.

그러다 갑자기 충격적인 소식이 전해졌다. 백작부인이 심장마비로 죽었다는 것이다. 내무성이 단속중이었다. 떠나야 할 시간이었다.

그래서 오드리, 제리, 존은 트리에스테까지 가는 중고차를 타고 카트만두로 향했다. 트리에스테에서 그들은 한여름에 아테네에 도착하는 배를 탔다.

뜨거운 열기로 가득해 마치 오븐 같았다. 마침내 호스텔에서 숙소를 구했다. 세 개의 간이침대만 있는 텅 빈 방이었다. 주인은 꼬치꼬치 캐묻는 듯한 기분 나쁜 눈매를 가졌다. 영락없는 '경찰 제보자' 같았다. 하지만 그들은 너무 기운이 없었고 방은 길거리보다 시원했다. 그들은 속옷까지 벗고 간이침대에 앉았다.

"기분이 너무 안 좋아." 오드리가 말했다.

"이상한 두드러기 같은 게 났어." 제리는 갈비뼈 부근의 빨갛게 부은 자국을 긁으며 말했다.

"아마 더위에 지쳐서 그럴 거야." 존이 말했다. "뭐가 남았는지 좀 보자고." 그는 일어서서 휘청하더니 한 손으로 이마를 짚었다.

오드리는 그를 부축하려고 자리에서 일어섰다. 은빛 반점이 눈앞에서 끓어올랐다. 그들은 둘 다 자리에 다시 앉았다가 천천히 일어나서 중국 헤로인과 목화를 배낭에서 꺼냈다. 그리고 그것을 배합해서 나눠 맞았다.

10분 뒤에 오드리는 면열증으로 쓰러졌다. 이가 덜덜 부딪치고 온몸이 부들부들 떨렸다. 그는 누워서 무릎을 턱까지 올리고 두 손을 얼굴에 대고 움켜쥐었다.

결국 넴부탈 두 알을 먹었고 떨리는 증상이 멈췄다. 그러고는 잠이 들었다.

그는 어린아이가 되어 세인트루이스로 돌아가는 꿈을 꾸었다. 갑자기 머리가 아팠다가 물을 조금 마시면 나아지는 느낌을 맛보려고 얼린 오렌지를 급하게 삼키고 있었다. 물을 마시려는 찰나에 머리가 깨지는 듯한 두통을 느끼며 잠에서 깨어났다. 온몸이 고열로 불에 타는 것처럼 뜨거웠다. 너무 아파서 곧 죽을지도 모른다는 생각이 들었다.

일어나보려고 했지만 이내 제리의 침대 옆에 무릎을 꿇고 쓰러졌다. 그는 제리의 어깨를 흔들었다. 살이 불에 타는 듯이 뜨거웠다. 제리는 뭐라고 중얼거렸다.

"일어나, 제리. 도움을 요청해야 해."

문이 열렸다. 불이 켜졌다. 세 명의 그리스 경찰과 주인이 입구에서 지켜보고 있었다. 경찰들은 소년들을 가리키며 그리스 말로 뭐라고 정신없이 말했다. 그들은 얼굴 앞에 수건을 대고서 방에서 물러섰다. 방 입구에 경찰 한 명을 남기고 그들은 구급차를 부르러 갔다.

오드리는 마스크를 쓴 사람들에 의해 들것에 실렸던 기억이 어렴풋이 났다. 계단 아래로 내려가는데 눈앞에 글자가 보였다. 하얀 종이에 적힌 격자 모양의 검은 글자들이 오르락내리락했다. 그는 첫번째 문장을 알아볼 수 있었다.

"이름은 클렘 스나이드. 나는 냉혈한 사설탐정이다."

간호사는 체온계를 들고 그의 침대 옆에 섰다. 그녀는 체온계를 그의 입에 넣고 방을 나갔다. 잠시 뒤 아침식사가 담긴 쟁반을 들고 돌아왔다. 체온계를 꺼내어 보았다. "거의 정상으로 돌아왔어요."

오드리는 침대에 앉아 오렌지주스를 허겁지겁 마시고 나서 삶은 달걀과 토스트 한 조각을 먹었다. 그리고 커피를 마시는데 디미트리가 들어왔다. 얼굴은 낯익었고 그가 꾸었던 꿈의 어렴풋한 윤곽을 떠올리게 했다. 그럴 수밖에, 오드리는 생각했다. 나는 의식이 혼미했고 그는 의사였으니.

"자, 많이 좋아졌네요. 며칠 뒤면 퇴원해도 되겠어요."

"여기에 얼마나 있었나요?"

"열흘. 아주 안 좋았어요."

"왜 그런 거죠?"

"글쎄, 정확히는 모르겠습니다…… 바이러스로 보이다가…… 새로운 게 계속 나타나서요. 처음엔 성홍열로 생각했는데 항생제 반응이 전혀 없어서 대증요법으로 바꿨어요. 이젠 말해도 될 것 같은데, 정말 위태위태한 상황이었죠…… 체온이 섭씨 41도까지 오르고…… 당신 친구 둘도 여기 있습니다…… 정확하게 똑같은 증세로."

"제가 계속 정신을 잃고 있었나요?"

"완전히 그랬죠. 뭐 기억나는 거라도 있나요?"

"최근 기억이라면 호스텔에서 실려 나가는 거였어요."

"특이한 것은 당신과 제리, 존 모두 똑같은 정신착란에 빠져 있었다는 겁니다. 몇 개 메모를 해놓았는데……" 그는 종이를 교체할 수 있는 작은 노트를 펼쳤다. "이게 별다른 의미라도 있나요? 타마기스…… 바단…… 야스와다…… 와그다스…… 나우파나…… 가디스?"

"아뇨."

"붉은 밤의 도시들?"

오드리는 붉은 하늘과 토담을 힐끗 쳐다보았다…… "아주 순식간의 일이라서."

"자 그럼, 진료비 문제가 남았는데."

"아버지가 내주실 거예요."

"그러겠다고 이미 동의하셨습니다. 그런데 병원비는 소득세를 이유로 내기를 거부하셔서요. 좀 거북스러운 상황이긴 한데. 하지만 아버님 말씀이 일단 지불하기로 동의서에 서명하고서…… 미국 대사관에 본국 송환 신청을 하면 좋겠다고 하시더군요……"

소년들은 병원 접수대에 서서 서류에 서명을 하고 있다. 닥터 디미트리는 어두운 신사복을 입고 거기에 서 있다.

오드리는 주위를 둘러본다. 이 병원이 아주 이상한 점…… 하나는 아무도 흰색 제복을 입고 있지 않다는 것이다. 그는 자기 입장에서 생각해본다. 어쩌면 그들은 모두 우리가 집에 가기를 기다리고 있는지도 모를 일이다, 우리가 가야 자기들도 집에 갈 수 있을 테니까. 그런데 또다른 이상한 점이 눈에 띈다. 사실 이곳은 아무리 봐도 병원으로 보이지 않는다…… 오히려 미국 대사관처럼 보인다고나 할까.

택시가 건물 입구의 현관에 선다. 닥터 디미트리는 미소를 지으며 악수하고는 바로 웃음기를 지운다.

소년들이 떠나자마자 그는 몇 개의 문을 연속해서 통과한다. 각 문에는 무장한 안전요원들이 지키고 서서 그가 지나갈 때마다 목례를 한다.

그는 충전기에 컴퓨터 패널이 부착된 녹음기가 있는 방에 들어선다. 스위치를 가볍게 툭 건드린다.

"영사님께서 지금 만나시겠답니다."

책상 위 검은 목판에는 "피어슨 씨"라고 쓰여 있다. 영사는 회색 시어서커 신사복을 입은 날씬하고 젊은 남자였다. 사람을 무시하는 듯한 와스프wasp의 금욕적인 얼굴에 차가운 회색 눈을 갖고 있었다.

그는 웃음기 없이 자리에서 일어나 악수를 하고, 세 명의 소년에게 몸짓으로 의자를 가리켰다. 온화함의 흔적은 철저하게 모두 뺀 교양 있고 학자 같은 목소리로 그는 말했다. "자네들, 병원비가 상당히 많이 나온 걸 알고 있나?"

"지불 동의서에 서명했습니다."

"그리스 당국이 자네들의 출국을 막을 수도 있어."

세 소년은 동시에 말했다.

오드리: "우리 잘못이 아니었습니다……"

제리: "몸이 아팠습니다……"

존: "그 이유는……"

오드리: "바이러스……"

제리: "신종 바이러스요." 그는 영사에게 매혹적인 미소를 지었지만, 영사는 미소에 응답하지 않았다.

셋이 함께 말했다. "죽을 뻔했다고요!" 그들은 눈알을 뒤로 굴리며 죽어가는 사람의 목소리를 흉내냈다.

"경찰이 자네들 방에서 마약을 한 증거를 발견했어. 감옥에 가지 않은 걸 다행인 줄 알아."

"정말 감사드립니다, 피어슨 씨. 그리고 이곳에 있게 되어 다행입니다. 말씀하신 대로요." 오드리가 말했다. 충동적이고 앳된 말투로 이야기하려고 했지만 왠지 계속해서 간사하고도 비굴하게 들렸다.

다른 친구들도 고개를 끄덕이며 동의했다.

"감사해야 할 사람은 내가 아니야." 영사가 건조하게 말했다. "경찰한테 잘 봐달라고 말한 이는 닥터 디미트리였으니까. 자네들 사건에 관심이 있다고 하네. 신종 바이러스라……" 그는 중대한 결례라도 저지른 것처럼 소년들을 엄하게 쳐다보았다.

"닥터 디미트리는 아주 영향력 있는 분이야."

셋 다 하소연하듯이 말했다. "집에 가고 싶습니다."

"그렇겠지. 경비는 누가 대나?"

"저희가 내겠습니다. 나중에 준비가 되면요." 오드리가 말했다. 다른 친구들도 고개를 끄덕이며 같은 뜻을 비쳤다.

"그게 언젠데? 일할 생각은 해본 적 있나?" 피어슨 씨가 물었다.

"생각해보았습니다." 오드리가 대답했다.

"대략……" 제리가 말했다.

"죽고 나이드는 것처럼……" 존이 말했다.

"그때가 닥치지 않아도 아는 것처럼 말이죠……" 피츠제럴드 소설의 인물처럼 오드리가 말했다. 태양이 구름 뒤에서 나와 방안을 빛으로 가득 채웠다.

영사는 몸을 앞으로 수그리며 은밀한 어조로 말했다. "예를 들어 말이야…… 예를 들면…… 일해서 돈을 벌면 집에 갈 수 있겠지. 갑판 선원 셋을 고용할 수 있는 선박 한 척이 지금 피라에우스에 있는데. 배 타본 경험 있나?"

"뒤 돛대를 조정해본 적이 있습니다!" 오드리가 말했다.

"배 밑에서 일해봤습니다!" 존이 말했다.

"승강구에 뜨거운 타르를 부어본 적이 있습니다!" 제리가 말했다.

"좋아." 영사는 종이쪽지에 무언가를 적어서 오드리에게 건넸다. "빌리 셀레스트 호에 오르거든 노르덴홀즈 선장을 찾아가게."

소년들은 일어서서 일제히 말했다. "고맙습니다, 피어슨 씨." 그들은 이가 보이게 웃었다.

피어슨 씨는 책상을 내려다보며 아무 말도 하지 않았다. 소년들은 걸어나갔다.

사무실에서 걸어나왔을 때 오드리는 틀림없는 병원 냄새를 맡았다. 흰색 코트를 입은 젊은 남자가 접수대에서 간호사와 수다를 떨고 있었다. 택시 한 대가 입구에서 멈춰 섰다.

닥터 피어슨은 사무실 전화기를 들었다. "닥터 피어슨이오…… 예, 아무 문제 없습니다." 그는 슬라이드를 들고서 살펴보았다. "B-23이 맞습니다…… 제리라는 소년이 최초 보균자인 게 분명합니다…… 활동성이요? 무더기로 쌓아놓은 플루토늄 같습니다…… 물론, 에 인종에 따라 민감성이 얼마나 차이가 나는지는 미묘하고 예민한 문제입니다…… 더 연구를 해보면, 아마도…… 지금까지의 조사 결과로 보면 확신할 수는 없습니다…… 이론상으로는 물론 가능합니다. 다른 한편으로는 통제되지 않는 돌연변이는 제외할 수 없습니다…… 확신하냐고요? 어떻게 확신할 수 있겠습니까? 어쨌든 제 구역에서 발생하진 않았으니까요."

늦은 오후 빌리 셀레스트 호. 오드리와 친구들은 계약서에 서명을 했다.

노르덴홀즈 함장은 이름을 살펴보았다. "어디 보자, 제리, 오드리, 존…… 현명한 선택을 했어. 건강엔 문제없겠지?"

"오 그럼요, 선장님."

"그렇고말고요, 선장님."

"의사 선생님 말씀으로는 놀랄 만큼 회복되었다고 했거든요."

"좋아. 한 시간 이내로 출항할 걸세…… 튀니스, 지브롤터…… 리스본을 거쳐 핼리팩스로 향하네. 그건 그렇고, 1872년에 메리 셀레스트 호가 발견되었던 아조레스제도의 그 지점을 통과할 거야. 돛은 망가진 데 없이 멀쩡한데, 배에는 아무도 없었지." 그가 슬며시 웃으며 말을 이어가는 동안 푸른 두 눈은 아이러니로 인해 반짝거렸다. "그 수수께끼는 끝내 풀리지 않았지."

"어쩌면 인생의 기본적인 수수께끼일지도 모르죠, 함장님." 오드리가 당돌하게 말했다. "어떤 때는 알 것 같지만, 또 어떤 때는 모르겠다 싶은 그런 것 말입니다."

남은 시간은 단 몇 분

  우리는 자칭 '파괴 천사'다. 우리의 목표물은 야스와다의 후미다. 그런 게 있다면 말이다. 우리 자신이 경기병대 같은 느낌이다. 역사상 가장 나쁜 것들은 최후의 일전을 위해 야스와다에 다 모였다. 수백 톤의 회색 퇴적암 밑에 사는 물고기처럼 차갑고 육중한 데굴파 백작부인, 고문의 황홀경으로 얼굴이 빨개지고 눈이 이글거리는 드빌 백작부인, 증오의 악령, 검은 수도원장, 그리고 모든 경비대원과 하인, 고문 도구를 대동하고 나온 선택된 자들의 의회까지. 우리는 이 얼음처럼 차가운 의도를 지닌 벽에 어떻게 맞설 것인가?

  우리는 바단에서 쏘아 보낸 원격 섬광을 통해 메시지를 받았다. 야스와다가 계획보다 빨리 핵무기 개발을 완성했다는 소식이다. 전면적인 도움이 요청되는 상황이다.

야스와다까지는 아직 150마일이 남았다. 부지런히 행군하면 나흘이 걸린다. 시간이 없다.

우리가 여기 있는 이유는 바로 당신 때문

조용한 오솔길에서 깨어났다. 강이 있다. 야스와다의 흔적은 어디에도 없다. 내가 있는 곳은 그 위나 아래임이 분명하다.

나는 강둑에 도달한다. 강 건너에 동부 바단의 썩어가는 부두들과 창고들이 보인다. 내 오른편에 다리의 남은 부분들이 있다. 다리 윗부분은 썩어 없어졌고, 말뚝들이 초록빛 물 밖으로 튀어나와 있다.

나는 야스와다가 있던 곳에 서 있다. 물은 파랗고 차갑고 더럽고 희한하게도 인조적이다. 자연사박물관의 디오라마 입체 모형처럼.

금발 소년이 다리가 있었던 내 오른편에서 들어와 녹갈색 물 위를 걷는다. 마치 연극에서 맡은 역할을 수행하듯 어떤 배우를 흉내내며 성큼성큼 움직인다.

소년은 가슴에 노란 문자 도안이 그려진 흰색 티셔츠를 입고 있다.

도안은 노란빛의 원에 둘러싸여 있고, 가장자리는 무지개 색으로 되어 있다. 그는 흰색 운동용 반바지를 입고 흰색 테니스 신발을 신었다.

똑같은 하얀 운동복을 입은 거무스레한 소년이 내 왼편의 풀 덮인 작은 언덕 꼭대기의 둑 위에 서 있다. 그는 깃발을 옆에 꽂고 한 손으로는 막대기를 들고 있다. 무지개 원 안에 문자 도안이 그려진 깃발은 바람에 부드럽게 흔들리고 그의 반바지가 뽀얗고 보드라운 허벅지를 감싸며 펄럭인다.

금발 소년은 물에서 걸어나와 까무잡잡한 그의 짝 앞에 선다. 피부색이 검은 소년은 웃음 같은 소리와 함께 신나고 청량하고 달콤하고 부드러운 플루트 소리로, 나무를 스치는 바람 소리로, 동틀 무렵의 새 소리로, 졸졸 흐르는 시냇물 소리로 말하기 시작한다. 금발 소년도 똑같은 언어로, 저멀리 별에서 들려오는 인간과 다른 달콤한 소리로 대꾸한다.

지금 나는 까무잡잡한 피부의 소년은 미들타운의 딩크 리버스이고, 다른 소년은 나 자신임을 알아차린다. 이것은 고등학교 연극이다. 우리는 이제 막 강의 서편을 점령했다. 이로써 야스와다는 정복되었다.

안녕하신가요, 친구들. 성공적으로 강을 건너왔습니다. 야스와다는 와해되었습니다.

무심하고 태평하게 바위, 돌, 나무 들이 수백 야드 저편의 강을 따라 골프 코스에 천천히 펼쳐진다. 두 명의 캐디가 벙커에 서 있다. 한 명은 사타구니를 긁고 있고, 다른 한 명은 자위하는 자세를 취하고 있다. 컨트리클럽에서 바람을 타고 음악이 흘러나온다. 빨간 벽돌 건물들, 자갈길. 점점 어두워지고 있다. 지저분한 매표소.

안내문:

빌리 셀레스트 고등학교 상연:
〈붉은 밤의 도시들〉

　나는 가구와 그림으로 가득한 방들과 복도, 칸막이, 계단, 작은 쪽방, 엘리베이터, 경사면, 사다리, 의상과 옛 무기로 가득찬 트렁크, 욕조, 화장실, 한증막, 그리고 앞이 트인 방을 헤쳐나간다······
　한 소년이 누런 화장실 좌변기 위에서 자위를 한다······ 야유와 드문드문 들리는 박수 소리.
　우리는 자갈길 골목에 서 있다. 나는 동료들을 쳐다본다. 그는 열여덟 살가량 되어 보인다. 동공이 황갈색인 커다란 갈색 눈과 옆얼굴을 보면 길고 곧은 마야인의 코를 지니고 있다. 파란색과 갈색 줄무늬가 있는 바지와 셔츠를 입고 있다.
　나는 녹슨 자물쇠를 열고 아버지의 작업장으로 들어간다. 우리는 옷을 벗고 해적의 상자에 올라타서 서로 마주본다. 그의 피부는 갈색과 자줏빛이 감도는 짙은 회색이다. 발기한 남근의 매끄럽고 자주색을 띤 귀두에서 코를 찌르는 퀴퀴한 냄새가 진동한다. 그의 두 눈이 도마뱀의 눈처럼 나와 마주친다.
　"내가 어떤 장면에 등장하면 되는 거야?"
　"죽음의 아기가 옥수수 신神을 덮치는 장면."
　우리는 상자를 연다. 그는 수정 해골 목걸이를 꺼내서 목에 건다. 그가 나에게 젊은 옥수수 신의 금빛 살갗을 걸쳐주자 썩은 냄새가 난다.

우리는 맨 꼭대기 층 거대한 체육관 겸 창고 다락에 와 있다. 상자
와 트렁크, 의상, 거울, 그리고 분장 도구가 있다. 소년들은 의상을 꺼
내 입어보고, 거울 앞에서 자세를 취하며 서로 키득거리면서 소도구
와 무대배경을 움직여본다.

창고는 끝이 없어 보인다. 미로 같은 방과 거리, 카페, 안뜰과 정원.
호두나무 침대와 고리에 걸어놓은 깔개가 있는 농가의 방은 소년들이
즉석 뗏목에서 벌거벗고 낚시를 하는 연못으로 향해 있다. 모로코 스
타일의 파티오는 사막 여우들과 플루트를 연주하는 소년으로 활기를
띤다…… 시든 치자나무 같은 별들이 푸른 밤하늘에 떠 있다.

수많은 공연이 여러 방, 여러 층에서 동시에 진행된다. 구경꾼들은
무대를 이곳저곳 옮겨다니면서, 공연에 참여하기 위해 의상을 입고
분장을 한다. 공연자들은 모두 무대를 번갈아가며 이동한다. 이동식
무대와 수레, 도르래 장치를 통해 천장에서 내려오는 무대, 확 열리는
문, 뒤로 미끄러지는 칸막이 들이 있다.

선원 모자 외에 걸친 게 없는 오드리는 균형을 잡고 몸을 뒤로 젖히
고 앉아 『오드리와 해적들』이라는 만화책을 읽는다.

벌거벗은 제리가 빨간색 왁스로 밀봉한 봉투를 들고 나타난다.

"뜯어서 읽어봐."

"예, 각하. 전투 명령입니다."

"히이이이야!" 오드리가 갑자기 소리를 지른다.

갑판 위에서는 벌거벗은 선원들이 모자를 공중에 던지고 자위를 하
면서 흥분한 개처럼 서로에게 뛰어오른다. "히이이이야!" 전투 준비
를 알리는 총소리가 들리자 그들은 허겁지겁 제복을 입는다.

열병: 장미유, 사향, 정액, 항문 점액, 오존, 그리고 생고기 냄새가 밴 붉은 실크 커튼이, 온몸이 붉은 반점으로 뒤덮여 빨갛게 타오르고, 열병 냄새를 내뿜으며 부들부들 떨고, 몸부림치고, 눈은 불에 타는 듯 뜨겁고, 다리를 허공에 들고 이빨을 드러낸 채, 고대 악마의 열병의 주문을 속삭이는 소년 병동에서 올라간다.

닥터 피어슨은 손수건으로 얼굴을 가린다. "여기서 당장 치워버려."

엔 리는 생기 없는 마을을 쌍안경으로 바라본다. 녹음된 목소리가 흘러나온다. "우리는 민중의 쌍안경으로 티베트를 보고 있다."

돌로 지은 움막에서 벌거벗은 소년이 더러운 침상 위에 누워 있다. 어두운 방에서 시뻘건 살덩어리들이 선홍빛을 발하고 있다. 그는 느릿느릿 백치같이 웃으며 살덩어리들을 문지르고 사정을 한다.

엔 리는 손수건을 얼굴에 쓰고 벽에 기대어 축 늘어진다.

"피클 공장이네."

"검역관이 가고 있는 중일세."

검역관은 약에 취해 현관에 서서 느릿느릿 흘러가는 강물을 멍하니 바라보고 있다. 거대하게 부푼 하마의 시체가 천천히 떠내려간다. 검역관은 의식하지 못한다. 녹음된 목소리가 흘러나온다. "그는 계속 악에 사로잡혀 있었다." 강둑에서 알리가 그를 내려다보며 서 있다. 그는 공포에 질린 얼굴로 자신의 찢긴 주머니와 텅 빈 손을 바라본다. 무대배경은 다른 강둑으로 바뀐다. 똑같은 표정으로 판즈워스는 붉은 상처 자국으로 뒤덮인 자신의 벌거벗은 몸을 내려다보고 있다. 알리는 웃으며 그를 내려다본다. 붉은 상처 자국이 그의 적갈색 살갗 위에서 탁한 장미색을 띤다.

해병 군악대가 〈셈퍼 파이〉를 연주한다.

초승달 밑에 구릿빛 눈 하나가 그려진 문 위에 변소 그림이 붙어 있다. 사설탐정 클렘 스나이드 역할을 맡은 오드리는 천장이 없는 방에 앉아 있다. 관객들은 그 방 안을 내려다볼 수 있어서 그가 무엇을 보고 있는지 다 안다. 제리의 사진들, 아기였을 때 찍은 사진…… 아가미 주위에 붉은 반점이 있는 송어를 줄에 꿰어 들고 있는 열네 살 적 사진…… 벌거벗은 채 발기가 된 사진들…… 제리가 무대 위에 있다. 손이 묶인 채 벌거벗고 있으며, 얼굴과 몸은 붉은 반점으로 뒤덮여 있다. 그의 뒤에서 사악한 붉은빛이 타오른다. 그가 앞에 있는 무언가를 쳐다보고 있는 동안 페니스가 움직이더니 딱딱해진다. 여기저기서 박수가 터지고 객석에서 올레 하는 함성이 울린다.

신문 1면의 붉은 헤드라인: '괴질이 퍼지다.'

병원 침대에서 제리는 천천히 뒹구는 동작으로 두 다리를 벌리고, 붉게 물든 엉덩이를 보이며 흥분한 연체동물처럼 파르르 떤다. 목을 매달자 그의 머리는 오른쪽으로 뒤틀리고 두 눈에서 녹색 섬광이 뿜어져 나온다.

이제 세피아 색감의 병원 침대 장면이다. 그는 공중에 발길질을 해대며 사정을 한다. 남자 간호사 역할의 지미 리가 그의 정액을 항아리로 받는다.

우레 같은 박수 소리…… "올레! 올레! 올레!"

항아리는 네 명의 해병 경비대에게 전달되어 일급비밀 실험실로 즉시 옮겨진다. 과학자가 현미경을 통해 들여다본다. 그는 오케이 사인을 보낸다.

장미 부케가 무대 위에 비처럼 쏟아진다.

붉은 헤드라인: '국가 비상사태 선포.'

빨간불 신호등. 검역 푯말.

바지 지퍼 부분이 불룩 튀어나온 병사들이 목을 움켜쥐고 쓰러진다.

뉴스캐스터: "피해 규모 추정이 불가능한 상태입니다. 지금까지의 상황을 말씀드리는 것은 없는 말을 지어내는 거나 다름없습니다."

바보 같은 웃음을 천천히 짓고 있는 병자의 얼굴이 환등기를 통해 뉴스캐스터의 얼굴에 투사된다……

"현재 세계 인구는 대략 300년 전과 같습니다."

방한용 덧신을 신은 소년들이 항구로 다가간다. 증기와 더불어 벌거벗은 소년들은 안개 낀 부둣가로 희미하게 사라져간다. 아편 존스가 서리가 내려붙은 얼굴로 그곳에 있고, 소년들은 유령이 나올 것 같은 그레이트 화이트 호의 선실에서 서명을 한다.

펨버턴가에서의 저녁식사. 분장한 시체처럼 보이는 얼굴에 촛불이 비친다. 노아의 불그스레한 소년 같은 얼굴만이 살아 있는 것처럼 보인다. 대화는 수수께끼 같다.

"그들의 엄마 노릇은 합격인가?"

"숙모가 쓰는 말인데?"

"우리는 명사名詞로 된 게 필요해."

"검은돈이 필요할 거야."

"물론 선장 자격증도……"

"적당한 농작물."

"약 하셨어요?"

"넙치 줘봐."

"아 바다 참 좋다."

그들은 모두 얼굴을 붉히며 접시를 내려다보는 노아를 바라본다.

"기운 내서 좀 들어봐."

"가엽은……"

"아마 오이에 딸린 것 같은데."

"건배는 죽지 않은 자들끼리."

소년들은 다시 그레이트 화이트 호에 탄다. 선실 보이가 크게 외치는 소리에 그들은 갑판 위로 나온다. 목에 올가미를 두른 제리가 늑대같은 웃음을 짓는다. 그를 목매달자 서쪽 하늘이 녹색 섬광으로 환해진다.

해적에게 붙잡히다: 소년들은 입에 칼을 물고 난간으로 모여든다. 엄청난 검은 수염이 허리까지 자란 자가 동물처럼 으르렁거리고 씩씩거리고 얼굴을 찡그리며 상상의 적에게 칼을 휘두른다. 그레이트 화이트 호의 선원들은 갑판 위에서 데굴데굴 구르고 깔깔 웃으며 바지에 오줌을 싼다.

"*해안경비대가*……" 소년들은 중얼거린다. 그들 중 한 명이 눈가리개를 한쪽 눈 위에 대고 엄청나게 큰 나무 망원경으로 해안을 살펴본다.

키키가 제리에게 삽입을 한다. 빨간 캐시미어 스카프를 목에 단단히 매고서 제리의 얼굴을 보며 씩 웃는다. 제리가 사정하는 동안 코에서 피가 쏟아져나온다.

영국 저택의 방에 천천히 불이 켜진다. 벽에 걸린 그림에는 빨간 숄과 스카프를 두른 나이든 신사가 침대에 몸을 기대고 앉은 모습이 그려져 있다. 그 옆 테이블 위에는 아편, 약병, 차, 스콘 몇 개, 그리고 책이 놓여 있다. 그의 겨울 침대로 가져가면서……

모서리에 기둥이 있는 커다란 침대에 빛이 비친다. 나이트캡을 쓴 남자가 갑자기 자리에 일어나 앉는다. 몸에서 빛이 나는 벌거벗은 소년이 침대 발치에 서 있다. 남자는 숨이 막혀 헐떡이고, 선홍빛으로 변하더니 뇌졸중으로 죽는다. 피가 그의 입과 코에서 쏟아져나온다.

붉은 밤의 도시들: 종이 벽이 스포트라이트를 받아 붉은빛에 휩싸인다. 소년들은 병에 걸린 분장을 하고서 주위를 돌아다닌다. 진행자 후 아니토가 빨간 고무로 된 살덩어리를 배꼽에 착용한다.

"오 이런, 배에 시계를 찬 밀로의 비너스 같네."

소년들은 욕정이 담긴 넋 나간 표정으로 자세를 취한다. 구경꾼들은 웃으며 마루를 구른다. 한 명의 얼굴이 파랗게 변한다.

"**청산가리 반응이야! 빨리 의사를 불러!**"

흰색 코트를 입은 소년들이 뛰어들어 검은 화살을 쏜다.

대나무 플루트를 들고 있는 리마의 피리 부는 소년…… 그의 눈빛처럼 푸른 하늘. 바다 냄새. 딩크는 오드리와 빌리로 변하는 노아에게 삽입하는 중이다.

"나야! 나라고! 내가 왔어! 안녕, 빌! 200년이 지났어, 빌! 내가 왔다고!"

순례는 여러 생애에 걸쳐 이루어진다. 많은 방과 많은 단계에서, 고대의 속삭이는 무대가……

쌍안경으로 시대를 넘나들며 오드리는 의자에 기대앉아 자위를 한다. 쾌활한 해적들. 제리는 빨간 밀랍으로 등장한다. 우리는 몇 초 동안 티베트를 본다. 병원으로 세피아 색감의 장면 이동. 썩은 웃음, 비커에 담긴 정액.

그는 네 명으로 구성된 해병 군악대에 맞춰 〈셈퍼 파이〉를 연주한다. 붉은 반점 송어를 보란듯이 들고 있는 어릴 때 사진들. 열병의 붉은 예감이 침대로부터 흘러나온다. 그가 무대에서 보고 있는 것을 보라.

국가 비상사태, 나이 15세, 조명 줄을 높이 들고 있다. 제리의 빛나는 유령은 여러 생애를 거친다. 선실 보이 제리가 언덕 위에 서서 저멀리 바라본다.

"리마, 번쩍, 나야. 리마의 피리 부는 소년. 딩크, 내가 왔다고! 널 찾는 데 한참 걸렸어."

노아는 도서관에서 박격포와 수류탄의 구조를 연구하고 있다. 그는 대포를 설계중이다. 출입구에 있는 중국 아이가 그가 앉은 의자 밑에 폭죽을 던진다. 폭죽이 터지자 대포의 총열이 옆으로 기운다. 불타는 함선의 무대배경이 그의 앞에 펼쳐진다.

오드리의 친구들은 다시 갑판 위에 모인다. 가스탱크가 타마기스에서 폭발한다. 도서관 테이블 위의 부싯돌 소총. 한스와 노아는 바지를 벗는다.

"앞길로 안 되면 뒷길로 돌아올 것."

노아가 허리를 굽히자 부싯돌 부분이 약실에서 부딪힌다. 노아가 소리치자 장전된 소총이 스페인 병사들을 향해 엄청난 화력을 퍼붓는다.

스페인 함선으로 쓰이는 수레가 천천히 육중하게 체육관 마루를 가로질러 움직인다. 갑판 위에는 화형대와 교수대 틀을 갖춘 종교재판소, 스페인 제국의 정복자, 후견인, 총독, 장교, 관리, 그들의 현대판으로 올드 파 스카치를 꿀꺽꿀꺽 마시면서 손잡이에 자개를 박은 45 구경 권총을 휘두르는 *남자*들과 *정치인*들이 보인다.

색안경을 쓴 출입국관리소 경찰…… "*여권*…… *서류*……"

아 푹 역할을 맡은 켈리가 검은 부패의 반점을 뒤집어쓴 채 금화와 은화가 넘쳐나는 해적 상자 위에서 젊은 옥수수 신을 덮치고 있다. 그들이 사정하자 금빛 기체 같은 아지랑이가 그들에게서 뿜어져 나와 함선 갑판 전체에 퍼진다. *남자*들은 목을 움켜잡고 피를 토하며 죽는다.

노아는 마법이 걸린 똑같은 누런 아지랑이 속에서 목이 매달린 채 사정을 한다. 잠시 커튼을 올리고, 노아 앞에 총을 쌓는다. 그의 첫번째 탄약 소총부터 M-16, 바주카포, 로켓포, 야포까지 모두 쌓는다.

주시-프루트 쌍둥이가 천천히 물결 모양으로 노아를 끌어내린다. 쌍둥이들은 선원 모자와 흰색 운동화 외에는 다 벗고 있다.

무대 밖에서 고함이 들려온다. "*그래, 이 장난꾼들아*…… 전투태세로."

노아와 쌍둥이는 포탑에서 계산을 하며 거리를 측정한다……

"거리 2만 3천 야드…… 높이 0.6……"

함선이 망원경의 십자선에 들어와 있다. 제리는 발사 버튼을 누르면서 선홍빛으로 변한다. 함선은 폭파되어 소품 바다 속으로 가라앉는다.

멕시코, 중남미의 파노라마…… 음악과 노래…… 안마당에서 씻으면서 비누를 축구공처럼 던지고 태클을 하고 서로의 등을 닦아주는 벌거벗은 스페인 병사들. 강가의 나무들 사이에서 소년들은 백치 같은 표정을 지으며 자위를 하고, 열매를 흔들어 물속에 떨어뜨리자 물고기처럼 찰싹찰싹, 콸콸 소리를 냈다.

오드리는 폐허가 된 피라미드와 정글의 무대배경 앞에서 벌거벗고 서 있다. 그는 발기가 된 채로 공중에 뜬다. 행글라이더를 타고 붉은 사막에 착륙한다.

선실 보이 제리는 사타구니와 엉덩이를 드러내놓은 도마뱀 복장을 하고서 그를 만난다. "나 도마뱀 소년…… 섹스 아주 잘해." 무지개 색깔이 그의 몸을 스쳐지나간다.

스페인 함선…… 주시-프루트 쌍둥이의 움직임…… 갑판 위의 흰색 운동화…… 거리를 재는 관리들…… 손에 난 털이 발사 버튼 위에서 선홍색으로 변한다…… 함선 '파사포르테 도쿠멘토스'가 바다에서 폭파되고 아 푹은 그 거대한 지역에 반란군을 깔아놓는다. 잠시 눈에 보이지 않고 몸에 딱 달라붙는 마술 옷을 입은 누런 아지랑이 속의 소년들이 탄약 총이며 M-16 앞에 정렬해 있다…… 금빛 가스처럼 벌거벗은 아지랑이……

"차렷!"

오드리와 노아는 무지개의 마음으로 천사에게 소리친다……

"쉬어."

벌거벗은 병사들은 코를 벌름거리며 바주카포와 야포의 냄새를 맡는다.

평화는 영원히 지속되지 않는다……

타마기스의 붉은 밤. 소년들은 불 주위를 돌며 춤을 추고, 비명 지르는 세이렌들을 집어던진다. 소년들은 재잘거리고, 올가미를 흔들고, 혀를 앞으로 내민다.

이것은 바단 폭동과 야스와다 공습의 서곡에 불과했다. 소년들은 의상을 갈아입고, 무대를 빠르게 옮겨다닌다.

이구아나 쌍둥이 남매는 앙코르와트─우슈말─테노치티틀란 세트에서 나와 춤을 춘다. '여자' 쌍둥이는 그의 여자 복장을 껍질 벗듯 벗는다. 그들은 베트콩과 똑같아진다.

배에 똑딱대는 야광 다이얼 자명종을 달고 악어 가면을 쓴 백작부인은 가신들과 녹색 경비대를 이끌고 오드리를 뒤쫓는다. 경찰 소년이 녹색 경비대에게 총을 쏜다. 낫을 든 죽음의 사신 역할을 맡은 클린치 토드가 바스트 여신의 목을 자른다.

소매 멜빵이 달린 분홍 셔츠를 입은 욘 알리스타이르 페테르손이 미국 성조기와 영국 국기로 장식한 단상에 선다. 전기뱀장어 가죽으로 만든 발목까지 오는 망토를 입은 니문이 그와 함께 단상에 서 있다.

위원회 위원들이 입장하여 부모와 교사를 위한 곳에 자리를 잡는다.

페테르손이 말한다. "신사 숙녀 여러분, 소개해드릴 인물은 매우 기이한 힘을 지닌 아주 오래된 고대 종족의 유일한 생존자입니다. 이 인물을 보고 어떤 분들은 충격을 받으실지도 모르겠습니다……"

니문은 망토를 벗고 벌거벗은 채 서 있다. 그의 몸에서 지독하게 비린 암모니아 냄새가 강렬하게 진동한다. 망각된 기능 혹은 아직 가능하지 않은 기능을 지닌 어떤 인공물의 냄새가 난다. 그의 몸은 적갈색이고, 검은 주근깨가 살갗의 구멍처럼 나 있다.

"이건 극비입니다만 붉은 밤에 대한 책임은 오로지 그에게 있습니다……"

욘 페테르손은 더 젊어지더니 피리 부는 소년으로 바뀐다. 그는 허리띠에 찬 염소 가죽 싸개에서 플루트를 꺼내 불기 시작한다. 니문은 사포沙布처럼 목을 찢는 듣기 고통스러운 물고기의 언어로 노래 부르며 이리저리 물결 같은 춤을 춘다.

폐 속에서 폭파하는 것 같은 울음소리를 내며 그는 무릎 방석에 몸을 던지더니 두 다리를 허공에 들고 양손으로 발목을 움켜쥔다. 드러난 그의 항문 주변은 바짝 선 붉은 털로 새까맣다. 항문 구멍에서 오존과 뜨거운 쇠 냄새가 원을 그리며 퍼지기 시작한다. 그의 몸은 팽이처럼 빠르게 더 빠르게 돌다가 방석 위의 허공을 떠다니며 눈에 보이지 않게 희미해지고, 그러는 동안 그의 뒤로 붉은 하늘이 타오른다.

한 궁정 가신이 몸에서 향이 빠져나가는 것을 느낀다……

"이건……"

위원회의 한 위원이 입을 연다…… "이건……" 그의 틀니가 튕겨져 나간다.

가발, 옷, 의자, 무대소품, 이 모든 것이 빙빙 도는 검은 원반 속으로 빨려들어간다.

"블랙홀이다!!"

벌거벗은 육체들이 지옥에 끌려가는 영혼들처럼 몸부림치고 비명을 지르며 가차없이 앞으로 빨려간다. 빛은 꺼지고 잠시 뒤 붉은 하늘이……

불이 켜지자 폐허가 된 바단의 모습이 보인다. 아이들은 카스바의 터널에서 놀며, 배낭을 메고 여행중인 독일 관광객들의 카메라 앞에서 자세를 취한다. 옛 도시는 이제 사람들이 다 떠나고 없다.

강 위로 몇 마일 올라가면 낚시도 하고 사냥도 하는 작은 마을이 있다. 여기서 순례자들은 휴식을 취하며 앞으로 남은 여행을 위해 장비를 정비한다.

그렇다면 야스와다는 어떻게 되었을까? 고대의 성채는 돌멩이 하나 남지 않았다. 쓰러져가는 창고 앞에서 어슬렁거리고 폐허가 된 부두에서 물고기를 잡는 원주민들에게 내레이터는 마이크를 내민다. 그들은 고개를 좌우로 흔든다.

"브링크 노인한테 물어보슈. 알 만한 사람이라면 그밖에 없소."

브링크 노인은 통발을 고치고 있다. 혹시 워링 아니면 노아 블레이크?

"야스와다?"

그의 말에 따르면 오래전에 어떤 신이 야스와다를 꿈꾸었다. 노인은 손바닥을 모으고 머리를 두 손에 대고서 눈을 감는다. 그는 눈을 뜨고 손바닥을 편다. "하지만 꿈은 신의 마음에 들지 않았소. 그래서 잠에서 깨어났을 때, 야스와다는 사라졌소."

스크린 위에 그림이 뜬다. 표지판이 가리킨다. '와그다스-나우파나-가디스'. 길은 멀리 구불구불 이어진다. 언덕 위로 저멀리⋯⋯

오드리는 관객에게 등을 돌리고 다락방의 타자기 앞에 앉는다. 왼편 책꽂이에는 『지식의 책』『사모아의 사춘기』『녹색 모자』『플라스틱 시대』『모두 슬프고 젊은 사람들』『바 20일』『놀라운 이야기』『기이한 이야기』『모험 이야기』, 그리고 여러 권의 『작고 파란 책들』이 꽂혀 있다. 그의 앞에는 교수대에 선 스트로브 부함장의 모습을 묘사한 동판화가 있다. 오드리는 그림을 올려다보고 타자를 친다.

"구출."

창고에서 폭발 소리가 나고 우르르 울린다. 벽과 지붕이 흔들리더니 오드리와 관객의 머리 위로 떨어진다. 창고가 무너지면서 잿더미로 변한다.

전체 출연진은 거대한 회화처럼 서쪽 하늘을 물들인 노을을 보며 사막 풍경 안에 서 있다. 타마기스의 붉은 성벽, 바단 폭동, 야스와다와 맨해튼의 검게 그을린 폐허, 그리고 와그다스가 멀리서 희미하게 빛난다.

장면이 바뀌고 또 바뀐다. 열대의 바다와 푸른 섬, 회청색 바다에 가라앉는 불타는 함선, 강, 정글, 마을, 그리스 신전, 그리고 푸른 호수 위 하버 포인트의 하얀 목조 가옥이 나타났다 사라진다.

로저 항이 바람 속에서 흔들린다. 광활한 눈, 늪, 그리고 거대한 붉은 암층이 하늘로 솟아 있는 사막 지역에서, 어둠 속에서 빛나는 푸른 하늘을 배경으로 불꽃놀이가 펼쳐진다. 가냘픈 비행기가 불타는 도시, 불화살 위를 날다 연보라와 회색빛으로 희미해지고, 그리고 마침내—마지막으로 타오르는 빛줄기 속에서—워링의 두 눈이 푸른빛으로 번쩍이면서 수수께끼 같은 그의 얼굴이 나타난다. 워링은 절을 세 번 하고는 점점 짙어져가는 땅거미 속으로 사라진다.

로저 항으로의 귀환

이것으로 끝이어야 한다. 뒤얽힌 나무와 덩굴 속에서 뒤틀린 널빤지들. 궁전의 연못은 조류로 덮여 있다. 뱀이 초록빛 물속으로 스르르 미끄러진다. 잡초가 항구의 녹슨 양동이를 뚫고 자란다. 이층 현관으로 올라가는 계단은 허물어졌다. 이제 여기엔 텅 빈 세월의 냄새만이 남아 있을 뿐이다. 몇 년이 흐른 걸까? 나도 확실히 알 수 없다.

나는 가죽 손잡이가 달린 티크 나무 상자를 들고 있다. 상자는 잠겨 있다. 열쇠가 있지만 여기서 열지는 않을 것이다. 나는 딩크의 집으로 가는 길로 접어든다. 가끔 오솔길로 걷는 것이 도로로 걷는 것보다 더 오래 걸릴 때도 있다.

내 기억이 맞다면 저쪽 해안에 있다. 모래가 층계를 덮고 있고 마루 전체에 흩어져 있다. 그 어떤 물건이나 사람의 냄새도 나지 않는다.

나는 모래로 뒤덮인 층계에 앉아, 나를 이곳으로 데려왔고 어딘가로 데려가줄 저 항구의 배를 바라본다. 나는 열쇠를 꺼내 상자를 열어 누런 페이지들을 획획 넘겨본다. 마지막 항목은 아주 여러 해 전의 기록이다.

우리는 스페인 병사들을 기다리며 파나마에 있었다. 나는 요새로 돌아와 죽음의 구렁텅이에 점점 더 가까이 다가오는 병사들을 망원경으로 지켜보고 있다.

"돌아가!" 나는 소리 없이 소리지른다. "너희 함선을 타고 스페인으로 돌아가라고!"

교회 종이 마리아 수녀회, 성찬식, 고해성사 시간에 조용히 울릴 때, 스페인의 마지막 종소리가 울려퍼진다……

"파코…… 호셀리토…… 엔리케."

켈리 신부가 그들에게 종부성사를 한다. 그의 목소리에 고통이 녹아들어 있다. 너무 쉽다. 우리의 포탄과 박격포가 커다란 쇠주먹처럼 그들을 뚫어버린다. 몇몇은 아직도 몸을 숨기고서 반격을 한다. 파코는 가슴에 총을 맞는다. 움츠러드는 슬픈 얼굴. 그는 내 머리를 아래로 끌어당기며 회색 입술로 속삭인다. "신부님 좀 불러줘."

나는 이 일에 대해서 혹은 그다음에 일어난 일에 대해서 쓰고 싶지 않았다. 과야킬, 리마, 산티아고, 그리고 내가 보지 않은 모든 것들. 가장 쉬운 승리는 결국 가장 비싼 대가를 치르는 법.

나는 폭죽을 터뜨려 시간에 구멍을 냈다. 다른 사람들이 그 안으로 들어오도록. 폭죽이 얼마나 더 커야 들어올 수 있을까? 좋은 무기는 더욱더 좋은 무기를 낳는다. 지구가 도화선에 불이 붙은 수류탄이 될 때까지.

어린 시절의 꿈이 떠오른다. 나는 아름다운 정원에 있다. 꽃을 만지려고 손을 뻗자 손 밑에서 꽃이 시든다. 버섯처럼 생긴 거대한 구름이 지구를 어둡게 하는 동안 악몽 같은 예감과 황량함이 나를 엄습한다. 몇몇은 시간의 문으로 빠져나갈지도 모른다. 스페인처럼 나는 과거에 묶여 있다.

자유를 향해 달리는 탈주의 묵시록

저항과 실험 정신의 기수

어느 나라에나 파격적인 작가는 있기 마련이지만 미국의 윌리엄 버로스만큼 문학적 성취나 영향력, 그리고 인생 이력이 독보적인 작가는 흔치 않다. 미국 문단에서 1950년대 '비트 세대'의 기수이자 대표적인 포스트모더니즘 소설가로 손꼽히는 버로스는 생존 당시 "신들린 천재성을 지닌 유일한 미국 작가"로 칭송되었을 뿐 아니라, 사후에도 "제2차세계대전 이후의 가장 중요한 작가" 혹은 "20세기를 통틀어 정치적 풍자, 문화적 영향력, 그리고 예술적 혁신이라는 면에서 으뜸가는 작가들 중 한 명"으로 불릴 정도로 크게 명성을 떨쳤다.

틀과 제약에 갇히기를 거부했던 그의 문학과 삶의 밑바탕에는 개인의 자유를 억압하는 체제와 관습에 대한 저항이 있다. 총 열여덟 권의 소설과 여섯 권의 단편집, 네 권의 산문집을 내는 동안 버로스는 개인을 구속하는 사회적 통제나 체제의 지배, 규범 등과 맞서 싸우는 저항 정신을 일관되게 유지하면서, 약물중독, 동성애, 죽음, 폭력적 제의 등의 일탈적인 소재와 어휘에서 문장, 서사 구조, 장르에 이르기까지 기존 관습을 철저히 해체하는 혁신적인 글쓰기 실험을 통해 자유를 향한 탈주를 맹렬히 실천했다. 통념을 거스르는 버로스의 실험 정신은 문학에만 국한되지 않았다. 소설 창작 실험을 영화에 접목했는가 하면, 화가와 낭독 예술가로도 활동했으며, 로리 앤더슨, 커트 코베인 같은 유명 뮤지션들의 음반 제작에 참여했고, 말년에는 그룹 U2의 뮤직비디오에도 출연했다. 자신의 글쓰기 못지않게 실제 인생도 파격적이었다. 청년 시절에 시작된 동성애 편력을 일생 동안 이어갔는가 하면, 미국 내에서뿐 아니라 중남미, 유럽, 아프리카를 망명자처럼 옮겨 다니면서 오랜 기간 헤로인 중독자로 살았다. 버로스의 이러한 비순응적 삶과 창조적 실험 정신은 '비트 세대'의 주역이 된 잭 케루악, 앨런 긴즈버그 같은 후배 작가들에게 커다란 영향을 미쳤고, 이는 바로 이어 등장한 히피 세대, 대항문화, 청년문화의 저항운동으로 확산되었다. 이뿐 아니라 J. G. 발라드로 대표되는 영국 뉴웨이브 과학소설과 특히 윌리엄 깁슨, 존 셜리 등의 1980년대 사이버펑크 과학소설도 버로스의 문학에 빚진 바가 적지 않다.

버로스의 생애와 작품 세계

윌리엄 버로스의 작품은 대부분 반≠자전적인 성격을 띤다. 따라서 그의 생애에 대한 정보는 작품을 이해하는 데 도움이 될 것이다. 윌리엄 버로스는 1914년 2월 미국 미주리 주 세인트루이스의 명망 있는 집안에서 태어났다. 어머니 로라 해먼 리는 남북전쟁 당시 남부군 장교였던 로버트 리의 직계 후손이었고, 할아버지 윌리엄 수어드 버로스는 계산기 발명가이자 버로스 회사의 창립자였다. 엄격한 어머니 밑에서 유년 시절을 보낸 버로스는 사립학교에 진학하여 문예지에 글을 발표하는 등 일찌감치 문학적 재능을 발휘하는 한편, 남자 기숙학교에 다니면서 동성애에 눈뜨게 된다. 하버드 대학에 입학해서는 문학을 공부했으며, 친구들과 뉴욕 여행을 통해 당시의 게이 문화를 접한다. 졸업 후 유럽으로 건너가 빈에서 잠시 의학을 공부했으며, 귀국 후에는 하버드 대학에서 인류학 공부를 시작했으나 더이상 흥미를 느끼지 못하고 학업을 중단한다. 광고회사에서 약 1년간 근무하다 1942년 육군에 입대한 버로스는 정신 불안으로 6개월 만에 제대하고, 시카고로 가서 해충구제사, 바텐더, 사설탐정 등 다양한 직업을 전전한다.

뉴욕으로 거처를 옮긴 버로스는 그의 일생에서 중대한 계기를 마련해주는 사람들을 만난다. 1945년 컬럼비아 대학 출신의 조앤 볼머 애덤스를 만나 결혼한 버로스는 그녀와 평소 친분이 있던 잭 케루악을 알게 되고, 다시 케루악을 통해 앨런 긴즈버그를 만나게 된다. 나중에 '비트 세대'의 주축이 된 이 세 사람은 버로스의 맨해튼 아파트에 같이 살다시피 하면서 두터운 문학적 교분을 쌓기 시작한다. 또한 이 시기에 버로스 부부는 모르핀, 헤로인, 벤제드린 등의 약물에 중독되는데, 거처를 옮겨다니며 재활 치료를 받던 와중에 아들 윌리엄 버로스 주니어를 낳게 된다.

그후 20여 년 동안 버로스는 망명자처럼 타지를 떠돌아다녀야 했다. 총기 불법 소지로 기소당하는 사태를 피하기 위해 미국 루이지애나에서 멕시코시티로 도피한 버로스는 멕시코 시립대학에서 스페인어와 마야문헌학을 공부했는데, 1951년 머리 위의 샴페인 잔을 총으로 쏴 맞히는 '윌리엄 텔' 게임을 하다가 실수로 아내를 죽이게 된다. 결국 집행유예 2년형을 선고받고 남아메리카를 떠돌다가 1953년에 출간 연도 기준으로 첫번째 소설이자 약물중독자의 고백을 담은 『정키』를 발표한다. 이어서 버로스는 여행중에 잠시 들른 모로코 탕헤르의 자유로운 분위기에 이끌려 4년 남짓 머물면서, 나중에 커다란 문학적 명성을 가져다준 『네이키드 런치』를 비롯해 이른바 '노바' 3부작의 원고를 집필한다. 이 당시 버로스는 원고를 마무리할 수 없을 만큼 약물의존이 심각해서 탕헤르로 찾아온 케루악과 긴즈버그가 편집을 돕게 된다. 이윽고 버로스는 출판을 위해 프랑스 파리로 거처를 옮기고, 자신의 문학적 실험에 커다란 영향을 준 화가 겸 시인 브라이언 지신을 만나 시각예술에서의 '컷-업cut-up' 기법을 접하게 된다. 『네이키드 런치』를 파리에서 출판한 지 3년 만인 1962년 법원으로부터 음란물 판정 무혐의 판결을 받고 미국에서 출판하게 된 버로스는 1966년 약물중독 치료를 위해 런던으로 건너가 중후기 작품들을 쓰기 시작한다.

마침내 미국으로 돌아온 버로스는 1974년 긴즈버그의 주선으로 뉴욕 시립대학에서 문예창작 강의를 맡게 되나 이내 흥미를 잃고 대신 일반 청중을 대상으로 한 낭독 공연에 도전한다. 대중 강연과 저술로 관심을 넓히고 음악, 미술, 영화, 연극, 뮤지컬 분야의 다양한 대중예술가들과 공동 창작 활동을 하게 된다. 이렇게 활동 폭을 넓히는 동안 끊었던 헤로인에 다시 중독되고, 1981년 아들이 고속도로 옆에서 죽은 채 발견되었다는 소식을 듣게 된다. 1983년에는 미국 예술원 회원으로 추대되었고, '붉은 밤' 3부작으로 불리는 마지막 3부작을 이 시기에 발표한다. 말년에는 캔자스 자택에서 추상화를 그리는 데 몰두했으며, 1997년 8월 자택에서 심장마비로 세상을 뜬다.

이렇게 약물중독에 시달리며, 굴곡진 인생을 살면서도 버로스는 약 40년 동안 창작 활동을 이어갔다. 그의 주요 작품들은 활동 시기와 작품의 특징에 따라 크게 넷으로 나눌 수 있다. 첫번째는 초기 소설을 집필한 1950년대 초반이다. 이 시기에 버로스는 주로 멕시코시티와 남아메리카에서 지냈으며, 전작을 통틀어 가장 전통적인 서술 방식으로 『정키』와 『퀴어』를 완성했다. 『퀴어』는 아내를 살해한 혐의를 받던 시기에 쓴 동성애 소설로, 1940년대 후반에 케루악과 함께 공동 집필한 『그리고 하마들은 탱크에서 익어 죽었다』(2008)를 제외하면 집필 순서상 첫번째 작품에 해당하나 실제로는 한참 지난 1985년에야 출판되었다.

두번째는 버로스의 문학적 실험의 대명사와도 같은 컷-업 기법이 본격 활용된 1950년대 중반부터 1960년대 중반까지다. 미국 사회에 대한 신랄한 풍자와 독창적인 형식으로 세상을 떠들썩하게 한 『네이키드 런치』와 디스토피아 과학소설 '노바' 3부작, 즉 '노바'라는 외계인의 침략에 빗대어 통제 사회의 문제를 파헤친 『소프트 머신』, 『폭발한 티켓』, 『노바 익스프레스』의 원고는 모두 이 시기에 집필되었다. 컷-업 기법은 시각예술의 콜라주 기법에서 유래한 것으로, 전혀 무관한 요소들을 한 공간에 임의로 배열하여 예상치 않은 의미와 효과를 창출하는 방식이다. 문학에서는 20세기 초 T. S. 엘리엇의 『황무지』에서 초기 형태를 찾아볼 수 있다. 버로스는 당시 새로운 화법을 실험중이던 지신으로부터 콜라주를 접하고 이를 '노바' 3부작에 본격 적용했다. 사실 버로스는 『네이키드 런치』의 출판을 준비할 당시 이미 그러한 조건을 갖추고 있었다. 탕혜르에서 써놓은 원고는 전혀 정리가 안 된 수많은 노트들로 이루어져 있었는데, 그 노트들을 케루악, 긴즈버그, 지신 등의 친구들이 무작위로 골라 나중에 소설로 출간한 것이다. 이후에 버로스는 『소프트 머신』과 후속 작품들을 완성하면서 페이지나 문단의 중간을 잘라낸 뒤 거기에 다른 텍스트들을 끼워 넣는 식으로 '컷-업' 기법을 확장하기 시작했다. 이러한 작업을 좀더 수월하게 하기 위해, 잡지나 기사, 책의 일부를 무작위로 녹음해놓고서 테이프를 앞뒤로 옮겨가며 중간 중간에 다른 새로운 자료를 읽어서 끼워 넣는 방식을 애용했다. 더 나아가 버로스는 페이지를 세로로 반으로 접어 한쪽 절반을 동일한 방식으로 접은 다른 페이지로 옮겨서 병렬시키는 소위 '폴드-인fold-in' 기법을 고안했다. 이렇게 비논리적이며 재현에 대한 환상을 깨뜨리는 방식을 통해 전통적인 서사의 내적 논리를 노골적으로 교란시키고 해체하는 버로스의 실험적 글쓰기는 인간을 이성과 질서의 틀에 가두는 현대 미국 사회와 서구 문명의 족쇄로부터 독자의 의식을 해방시키기 위한 시도라고 할 수 있다.

두번째 시기에 글쓰기 실험이 특히 두드러졌다면, 뒤이은 1960년대 중반부터 1970년대 중반까지는 실험적 글쓰기로 인한 난해함이 상대적으로 줄어들고 정치적인 색채가 강화되었다. 그리고 서부 소설이

나 탐정소설 같은 대중문학 장르를 적극 차용하기 시작했다. 1971년에 나온 이 시기의 대표작『와일드 보이스』에서 버로스는 사회적 통제 바깥으로 탈주하려는, 동성애에 빠지고 대마초를 피우는 십대 소년들의 모험을 묵시록적 서부 소설의 형식으로 그리고 있다. 1980년대에 발표된『붉은 밤의 도시들』을 비롯한 마지막 3부작도 이때 집필했다.

버로스 문학의 마지막 네번째 시기는 '붉은 밤' 3부작으로 불리는『붉은 밤의 도시들』,『길이 끝나는 곳』,『웨스트 랜드』가 출간된 1970년대 후반부터 1980년대 중반까지다. 세 작품 모두 동성애, 약물, 질병, 폭력 등에 매료된 소년 주인공들을 등장시켜 자유와 욕망이 영원히 살아 있는 유토피아 사회를 만들기 위해 분투하는 과정을 다룬다. 형식 면에서도 대중문화를 비롯한 다양한 장르를 혼용한다는 공통점을 지닌다.『붉은 밤의 도시들』이 좀더 복합적인 장르 혼용과 고대, 현재, 미래를 넘나드는 스케일을 통해 서사시에 가까운 면모를 보여준다면, 미국의 개척사를 배경으로 서부 소설의 형식을 취하고 있는『길이 끝나는 곳』과『웨스턴 랜드』에서는 버로스의 분신처럼 보이는 윌리엄 수어드 홀이라는 인물이 서부 소설을 쓰는 주인공으로 등장해 잃어버린 시간 속으로 탐험을 떠나고 이어 현실 너머의 불멸의 세계를 좇아가는 여정을 보여준다.

한편 창작 활동의 중후기로 접어들면서 버로스가 영화나 음악 분야의 공동 창작에 참여하고 대중 예술가들과 폭넓게 교류했다는 것도 눈여겨볼 사실이다.

『붉은 밤의 도시들』

1981년에 발표된 『붉은 밤의 도시들』은 『네이키드 런치』에 버금간다는 평가를 받는 후기 버로스의 대표작이다. 작품의 장르상 특징을 먼저 살펴보면, 매우 다양한 장르들이 현란할 정도로 혼재해 있어 일종의 '하이브리드 환상소설'이라고 할 만하다. 시간 여행, 우주 방문, 대체 역사, 유토피아, 묵시록, 다중현실 같은 과학소설 요소들이 사용되는가 하면, 꿈에서나 가능할 것 같은 환상적이고 초현실적인 이야기, 해적 이야기와 해양 모험소설, 미스터리 탐정소설, 동성애 포르노그래피, 심지어 흑마술과 성적 제의로 가득한 고딕 컬트 등이 뚜렷한 경계 없이 다채롭게 엮여 있어 환상적인 분위기를 더욱 고조시킨다.

『붉은 밤의 도시들』은 버로스가 서론에 해당하는 작품의 첫번째 이야기 「앞으로!」에서 설명하듯이 17세기에 실제로 존재했던 해적 제임스 미션 선장Captain James Mission의 역사에 영감을 받아 쓴 소설이다. 미션 선장은 프랑스혁명이 있기 100년 전에 마다가스카르에 리베르타티아Libertatia라는 유토피아 공화국을 세워, 모든 사람이 국가의 간섭이나 정부의 억압을 받지 않고 자신이 선택한 대로 편견 없이 자유롭게 살 수 있는 공동체를 세우려 했던 인물이다. 버로스는 만약에 미션 선장의 혁명적 시도가 실패하지 않았더라면 어떻게 되었을까 상상하여 이를 소설에서 펼쳐 보이고 있는 것이다. 이런 점에서 『붉은 밤의 도시들』은 대체 역사, 혹은 버로스 자신의 표현을 빌리자면, "반동 혹은 소급retroactive 유토피아", 즉 앞만 보고 가기보다는 뒤로 거슬러 올라가 되짚어보고, 그럼으로써 유토피아 기획의 문제와 가능성을 탐구하는 유토피아 소설이라고 할 수 있다.

　이러한 유토피아의 탐구를 바탕에 깔고 있는 『붉은 밤의 도시들』의 구성은 꽤 복잡하다. 전체적으로는 독립된 에피소드와 서로 관련된 수많은 장면들이 혼합돼 있다. 이것을 플롯 중심으로 단순화해서 보자면, 각기 다른 시공간에서 전개되는 세 개의 플롯이 소설의 주축을 형성한다. 현재를 배경으로 하는 첫번째 플롯은 사설탐정 클렘 스나이드가 제리 그린의 살인 사건을 수사해나가는 과정을 좇아간다. 18세기가 배경인 두번째 플롯은 보스턴의 십대 총기 제작자 노아 블레이크가 우연히 동성애자들이 승선한 해적선의 일원이 되어, 남아메리카에서 유토피아 공동체를 건설하기 위해 스페인 정복자들과 전쟁을 벌이는 이야기를 다룬다. 그리고 수십만 년 전의 과거를 배경으로 하지만 가상의 미래 같은 느낌을 주는 세번째 플롯에서는 바이러스 전염병이 발생한 고비사막 일대의 여섯 고대 도시, 즉 소설의 제목이기도 한 '붉은 밤의 도시들'―타마기스, 바단, 야스와다, 와그다스, 나우파나, 가디스―이 죽음의 향락에 중독되어 혼란에 빠져드는 공상적인 이야기가 펼쳐진다.

　이 세 플롯은 각각 별개인 듯하지만 작품이 진행될수록 서로 뒤얽히며 진행된다. 몇 예로, 최소한 200년 이상의 시차가 있는 스나이드와 블레이크의 이야기에는 해적 게릴라들의 혁명에서 중책을 맡고 있는 이구아나 쌍둥이 남매가 공통적으로 등장한다. 그리고 스나이드는 쌍둥이 남매의 청탁으로 고대 도시들의 비밀스러운 이야기를 담은 고서 『붉은 밤의 도시들』의 위조본 제작을 맡게 된다. 플롯과 인물 구성의 혼란이 거의 정점에 달하는 작품 후반부의 고대 도시 전투 장면에서는 주역인 오드리가 스나이드와 동일 인물로 보이기도 한다. 실제로 작품이 진행될수록 시간 왜곡과 장소 이동이 빈번해지면서 인물들은 각자의 정체성이 거의 구분되지 않을 정도로 서로 뒤섞인다.

이러한 모호함과 혼란이 가중되는 또다른 이유는 소설 속의 인물과 이야기들이 누군가에 의해 만들어진 허구일 수 있다는 점에 기인한다. 가령, 항해중에도 일기 쓰기만은 잊어버리지 않는 블레이크가 어려서부터 공상적 이야기 지어내기를 몹시 좋아해 그동안 써놓은 이야기책이 아주 많다고 공언하는 것으로 보아 '붉은 밤의 도시들'에 관한 이야기도 그가 만들어낸 것일지 모른다. 혹은 블레이크의 해적 이야기는 사설탐정이면서 동시에 책을 위조하거나 수사 자료를 컷-업 기법 같은 방법을 이용해 재구성하는 솜씨가 작가 못지않은 스나이드가 『붉은 밤의 도시들』을 위조하면서 지어낸 것일지도 모른다. 그리고 일찌감치 소설 제1부의 첫번째 에피소드 맨 마지막에서 검역관 판즈워스의 이야기가 실은 무대 위에서 공연중인 연극의 일부일 수 있다는 암시에서 드러나듯이, 소설 후반부에서는 '붉은 밤의 도시들'이 빌리 셀레스트 고등학교 연극부가 공연하는 연극 작품으로 소개된다. 이처럼 버로스는 의식적으로 작품 내에서의 사실과 허구의 경계를 모호하게 하여 환상성을 강화하면서 글쓰기 행위 본연의 창조성, 즉 작가가 글을 써서 세계를 만들어내고 움직이게 하는 창조력에 주목한다.

때로는 초현실에 가까운 환상적인 분위기와 복잡한 구성을 통해 버로스가 탐구하는 주제는 이전 작품들에서 크게 벗어나지 않는다. 성에 관해서든, 아니면 인종, 젠더, 정치, 군사, 종교에 관해서든, 개인을 구속하는 어떠한 억압과 통제로부터도 자유로운 삶을 버로스는 추구한다. 그 무엇도 자유를 향한 탈주를 막지 못한다. 소설의 토대가 된 미션 선장의 유토피아 혁명은 이러한 추구의 중요한 선례이자, 소설 속 표현대로 오직 기적에 의해서만 되돌릴 수 있는 "잃어버린 기회"다. 그런데 버로스는 그 혁명을 소급하여 글로 '다시 쓰는' 과정에서 자유에 대한 유토피아적 희망을 계속 견지하면서도 이를 되살리기 위해 치러야 하는 대가, 즉 그러한 이상적 공동체를 실현하기 위해서는 살상을 통해서라도 인구수를 줄일 수밖에 없다는 문제점을 간과하지 않는다. 또한 혁명을 위해 싸우는 과정에서 드러나는 여성에 대한 폄하와 자유를 향한 초월의 시도가 섹스, 죽음, 약물에 자칫 경도되기 쉬운 모순에 대해서도 그냥 지나치지 않는다.

이처럼 유토피아는 버로스에게 양면적이다. 유토피아에 대한 욕망은 살아 있으나 그 가능성은 암울하다. 종종 버로스의 후기작에서 자주 나타나듯이 이것은 잃어버린 과거 너머를 보지 못하는 유토피아에 가깝다. 그래서 잃어버린 과거와, 과거 없이는 불가능해 보이는 미래 사이에서 유토피아를 대하는 버로스의 태도에는 기대와 좌절, 희망과 슬픔이 교차한다. 소설의 마지막에서 화자가 과거를 회상하며 읊조리듯이, 이는 어쩌면 말년의 작가가 세상과 미래를 바라볼 때 직면할 수밖에 없는 회한일지도 모른다.

끝으로 버로스의 소설은 파격적인 내용과 형식 못지않게, 기이하기 이를 데 없는 마법의 신들을 비롯해 고대 지명, 정체불명에 가까운 약물들, 수많은 속어와 은어, 그리고 스페인어, 프랑스어, 독일어 등의 빈번한 사용에서 생경함과 현란함의 극치를 보여준다. 이런 연유로

이 소설을 우리말로 옮기는 데 적잖은 시간과 노력이 소요되었다. 책이 나오기까지 온갖 수고를 마다하지 않고 옆에서 도움을 준 문학동네 편집부 여러분에게 이 자리를 빌려 감사의 뜻을 전한다. 교열을 서로 주고받으며 번역은 마치 마법과 같다고 느꼈던 그때의 감흥대로, 버로스 말년의 역작이 한국 독자들에게 실감나게 전해지기를 기대해본다.

박인찬

1914년   2월 5일 미주리 주 세인트루이스에서, 발명가이자 버로스
            계산기 회사Burroughs Adding Machine Company의 설
            립자이기도 한 윌리엄 수어드 버로스 1세William Seward
            Burroughs I의 아들인 아버지 모티머 페리 버로스
            Mortimer Perry Burroughs와 미국 남북전쟁 당시 유명한
            남부군 장교였던 로버트 리Robert E. Lee의 직계 후손인
            어머니 로라 해먼 리Laura Hammon Lee 사이에서 둘째
            아들로 태어났다.

1915~1932년 빅토리아시대의 예의범절을 강조하는 어머니 밑에서 유년
            시절을 보내며 자주 악몽에 시달린다. 부유한 명문가의 자
            제답게 열다섯 살까지 사립 중고등학교에 다녔다. 세인트
            루이스에 위치한 존 버로스 스쿨에 재학중이던 1929년 학
            교 문예지『존 버로스 리뷰John Burroughs Review』에 생
            애 최초의 출판물「개인의 매력Personal Magnetism」을 게
            재한다. 이어서 고등학교에 해당하는 남학생 전용 기숙학
            교인 뉴멕시코의 로스앨러모스 랜치 스쿨에 진학하여 동
            성애 성향을 발견하고 보들레르, 지드, 와일드의 작품을 탐
            독한다. 그러나 1년 후 세인트루이스로 돌아가고 싶어 테
            일러 스쿨로 전학해 학업을 마친다.

1932~1936년 하버드 대학에 입학하여 문학을 공부했다. 방학을 이용해
            『세인트루이스 포스트디스패치St. Louis Post-Dispatch』의
            리포터로 잠시 일했으나 사망 사건 취재를 거부한다. 같은

시기에 이스트 세인트루이스 지역의 창녀촌을 드나들었
다. 하버드 재학중에는 뉴욕 여행을 통해 게이 문화를 접하
고, 캔자스시티 출신의 부유한 친구인 리처드 스턴Richard
Stern과 함께 할렘과 그리니치빌리지의 동성애 세계와 술
집, 클럽을 방문한다. 1936년에 졸업하자마자 부모로부터
매월 200달러의 생활비를 지원받으면서 큰 불편 없이 지
낸다.

1936~1938년 대학 졸업 후 유럽 여행을 떠난다. 빈에서 잠시 의학을 공
부했으나 주로 오스트리아와 헝가리를 여행하면서 망명
자, 도망자, 동성애자와 어울린다. 그러던 중 나치 정부를
피해 망명중인 유대계 여인 일제 클래퍼Ilse Klapper를 만
나 부모의 반대를 무릅쓰고 크로아티아에서 결혼한다. 하
지만 미국으로 돌아온 지 얼마 안 되어 이혼한다.

1938~1943년 여러 직업을 전전하다가 1938년에 인류학을 공부하기 위
해 하버드 대학에 복귀한다. 그러나 학업에 더이상 흥미를
느끼지 못하고 중단한 뒤 뉴욕의 광고회사에서 1년가량 근
무한다. 1939년 사랑하던 남자의 관심을 끌기 위해 왼쪽
새끼손가락의 끝마디를 자르는 사고를 일으켜 정신 치료
를 받게 된다. 1942년 육군 보병으로 군대에 입대하나 6개
월 후 정신 불안의 이유로 제대한다. 시카고로 가서 해충구
제사, 사설탐정 같은 특이한 일자리를 거치던 중 세인트루
이스 출신의 두 친구를 따라 뉴욕시로 향한다.

1943~1949년 뉴욕에서 일생을 결정지은 가장 중요한 사람들을 만난다.
컬럼비아 대학 출신의 조앤 볼머 애덤스Joan Vollmer
Adams를 만나 1945년 1월에 결혼한다. 조앤으로부터 그
녀와 평소 친분이 있던 잭 케루악Jack Kerouac을 소개받
고 케루악 부부의 아파트에서 같이 지낸다. 케루악과 함께

실제 있었던 친구의 살인 사건을 토대로 미스터리 소설 『그리고 하마들은 탱크에서 익어 죽었다*And the Hippos Were Boiled in Their Tanks*』(2008)를 공동으로 집필한다. 케루악을 통해 앨런 긴즈버그Allen Ginsberg를 알게 되면서, 후일 비트 세대the Beat Generation의 대표주자가 된 세 사람은 두터운 친분을 쌓기 시작한다. 이 시기에 버로스 부부는 모르핀, 헤로인, 벤제드린 등의 약물중독에 빠진다. 체포와 재활 치료를 반복하면서 텍사스, 루이지애나 등으로 거처를 옮겨다닌다. 그러던 중 1947년에 아들 윌리엄 버로스 주니어William S. Burroughs Jr.가 태어난다.

1949~1953년 약물 및 총기 불법 소지로 기소당하는 것을 피해 루이지애나에서 멕시코로 가족과 함께 도피한다. 멕시코 시립대학에서 스페인어와 마야문헌학을 잠시 공부한다. 1951년 머리 위의 샴페인 잔을 총으로 쏘아 맞히는 '윌리엄 텔' 게임을 하다가 실수로 아내를 죽인다. 긴 법정공방이 이어지는 동안 동성애에 관한 소설 『퀴어*Queer*』(1985)를 썼다. 마침내 집행유예 2년을 선고받고 남아메리카를 떠돌다가 1953년에 뉴욕으로 돌아와 긴즈버그와 함께 지낸다. 같은 해에 긴즈버그의 권유로 출간 연도 기준으로 첫 소설에 해당하는 『정키: 회복되지 않은 마약중독자의 고백*Junkie: Confessions of an Unredeemed Drug Addict*』을 윌리엄 리William Lee라는 필명으로 출판한다.

1953~1958년 남아메리카를 떠돌다가 접한 모로코 탕헤르의 자유로운 분위기에 이끌려 4년 넘게 체류한다. 나중에 커다란 문학적 명성을 가져다준 『네이키드 런치*Naked Lunch*』『소프트 머신*The Soft Machine*』『폭발한 티켓*The Ticket that Exploded*』『노바 익스프레스*Nova Express*』의 원고를 집필

한다. 약물 의존이 심해 1957년 탕헤르로 여행 온 긴즈버
그와 케루악의 도움으로 『네이키드 런치』의 타이핑과 편집
을 마친다.

1958~1966년 긴즈버그의 도움으로 『네이키드 런치』의 발췌문이 1958년
『블랙 마운틴 리뷰*Black Mountain Review*』와 『시카고 리
뷰*Chicago Review*』에 발표되나 음란하다는 비난에 휩싸이
고, 긴즈버그의 시집 『외침*Howl*』을 출판한 시티 라이츠 북
스City Lights Books로부터는 출판을 거절당한다. 그러던
중 출판에 관심을 보인 프랑스의 올랭피아 출판사Olympia
Press에서 책을 내기 위해 1958년 파리로 향한다. 1959년
파리 카르티에라탱에 있는 비트 호텔에 투숙하면서 화가
겸 시인인 브라이언 지신Brion Gysin으로부터 그의 문학
실험에 커다란 영향을 미친 '컷-업' 콜라주 기법을 알게 된
다. 출판사의 촉박한 인쇄 일정에 맞춰 원고를 무작위로 추
려 보냈는데 이것이 컷-업 기법의 형태로 발전하여 1959년
에 『네이키드 런치』로 출간된다. 이어서 '노바Nova' 3부작
으로 불리는 『소프트 머신』(1961), 『폭발한 티켓』(1962),
『노바 익스프레스』(1964)가 올랭피아 출판사에서 연이어
출간된다. 『네이키드 런치』가 미국의 그로브 출판사Grove
Press에서 1962년에 출간되나 음란물 판정을 받고 판금되
었다가 1966년 매사추세츠 주 대법원 판결에서 무혐의 처
분을 받는다.

1966~1974년 약물중독 치료를 위해 런던으로 떠난다. 1968년 장 주네
Jean Jenet, 테리 서딘Terry Southern을 만나 친분을 쌓았
다. 그의 초기작들이 히피 대항문화의 대표작으로 관심을
끌면서 아방가르드 작가로서 세계적인 명성을 쌓기 시작
한다. 이 시기에 영화 대본 형식의 소설 『더치 슐츠가 마지

막으로 남긴 말*The Last Words of Dutch Schultz*』(1970)과 좀더 전통적인 형식의 소설 『와일드 보이스: 사자死者의 책 *Wild Boys: A Book of the Dead*』(1971), 그리고 단편소설과 시를 엮은 『해충구제사!*Exterminator!*』(1973)를 발표한다.

1974~1981년   긴즈버그의 도움으로 1974년 뉴욕 시립대학에서 문예창작 강의를 맡는다. 헤로인을 끊고 뉴욕의 동부 맨해튼으로 이사하여 나중에 '벙커The Bunker'라고 불리게 된 아파트에 정착한다. 학생을 가르치는 일에 흥미를 잃고 한 학기 만에 강의를 접었다. 이 무렵 도서판매원을 하던 21세의 청년 제임스 그라워홀츠James Grauerholtz를 만나 일반 청중을 대상으로 한 낭독 공연을 구상하고 대중 강연과 저술에 열중한다. 대중잡지의 특별기고가로 매달 글을 쓰면서 앤디 워홀, 수전 손택, 패티 스미스 등과 교류한다. 이후로 그라워홀츠를 개인 비서이자 평생의 지지자로 삼았다. 1979년, 끊었던 헤로인에 다시 중독된다.

1981~1991년   런던에 체류하면서 쓰기 시작한 『붉은 밤의 도시들*Cities of the Red Night*』을 1981년에 발표한다. 이 소설과 함께 '붉은 밤' 3부작으로 불리는 『길이 끝나는 곳*The Place of Dead Roads*』(1983), 『웨스턴 랜드*The Western Lands*』(1987)를 출간한다. 『붉은 밤의 도시들』이 비평가들로부터 엇갈린 평가를 받는다. 1981년 간경변을 앓던 아들이 플로리다의 고속도로 근처에서 죽은 채로 발견되었다는 소식을 긴즈버그로부터 전해 듣는다. 같은 해에 캔자스 주 로렌스 Lawrence로 이사하여 여생을 보내고자 한다. 1983년 미국 예술원 회원으로 추대된다. 록, 영화, 연극, 뮤지컬, 미술 분야의 유명한 대중 예술가들과 공동으로 다양한 실험 예

술 활동을 했다. 1991년 영화감독 데이비드 크로넌버그에 의해『네이키드 런치』가 영화화된다.

1991~1997년   1993년 카오스 마법 단체인 마법결사회the Illuminates of Thanateros 회원이 된다. 말년을 캔자스에서 보내면서 추상화에 도전한다. 아일랜드 출신의 록밴드 U2의〈지상에서의 마지막 밤 *Last Night on Earth*〉뮤직비디오에 출연한다. 1997년 8월 2일 로렌스에서 심장마비로 세상을 떠난다. 세인트루이스의 가족 묘지에 안장되었다.

1997~사후   몇 달 뒤 대표작과 전기를 묶은『워드 바이러스 *Word Virus*』가 버로스의 비서 겸 전기 작가인 제임스 그라워홀츠의 편집을 거쳐 출간된다. 이 선집에 케루악과 공동으로 작업한『그리고 하마들은 탱크에서 익어 죽었다』의 일부가 처음으로 실린다. 죽기 몇 달 전에 쓴 글들을 모은 그라워홀츠 편집의『마지막 말들 *Last Words*』이 2000년에 출간된다.『퀴어』를 집필할 당시의 일지를 모은『잃어버린 모든 것: 윌리엄 버로스의 라틴아메리카 일지 *Everything Lost: The Latin American Journals of William S. Burroughs*』가 오하이오 주립대학에서 2007년에 출간된다.『그리고 하마들은 탱크에서 익어 죽었다』의 전체가 2008년에 처음으로 세상에 선보인다. 버로스가 1960년대 말에 그레이엄 마스터턴Graham Masterton과 공동 집필한『결투의 법칙 *Rules of Duel*』이 오랫동안 지연된 끝에 2010년 영국에서 발표된다. 2013년『그리고 하마들은 탱크에서 익어 죽었다』를 각색한 영화〈킬 유어 달링 *Kill Your Darlings*〉이 개봉된다.

문학동네 세계문학전집 발간에 부쳐

세계문학은 국민문학 혹은 지역문학을 떠나 존재하는 문학이 아니지만 그것들의 총합도 아니다. 세계문학이라는 용어에는 그 나름의 언어와 전통을 갖고 있는 국민문학이나 지역문학의 존재를 인정하면서 그것을 넘어서는 문학의 보편적 질서에 대한 관념이 새겨져 있다. 그 용어를 처음 고안한 19세기 유럽인들은 유럽문학을 중심으로 그 질서를 구축했지만 풍부한 국민문학의 전통을 가지고 있는 현대의 문학 강국들은 나름의 방식으로 세계문학을 이해하면서 정전(正典)의 목록을 작성하고 또 수정한다.

한국에서도 세계문학 관념은 우리 사회와 문화의 변화 속에서 거듭 수정돼왔다. 어느 시기에는 제국 일본의 교양주의를 반영한 세계문학 관념이, 어느 시기에는 제3세계 민족주의에 동조한 세계문학 관념이 출현했고, 그러한 관념을 실천한 전집물이 출판됐다. 21세기 한국에 새로운 세계문학전집이 필요하다는 것은 명백하다. 우리의 지성과 감성의 기준에 부합하는 세계문학을 다시 구상할 때가 되었다.

문학동네 세계문학전집은 범세계적으로 통용되는 고전에 대한 상식을 존중하면서도 지난 반세기 동안 해외 주요 언어권에서 창작과 연구의 진전에 따라 일어난 정전의 변동을 고려하여 편성되었다. 그래서 불멸의 명작은 물론 동시대 세계의 중요한 정치문화적 실천에 영감을 준 새로운 작품들을 두루 포함시켰다.

창립 이후 지금까지 한국문학 및 번역문학 출판에서 가장 전문적이고 생산적인 그룹을 대표해온 문학동네가 그간 축적한 문학 출판 경험을 바탕으로 새로운 세계문학전집을 펴낸다. 인류가 무지와 몽매의 어둠 속을 방황하면서도 끝내 길을 잃지 않은 것은 세계문학사의 하늘에 떠 있는 빛나는 별들이 길잡이가 되어주었기 때문이다. 우리가 자부심과 사명감 속에서 그리게 될 이 새로운 별자리가 독자들의 관심과 애정에 힘입어 우리 모두의 뿌듯한 자산이 되기를 소망한다.

문학동네 세계문학전집 편집위원
민은경, 박유하, 변현태, 송병선, 이재룡, 홍길표, 남진우, 황종연

세계문학전집 125
붉은 밤의 도시들

1판 1쇄 2014년 12월 9일
1판 2쇄 2024년 8월 20일

지은이 윌리엄 버로스 | 옮긴이 박인찬

책임편집 최민유 박신양 박기효 오동규 | 독자모니터 권혜림 이용범 | 모니터링 이희연
디자인 김마리 최미영 | 저작권 박지영 형소진 최은진 오서영
마케팅 정민호 서지화 한민아 이민경 안남영 왕지경 정경주 김수인 김혜원 김하연 김예진
브랜딩 함유지 함근아 박민재 김희숙 이송이 박다솔 조다현 정승민 배진성
제작 강신은 김동욱 이순호 | 제작처 영신사

펴낸곳 (주)문학동네 | 펴낸이 김소영
출판등록 1993년 10월 22일 제2003-000045호
주소 10881 경기도 파주시 회동길 210
전자우편 editor@munhak.com | 대표전화 031)955-8888 | 팩스 031)955-8855
문의전화 031)955-1927(마케팅), 031)955-3560(편집)
문학동네카페 http://cafe.naver.com/mhdn
인스타그램 @munhakdongne | 트위터 @munhakdongne
북클럽문학동네 http://bookclubmunhak.com

ISBN 978-89-546-2642-2 04840
     978-89-546-0901-2 (세트)

www.munhak.com

● 문학동네 세계문학전집은 계속 출간됩니다